心一堂彭措佛緣叢書‧索達吉堪布仁波切譯著文集

俱舍論講記（上）

世親論師　　著
索達吉堪布仁波切　　譯

書名：俱舍論講記（上）
系列：心一堂彭措佛緣叢書‧索達吉堪布仁波切譯著文集
原著：世親論師
漢譯：索達吉堪布仁波切
責任編輯：陳劍聰

出版：心一堂有限公司
地址/門市：香港九龍尖沙咀東麼地道六十三號好時中心LG六十一室
電話號碼：+852-6715-0840　+852-3466-1112
網址：www.sunyata.cc　publish.sunyata.cc
電郵：sunyatabook@gmail.com
心一堂 彭措佛緣叢書論壇：http://bbs.sunyata.cc
心一堂 彭措佛緣閣：http://buddhism.sunyata.cc
網上書店：http://book.sunyata.cc

香港及海外發行：香港聯合書刊物流有限公司
地址：香港新界大埔汀麗路三十六號中華商務印刷大廈三樓
電話號碼：+852-2150-2100
傳真號碼：+852-2407-3062
電郵：info@suplogistics.com.hk

台灣發行：秀威資訊科技股份有限公司
地址：台灣台北市內湖區瑞光路七十六巷六十五號一樓
電話號碼：+886-2-2796-3638
傳真號碼：+886-2-2796-1377
網絡書店：www.govbooks.com.tw　www.bodbooks.com.tw
經銷：易可數位行銷股份有限公司
地址：台灣新北市新店區寶橋路二三五巷六弄三號五樓
電話號碼：+886-2-8911-0825
傳真號碼：+886-2-8911-0801
網址：http://ecorebooks.pixnet.net/blog

中國大陸發行‧零售：心一堂‧彭措佛緣閣
深圳地址：中國深圳羅湖立新路六號東門博雅負一層零零八號
電話號碼：+86-755-8222-4934
北京流通處：中國北京東城區雍和宮大街四十號
心一店淘寶網：http://sunyatacc.taobao.com/

版次：二零一四年七月初版，平裝

定價：　港幣　　　二百九十八元正
　　　新台幣　　一千一百八十元正
　　　（上下冊不分售）

國際書號 ISBN 978-988-18867-2-9

目　錄

本論分四

甲一、論名之義　　　　　　　　　　　　　　3

乙一、譯名　　　　　　　　　　　　　　　　3

乙二、解釋論名　　　　　　　　　　　　　　4

乙三、不同譯名之必要　　　　　　　　　　　4

甲二、譯禮　　　　　　　　　　　　　　　　5

甲三、論義　　　　　　　　　　　　　　　　6

乙一、入造論支分　　　　　　　　　　　　　6

丙一、禮讚與立誓 (何者等一頌)　　　　　　6

丙二、解說論名 (淨慧等一頌)　　　　　　 11

丙三、此論以必要等四法成立佛說 (無辨等一頌)　16

乙二、真實論義　　　　　　　　　　　　　 21

丙一、明確內容 (有漏等一頌二句)　　　　 21

丙二、詳細抉擇　　　　　　　　　　　　　 26

丁一、廣說無為法 (其中等一頌)　　　　　 26

丁二、廣說有為法　　　　　　　　　　　　 32

戊一、總義　　　　　　　　　　　　　　　 32

己一、八品之理　　　　　　　　　　　　　 32

己二、八品之聯繫　　　　　　　　　　　　 33

己三、各品所說之內容　　　　　　　　　　 33

戊二、論義　　　　　　　　　　　　　　　 33

阿毗達磨俱舍論頌講記

第一分別界品

甲一、有為法 (所有等二句)	35
甲二、別名	36
乙一、有為法之別名 (彼等等二句)	36
乙二、有漏法之別名 (如是等一頌)	37
甲三、廣說蘊界處	39
乙一、蘊界處之自性	39
丙一、真實宣說蘊界處	39
丁一、色蘊之理	39
戊一、真實宣說色蘊	39
己一、略說 (所謂等二句)	39
己二、廣說	40
庚一、以法相之方式宣說五根 (彼等等二句)	40
庚二、以事相之方式宣說五境 (色有等一頌)	41
庚三、宣說無表色 (散亂等二頌二句)	45
戊二、根境與界處之關聯 (承許等二句)	49
丁二、中間三蘊之理 (受蘊等一頌二句)	49
丁三、識蘊之理 (識蘊等一頌二句)	53
丁四、遣除實法之疑慮 (為立等二頌二句)	56
丙二、蘊界處各自含義及必要性 (積聚等一頌)	63
丙三、單獨安立受想蘊之理由 (成為等一頌二句)	69
丙四、蘊界處次第確定之理 (次第等一頌二句)	71
丙五、二處決定之理 (為分等一頌)	75

目
錄

乙二、攝他法之理　　　　　　　　　　　　76

丙一、攝法蘊之理 (能仁等二頌)　　　　　76

丙二、其他依此類推 (如是等二頌)　　　　80

乙三、界之分類　　　　　　　　　　　　　87

丙一、有見等五類 (有見等三頌)　　　　　87

丙二、有尋有伺等分類 (尋伺等二頌)　　　94

丙三、有緣等五類 (有緣等三頌)　　　　　98

丙四、三生之分類 (異熟等一頌二句)　　105

丙五、具實法等五類 (具有等二頌)　　　108

丙六、見斷等分類 (十色等一頌)　　　　114

丙七、見與非見之分類 (眼與等七頌)　　116

丙八、二識等三類 (根意等一頌)　　　　126

第二分別根品

甲一、根之安立　　　　　　　　　　　　129

乙一、根之自性　　　　　　　　　　　　129

丙一、根之功用 (傳說等四頌)　　　　　129

丙二、根之定數 (心之等二頌)　　　　　135

乙二、此處所說根之本體　　　　　　　　137

丙一、宣說五受根 (身非等一頌二句)　　137

丙二、宣說最後三根 (見修等二句)　　　140

乙三、根之分類　　　　　　　　　　　　141

丙一、觀待助緣之分類 (最後等一頌)　　141

阿毗達磨俱舍論頌講記

丙二、觀待因果之分類（命根等一頌二句）　142

丙三、觀待本體之分類（善法等二頌）　145

丙四、觀待所斷之分類（意三等一頌）　149

乙四、根之得捨　151

丙一、得根之理（欲界等一頌）　151

丙二、捨根之理（無色等一頌二句）　152

乙五、沙門四果以幾根而得（始終等一頌）　154

乙六、具根之理　160

丙一、必具（具捨等二頌二句）　160

丙二、會具（無善等二頌）　164

甲二、有為法產生之理　166

乙一、真實宣說有為法產生之理　166

丙一、色法產生之理（欲界等一頌）　166

丙二、非色法產生之理　170

丁一、略說（心與等二句）　170

丁二、廣說　171

戊一、相應法產生之理　171

己一、類別決定之分類　171

庚一、略說（五種等二句）　171

庚二、廣述　173

辛一、遍大地法（受想等一頌）　173

辛二、大善地法（信不等一頌）　177

辛三、大煩惱地法（癡逸等二句）　180

目錄

辛四、不善地法 (不善等二句) ... 181

辛五、小煩惱地法 (怒恨等二句) ... 181

己二、不定之相應 (隨逐等四頌) ... 183

己三、似相同之差別 (無慚等二頌) ... 188

己四、似不同之一體 (心意等一頌) ... 190

戊二、不相應行產生之理 ... 193

己一、略說 (一切等一頌) ... 193

己二、廣說 ... 197

庚一、得繩非得 ... 197

辛一、真實宣說得繩非得 (得有等一頌) ... 197

辛二、宣說彼之特法 ... 202

壬一、得繩之特法 (法有等二頌二句) ... 202

壬二、非得之特法 (非得等一頌二句) ... 207

庚二、同類 (所謂等二句) ... 211

庚三、無想 (無想等二句) ... 213

庚四、二定 ... 216

辛一、無想定 (如是等一頌) ... 216

辛二、滅盡定 (所謂等二頌) ... 218

辛三、此二共同之所依 (此二等二句) ... 221

庚五、命 (所謂等二句) ... 224

庚六、法相 (所有等一頌二句) ... 226

庚七、能說 (名聚等一頌) ... 230

己三、攝義 (同類等一頌) ... 232

阿毗達磨俱舍論頌講記

乙二、旁述因果及緣　　　235

丙一、宣說因果　　　235

丁一、宣說因　　　235

戊一、略說 (能作等一頌)　　　235

戊二、廣說　　　237

己一、能作因 (除已等一句)　　　237

己二、俱有因　　　239

庚一、法相 (俱有等一句)　　　239

庚二、事相　　　239

辛一、總說 (如大等二句)　　　239

辛二、別說心之隨轉 (心所等一頌)　　　240

己三、同類因 (同類等一頌二句)　　　242

己四、相應因 (相應等二句)　　　246

己五、遍行因 (所謂等二句)　　　247

己六、異熟因 (異熟等二句)　　　248

戊三、攝義 (遍行等二句)　　　249

丁二、宣說果　　　249

戊一、略說 (果攝等二句)　　　249

戊二、廣說　　　251

己一、果是何因之果 (異熟等一頌)　　　251

己二、宣說各自之法相 (異熟等二頌)　　　253

丁三、宣說二者共同之法　　　258

戊一、執果與生果時 (五因等一頌)　　　258

目
錄

戊二、由幾因生果 (煩惱等一頌二句)　　259

丙二、宣說緣　　262

丁一、略說與各緣之法相 (經中等一頌二句)　　262

丁二、何緣對三時何果起作用 (俱有等一頌)　　264

丁三、任何法由幾緣產生 (四緣等二頌)　　266

丁四、廣說等無間緣　　269

戊一、分析十二心　　269

己一、真實宣說十二心 (欲界等一頌)　　269

己二、對應緣與具緣 (欲界等五頌)　　269

戊二、分析二十心 (十二等一頌二句)　　280

戊三、觀察十二心中何者新得 (三界等一頌)　　282

第三分別世間品

甲一、生者眾生世界　　285

乙一、分類　　285

丙一、三界之分類 (地獄等三頌)　　285

丙二、五趣之分類 (彼中等一頌)　　290

乙二、法之特點　　292

丙一、七識處 (身不等一頌二句)　　293

丙二、有情九處 (有頂等一頌)　　295

丙三、四識處 (四處等二句)　　296

丙四、觀察七識處與四識處所攝之義 (如若等一句)　　297

阿毗達磨俱舍論頌講記

乙三、廣說自性　　　　　　　　　　　297

丙一、識入之理　　　　　　　　　　　297

丁一、所入之處（有情等一頌一句）　　297

丁二、入者中有　　　　　　　　　　　303

戊一、本體（死有等二句）　　　　　　303

戊二、能立　　　　　　　　　　　　　304

己一、理證（中有等一頌二句）　　　　304

己二、教證（佛親等二句）　　　　　　306

戊三、身相（此一等一頌）　　　　　　308

戊四、法之差別（同類等一頌）　　　　311

戊五、入生之理（生起等三頌）　　　　314

丙二、識住之理　　　　　　　　　　　318

丁一、住於何處心之緣起　　　　　　　318

戊一、略說（無我等二頌）　　　　　　318

戊二、廣說　　　　　　　　　　　　　324

己一、分位緣起　　　　　　　　　　　324

庚一、自性　　　　　　　　　　　　　324

辛一、分類（此即等一頌）　　　　　　324

辛二、各自法相（煩惱等三頌二句）　　326

辛三、彼等之必要（為能等二句）　　　331

庚二、觀察歸攝（煩惱等一頌）　　　　332

庚三、定數之理由（煩惱等一頌）　　　335

庚四、起生之差別（此許等二句）　　　337

目
錄

己二、緣起之本體 338

庚一、宣說無明 (智慧等一頌二句) 338

庚二、宣說名與觸 (名即等二頌) 341

庚三、細述受 (從中等四頌二句) 342

己三、以比喻說明三支 (於許等一頌) 345

戊三、攝義 (四有等一頌) 347

丁二、依何而住食之緣起 348

戊一、食之自性 (有情等一頌二句) 348

戊二、旁述中陰身之異名 (意成等二句) 353

戊三、彼等之必要 (前二等一頌) 353

丙三、識去之理 (斷絕等三頌) 356

甲二、生處器世界 362

乙一、次第與量 362

丙一、宣說所依 362

丁一、宣說風輪 (器世等二句) 363

丁二、宣說水輪與金輪 (水深等一頌二句) 363

丙二、宣說能依 364

丁一、宣說山 (須彌等三頌) 364

丁二、宣說海 (彼等等一頌二句) 366

丁三、宣說洲 367

戊一、宣說主洲 (南贍等二頌二句) 367

戊二、宣說小洲 (彼等等一頌) 369

戊三、宣說贍部洲之特法 (此向等一頌) 370

丙三、別說眾生之處　　　　　　　　　　380

丁一、真實宣說眾生之處　　　　　　　　380

戊一、惡趣　　　　　　　　　　　　　　380

己一、熱地獄 (此下等一頌二句)　　　　380

己二、寒地獄 (其他等二句)　　　　　　381

戊二、善趣天界　　　　　　　　　　　　382

己一、與地相連　　　　　　　　　　　　382

庚一、四大天王天　　　　　　　　　　　382

辛一、依無量宮 (日月等三頌)　　　　　382

辛二、依山 (須彌等二頌)　　　　　　　389

庚二、三十三天 (須彌等四頌)　　　　　390

己二、與地不連 (彼上等二頌)　　　　　393

丁二、彼等之廣述 (三種等四頌)　　　　395

乙二、旁述眾生之量　　　　　　　　　　398

丙一、身量 (南贍等三頌)　　　　　　　398

丙二、壽量　　　　　　　　　　　　　　399

丁一、真實宣說壽量　　　　　　　　　　399

戊一、善趣壽量 (北俱等三頌二句)　　　399

戊二、惡趣壽量 (復合等三頌)　　　　　400

丁二、旁述 (除開等二句)　　　　　　　403

乙三、別說此二量　　　　　　　　　　　403

丙一、略說 (色名等二句)　　　　　　　403

丙二、廣說　　　　　　　　　　　　　　406

目
錄

丁一、境色之量 (極微等二頌) 406

丁二、時間之量 407

戊一、宣說年 (一百等一頌二句) 407

戊二、宣說劫 408

己一、真實宣說劫 408

庚一、壞劫 (多劫等二句) 408

庚二、成劫 (成劫等二句) 410

庚三、住劫與大劫 (中劫等二頌) 411

己二、旁述 412

庚一、大劫 之旁述 412

辛一、佛陀出世情況 (三無等二句) 412

辛二、緣覺出世情況 (緣覺等二句) 413

辛三、轉輪王出世情況 (諸轉等四頌) 413

庚二、壞劫之旁述 417

辛一、壞劫之類別 (壞劫等二句) 417

辛二、身體之頂 (第二等一頌二句) 418

辛三、壞滅之次第 (以火等一頌) 419

阿毗達磨俱舍論頌講記

阿毗達磨俱舍論頌講記

世親論師 造頌

堪布索達吉 講譯

頂禮本師釋迦牟尼佛！

頂禮文殊智慧勇識！

頂禮傳承大恩上師！

　　無上甚深微妙法，百千萬劫難遭遇，

　　我今見聞得受持，願解如來真實義。

為度化一切眾生，請大家發無上殊勝的菩提心！

　　釋迦牟尼佛次第轉三次法輪，其中第一轉法輪的見解主要以《俱舍論》來衡量，行為以《毗奈耶經》來衡量。處於末法濁世的眾生，壽命如此短暫，第一轉法輪的經論教義想要全部了達十分不現實，但若能精通《俱舍論》和《毗奈耶經》，則可圓滿通達釋迦牟尼佛第一轉法輪的一切精要。

　　《阿毗達磨俱舍論》①，義為對法藏論。全論通過五事②內容與八品詞句進行抉擇，主要講述一切萬法之總相、別相、性質、類別，對世出世間法進行細緻入微的分析，詳細闡明流轉與還滅的因果法則，真實開顯四諦真理，為所有希求解脫的修行人指明一條修行途徑。本論已全

---

① 《阿毗達磨俱舍論》：簡稱《俱舍論》。

② 五事：色法、心法、心所法、不相應行法、無為法。

面歸攝《對法七論》之精華，若認真研習此論，明白其中道理，也就相當於學習了《對法七論》；若能學好此論，亦可為深入三藏打下堅實基礎，因此有人將此論稱為「聰明論」。作為佛法的根本理論，不論顯宗還是密宗，精通此論極為重要。

　　有人認為：《俱舍論》是小乘共同法門，它沒有密法那樣殊勝，沒有必要學習。這種觀點是錯誤的，因為《對法七論》由七大阿羅漢所造，作為聖者撰著的論典，如果不值得凡夫學習，則將成為眾人之可恥笑處。而且，這部《俱舍論》是「六大莊嚴」之一——世親論師的論著。世親論師在佛涅槃以後，對佛法弘揚起到不可估量的作用，他本人能背誦九十九萬部般若頌，且得佛陀親自授記，被人們稱為「第二大佛陀」。我們現在能夠聞思這部論典，也是往昔積累了無量福德，與世親論師具有殊勝的緣分，因此大家應仔細閱讀《世親論師略傳》，在相續中對其生起真正的信心，這樣對於學習這部《俱舍論》有很大利益，亦一定會得到如佛一般的加持，從而對本論所述內容生起真實定解。

　　《俱舍論》的講義，在藏傳佛教中非常多，在漢傳佛教也有一些，但這些注釋特別古，讀起來晦澀難懂，現在的修行人若想深入研究非常困難，另有一些則十分簡單，並未涉及《俱舍論》的真正內涵。這一次我們根據蔣陽洛德旺波尊者的《俱舍論釋》③進行講解，這部《俱

舍論釋》不廣不略，並且已經圓滿開顯了《俱舍論》的深刻奧義。

今天是一個非常吉祥的日子④，希望在開講《俱舍論》的過程中，大家一定要認真細緻地聞思修行。如果在聽聞期間，沒有付出一定的精力深入思維，恐怕也不可能輕而易舉在相續中生起《俱舍論》的智慧。因此，各位道友在聞思過程中要善始善終，並且祈禱傳承上師加持，希望在自相續中生起無垢智慧，以成辦自他二利之菩提道業！

此論分四：一、論名之義；二、譯禮；三、論義；四、末義。

甲一（論名之義）分三：一、譯名；二、解釋論名；三、不同譯名之必要。

乙一、譯名：

梵語：阿毗達磨夠卡嘎熱嘎

藏語：秋溫波奏戒策累俄雪巴

漢意：對法藏頌

本論梵語⑤名稱中，「阿毗」為對，「達磨」為法，「夠卡」為藏，「嘎熱嘎」為頌，漢意即對法藏頌。

此處亦可將「夠卡」譯為俱舍，人們經常說「俱舍論」，

阿毗達磨俱舍論頌講記

---

③下文中均簡稱為《講義》。

④二零零三年藏曆四月初八，釋迦牟尼佛聖誕。

⑤印度有四大語系：天語，即梵語，屬印度語系；土語，即巴利文，印度本土語言；顛鬼語，即畢舍遮語；訛誤語，即阿婆商廈語。

但實際上「俱舍」是藏的意思，「俱舍論」也即藏論，並未將「對法」的含義表達出來。

乙二、解釋論名：

「對法藏」即論藏。在《經莊嚴論》中，「對」有四種意思——現前、再三、威嚴、了達，此處是指現前之義，即一切萬法的法相、性質、類別全部可以一一現前，並詳細說明其本體。「法」的含義非常廣，世親菩薩將其歸納為「法者所知道，涅槃及意境，福壽及教典，未來決定規」十種含義，這裡是指「所知」，即一切萬法或學問。「藏」有庫的意思，表明本論中藏有很多對法的道理。

關於論名，將在下文進一步詳細解說。

乙三、不同譯名之必要：

以梵語宣說論名有很大必要，第一、釋迦牟尼佛出生於印度，在此宣說梵語可憶念佛陀之恩德；第二、三世諸佛均以梵語說法，後學者若與其結下善緣，則可在相續中種下善根，對來世值遇佛陀、聽聞佛法有殊勝利益；第三、梵語有很高可信度，由此可以看出本論來源清淨。

以藏語宣說論名，是為了使後學者憶念前輩譯師的恩德。末法時代，眾生福德淺薄，善緣微弱，無緣親聞如來妙音，唯有依靠諸大譯師之恩德，才使濁世眾生得以品嘗佛法甘露。大鑒禪師說：「飲水思源，自覺自悟，師豈遠哉？」我們在修學佛法的同時，更應感念諸大譯

師之恩德。

甲二、譯禮：

頂禮文殊童子！

這是譯師所作的頂禮句。藏傳佛教在翻譯過程中與漢傳佛教有所不同，漢文藏經中，唐玄奘等譯師一般不加譯禮句，而在藏傳佛教中，經論從梵語譯成藏語，譯師都會在正文前加譯禮句。

在這裡，譯師首先三門恭敬頂禮文殊菩薩。一方面為了祈求加持，在翻譯過程中增加順緣，遣除違緣；另一方面，也希望凡與之結緣的眾生皆能獲得究竟佛果。

「頂禮文殊童子」可以表明《俱舍論》屬於論藏。此規定來源於藏地古代三大法王之一的赤熱巴巾⑥。他對出家人特別恭敬，每次見到出家人都五體投地，且將髮髻散開鋪於地上，請其從上踏過。赤熱巴巾在藏地建立非常廣大的譯經場，對古老的藏文及其文法進行了改造，並且對三藏的頂禮句作了特別規定：凡屬律藏所攝，前面一律加「頂禮本師釋迦牟尼佛」，這是由於因果深細難測，戒律的開遮持犯，菩薩與聲緣羅漢無法抉擇，唯有佛陀才能完全通達；凡屬經藏所攝，前面加「頂禮諸佛菩薩」，因多數佛經是佛與菩薩以問答方式記錄下來的；凡屬論藏所攝，前面加「頂禮文殊菩薩」，只有文殊菩薩具有細微深妙的智慧，可以清晰辨明萬法之差別，

⑥赤熱巴巾：義為「具髮髻」，金剛手菩薩之化身。

阿毗達磨俱舍論頌講記

因此論藏前如是稱頌頂禮。

　　然而，並非所有三藏皆以此三頂禮句來劃分，在赤熱巴巾之前有很多論師，他們有時也是根據自己不同本尊，及自己有信心的佛或菩薩進行頂禮，因此不能一概而論！

　　甲三（論義）分二：一、入造論支分；二、真實論義。

　　乙一（入造論支分）分三：一、禮讚與立誓；二、解說論名；三、此論以必要等四法成立佛說。

　　丙一、禮讚與立誓：

　　何者盡毀一切暗，引眾脫離輪迴泥，

　　頂禮如理說法佛，對法藏論此詳說。

　　能夠摧毀世間一切癡暗，引導無邊眾生脫離輪迴淤泥者，唯是釋迦牟尼佛。在此頂禮如理宣說一切佛法深義之佛陀，並立誓詳細宣說此對法藏論。

　　眾多高僧大德對本頌的解釋方法各有不同，在此，我們大概講解其本義即可。

　　世親論師首先恭敬頂禮佛陀，是因為佛陀所有的煩惱和無明愚癡都已經摧毀無餘，就如同太陽遣除了世間所有的黑暗。由此頂禮，一方面可以使後學者了知佛陀的功德和威力；另一方面也說明自己是佛教徒，為了圓滿積累資糧，使自己造論不出違緣，所以世親論師在這裡首先頂禮釋迦牟尼佛，並通過三種圓滿讚歎佛陀的如海功德。

序文

那麼，佛陀具有哪三種圓滿呢？即自利斷證圓滿、他利事業圓滿、成辦他利之方便圓滿。

首先是自利斷證圓滿。「何者盡毀一切暗」中的「何者」是代詞，指代釋迦牟尼佛，因為聲聞、緣覺以及菩薩都各有不同的障礙，不能夠「盡毀一切暗」。所謂的「一切」是指十二處所攝的一切法。除無為法以外，也可以說一切法攝於五蘊或十八界當中，此處為了認一切所知的真相，故說十二處所攝的法，佛經中也說：「婆羅門，所謂一切即十二處所有法。」「暗」，是指癡暗，也即我執的根本——八十種隨眠及其所屬，包括具染不知之癡暗與四不知因等非具染不知之癡暗，如同世人說沒有陽光或者光明就見不到色法，同樣，以兩種不知也會障礙見到萬法實相。這裡所說的兩種不知之癡暗相當於大乘中的煩惱障與所知障，煩惱障和所知障全部斷除，是大乘的說法，這裡則應按照本論的講法——具染不知之癡暗（染污無明）和非具染不知之癡暗（非染污無明）。《入行論》中說：「此非染污愛，如癡云何無？」阿羅漢相續中仍具有無明愚癡，即非染污愛，又怎麼能說他們已獲得了究竟的寂滅果呢？麥彭仁波切在《澄清寶珠論》中講到聲聞緣覺和大乘之間的差別時也說，聲聞阿羅漢相續中還沒有斷除四種不知因，即非煩惱的愚癡仍未斷除，因此不能稱之為「盡毀一切暗」。

四種不知因是指佛法深細而不知、對境遙遠而不知、

時間久遠而不知、分類無量而不知。第一、因佛法深細而不知，雖然舍利子的智慧超勝所有的凡夫、阿羅漢，但佛陀在多生累劫中有漏和無漏的戒蘊之量，他也根本沒辦法衡量；第二、因對境遙遠而不知，目犍連是佛陀座下神通第一的弟子，但是他卻不知道自己的母親轉生到聚光佛剎土，因為聚光佛剎土距娑婆世界有八萬俱胝，阿羅漢的「望遠鏡」（指神通）只能見到自己附近的地方，很遠的對境根本無法測量，但佛陀已經完全了知他的母親轉生到聚光佛剎土；第三、因時間久遠而不知，華傑施主在八十歲想出家時，舍利子用神通觀察發現他無有即生出家的緣分，所以不開許，但是，釋迦牟尼佛知道華傑施主在久遠劫以前轉生為豬時，因將身上的泥土沾在佛塔裂縫處，而種下了隨解脫分的善根，所以佛沒有因時間久遠而不知的障礙，而阿羅漢具有；第四、因分類無量而不知，如阿羅漢羅睺羅說：「孔雀翎羽唯一因，各種各樣之分類，非遍知佛不了知，了知此故遍知力。」孔雀毛有各種各樣的顏色是有原因的，而其中緣由只有佛陀能夠了知。所以說因果及世間萬物的細微差別，不要說凡夫，連阿羅漢也不能夠了知，我們所造的業，將來會變成什麼果，生活中的行為取捨，都必須用佛經來衡量。

　　「盡毀」指煩惱不復再生，佛已經摧毀了所有的煩惱及習氣，不復再生，因此直接說明了佛陀的斷德圓滿；

正如黑暗消盡，光明自然現前一般，垢染清淨則盡所有和如所有的智慧一定圓滿，所以也間接說明了證悟圓滿。

以上已經宣說了自利斷證圓滿，下面是他利事業圓滿。頌詞中說「引眾脫離輪迴泥」，輪迴有兩種：眾生接連不斷流轉的處所——器世界，可稱為輪迴；接連不斷流轉的眾生——有情世界，也可以叫輪迴，因為接連不斷的就是眾生，所以有情世界和器世界都可被稱為輪迴。「輪迴泥」是指淤泥，淤泥當中有很多青蛙等含生聚集，若一旦陷入淤泥中，通過自己的力量很難逃脫，尤其是身體比較重的，比如大象、犛牛等必須依靠其他眾生的力量才能從淤泥中解脫。同樣，輪迴也是凡夫眾生集聚之處，有愛的浸潤，一旦陷入此輪迴淤泥之中，則唯有依靠佛陀智慧的力量，才能從中解脫，因此將輪迴比喻為淤泥。因為唯有斷證圓滿的佛陀，能真正引導有緣眾生脫離近取五蘊生死接連不斷流轉的輪迴淤泥，所以只有佛陀能夠圓滿成辦究竟他利之事業。

佛陀還具足成辦他利的圓滿方便。我們有些人，自己雖然懂一點佛法，但不願給有緣眾生宣說，佛陀卻並非如此，他為利益眾生而如實並善巧地宣說自己證悟之道，開闢一條光明道路指引給眾生。按小乘的說法，佛陀已經涅槃幾千年，但是他給我們指明的道路仍在人們面前，依靠它，眾生一定會有解脫的機會。

作者世親論師於造論初始，在具足三種圓滿的佛陀

阿毗達磨俱舍論頌講記

面前恭敬頂禮。作為後學者，在聽聞《俱舍論》的開端，所有四眾弟子也應隨作者一起向具足圓滿功德的佛陀頂禮。而且，希望大家無論何時何地，在聽法之前都應對佛陀頂禮三拜，這是非常必要的。有些人聽法時非常不恭敬，尤其是在家裡聽法的這些人，也許根本沒有想到聽法的功德，行為十分不如法，這種做法是不合理的。之所以作這樣的頂禮，就是要將自己的行為與聖者們的行為融為一體，因為聖者們在諸佛菩薩面前頂禮、恭敬，並讚歎他們的功德，作為後學者也應像聖者們一樣，以此成辦暫時與究竟的一切利益。

下面是立誓句「對法藏論此詳說」。世親論師在這裡頂禮佛陀之後，就立誓說要宣講這部《阿毗達磨俱舍論》，這樣立誓的原因有兩個：一、為暫時造論圓滿；二、為究竟獲得解脫。「論」，梵語為夏札，有對治、救護之義，也就是對治煩惱妄念，從惡趣三有的痛苦中解脫，《俱舍論》已經圓滿具足這兩個法相，因此可以稱為「論」。

作為一個修行人，精通《俱舍論》非常重要，如果此論未通達，那麼五蘊、十二處、十八界的道理就不能了知，有境與外境之間的差別也不會明白，一切名言萬法的真相也就不會通達。我們在學習過程中也要先頂禮斷證功德圓滿的佛陀——本師釋迦牟尼佛，並且立下誓願：我在聽受《俱舍論》的過程中，即使遇到生命危險也不中斷傳承。這不僅是嘴上說說而已，因為所有的佛

序文

10

法都不是在口頭上說的，作為一個聞思修行之人，均應於內心發起一種堅定的誓願，這種永不動搖的決心非常重要。

丙二、解說論名：

淨慧隨行為對法，為得彼之諸慧論，

對法之義納此中，或此所依故為藏。

清淨的智慧及其隨行可稱為勝義對法；可趨入彼之諸種智慧及論典則稱為世俗對法。因二種對法之含義均可歸納於本論中，或說本論之所依即為對法七論，故而稱為「藏」。

兩種對法的含義在頌詞中並不明顯，若不對照世親論師的《阿毗達磨俱舍論自釋》，就很難解釋。《自釋》雖然有點古，很難看懂，但還是應該將其作為標準進行參考，因為本論中的每一個頌詞都有甚深的含義，這其中的深刻內涵要從《自釋》中挖掘出來。而且，對法所涉及的問題比較細微，在思維時若不細心，很可能擦肩而過，非常容易忘失。因此，大家在學習時一定要認真細緻，這樣才能打開自己的智慧之門。

《阿毗達磨俱舍論》分大乘和小乘兩種。

本論屬於小乘「阿毗達磨」，其意義分兩方面，即勝義對法和世俗對法。「淨慧隨行為對法」明確指出了勝義對法的含義。有關勝義諦和世俗諦的認識，佛教四大宗派⑦的觀點都有所不同。但根據有部宗的觀點來講，

勝義對法是指見道、修道、無學道的「淨慧」及淨慧的「隨行」。「淨慧」指見道、修道和無學道的智慧，也即凡小乘見道以上聖者相續當中存在的清淨無漏智慧。「隨行」，比如見道菩薩在色界時，其所獲得的等持與智慧無二無別，即等持和智慧同一體，此時這位見道菩薩的五蘊稱為隨行；若這位見道菩薩是在無色界，因其無有色蘊[8]，則此見道菩薩的四蘊稱為隨行。所以說，見道、修道和無學道的智慧及其隨行分所屬的五蘊或四蘊，即稱為勝義對法。

所屬五蘊是指無漏戒律無表色以及依靠靜慮六地的受、想、行等都是成住同質。無漏戒律指見道以上聖者相續中的戒律。有部宗認為此戒律是一種無表色，因為戒律無有真正的形狀顏色，眼睛看不到，手也摸不著，但若通過上師阿闍黎或禪定，在相續中能夠獲得，經部以上（包括隨教經部和隨理經部）不承認上述觀點，唯識宗和中觀宗也不承認其為實有。有部宗認為依靠無漏戒律獲得六種靜慮，而此靜慮六地的五蘊，與無表色同體，也可以說為成住同質，比如火與火的熱性，火產生則火的熱性也同時產生，而火滅時火的熱性也同時滅，生、住、壞、滅同時同體之異類法就叫做成住同質。因此無漏戒律與其所依靠的靜慮六地之五蘊同時存在，也就是勝義阿毗

序文

---

⑦佛教四大宗派：有部、經部、唯識、中觀。
⑧無垢光尊者說，無色界應該有色蘊的細微部分，《俱舍論》中所講的無色界無有色蘊應該是指粗大的色蘊。

達磨。所謂的依靠並不是棗核依靠銅盆的能依所依關係。依靠的方式有三種：第一、相續的依靠，如第二剎那依靠第一剎那產生；第二、盆子放在桌子上的能依所依關係；第三、同體依靠，如獲得第一靜慮時，

相續中的戒律與當時的受⑨、想⑩、行⑪皆以成住同質的方式存在，所以均可稱為勝義阿毗達磨。成住同質是《俱舍論》的一種特殊用法，

小乘在名言中，或者在因明辯論中，經常用到這種名詞。以上講了「淨慧隨行為對法」的含義，其中「為」即「就是」之義，清淨的智慧和隨行就是對法，也即勝義對法。

「為得彼之諸慧論」，為了獲得勝義對法，自己趨入勝義對法的道路，在此過程中所產生的俱生智和聞思修三慧的一切有漏智慧稱之為世俗對法。在藏傳佛教，很多俱舍的觀點都是依靠印度札西論師、滿增論師和安慧論師等的講義來解釋，其中滿增論師在解釋世俗對法時說：為了獲得勝義對法，在研究的過程中，自己相續中產生的俱生智慧和聞思修的智慧，就稱為世俗對法。之所以將世俗對法稱為「對法」，是因為果為勝義對法，以果立因之名，《自釋》中說：「傳生無漏慧教，此諸慧論是彼資糧故亦得名阿毗達磨。」比方說在學中觀時，

---

⑨受：等持的感受。
⑩想：能夠作無漏辨別之想。
⑪行：相應行、非相應行。色界眾生相續中的得繩由相應行產生。

阿毗達磨俱舍論頌講記

有基中觀、道中觀、果中觀⋯⋯但真正的中觀是果中觀，只是從可以現前果的角度，為因安立了「中觀」的名稱；講般若時，有文字般若、實相般若等等，真正的般若實際是指實相般若，但從果的角度也將文字等稱為「般若」。同樣，因為一切心之所屬的俱生智慧和聞思修智慧是趣入勝義對法之因，故將相續中的這四種智慧稱為世俗對法。

以上所說的四種智慧，也是前前因產生後後果的關係。其中，俱生智慧不需要依靠聞思修行，與生俱來，比如有人不依靠聞思修行就能通達俱舍的內容，或稍作聞思即能將之融會於心；聞所生慧是指通過聽聞經論之教授而得到的智慧，這種智慧在無色界無有，因無色界不存在互相溝通的語言文字；思所生慧是指將所聽聞之法義反覆思維後所產生的智慧，這種智慧只有欲界眾生才具有，色界的心非常細微，只要一思維，就馬上入定；這裡的修所生慧一般是說色界和無色界的等持，它與無漏智慧無二無別，以欲界粗大之心無法成就。因此說，頌詞中的「慧」，就是指俱生智慧和聞思修所生智慧，「論」是有關勝義與世俗對法內容的七部論藏等所有論典，這些都是產生見道以上、與無漏戒律同體的無漏智慧之因，所以被稱為世俗對法。

「法」的含義非常廣，前面也講了十種含義，此外還有所修之「法」及所破之「法」等。這裡指不捨本身

的體相。什麼叫「對」呢？即不捨棄自己的本體，同時現前諸法真正涅槃本性。大乘「對法」中，「對」是現前通達之義；「法」指不捨棄本性的實相，即是萬法的實相。一切萬法的本來實相通過一種方式能夠完全真正通達，就叫對法。

　　「對法藏論」中的「藏」字，梵語是夠卡，也就是俱舍。現在我們所講的「俱舍論」，其實就是「藏論」的意思，最完整的名稱應是「阿毗達磨俱舍論」，也即對法藏論，藏文的「秋溫波奏」就比較接近梵語所表達的含義。這裡「藏」的意思是說，此論容納了對法七論所有最珍貴的內容，所以叫藏。《自釋》中說：「由彼對法論中勝義入此攝故，此得藏名。」釋德班欽尊者在《自釋》的講義中說，比如劍鞘可以裝劍，然後劍可從劍鞘中取出來，實際上劍在劍鞘的範圍當中，所以這裡的藏有「藏」及「所藏」兩種意思。「藏」是指《俱舍論》，「所藏」是指《俱舍論》的來源——對法七論。從來源講，《俱舍論》不是藏，而是所藏，如北京人，是用北京的地名而取名為北京人；而《俱舍論》是對法七論之寶藏中的精華，它不叫所藏，而叫藏者。所以「藏」有能藏和所藏兩種含義。一般說來，把劍也叫劍鞘的說法是沒有的，但在釋德班欽尊者的講義中確實有這種說法，蔣陽洛德旺波尊者的講義中也是如此宣說，大概從梵語的角度來講，劍也可以叫劍鞘。

　　《俱舍論》是五部大論之一，作為佛教徒學習五部

阿毗達磨俱舍論頌講記

大論非常重要，若能精通五部大論，那顯宗、密宗的道理皆可無礙通達。但是，若未精通五部大論，名言和勝義的法不一定能全部通達。全知麥彭仁波切在《俱舍論》注釋的後面講到，所謂的《俱舍論》，是將深細的學問通過簡明易懂的語言進行說明。滿增論師說：在《俱舍論》中，所有對法方面的內容，以不廣不略的方式全部具足。故而此論相當重要，我們現在聞思時要廣聞博學，所聽聞的法，道友之間應該互相探討，然後將自己的理解、別人的解釋、蔣陽洛德旺波尊者的觀點，以及《自釋》中的觀點，詳細加以分析，這樣一定會在相續中生起智慧，但若未精勤地分析論義卻想生起智慧，這恐怕非常困難。

丙三、此論以必要等四法成立佛說：

無辨諸法之智慧，　無法息滅諸煩惱，

以惑漂泊有海故，　傳聞此論乃佛說。

無有辨別諸法之智慧，就無法息滅業和煩惱，眾生以此將永遠漂泊於三有大海之中，所以，傳聞佛陀為此宣說了《對法七論》。

學習任何一部論典時，首先應將宗派之間的關係分清楚，現在很多漢文本的《俱舍論》講義，有的以密宗觀點解釋，有的從中觀角度來解釋，但是這些解釋方法，並不能顯示出《俱舍論》真正的內涵。《俱舍論》的頌詞主要宣說有部宗的觀點，而《自釋》中，世親論師站在經部觀點，對有部宗的某些見解表示不滿，並進行了

序文

16

破析。所以在本論當中有很多「傳聞」、「據說」等字眼，都應結合上述說明進行分析理解。

有些人認為，《俱舍論》既然是小乘有部宗、經部宗的見解，那修習大圓滿的人，就沒必要去學了。這種想法不正確，即使是大圓滿的修行人，也應該從名言入手修學，這一點非常重要。比如要到印度去，從五明佛學院到印度的路途相當遠，在旅途中會出現的違緣應提前做好準備，若只關心所要到達的印度，而不去關心將會出現的違緣障礙，那有可能剛邁出幾步就已摔倒，不能到達真正的印度。大圓滿的境界，對我們來說比較遠，應該抓住眼前的法門，精通名言的道理，尤其在學佛的過程中，不論是要使自相續生起正見，還是與他人探討問題，如果沒有名言方面的學問，確實是非常可笑的。佛教徒應將佛經的大小乘理論作細緻研究、分析，對自己的修行以及攝受弟子都會有不可估量的利益。

「諸法」，大乘是指輪涅所攝一切法，小乘則指有漏、無漏一切法。辨別法與非法、法的總相與別相等等，這種辨別諸法的智慧非常重要。在世間中每個眾生都有業和煩惱，它們必須通過無我的智慧來摧毀，佛經中也說：諸智慧能摧毀一切煩惱大山。如果沒有佛法和能夠辨別諸法智慧的大船，眾生始終不可能解脫，將一直在三有大海中沉淪。

「傳聞」是作者站在經部宗的立場上對有部宗不滿

阿毗達磨俱舍論頌講記

的一種語氣。因為「此論乃佛說」是有部宗的觀點，就像佛陀先說《因緣品》，後來法護尊者結集，別名《法集要頌集》，全書四卷，自無常品到波羅蜜品，共三十二品。同理，佛首先在各個經典中已經講了對法七論的內容，後來七大阿羅漢將這些有關對法的內容進行了結集。有部宗這樣說也有他們的理由，因為佛經中常說「三藏法師」，如果佛未宣說對法藏，則佛經中提到的三藏法師不能成立，而且三藏教法也會有不齊全的過失。

但是，經部宗發現此論中「既是無為法又是成實法」等很多說法與教理有相違之處，世親論師的《自釋》中只講了經部宗的觀點，並未破析有部宗。札西論師在解釋這一問題時說：《對法七論》並非有部宗所承認的「由佛所說」，但雖然不是佛說，也沒有有部宗所講的三藏不齊全，或三藏法師不存在等過失，因為佛陀所宣說的律藏、經藏中，專門宣說過法的總相和別相，這些就是所謂的對法藏，所以並沒有對法藏不存在的過失。因此札西論師認為，對法藏不是佛說的，而是阿羅漢造的，世親論師自己的觀點也應如此成立。

在多羅那他的《印度佛教史》和明朗大師的《漫談佛教》中講：有人認為《對法七論》是阿羅漢造的，這種說法表面看來很相合，因為這些人說《對法七論》中有很多過失，比如無為法成實，所以不是佛說的，肯定

是阿羅漢造的。在《印度佛教史》中專門駁斥這種觀點：如你們所說那樣，因《對法七論》中有很多過失，故應是阿羅漢造的說法並不合理。世親論師在《俱舍論》結文時曾發出感慨：「本師世目今已閉，堪作證者多入滅。」佛在世時，舍利子、目犍連是佛座下智慧第一和神通第一的兩大弟子，如果他們連有部的理論都不精通，所造論典與經教相違或有抵觸，那麼所謂的「堪作證者」，在佛住世時就已不存在，世親論師也不必在世尊入滅多年以後才發出這種遲到的感歎。《印度佛教史》和明朗大師的觀點認為，《對法七論》是凡夫所造，但寫上了阿羅漢的名字，這樣比較合理。比如《對法七論》中有很多成實法，虛空實有，無表色、有表色也是成實之法，這些根本不存在的東西，他們說是存在的。但是阿羅漢根本不會如此成立，佛陀更是不可能說的，所以世親論師說「傳聞此論乃佛說」，實際上是一些凡夫人以阿羅漢名義造的對法七論，因此才出現這些過失，這才是世親論師真正的密意。因為世親論師完全通達佛的密意，在《文殊根本續》裡佛陀親自為其授記，他一生當中通達般若九十九萬部，因此自宗應該可以這樣說，對法七論並非佛說，也非阿羅漢所造，應是凡夫所造卻寫上了阿羅漢的名字。

　　對於這個問題，大家也應該仔細觀察，到底應該如何承認。世親論師的《自釋》與頌詞觀點完全不同，有

阿毗達磨俱舍論頌講記

人也許會想：世親論師截然相反的這兩種態度，不是自相矛盾嗎？並不矛盾，他造頌詞時先說明有部宗觀點，後在《自釋》中用經部宗觀點來破斥，實際上他的《自釋》就是我們的自宗，只不過有些文字不明顯，後來也有很多高僧大德經常在這個問題上展開辯論。

那我們對此問題應如何看待呢？實際上，《對法七論》由佛在不同時間、於不同地點、為不同根基眾生宣講過，諸大阿羅漢後將這些散說結集並造成論典，這種說法也有其成立的理由。論典中儘管出現了一些過失，但並非是阿羅漢因不通達自宗觀點而造成，更不是佛陀的過失，這只不過是諸位阿羅漢站在自宗立場上，宣揚自宗見解而已，就如同中觀自續派的觀點觀待中觀應成派來說是不究竟的，但並不能說中觀自續派的觀點有錯。同樣，《對法七論》中雖然有過失，可也只是在不同根基眾生面前隨緣安立，若因《對法七論》中出現了非有部之宗派所認為的些微過失，就將它說成凡夫所造，那學習它豈非毫無價值可言？

學習一部論典了解它的內容、必要、必要的必要、關聯四法非常重要。在本論中，「諸法」是指有漏、無漏的一切法，這就是本論要宣講的內容。本論在藏文本中共有八品，但在唐三藏翻譯的漢文本中後面還有一個無我品。通過宣說「諸法」可以使弟子相續中生起辨別一切諸法之智慧，這是必要。學習《俱舍論》，目的就

是要開啟我們的智慧。現在有很多人說：「上師，您能不能給我念一個『嗡阿屙巴匝納德』，我要開智慧。」真正的智慧是不是這種？諸佛菩薩咒語的力量確實不可思議，這一點誰也無法否認，但是若相續中連「什麼是佛」、「什麼是法」都未生起一個真正的辨別智慧，那能否得到諸佛菩薩的加持也值得認真思維！智慧非常必要，在末法時代，後學者如果只看一點淨土的法本，只獲得一個密宗的灌頂，自己便以此為滿足，這樣很容易誤入歧途，這也不是學佛的行為。「辨」，依靠辨別智慧，最終獲得暫時的人天安樂和究竟涅槃，這就是必要之必要。想要獲得暫時和究竟的安樂就必須依靠明辨萬法的智慧，而生起這種智慧則一定要認真聞思本論，此為關聯；也可將所說諸法之實相與能說此論內容之間的聯繫，稱為關聯。

乙二（真實論義）分二：一、明確內容；二、詳細抉擇。

丙一、明確內容：

有漏無漏一切法，除道諦外有為法，
皆增一切有漏惑，是故稱之為有漏；
虛空二滅三無為，以及道諦為無漏。

本論所宣講的即有漏、無漏一切法，除道諦以外的一切有為法皆會增長有漏煩惱，因此稱為有漏法；虛空、抉擇滅、非抉擇滅以及道諦，即是所謂的無漏法。

本論中之所以用有漏、無漏法，是因為世親論師想

涵蓋一切法而宣說。若說蘊界處的法，則五蘊當中不包含無為法，十八界、十二處也分別有自己無法包容的某些法，只有有漏無漏可將輪涅所攝的一切法統統涵蓋，故作者才以「有漏無漏一切法」對本論內容進行了概括。

有漏法，即有為法通過所緣或相應的方式連續不斷地增長一切有漏的煩惱，也即不包括道諦的一切有為法，這是小乘《俱舍論》的說法。大乘《俱舍論》認為，眾生若有任何一個心識與六種門⑫相連，由此而增長煩惱則被稱之為有漏法。麥彭仁波切在《智者入門》中所說觀點與《俱舍論》相同，即以所緣或相應的方式增長煩惱即為有漏法。

以所緣的方式增長煩惱，是指依靠一個所緣境，自相續的心與心所，對其產生執著，由此六根本煩惱和二十個支分煩惱得以增長。凡是以所緣方式增長的煩惱，不管是外境還是自心，都叫有漏法。小乘認為，阿羅漢自相續的煩惱已全部斷除，但阿羅漢的身體屬於苦諦，有些人會依靠阿羅漢的身體產生煩惱，阿羅漢的身體實際上是以所緣方式增長煩惱的因。以前有一位阿羅漢比丘尼，名叫釋迦桑摩，未生怨王對她生起貪心，然後做了不淨行，因為阿羅漢女無有貪心，所以不算破戒，但她卻是未生怨王生起貪心之因。因此，有部宗認為阿羅漢的身體是有漏法，因為依靠此有漏身體可以增長貪心、

序文

⑫六種門：漏自性、漏相屬、漏所縛、漏相續、漏隨順、漏所因即為六門。

嗔心等煩惱的緣故。以所緣的方式增長煩惱中的「增長」，並不是說第一剎那生貪心，第二剎那、第三剎那貪心逐漸增長，並非如此，而是連續不斷的意思，比如對一個美麗的環境生起貪心，若生起貪心馬上滅盡，則不叫增長，此處的增長是指第一剎那、第二剎那……一直不斷生起煩惱。無漏法雖有所緣，但卻不會增長，甲智札西論師說：無漏法有所緣，但不會增長，就如同腳接觸到燒紅的石頭時，馬上拿開，不敢再碰，這樣的法叫無漏法。阿羅漢也會對美麗外境有悅意的感受，但他的煩惱不會繼續，馬上會斷除。《現觀莊嚴論》中將「緣」解釋為取，也有執著外境之義。但是有些時候雖然緣外境，卻不會執著外境，所以緣和取的意思基本相同。

阿毗達磨俱舍論頌講記

　　有漏法與心所一起，加上眼睛等增上緣以相應或能依的方式，煩惱在相續中不斷地開始出現，這叫做以相應的方式增長煩惱。「相應」是一種特殊名詞，指心與心所在同一時間當中互相起作用，比如有三個腳的木頭堆在一起，這三個互相依靠。一般相應因、相應果全部是心與心所之間的一種關係，如同毒藥和酒放在一起會互相起作用。同理，心與心所，比如智慧與煩惱相應，這時的智慧被貪心、嗔心及其他心與心所染污，心所與智慧之間互相起相應的作用，由此，相續中煩惱得以增長。此處的以相應方式增長煩惱，也就是說，外境的有漏法和心所相互起作用，比如眼睛看見紅色的柱子，紅色柱

子即是所緣緣的外境，再加上作為增上緣的眼根，心中開始作意，然後在相續中生起貪心：這個柱子是我的該多好！因為外境的紅色柱子，和眼睛、心相續的貪心相互起作用，然後前面的貪心繼續想得到紅色柱子，柱子這個所緣境起到使貪心增長的作用。但如果是一位阿羅漢，由於無有貪心，在見到所緣緣柱子後的第二剎那，不會生起想得到這柱子的念頭，這就是沒有以相應方式增長煩惱。比如說欲界一般的眾生，緣滅諦和道諦或者緣色界和無色界，以相應方式煩惱可以增長，但以所緣方式不會增長煩惱，因為道諦和滅諦、色界和無色界不是有漏法，依靠無漏法的外境不可能增長煩惱，它是以相應的方式增長煩惱的。還有以相應的方式不能增長，所緣的方式可以增長的，比如說緣器世界，因器世界屬於苦諦，所以緣它時，可以在相續中增長煩惱。從外境的角度來講，緣器世界而增長的煩惱，不是以相應方式，而是以所緣方式增長的。

序文

煩惱又是如何增長的呢？有為法對自相續中的有漏法起相合作用，比如見到柱子時，若是一位阿羅漢，外面的柱子對他起不了相合的作用。若不是阿羅漢，外面的柱子與其相續中的貪心就會起到相合的作用，然後相續中的貪心會緣外境的柱子而增長煩惱，也即外境的柱子與貪心相輔相成，就像毒藥和酒，毒藥泡在酒裡，酒對毒藥起作用，若毒藥不被酒泡，則不一定產生毒藥的

力量，所以它們之間是相輔相成的。

　　在《俱舍論》中，一般對外境和凡夫人心所之間的關係講得非常細緻，因此，只要精通《俱舍論》就可以斷除我執。

　　《現觀莊嚴論》的注釋中說：有三輪執著的法是有漏法；三輪體空，無有執著的法叫無漏法。本論認為，無漏法包括道諦和三種無為法。道諦在小乘被稱作無為法，因此頌詞中說「除道諦外有為法」，原因就是如此。有人可能這樣認為：既然前面說除道諦以外的有為法，而現在又講無為法就是道諦，會不會有重複的過失呢？不會有這種過失，甲智札西論師在有關《俱舍論》講義中說，第二次提出道諦的原因，是為了能夠進一步了達、認識道諦是無為法。

　　道與道諦是有差別的：道，即五道——資糧道、加行道、見道、修道、無學道；道諦指見道、修道、無學道。對此也有不同觀點，滿增論師認為，加行道和資糧道應屬於有漏法，因為它是苦諦所攝；而《大乘阿毗達磨》的注釋中說：加行道和資糧道是無漏法，因其為斷除輪迴之因，依靠修加行道和資糧道獲得見道之後，可以斷除輪迴。雖然大乘與小乘的《俱舍論》說法有點不同，但從斷除輪迴之因的角度來講，資糧道與加行道可稱之為無漏法；而從苦諦之因來講，則屬於有漏法，此兩種說法並沒有大的矛盾。

阿毗達磨俱舍論頌講記

丙二（詳細抉擇）分二：一、廣說無為法；二、廣說有為法。

丁一、廣說無為法：

其中虛空即無礙，擇滅離繫各異體，

抉擇滅外非擇滅，永遠制止未生法。

虛空即是無有阻礙；抉擇滅也稱為離繫，其本體是各自互異的；非抉擇滅即永遠制止未來的未生法。

小乘《俱舍論》中講三種無為法，大乘則說六種無為[13]或八種無為[14]。雖然所說無為法的名稱相同，但有部認為無為法實有，如虛空是無礙實有的一種法，不是有為法，非因緣所成，其本體常有；抉擇滅也是實有之法；非抉擇滅如同水壩擋住水一樣，未來的法不生是由於有一種法將其擋住了，這個使未生法不生的法就叫做非抉擇滅。經部宗觀點則認為，虛空是不存在的法；抉擇滅是通過智慧遠離所斷，除此之外，沒有一個實體的滅法；對於非抉擇滅，大乘與經部的觀點認為，一個法因緣不具足，故不會產生，比如兔角永遠不會產生，因為兔子頭上沒有生角的因緣。

在這裡要了知一點：有部宗認為所謂的無為法是成實的；經部以上，唯識宗、中觀宗雖然承認無為法，但

序文

---

[13]六無為：《成唯識論》中講到虛空無為、擇滅無為、非擇滅無為、想受滅無為、不動無為、真如無為。

[14]八無為：《雜集論》中將六無為中的真如無為開出善法真如、不善法真如、無記真如，再加其他五種無為，共八種無為。

是不承認無為法實有，只是在不同的範圍內取名為無為法。

所謂的虛空分為莊嚴虛空和空隙虛空。莊嚴虛空即須彌山反射在空中的藍色，但它並非真正的虛空；空隙虛空也無實體，只是將真正法不存在的空隙稱之為虛空而已，其真正的實相和實體並不存在，這是經部宗的觀點，大乘也如此承認。有部宗則認為虛空實有，它存在於空間，無有阻礙，人們在裡面可以活動。他們為何會如此承認呢？因為佛經中說虛空遠離一切障礙可容納一切色法，他們即根據佛經為虛空安立了無有阻礙的法相，而且，佛經中說地依靠水、水依靠風、風依靠虛空，這是指整個世間的形成過程：虛空中有風輪，風輪上面有水輪，水輪上面有地輪。由於上述理由，有部宗認為虛空實有，如果不是實有則地輪、水輪均不可能存在。經部以上認為：虛空中任何一法也不存在，這個不存在的空間，名言上稱其為虛空，實際並沒有一個實體法，虛空的本體，並不是空間有變化之法，若是有變化的法，其本體則不能成為無為法。

有人也許會想：在我面前這個地方到底有沒有虛空？如果有虛空，則在虛空裡放東西時，原來的虛空存在還是不存在？如果存在，就不能放東西；如果能放進東西，則原來的虛空就不存在，已經跑出去了，那麼這樣的虛空就不是無為法，而變成了無常法。

阿毗達磨俱舍論頌講記

這種說法不能成立。如果像有部所承許那樣，無礙的虛空實有存在，那麼放東西時應成為有阻礙，或者虛空發生變化，跑到其他地方，這樣一來，虛空成為無常，有上述兩種過失。但自宗認為，虛空只不過是一切法不存在的空性，以這樣的名稱被叫做無為法，並非一個真正的無為法實體存在，這是大乘的說法，也是非常合理的，《智者入門》、《釋量論》、《量理寶藏論》中均如此承認。

虛空是指一種無礙的常法。所謂的「常法」，《量理寶藏論》中說，無常法不存在的部分就是常法。如果認為常法如同一根棍棒般放在地上，它永遠也不會改變，這就是常法，但這種法在世間是否存在呢？永遠也不會存在的。

抉擇滅，「抉擇」有觀察之義，通過智慧再次的觀察，觀察以後再三的抉擇（一般惡法方面不安立為抉擇滅，因其是通過智慧來獲得的），比如說見道、修道、無學道，通過抉擇的智慧能斷除其違品或所斷，所以叫抉擇滅。聖者相續中有抉擇滅，凡夫相續中也有抉擇滅，比如以前有很嚴重的嗔心，通過聞思修行的智慧，再三對嗔心的本體作觀察，最後將嗔心滅除。有部認為嗔心滅掉後會得到一種滅法，這種通過抉擇和觀察所得到的滅法即為抉擇滅。但這也只是有部的宗派說法而已，通過抉擇後將相續中的煩惱斷除，除此之外，並沒有一種滅法在煩惱斷除的同時得到。但有部宗並不這樣認為，他們說通過智慧抉擇遠離所斷

序文

時，遠離所斷的部分即是抉擇滅，也稱之為離繫，這就是煩惱滅除同時所得到的滅法，比如一位聖者通過觀察，依靠修行的智慧遠離相續中的貪心，此時貪心不存在的部分即是離繫，它就如同擋水的水壩一樣實有存在，就因為有離繫的存在，所以已經斷除的煩惱不會再次復生。

這樣的滅法之間是一體還是異體呢？有部宗認為是異體的，比如苦諦、集諦、滅諦等，在欲界中，苦諦有十個所斷，集諦有七個所斷，每一個所斷的離繫，也即所斷的滅法是分開的。因為他們認為，如果每一個滅法不是異體會有很多過失，比如，苦諦的滅法也是道諦的滅法，如此一來，後面道諦的部分就不需要了，因為只要斷除苦諦所斷，其他所有的道諦所斷、集諦所斷全部可以斷除，因為這些滅法全部是一體，只斷一個就可以，不需要如此多的所斷。又如通過無我智慧滅除相續中的貪心、嗔心、癡心等，這些滅法的本體就像樹枝一樣分開。實際上，若真正分析觀察，這麼多的滅法如同樹枝一樣存在也是不可能的。

抉擇滅既然是無為法，那以前沒有得到，現在卻得到了，這種無常的現象如何解釋呢？有部認為：雖然以前在相續中沒有抉擇滅，現在通過聞思修行，相續中已經斷除所斷，獲得了抉擇滅，但此抉擇滅的本體無有任何變化，以前如何存在現在仍如何存在，表面所看到的無常現象只是得法上的一種差別，本體並未改變。

阿毗達磨俱舍論頌講記

非抉擇滅，不是通過智慧抉擇，而是遠離了制止未生法。有部宗認為，就如在加行道時，雖然還未得到真正的斷除種子之滅法，但於加行道忍位時，未來不轉生惡趣的滅法可以提前得到。同理，未來永遠不產生的一種滅法，在這之前就像擋水的水壩一樣，能夠使未生法永遠也不產生，這樣的法就叫非抉擇滅。很多《俱舍論》講義中都將此用於有情相續上，比如眼根、相續中忍位。麥彭仁波切在《智者入門》中說：兔角、龜毛都是非抉擇滅，凡是不存在的法就是非抉擇滅。有些人認為麥彭仁波切的說法不太合理，因為在《俱舍論》的有關講義中，所謂的非抉擇滅屬於相續所攝。但是，兩種觀點結合起來也很好理解，我們可以承認在有情相續中因緣未具足而不存在的法是非抉擇滅，那問一問有部宗：兔子頭上不長角是為什麼？有部宗也會說它屬於未生法，兔子頭上永遠不會長角，不具足因緣之故。這樣一來，是不是也應該屬於一種非抉擇滅？有部宗也會承認這就是非抉擇滅。噶瑪巴在《俱舍論》的講義中說，所謂的非抉擇滅有兩種：一是無情法所攝的非抉擇滅，如未來不產生的種芽；另一種是相續所攝的非抉擇滅。因此，凡是因緣不具足而使未來無法產生的法，全部可稱之為非抉擇滅，比如在我正專注於眼前一位打瞌睡的道友，此時，若我背後也有道友在打瞌睡，他就成為非抉擇滅，因為他在我眼前不存在，所以我見不到他。

有部宗認為：未來有兩種法，一種是可以產生的法，一種是未生法。永遠不會產生的法就像是石女兒一樣，剛才的非抉擇滅所擋住的就是永遠不產生的未生法，這種說法看起來有點好笑。因為未來的這些不生之法，本來是不產生的，既然不生，有何必要用一個法擋住它？本來這個地方沒有水，還要建一個水壩來擋著不存在的水，這不是非常可笑嗎？但有部宗的說法即是如此，非抉擇滅的作用是要擋著未來不可能產生的法，他們認為如果未來的法沒有非抉擇滅來擋住，那麼未來因緣具足的時候，這個未來的法有可能會產生，而之所以這個未生法永遠不能產生，就是因為有一個非抉擇滅把它擋住了。上面所說的抉擇滅，它的所斷也即它要擋著的，完全是有漏法；非抉擇滅所擋住的，有漏的未生法也可以，無漏的未生法也可以，只是兩者所滅的方法有一點不同。

世親論師並不承認三種無為法成實，但有部宗認為三無為法應該是成實的，他們引用了經中的一段話：「無論有為法亦可，無為法亦可，一切法中最勝者即是涅槃。」有部宗說如果無為法不存在，那麼最殊勝的涅槃也不存在了，這是前所未有最下劣的語言。在這裡，有部宗給不承認無為法實有的宗派找出了一個很大的過失：涅槃從得法的角度來講是有為法，從本體來講是無為法，實際上涅槃是包括在抉擇滅中的，因為是通過自己的智慧抉擇之後，在自相續中獲得了涅槃，如果無為法不是實有，

阿毗達磨俱舍論頌講記

則涅槃也成了不存在。對此，經部宗回答說：並不是說無為法不存在，無為法在名言中可以存在，但如汝宗所說的實體卻並不存在。

丁二（廣說有為法）分二：一、總義；二、論義。

戊一（總義）分三：一、八品之理；二、八品之聯繫；三、各品所說之內容。

己一、八品之理：

《俱舍論》前後的連貫性非常強，所以首先了解本論八品的結構、品名以及所講的內容相當重要。有些論師將本論從所緣、道、果三個方面來分，其中，所緣分為盡所所緣和如所所緣，盡所所緣中包括第一分別根品和第二分別界品，如所所緣（指苦諦、集諦）包括第三分別世間品、第四分別業品、第五分別隨眠品；道是指第六分別聖道品；果是第七分別智品；果（即智慧）的差別即第八分別定品。如上所述，從基、道、果的角度來分，基為前五品，道是第六品，果是第七品，果的差別是第八品。若按照蔣陽洛德旺波尊者的講義，八品之理可按下表理解：

有漏無漏一切法	總說有漏無漏法	第一品　分別根
		第二品　分別界
	分說有漏法（略說）	第三品　分別世間（何者染污）
		第四品　分別業（何處染污）
		第五品　分別 隨眠（如何染污）
	別說無漏法	第六品　分別聖道
		第七品　分別智
		第八品　分別定

32

己二、八品之聯繫：

1、為闡明對法有漏無漏的內容而宣說第一品。

2、為詳細說明第一品中僅提到名字的根與有為法產生之理而說第二品。

3、為廣說第二品提到的三界而宣說第三品。

4、為遮破三界之因非大自在等天神，說明三界由業所生而說第四品。

5、為說明業之等起為隨眠煩惱而說第五品。

6、為闡明能斷除煩惱之道而宣說第六品。

7、為分別宣說第六品提到的智慧而說第七品。

8、為細緻闡述佛陀共不共功德中的共同功德而說第八品。

己三、各品所說之內容：

在每一個品名中都有「分別」，實際上它是觀察和分析之義。根據每一品的論名就可了知每品所要宣講的內容。

戊二（論義）分八：一、分別界品；二、分別根品；三、分別世間品；四、分別業品；五、分別隨眠品；六、分別聖道品；七、分別智品；八、分別定品。

阿毗達磨俱舍論頌講記

序文

第一品　分別界

第一分別界品分三：一、有為法；二、別名；三、廣說蘊界處。

甲一、有為法：

所有一切有為法，亦分色等之五蘊。

一切有為法也可分為色、受、想、行、識五蘊。

有為法，梵語「桑智達」，「桑」指聚集，「智」是所作，也即一切有為法是因緣所作的，無常的；藏語中，「有為法」的「有」是聚集之義，「為」是造，有為法即聚集而造的法。虛空、抉擇滅、非抉擇滅不是因緣聚集所成，故稱作無為法。

之所以說「色等之五蘊」，是因為此指不清淨五蘊，五蘊包括有漏五蘊和無漏五蘊，其中有漏五蘊能含攝一切有為法；無漏五蘊包括智慧、等持……為了鑒別無漏五蘊，而說色等有漏五蘊。「亦」是指不僅前面的無為法可分三種，實際上有為法也有五種分類，即色，執著內外色法與我有關聯；受，執為我所感；想，能安立名言而執著；行，即執著行善；識，大多數凡夫將心識執著為我。

不論藏傳佛教還是漢傳佛教，總有人覺得《俱舍論》是小乘法，不用學，但是《心經》中常說「五蘊皆空」，其中的「五蘊」是什麼含義，可能也是沒有幾個人了知。作為一個修行人，這些最基本的概念應該明白，而且一

阿毗達磨俱舍論頌講記

個廣聞博學、對佛法有信心的人，無論遇到任何法門，都會非常穩重細心地去學習，這樣一來，他不論做任何事都會成功的。

甲二（別名）分二：一、有為法之別名；二、有漏法之別名。

乙一、有為法之別名：

彼等亦稱時言依，以及出離與有基。

有為法也可以叫做時間、言依、出離以及有基。有為法在佛經中有很多不同的法相和名稱，比如「時間」，在世間將有為法稱為時間的非常少，但口語和佛經的說法有很大差別，如在口語中說「我看到天空了」，但這在論典中是不承認的。時間稱為有為法是論典中的說法，因為以前的有為法已過去、現在的正在流逝、未來的也將流逝，由於剎那剎那的遷移變化，所以一切有為法都必定是無常性。

「言依」（即言基），也即語言之根本。語言是有記的聲音，分為直接名稱和耽著內容兩種，它的基礎是直接名稱，耽著內容是一切有為法。由於依靠具有意義的名稱來宣說，所以將有為法叫做言基，比如喊一個人，喊的只是一個名稱，真正要叫的則是這個人。名稱只是一個能詮，真正的內容才是其所詮。

有人也許會想：無為法也是語言的對境，為何不將無為法稱為「言依」呢？無為法雖是語言的對境，但一

般用於論典中，比如「抉擇滅」、「非抉擇滅」，這些名詞，世間人根本不了知其內涵，所以它不是語言的基礎。

「出離」，人們依靠有為法從輪迴中得到出離。憂愁痛苦是有為法，超離憂苦就到達有為法之邊際。如道諦在獲得無餘涅槃時，一定要捨棄，就像船隻，到岸之後，乘船之人會將它捨棄一樣，獲得涅槃時，道諦也一定要捨棄。

「有基」，有為法是因緣所構成的法要，「基」是因的意思，有基指具有因的緣故，一切有為法得以產生。

乙二、有漏法之別名：

如是有漏法亦稱，近取之蘊及有諍，

痛苦及集與世間，見處以及三有也。

如同有為法有不同的名稱，有漏法也可稱為近取之蘊、有諍、痛苦、集、世間、見處以及三有。

有漏法的別名分別為七種：「近取之蘊」，有漏法作為因，可以使將來的痛苦和一切世間的本體現前。可以用草火的比喻來解釋：草是草火的近取因，依靠草而燃燒出來的火焰，稱為草火；同樣，依靠有漏煩惱而成之蘊，稱為近取之蘊。麥彭仁波切《俱舍論》的講義中除用草火作比喻外，還說到從果的角度也可叫近取蘊，如有果和花的樹，稱為花果樹，同理，從有漏法中產生蘊，而且將來還會不斷產生，所以叫做近取蘊；從本體或作用的角度，亦可叫近取蘊，比如國王的下屬，要依賴國王而存活，近取之蘊同樣依賴有漏法，因此有漏法亦可

阿毗達磨俱舍論頌講記

稱為近取之蘊。

「有諍」，有漏法以所緣與相應的方式增長煩惱，且此煩惱可損害自他，故說是諍。依靠有漏法，人們互相爭執不息，國家與國家，人與人，不斷發生種種衝突，所以有漏法可稱為有諍。

「痛苦」，有漏法是與三苦中的任何一種痛苦相連的法。五蘊中的受蘊有苦和樂兩種，那麼「樂」是不是變成痛苦呢？從感受來講，它是一種樂，但無論何種感受皆屬有漏法，而是有漏法則必定帶來痛苦，且是剎那變化，所以應屬行苦之中。《大圓滿心性休息大車疏》中也講到：有漏法是痛苦的來源、痛苦的依處、痛苦的本體。這個地方大乘與小乘有點不同，大乘認為：剎那變化的本性均屬行苦。果仁巴大師在《入中論疏》中說：大乘宗許凡無常法皆為行苦，此理在空性論中也有宣說；小乘《俱舍論》則認為：凡行苦皆屬無常，而無常不一定屬於行苦。

「集」，即四諦中的集諦，它是產生痛苦的來源。大乘《俱舍論》認為集是業和煩惱，小乘《俱舍論》認為集是一切痛苦的因，也可稱為無明。

「世間」，器情世間皆屬有漏法，它是剎那壞滅並能被違品所毀。藏文中，依靠毀滅而產生的法叫世間，故是有漏法。

「見處」，依靠見解通過所緣的方式增長，即五種

見依止於有漏法而使煩惱增長。

「三有」，生死接連不斷流轉的三界輪迴也稱為有漏法。

甲三（廣說蘊界處）分三：一、蘊界處之自性；二、攝他法之理；三、界之分類。

乙一（蘊界處之自性）分五：一、真實宣說蘊界處；二、蘊界處各自含義及必要性；三、單獨安立受想蘊之理由；四、蘊界處次第確定之理；五、二處決定之理。

丙一（真實宣說蘊界處）分四：一、色蘊之理；二、中間三蘊之理；三、識蘊之理；四、遣除實法之疑慮。

丁一（色蘊之理）分二：一、真實宣說色蘊；二、根境與界處之關聯。

戊一（真實宣說色蘊）分二：一、略說；二、廣說。

己一、略說：

所謂之色即五根，五境以及無表色。

所謂的色蘊即五根、五境以及無表色，共十一種。

色蘊的法相，色法內部相互接觸而產生不同的變化，並且是心識的對境，如矛可以刺，同樣色蘊可以刺入，引申義即可以接觸。大乘《俱舍論》中，色蘊有兩個法相：一個是可作為接觸的對境，一個是可用意識作觀察。麥彭仁波切《智者入門》前面部分所講與《俱舍論》相同，在其他地方所講的則是大乘《俱舍論》的觀點。

色蘊的事相即五根——眼、耳、鼻、舌、身；五境

阿毗達磨俱舍論頌講記

——色、聲、香、味、觸；無表色。

《俱舍論》中的有些說法我們也不一定承認，世親論師在頌詞中也用了「傳聞」、「傳說」等字眼。但這其中的大多數觀點，大乘中觀還是不得不承認，比如五蘊，在唯識宗、中觀宗並沒有一個獨特的安立方法，實際上也全部是依照《阿毗達磨》中的觀點安立。所以有智慧的人，應該學會抉擇，在分析宗派時，有些需要承認，有些則不必承認。

己二（廣說）分三：一、以法相之方式宣說五根；二、以事相之方式宣說五境；三、宣說無表色。

庚一、以法相之方式宣說五根：

彼等均是識所依，眼等諸根清淨色。

眼等五根是一種清淨色法，它們能夠作為認知色等一切對境之形象的諸識所依或處所。

見外境時，意識是依靠眼根、耳根、鼻根、舌根、身根來產生的。小乘有部宗和隨教經部宗認為五根是一種清淨、透明而且光亮的色法，它不是意識的，屬於一種無情法，具有顏色和形狀。隨理經部雖然承認根是無情法，但卻並不承認它具有顏色和形狀，在《量理寶藏論》中也講到：隨理經部雖然承認所謂的根是無情法，但是卻難以用真正的顏色和形狀安立。唯識宗分為隨理與隨教，其中隨理唯識（陳那、法稱論師屬此派別）不認為根是一種色法，而應是一種習氣，如眼睛之所以能看見色法、

認識外境，就是因為其上有一種意識習氣。隨教唯識（無著菩薩）認為阿賴耶當中有一種能執著外境的功用，或者是心的種子。一般來講，唯識宗和中觀宗都認為眼耳等根皆是心識或阿賴耶的種子。

因此，這裡根是可作為執著自之對境，並作識之增上緣的一種清淨色法。也就是說《俱舍論》頌詞是根據有部宗和隨教經部安立的，因為他們認為眼根就像胡麻花，有顏色、形狀，它遍於整個眼珠，由它可見外面的色法；耳根如同卓嘎樹的樹疥疤一樣在耳朵的裡面，能聽到外界的聲音，也是色法；鼻根就像兩根平行的銅針分布於兩個鼻孔內，通過它能享受外界的氣味；舌根位於舌頭的中間部位，是如同半月形的色法，依此可品嘗各種味道；身根好像雞身體的皮膚一樣，它遍滿整個身體，依靠它才產生觸覺。所以，有部宗和隨教經部認為根是整個身體裡面專門執著外境的一種色法。這裡有一點大家應該知道，有的人認為眼珠就是眼根，耳朵有各種各樣的形狀，比如犛牛的耳朵、老豬的耳朵，認為耳根就是外面的那一塊。實際上，眼珠不是眼根，它屬於身體的一部分，是眼根的來源，人們可以見到的鼻子、耳朵等僅是身體的一部分，可以將它們稱為身依，但不是鼻根、耳根等。

庚二、以事相之方式宣說五境：

色有二種或二十，所謂之聲有八種，
味有六種香分四，所觸分為十一種。

阿毗達磨俱舍論頌講記

眼根的對境之色法可分兩種或二十種，聲有八種，味有六種，香分為四種，所觸則有十一種。

　　色法可分為顯色和形色兩種，若詳細分則有十二種顯色和八種形色，其中顯色又可分為四種根本顯色和八種支分顯色。

　　表一：

二種色	顯色	根本：藍、黃、白、紅	二十種色
		支分：影、光、明、暗、雲、煙、塵、霧	
	形色：長、短、方、圓、高、低、正、歪		

　　色蘊中的「色」是指五根、五境、無表色。色境中的「色」則是指十二種顯色和八種形色，顯色也就是顏色，形色即形狀。歸納來說，也就是眼睛的對境包括在顯色和形色中，而色蘊中的五根和無表色不包括於色境之中。

　　對於顯色與形色也有不同觀點：比如有部宗認為顯色與形色都是成實存在之法；經部宗認為顯色並非成實之法，而形色是成實法；唯識宗認為顏色是除了自己的色彩以外，沒有單獨的成實法，形狀則有三角形、四方形等不同的成實法。也就是說，經部宗以上都認為顏色非實有，形狀實有。但是不論哪個教派，都承認所謂的顯色與形色是色法，在這個問題上無有宗派的辯論。只是有部宗對顯色與形色進行了三種分類：一、是形色非顯色，即有表色，比如一個人磕頭或坐著時是圓圓的，

42

而站起來時是長長的，此為身體有表色，看起來有不同的色法，但實際上除了身體的形狀外，沒有其他顏色；二、是顯色非形色，如四種根本顯色⑮，還有影、光、明⑯、暗⑰，這些都沒有特殊的形狀，所以是顯色，不是形色；三、除以上兩種情況外，其他的法全部既是顯色，又是形色，這是有部宗的觀點。經部、唯識對此種觀點破斥說：不管任何一種物質，當其顯現顏色時，則此物質必定有不同的形狀，所以是顯色非形色這種說法不能成立，比如紅色，若不依靠物質，單獨的一個紅色根本無法顯現，紅色應顯現在物質上，而這個物質也必定會有形狀。再比如有部宗所說有表色的身體是形色而沒有顯色，但是一個人身上穿著紅色衣服金剛跏趺坐時，其他人會看見一個紅色的圓形，若這個人穿白色衣服站著，會看到白色的長形，所以有部宗的說法不能成立。

聲音總的分為有執受和無執受兩種。有執受大種聲，是眾生相續——有情大種所攝，如人的身體、犛牛的身體所發之音聲等等；無執受大種聲，未被有情相續所攝持，如石頭、木頭所出之聲，河流所發之聲等等，這些都是無執受。這裡「執」就是執著和相續心識之義。

有執受大種聲和無執受大種聲中各自又包括有記別和無記別兩種：有記別聲，如人說話時，會表達出一種

⑮四根本顯色：藍、黃、白、紅。
⑯明：除陽光以外的光，如燈光。
⑰暗：夜晚不見色法之暗。

內容；無記別聲則無有任何內容。「記別」指好與不好
的內容。

表二：

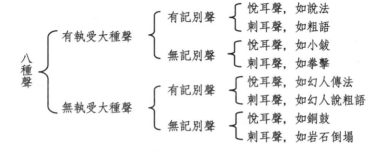

味有六種：甜、酸、辣、鹹、澀（橄欖味）、苦。

香有四類：妙香，使人感到舒適喜悅，如檀香；惡
香，使人感到厭惡，如蔥酒等味；平等香，指一般的香，
可以滋養身體；不平等香，好與不好皆超越平常之香，
對身體有損害。

觸可分為十一種，又可分為因所觸和果所觸。因所
觸也即四大，在講無表色時會講到，這裡不必詳說。不
論哪種法，本體皆具足四大的微塵，它的顏色形狀我們
可以用眼睛和身體來感受，香和味用鼻根、舌根來接觸。
有部宗認為五境的每個微塵在外境上都是真實存在的，
當五根執取它們時，微塵之間相互起作用，才對種種色
聲香味觸產生了好與壞的意識感受。所以我們若認真學
習《俱舍論》，就可清晰了知根境識之間是如何起作用的。

表三:

$$
\text{十一種觸}
\begin{cases}
\text{因所觸} \\ (\text{能造觸})
\begin{cases}
\text{地:堅硬,能不捨而持受果色} \\
\text{水:濕潤,令不散而聚合} \\
\text{火:暖熱,能成熟} \\
\text{風:搖動,能增上}
\end{cases} \\
\text{果所觸} \\ (\text{所造觸})
\begin{cases}
\text{柔軟:感覺光滑舒適} \\
\text{粗糙:粗澀不舒適} \\
\text{輕:無分量可稱} \\
\text{重:有分量可稱} \\
\text{冷:因水與風過多而想得到溫暖} \\
\text{飢:腹內風過多而想得到食物} \\
\text{渴:火過多而想得到飲品}
\end{cases}
\end{cases}
$$

庚三、宣說無表色:

散亂以及無心時,善不善法及隨流,

一切大種作為因,彼即稱為無表色。

具足散亂、無心、善不善法、隨流以及一切大種作十一種觸為因這五種特點的法,即被稱為無表色。

對於無表色也是有辯論的,因為色法應該具足微塵,只有微塵的積聚才可稱為色法,但無表色沒有微塵聚集之故,不應成為真正的色法。有部宗認為:無表色不是真正的五根、五境,因為真正的五根、五境都是有微塵的,無表色是超越微塵所組成的一種實有之法。無表色可分為三種:第一種是別解脫戒,如居士戒,沙彌戒、比丘戒;第二種是惡戒,如在有生之年要殺生或做妓女等,若在心裡如此發願,則在相續中獲得一種惡戒;第三種是中戒,如在二、三個月內做善事惡事。

45

之所以稱為無表色，是因其發心於外面無法表達，比如惡戒，一個屠夫發願一生當中殺生或一個妓女發願一生中做妓女。這種發心屬於心相續中發惡願的色法，從外表看，屠夫未拿刀殺生時好像也是一個好人，實際他最初發惡心的色法在語言、行為當中根本表達不出來。有表色則不相同，如一個人恭敬地磕頭，其他人可以看出此人對三寶起信心；再如一個人拿刀子在殺生，從此也可看出他的惡劣心態，因此，根據不同的動作，也即有表色，可以推斷出心裡的狀態。

有部宗所說的無表色，就是指具足五種特點，而且他人不能覺知其形象或動機的法。所謂五種特點是指：（一）階段心之狀態與發心的特點：心在散亂時也有無表色，比如受比丘戒者相續中有比丘戒的無表色，當階段性的心出現散亂時，雖未守護比丘戒，但比丘戒的色法於心中一直存在。再比如屠夫具足惡戒無表色，但其心於散亂時，心相續中的惡戒色法一直不會斷。（二）在諸如無想天與滅盡定等無心的狀態中無表色也存在，它有別於心與心所。小乘認為，在無心時色法也存在，小乘經常說的「無心時」是指無想定、滅盡定以及無想天。世親論師在《唯識三十頌》中說：無心時指無想天、無想定、滅盡定、睡眠和昏厥，有五種。無著菩薩則在世親論師所說的基礎上加上真如界，共六種。還有的論師在上面增加了狂心，一共七個。小乘有部宗認為所謂的

無心時，是那時的心根本不存在；隨教經部認為此時心的種子存在；隨理經部和唯識宗認為，無心時沒有明顯的心，但阿賴耶上的種子存在。第四品中將戒律分為別解脫戒、禪定戒、無漏戒，其中禪定戒和無漏戒屬於隨心戒，心沒有時，禪定戒和無漏戒的無表色也沒有；而別解脫戒的無表色由於不跟隨心，即使心不存在，無表色也於補特伽羅的心相續中存在。在唐玄奘翻譯的頌詞「亂心無心等」中有一個「等」，這個等字說明不僅是在散亂心和無心的狀態下無表色存在，在不散亂以及有心時，無表色也是存在的。（三）本體之特點：是善與不善法中的一種，不會是無記法。（四）時間之特點：「隨」即隨順，「流」指流轉，在未出現壞因之前，無表色隨順相續而流轉。（五）因之特點：依靠四大種而生，並且四大種作為其所依、處所、增長之因。比如一個人的相續中首先得戒體時，依靠羯磨儀式以及阿闍黎彈手指，自己的四大起作用，有表色和無表色二者於相續中產生，從此以後第一剎那的四大作為過去的因存在。

　　無垢光尊者的《大幻化網》以及麥彭仁波切《智者入門》中都說到無表色，但經部宗以上不承認其為實有。對於所謂的善不善業有表色，世親論師從大乘角度也說：善業和惡業以心安立，若善業、惡業以色法來安立，那就非為釋迦牟尼佛的弟子。在這種語氣中，也明顯的感受到了對有部宗的嚴厲批評。智讓莫扎所著的《瑜伽師

阿毗達磨俱舍論頌講記

地論》注釋中分析：所謂的戒律不是真正的色法。《三戒論》中，經部以上，有些認為戒律是相續中的一種改變，有些認為是相續中的斷心，即斷除違品的心，上述是大乘說法。大乘不認為別解脫戒是一種色法，那為什麼有些佛經說以無表色的方式存在呢？因為自己以前獲得這樣的戒律，而心相續沒有出現毀壞之因，以此稱為無表色，實際無有真正色法存在，也就是說，所謂的戒律並不是一種色法。堅慧論師說：將其稱為無表色的原因，是本來的心能遠離一切所斷，比如受別解脫戒，希望身語意的罪業得以斷除，在心中有此發心，這樣的發心與色法相結合，依靠外境的名義來對相續取名而稱為無表色。

> 大種地水火與風，或立執持等作用，
> 特性硬濕暖動搖，世間界之名言中，
> 顯色形色稱為地，水火與風亦復然。

地、水、火、風四大種，有能持等作用以及堅硬、濕潤、暖熱、動搖的特性。世間名言中，將顯色、形色稱為地、水、火、風亦是如此。

大種能產生各種各樣的果色。「種」有所依或因的意思；「大」指能周遍一切色法。四大種，也就是說，以四大作為因可周遍於色法的每一極微。

四大各有其作用：地大，能不捨而持受果色；「等」字中還包括水大，有令不散、聚合的作用；火大，能成熟；風大，能增上。

第一品　分別界

四大的法相（也即特性）：地，堅硬；水，濕潤；火，暖熱；風，輕飄或動搖。

　　以上所說的四大是指經論中所說，並非世間人們所說的地水火風。「世間界之名言中，顯色形色稱為地，水火與風亦復然」，是指假立的四大，如人們通常所說的「黃色的土地」、「碧藍的河水」、「紅紅的火焰」，人們依據其顯色與形色而假想安立；再如有人說「剛才刮了一股黑風」，這也是在顯色上安立的，如果說「來了一陣旋風」，此即從形色來安立。這些世間人們於顯色、形色上假想安立的地水火風，針對地、水、火、風四大而稱為假立四大。

　　戊二、根境與界處之關聯：

　　承許五根與五境，唯是十處與十界。眼等五根以及色等五境，在講十二處時將其稱為十有色處，因為它們能開啟產生享用之門故；講十八界時，五根及五境則承許為十有色界，這是從執著或認識享用的角度安立的。

　　丁二、中間三蘊之理：

　　受蘊即為親感覺，想乃執相之自性。

　　行四蘊外有為法，彼三以及無表色，

　　加上一切無為法，即是所謂法處界。

　　受蘊也即自己親身的感覺，想蘊是執著相的自性，除色、受、想、識四蘊以外的有為法即為行蘊。此受、想、行三蘊以及無表色，再加上三個無為法，即是七法處或

七法界。

此頌詞主要是講受、想、行三蘊的法相與事相，那何為法相，何為事相呢？法相，即與其他任何法毫不混雜的特點，或說定義；事相即帶有分類性並與其他法毫不混雜的事物本體，比如人的法相是知言解意；人的事相就是男人、女人等。《俱舍論》的分析非常細緻，世間的心理學也沒有如此多分類，比如受蘊，若從本體上分有苦受、樂受、捨受；若以從屬來分，意識分為意苦受與意樂受，根識也有苦受和樂受等等。

受蘊的法相：心依靠自力而體驗自之對境的差別。受蘊的事相，有苦、樂、不苦不樂三種──如感受外境的美麗，在心中產生快樂；感受外境的粗惡在心中產生痛苦；平等的外境，則在心中產生等捨的感覺。「蘊」意為聚合，分別念依靠外境和自己的心識，因緣聚合，而產生感受，所以叫受蘊。《寶鬘論》中說：聲聞緣覺了知五蘊的粗大部分。這裡的五蘊與小乘所講的五蘊沒有差別。

想蘊的法相：心毫不混雜地執著自之對境藍、黃等相。這裡的執著其實亦包括無分別的執著，比如眼睛看外境，在因明中，本來眼根不會真正去執著，但是它取外境時，藍色、紅色、白色等全部接納於眼識之中，之後，第二剎那的分別念開始區分，而所執著外境之差別相，原原本本在根識範圍內得到，此即是想。想蘊的事相：若從所依六根的角度而言，則分為六想聚，也即六識在取外

境時能清晰辨別其顏色形狀，與他法毫不混雜。

想蘊和受蘊有時候很難區分，實際上受蘊是從外境中得到苦、樂、捨的感覺，而想蘊是從對所取外境的分析方面來講的。受蘊的事相，若以六根而分，則眼根、鼻根所取外境的相全部具足。除六根外，大乘《俱舍論》中將「想」分為廣大和狹窄兩方面，比如這個聲音特別大、很清晰；這個工藝品小巧精緻，那一種則很大方。每一個色、聲、香、味、觸、法都有這兩種想的分析，或者說這個很多，這個很少，這些也都是想的分析。想作如此區分後，對於好的，或者對自己有利益的，在心裡就會有快樂的感受開始運作，反之也是如此。所以如果詳細的對外境與心識之間的關係作分析，則對了知人無我以及真正取捨因果等各方面有很大利益。

受蘊和想蘊雖然屬於心所之中，但是，對於將受、想安立於五蘊之中也有辯論。因此二者分別為在家人和出家人爭論之因，在家人因貪圖樂受，而對可產生樂受之因如財產、女人等爭論不休；出家人則對自他宗派之好壞想法進行破立，由此而展開辯論，因此佛將受、想二者單獨安立為蘊。

行蘊是指色、受、想、識四蘊以外的一切有為法，如心所、得繩。行蘊的事相，除受、想以外的一切心所相應行與得繩等不相應行兩種。「得繩」有未來的得繩、過去的得繩，是有部宗分別假立的一種色法，他們認為

阿毗達磨俱舍論頌講記

所謂的「得」應是實有法，如相續中欲獲得菩薩戒或別解脫戒，在還未得戒時，未來的得繩現在於其相續中已經具有；或者以前得過別解脫戒，現在已經捨戒，則過去別解脫戒的得繩在相續中仍然具有。得繩屬於不相應行，「相應」是指與心心所相應，但得繩以及同類、生、滅等，既不是心所也不是無情法，也即非相應行的有為法是除有情法和無情法以外的一種有為法，對於這樣的一種有為法，大小乘《俱舍論》的觀點有所不同，但有部宗認為它們都是實有法。

　　若有人問：那麼，心與心所是一體還是異體呢？有部宗、經部宗、隨教唯識都承認心和心所是異體。《大圓滿心性休息大車疏》中，對於心與心所一體、異體的關係，各個宗派的觀點分析得非常清楚，此處不再重複。小乘自宗認為，心和心所異體，心王不是心所，他們認為，心是以自力見到事物的本體；心所則以自力見到事物的差別，故而心與心所不可能是一體。

　　十八界是指六根、六境、六識，其中六境裡意識的對境即是法，它分為七種，即受、想、行三蘊，以及無表色、虛空、抉擇滅、非抉擇滅，在講十種界，稱其為七法界，講十二處時，就叫七法處。

表四：

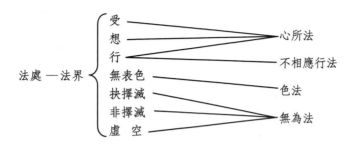

```
                    ┌ 受 ─────────────────── 心所法
                    │ 想 ────────────────
                    │ 行 ───────────────── 不相應行法
法處 — 法界 ┤ 無表色 ───────────
                    │ 抉擇滅 ─────────── 色法
                    │ 非擇滅 ───────────── 無為法
                    └ 虛 空 ─────────
```

　　七法界與七法處在第二、三品中經常出現，因此它們之間的關係一定要清楚。《俱舍論》雖然不是講大圓滿的修法，也不是講具體實修的方法，可是如果沒有聞思的盲修瞎煉，暫時看來修一個風脈明點，觀一個本尊，好像有一點收穫，但過一段時間，任何驗相都沒有時，自己的相續就變得空空如也了，這是很可怕的。如果能對佛法打下一個很好的基礎，不管是在何種環境，自己心中都會有很深的定解，這時無論別人如何的善辯，也不會轉變自己的想法。從長遠來看，在兩、三年中認真系統地聞思，對五部大論打好一個基礎，將《俱舍論》內容扎實地記在心裡是非常必要的。

　　丁三、識蘊之理：

識蘊分別而認知，意處亦屬識蘊中，

亦承許彼為七界，因有六識以及意。

六種識聚已滅盡，無間之識即是意。

可依靠自力分別、了知對境本體的就是識蘊，也即

十二處中的意處，在十八界中承許彼為七心界，因為是眼、耳、鼻、舌、身、意六識界以及意界七種。六識滅盡無間階段的心識即稱為意界。

心所可包括在受、想、行三蘊之中，除心所以外就是心，也即識蘊。關於識蘊也有很多不同觀點：主要從意識方面來說，有一位隆布論師，他認為只有一個意識；有部與經部認為是六識聚；唯識宗大多數認為是八識聚，也即六種識加染污意識、阿賴耶識；陽旦達論師認為八識聚加上無垢識，稱為九識。唯識宗論師認為「一識」的觀點不合理，因為意識與根識各自有不同對境、不同因以及不同的形象，所以不能將其全部稱為一識；「九識」也不合理，第九識是無垢識，它實際上是如來藏，其屬於無漏識而非有漏識，若凡夫具足無漏識，則有變成聖者的過失。六識聚與八識聚的說法比較合理，六識聚也即識蘊的事相，這是小乘有部宗和經部宗所公認。唯識宗認為在六識聚的基礎上，再加上緣一切內外所緣境形象不明並不間斷執著的阿賴耶識，所謂的阿賴耶識，《大圓滿心性休息》中說，它不像其他根識，比如眼識有自己色法的形象，鼻識有自己香味的形象，阿賴耶識自己的形象不明，而且它自己不間斷執著。對於「不間斷執著」，《俱舍論》中的觀點也與《大圓滿心性休息》中有一點不同。在六識聚及阿賴耶識這七種識的基礎上還要加一個緣阿賴耶執著我與我所的染污意識，共為八識聚。

六識聚在有部宗很多經典中比較明顯；八識聚在唯識宗的有關論典中以及經部宗都是成立的。因此在講中觀時，以宗喀巴大師為主的論師承認六識聚，麥彭仁波切為主的論師則說是八識聚，因為阿賴耶識和染污識沒有不合理的理由。中觀和一些般若經中並沒有很明顯宣說八識聚，實際上也是可以承認的，此觀點麥彭仁波切在其他論疏中曾根據大乘說法詳細講述過。

十二處中的意處可包括在識蘊之中，講十八界時又將其稱為七心界，因為它是產生享用之門的緣故。此七心界也即眼識界、耳識界、鼻識界、舌識界、身識界、意識界再加上意界都包括在識蘊之中。所謂的意界並不是除了眼識等六識之外的其他異體法，而是六種識聚剛剛滅盡，中間無有間隔而成為後識之所依處。世親論師在《自釋》中也說，意根與其他六識在本體上並非異體，它們都是意識的本性，只是在形象上以異體的方式存在。意識與其他識只是階段不同而已，實際上並沒有單獨的異體，這一點比較重要，薩迦班智達在《量理寶藏論》中講：第六意識和意根，在因明中是相同的。《量理寶藏論自釋》中也專門運用《俱舍論》的教證作了宣說。

前面六識滅盡的剎那，無間產生之法稱為意根。那麼，是六識全部滅盡還是單獨第六意識滅盡時產生意根呢？有人說是第六意識滅盡時稱為意根，《俱舍論》認為，六種識全部滅盡以後，稱之為意根。此處的滅盡並不是

阿毗達磨俱舍論頌講記

「滅法」，因為如果將「滅法」稱為意根（意界）有很大過失；也不承認是第六識滅盡後，第七識在第二剎那間繼續產生意識，因為意根是產生後面第七意識的一種因，所以從這個角度稱為六識聚滅盡後無間之中產生的一種識叫做意根，而依靠意根所產生後面的識，就稱為七識。薩迦派果仁巴認為：《俱舍論》雖然未直接宣說無分別的意根識，但亦可承認。

丁四、遣除實法之疑慮：

為立第六識所依，承許界有十八種，

一蘊一界與一處，可以包括一切法。

即以自之本體攝，不具其他實法故。

為了成立第六意識的所依——意根，承許界有十八種；色蘊、法界、意處這三者以自本體可以含攝一切法，除此三者之外的其他實法並不存在之故。

有人說：安立十八界是不合理的，因為十八界中的意界和識界意義相同，此二者之間互相可以包括，也就是說如果將六識歸攝於一個意界中，就成為十二界；若將一個意界歸攝為六識，則界亦唯有十七個。這是一個大過失。

但是像你們所說的這種過失並不存在。一般說來，識所依靠的五根皆依靠各自不同色法，比如眼識依靠見色境的眼根，耳識依靠聽聲音的耳根等，意識看起來好像沒有一個增上緣的根，但實際上作為第六意識增上緣的所依根即是六識剛剛滅盡無間階段的意根。小乘紅衣

部的論師說：意識的所依是意根，生命存留在心中。瑜伽行的論師認為：所謂的意界或意根，其實就是染污意識。就是為了建立意根是第六意識的所依，所以承許界有十八種，也即所依之根有六種，能依之識六種，所緣之境亦有六種，不會有你們所說的過失。

　　五蘊中不能含攝一切萬法，因為它不包括無為法，那十八界、十二處可不可以包括一切萬法呢？可以包括。一切法廣的來分有三十五種⑱，最少則可包括在三個法中，即五蘊中的一個色蘊，十八界中的一個法界，十二處中的一個意處，此三法是能攝，它們可以涵蓋一切的有為、無為法；其餘三十二個法為所攝。能攝與所攝是一體還是他體呢？「即以自之本體攝」，色蘊、意處與法界三種能攝是以自本體來含攝一切所攝法的。之所以是以自體方式，是因為「不具其他實法故」，三種能攝以外的實法根本不存在，並非是以四攝攝受眷屬那樣，而是如同聲音攝取所聽內容一樣。攝受有幾種分類：他體的攝受，如上師攝受弟子，國王攝受眷屬；自體方式攝受，如「人」，可包括男人、女人，或者說「樹木」可包括柏樹、松樹等。這裡說是以自體的方式而非他體的方式，如色蘊包含色蘊、十有色界⑲、十有色處以及法界的一部分無表色；意處包含識蘊、意處、七心界；法界攝法界的一部分無表色、

⑱三十五種法：十八界、十二處、五蘊，共三十五種；另一種說法為七十五法。
⑲十有色界：指五根、五境。

受蘊、想蘊、行蘊、法處、法界。蘊從少攝有為法，處、界從多攝無為法。

《俱舍論》中互相攝受的方式一定要了達，這一點極為重要。下面根據本頌中所說的五位七十五法，列表明示其相攝差別：

表五：

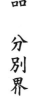

五位七十五法
- 色十一
  - 五根：眼、耳、鼻、舌、身
  - 五境：色、聲、香、味、觸
  - 無表色
- 心一
- 心所四十六
  - 遍大地法十：受、想、思、欲、觸、智慧、憶念、作意、勝解、三摩地
  - 大善地法十：信、不放逸、輕安、捨、知慚、有愧、無貪、無嗔、勤、無害
  - 大煩惱地法六：癡、放逸、懈怠、不信、昏沉、掉舉
  - 不善地法二：無慚、無愧
  - 小煩惱地法十：忿、恨、諂、嫉妒、惱、覆、吝嗇、誑、驕、害
  - 不定地法八：尋、伺、睡眠、悔、貪、嗔、慢、疑
- 不相應行十四：得、非得、同類、無想、無想定、滅盡定、命、生、衰、住、滅、名稱、文字
- 無為法三：虛空、抉擇滅、非抉擇滅

第一品 分別界

58

表六：蘊界處三科相攝

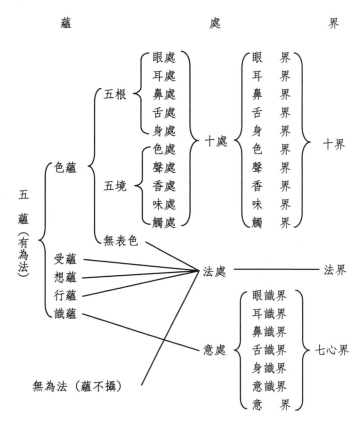

蘊　　　　　　　　處　　　　　　　界

五根　眼處　耳處　鼻處　舌處　身處

五境　色處　聲處　香處　味處　觸處

色蘊　　十處

五蘊（有為法）

無表色

受蘊　想蘊　行蘊　識蘊　法處 ── 法界

無為法（蘊不攝）

眼界　耳界　鼻界　舌界　身界　色界　聲界　香界　味界　觸界　十界

眼識界　耳識界　鼻識界　舌識界　身識界　意識界　意界　七心界

意處

表七：七十五法與三科對照

（一）七十五法與蘊對照

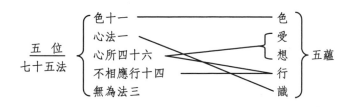

五位七十五法

色十一 ── 色
心法一 ── 受
心所四十六 ── 想
不相應行十四 ── 行
無為法三 ── 識

五蘊

（二）七十五法與處對照

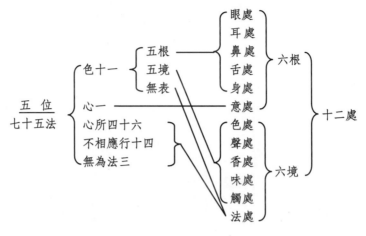

```
                                        ⎧ 眼 處 ⎫
                                        ⎪ 耳 處 ⎪
                              ⎧ 五 根 ── ⎨ 鼻 處 ⎬ ⎫
                     ⎧ 色十一 ⎨ 五 境    ⎪ 舌 處 ⎪ ⎪ 六根
                     ⎪       ⎩ 無 表    ⎩ 身 處 ⎭ ⎪
   五  位 ⎧          ⎨ 心 一 ──────────── 意 處    ⎬ 十二處
   七十五法 ⎨         ⎪          ⎧ 色 處 ⎫        ⎪
          ⎪          ⎪          ⎪ 聲 處 ⎪        ⎪
          ⎩          ⎨ 心所四十六 ⎬ 香 處 ⎬ 六境   ⎭
                     ⎪ 不相應行十四 ⎪ 味 處 ⎪
                     ⎩ 無為法三    ⎪ 觸 處 ⎪
                                ⎩ 法 處 ⎭
```

（三）七十五法與界對照

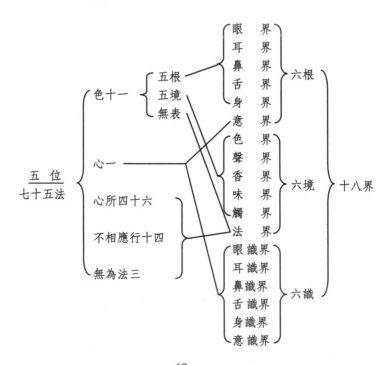

```
                                        ⎧ 眼   界 ⎫
                                        ⎪ 耳   界 ⎪
                              ⎧ 五 根 ── ⎨ 鼻   界 ⎬ ⎫
                     ⎧ 色十一 ⎨ 五 境    ⎪ 舌   界 ⎪ ⎪ 六根
                     ⎪       ⎩ 無 表    ⎩ 身   界 ⎭ ⎪
                     ⎪          ⎧ 意   界                ⎪
   五  位 ⎧ ⎪ 心 一 ──         ⎪ 色   界 ⎫        ⎪
   七十五法 ⎨ ⎨                 ⎪ 聲   界 ⎪        ⎪
          ⎪ ⎪ 心所四十六        ⎨ 香   界 ⎬ 六境    ⎬ 十八界
          ⎪ ⎪                 ⎪ 味   界 ⎪        ⎪
          ⎩ ⎪ 不相應行十四      ⎪ 觸   界 ⎪        ⎪
            ⎩ 無為法三          ⎩ 法   界 ⎭        ⎪
                                ⎧ 眼 識 界 ⎫        ⎪
                                ⎪ 耳 識 界 ⎪        ⎪
                                ⎨ 鼻 識 界 ⎬ 六識    ⎭
                                ⎪ 舌 識 界 ⎪
                                ⎪ 身 識 界 ⎪
                                ⎩ 意 識 界 ⎭
```

表八：七十五法在三科中總攝

$$七十五法 \begin{cases} 色蘊 \longrightarrow 攝一切色法 \\ 意處 \longrightarrow 攝一切心法 \\ 法界 \longrightarrow 攝 \ 一 \ 切 \end{cases} \begin{matrix} 心 \ 所 \ 法 \\ 不相應行 \\ 無 \ 為 \ 法 \end{matrix} \Bigg\} 法$$

眼等根雖有二數，然類行境與心識，

皆相同故為一界，為顯端嚴而生二。

眼耳等根雖各自都有兩個，然而因為所依根是同類、所緣對境相同、能依的心識亦相同的緣故，各自安立為一界，只是為使身體更加端嚴而生了兩個。

在麥彭仁波切的科判中，上面是斷除過少的過失，這裡則是對於過多的辯答。

前面已經說過，有情具有十八界，這時有人產生疑惑：人的眼睛、鼻子、耳朵各有兩個，

各自也應有兩個根[20]，如此一來，三根已有六根，這樣就不應是十八界，而成為二十一界了。

本論中說，並沒有成為二十一界的過失。雖然眼、耳、鼻各有兩個，「然類行境與心識」，也即從三個方面來分析則無有任何過失：第一、所依根相同，如眼根雖各有左、右二界的不同，但均在同一眼根的類別之中，並沒有差別；耳鼻二者也是同理。第二、所緣境相同，

心所執著的對境，不論是左眼還是右眼，實際上所執著的對境是同一個色法；左耳與右耳所執著的聲音也

[20]有人認為舌根也有兩個，即舌頭於中間以半月形劃開，兩邊各有一根。

61

僅是一個聲音；兩個鼻孔所執著的也是同一個香味。第三、能依識或所得果相同，如眼識，雖有兩個眼根，但最後所得到的是同一個眼識，也即都是同一類果。因此，從類、行境、果方面來分不會有過多的過患。

有人又會產生疑問：既然這樣，那一個眼睛、一個耳朵、一個鼻孔就可以了，沒必要有兩個。

這也是有必要的，因為這樣可以使身體美觀端正。眾賢論師（世親論師的上師）認為是為了明顯——如眼睛，若有兩個眼根看色法比較明顯；甲智論師說：既然這樣，一個眼睛大大的就可以，不必有兩個，其實是為了起到莊嚴的作用；在《毗婆沙論》中說有兩個原因：一方面可以更加清楚的了知對境，另外也可以起到莊嚴的作用。從意義上講，當然有一個眼睛、一隻耳朵就可以，但實際上就是好看而已。那是不是為了好看，所有的東西都可以產生呢？如果這樣，這個世界上應該沒有醜陋的人，全部都長得很好看，因為誰也不願意自己醜陋。所以也是不一定的，這其實是我們的一種習氣，在自己的阿賴耶上有一種愛和貪的種子，以此為因，以後也轉生成這種眾生。尤其是南贍部洲、北俱盧洲眾生無始以來有種習氣——一個頭好看、兩個眼睛好看，兩個鼻孔好看。很多人無始以來在自己的相續中使這種貪愛的習氣成熟了很長時間，逐漸在人們心中生起「這樣很好看」的想法。所以我們現在也不要種下吃肉的惡習氣，要不然以後轉

生為吃有情血肉的眾生也很可怕。

丙二、蘊界處各自含義及必要性：

積聚生門種類義，即是一切蘊處界。

為斷三癡依三根，三意樂說蘊處界。

蘊的含義是眾多有實法積聚；可以作為產生享用之門故稱為處；一個相續中可以分為十八個種類，所以稱為界。為了斷除三種愚癡，依照三種根基以及三種意樂而宣說了蘊處界三者。

這裡是蘊處界的釋詞。蘊是許多有實法之積聚，如色法，在《自釋》中引用佛經說：「諸所有色，若過去、若未來、若現在，若內、若外，若粗、若細，若劣、若勝，若遠、若近，如是一切略為一聚，說名色蘊。」以上只是說了色蘊，受想行識亦是如此。

表九：

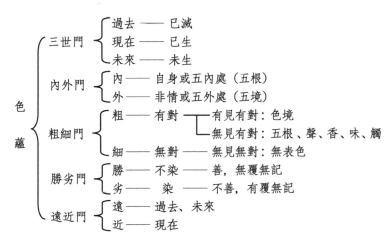

表十：

色蘊是指好與不好、過去未來的一切色法聚集於一處。《寶鬘論》以及中觀中說，很多法聚合於一處即稱為蘊。對於這一點各宗派也有不同觀點：小乘有部宗認為所謂的蘊是聚集的實法，這種聚集的實有法是存在的；經部宗雖然認為蘊是具足的，但並非實法，而是假立存在；唯識宗認為蘊有兩個意思，即重擔和分段。

對於唯識宗所承許之蘊義，在《自釋》中有詳細的破斥：你們所謂的分段或是重擔是蘊的法相，完全不合理，因為佛陀在經中說，過去未來現在的一切色法、內外色法、粗細色法、賢劣色法、遠近色法，所有的色法全部聚集一處，稱為色蘊，並沒有把它們一段段分開，因此你們的說法與釋迦牟尼佛的佛經相違；又像你們所說的蘊是重擔之義，那麼肩膀也可以說是蘊，因為可以肩荷重擔的緣故。世親論師站在經部宗的觀點說：應該承認所謂的蘊是假立存在。

在《自釋》中還提出一個問題：色蘊中所有的色法包括於蘊之中，既然聚集是蘊的法相，那麼一個微塵，它是很微小的實物，它不可能聚集很多，如此一來，是

不是最微妙、細微的色塵不包括在色蘊中？它到底是不是色法？如果屬於色法，則色法中還有不包括在色蘊裡的一些法，有這種過失。

對於這一責難，世親論師認為微塵應該包括在色蘊中，而且它不具足色蘊法相的過失也是沒有的，因為所謂的微塵是最小的、再也不可分割的，在它的本體上沒有很多的微塵聚集，但它仍屬於蘊聚的色法之一，比如說樹木的法相時，經堂中的柱子雖然沒有樹葉，但實際上仍屬於樹木的種類，也就是說法相應該是在種類中安立，而別相不一定每一個都具足。比如人的法相，剛生下來的孩子，他不具足知言解義的法相，雖不具足，但是不是人呢？是人，因為他是特殊的，屬於法相中的一種事相，應該這樣承認。

最細微的微塵、汗毛之類均可稱為蘊，肉眼看不見的很多微塵是聚集的因，應該屬於蘊之中，它是最細微、不可分割的，名言當中也必須承認的微塵。麥彭仁波切與單秋的辯論書中也講到：最小的微塵如果在名言中不承認，則有須彌山可以容納在一根吉祥草中等眾多過失。所以，在觀察色蘊時，小乘中粗大之法可以全部一一作抉擇，最細微的不抉擇也可以，如阿羅漢已經斷除人我之相，在小乘中人無我的境界最高。但若說到最細微的色塵，還是屬於色蘊之中，這一點不能否認。

有部宗認為好與不好的差別於色法上真實存在，人

們因此而有好與不好的感覺，並且產生不同的憶念。同理，色蘊以外的受蘊、想蘊、行蘊、識蘊，都有蘊聚的意思，比如想蘊，有過去想、現在想、未來想，還有受亦有很多很多。《俱舍論》是一種非常細緻的分析方法，我們一般認為「這個物質是色法」，而對於想——「所有意識都是一樣」，其實這些都是人們的粗大分別念，他們沒有繼續深入細緻分析的能力。從未學過宗派的人，心和色法是分不來的；如果學過宗派，逐漸逐漸分析，自己的想、識、心都可以分析很多。一般說來，精通《俱舍論》對萬法的名相不愚昧，精通中觀對所知意義不愚昧，因此，要想了知萬法的真正含義，一定要先學好《俱舍論》。

　　蘊其實就是聚集之義，當然所聚集的程度不一樣，比如產生信心與邪見，這按有部宗和唯識宗都可以分析，剛才自認為產生幾分鐘的分別念，但實際上這個分別念包含了過去、未來等很多，其中亦有很多意識的聚合，產生這樣的意識有很多原因，比如外境、自身、以前的因、繼續產生後面果之因，還有增上緣、所緣緣等。

　　若問：這樣的意識本體是從外面的所依色根產生，還是內在的意識產生？若是意識產生，那是通過何種方式產生的？如此一直向下分析，我們可以得出，不論是意識還是色法都是可以聚集的。也有些人認為：色法可以聚集，因是有相色法，但是受、想等不能聚集，因為沒有實體的聚合。這也是自己的分別念，實際上它也是

第一品 分別界

由很多因緣聚合產生的，《楞伽經》中說：三緣和合，幻相方生。意思是境、根、識這三者因緣聚合時，幻化的相就可以產生。所以色法的一切顯現以及人們對外境的執著全部是一種幻相，它們都是由種種因緣聚合產生的。

處可以作為產生心與心所之門。它分為內處、外處，外處即色等六境，它是以所緣緣（指對境）的方式產生享用之門；內處——眼等六根是以增上緣的方式產生享用之門，也即六根六境可以稱為處，之所以將其稱為處，是因為依靠六根、六境等外面的因緣而產生六識，因此說，它是產生心與心所的來源。

界可在相續中產生很多種類，各自同類作為後面同類之因。所謂的界，可以包含因和果兩方面，因方面是指可以產生各種各樣幻相的法；果方面指自己能受持與其不同之法，即相續中與各種法共同存在。

有人提出這樣的問題：蘊中包括一切有為法，十二處和十八界中包括有為法、無為法，那在抉擇有為法時只說五蘊，抉擇無為法時說十二處或十八界就可以了，為什麼還要說五蘊、十二處、十八界這麼多的名詞呢？世親論師說：為了斷除三種愚癡、依據眾生的三種根基以及三種意樂宣說了蘊處界，沒有重複或不應說的過失。

愚癡之中也分貪的愚癡和嗔恨的愚癡，此二者在《俱舍論》中是有差別的。滿增論師說：眾生的愚癡，有人

阿毗達磨俱舍論頌講記

認為心所是一體，這是小的愚癡；有人認為所有色法是一整體，是中等的愚癡；有人認為色與識全部為一體，是大的愚癡。比如說將整個色蘊執為一體，這個愚癡不是很大，而有些人把身體和心混為一談，並且認為前後世不存在，身滅心亦滅，持此種觀點之人，愚癡性相當大。所以世親論師說：為了遣除執著心與心所為整體的愚癡而宣說了五蘊。有些人說：「有一顆善良的心就可以了，不用分開心與心所。」就是為了打破這種執著，將屬於心所的受蘊和想蘊分開，同時亦將屬於心的識蘊作了區分。為了遣除執著色為整體的愚癡而宣說了十色處，現在一些沒有學過宗派的人，認為所有的色、聲音都是一體的，沒有什麼可分，為了遣除這種愚癡，十二處中主要宣講了十有色處。為了遣除執著色與識為整體的愚癡而宣說十八界，為斷除色法整體的執著而宣說十有色處，為斷除意識整體的執著宣說七種心界，亦可說為六種心界或八種心界，也就是說心識不是一體，有六種或七種；色法也不是一體，有五根、五境。大乘《俱舍論》中說，為了斷除五種執著而安立五蘊：有人認為整體的色蘊是我，為了破析色蘊不是自己而是假立存在宣說了色蘊；有人認為意識是我，為了說明意識並不是我，斷除對它的執著，宣說受蘊、想蘊、識蘊；有人認為雖然色蘊不是我，但除此之外的法仍然是我，為了破除我和我所的執著而宣說行蘊。大乘《俱舍論》的觀點就是為了減少

我執、斷除我執，因為人的執著無外乎心與心所、色法和心法，若能把五蘊、十二處、十八界進行清晰的抉擇，對自己和他人的執著就能完全打破。

眾生的根基意樂各不相同，分別宣說蘊處界也是按照三種根基以及三種意樂進行的宣說：利根者只要簡單說明就可以明白其中道理，針對這種人，佛陀宣說五蘊；針對中根者，佛陀宣說十二處；針對鈍根者，一定要詳細宣說才能領悟，因此佛說十八界。佛陀非常得善巧方便，眾生執著什麼，他就以何種方式使其獲得解脫，有喜歡簡明扼要的，就說五蘊；喜歡不廣不略的就說十二處；喜歡詳細說明的就講十八界。《俱舍論》大疏中說，喜歡略說的人是因為以前修寂止太多，每天閉目禪修，不喜歡很多學問，所以即生中也不喜歡廣；修寂止和勝觀二者的人喜歡不廣不略；不修寂止只修勝觀的人喜歡廣。

為什麼決定有五蘊呢？這一點是確定的，因為色與非色二者一定能包括一切有為法，非色也決定有心與非心兩種，非色、非心的受等三蘊也是確定的。這裡心指心王，主要是意識；不是意識亦非色法的，包括在心所之中，受也並非真正的心，因此，以心心所和色法可以包括一切有為法。

丙三、單獨安立受想蘊之理由：

成為爭論之根源，輪迴之因次第因，

是故一切心所中，受想單獨立為蘊。

蘊中不攝無為法，義不相應故未說。

受想二蘊是在家眾與出家眾產生爭論的根源，也是導致流轉輪迴的主因，而且它們次第有別，故於一切心所中，單獨將其安立為蘊。無為法不包括在五蘊中，因此二者意義不相應，故未作宣說。

所有心所中只有受、想包括在五蘊中是有原因的，因為此二者是僧俗爭論的根源，所有在家人均貪圖體驗樂受——國家與國家、人與人、家庭和家庭之間，為了財產、田地、牲畜與女人爭論不休；出家人由於對自他宗派有好壞的想法進而破立，展開辯論——寧瑪巴與格魯派、顯宗與密宗、外道與內道，他們經常會因為各自觀點不同而產生種種辯論。以前嘎達亞那尊者在一個河岸邊遇到一位持杖婆羅門，婆羅門問尊者：「現在一些國王、大臣等經常爭論，這是為什麼？」尊者說：「是因為他們自己喜歡樂受，為了自己的一些希求，所以進行爭論。」婆羅門又問：「出家人也是經常這個宗派、那個宗派的喜歡辯論，這又是為什麼？」尊者回答說：「是為了建立自己的宗派，也是為了自己的利益。」「那使所有爭論平息的辦法有沒有？」尊者說：「是有的，釋迦牟尼佛已經獲得了最究竟的解脫，他能夠平息這些爭論。」這時婆羅門對尊者和佛陀生起了極大信心，頂禮離開了。現在有些現象恰恰相反，在家人每天都是為各個宗派的不同觀點爭論不休，而出家人則整天都是為

了苦受和樂受吵架、打架。出家人對於宗派與宗派之間的辯論是有必要的，但現在的修行人整天都是因為牛糞棚、院子、水溝與別人「辯論」，這很有損出家人的形象，會使一些信徒因此而退失道心，這樣很不好。

受想是流轉輪迴之主因，貪執樂受就會積累惡業，這是由常樂我淨等顛倒想所生。而依據隨粗細、煩惱、器皿之喻以及界別之次第等原因，也應將受想二蘊單獨安立，這一點在下文會廣說。

五蘊中未說無為法，是因為無為法不具備積聚的意義，也即不具足蘊之法相，而且也不能將其安立為第六蘊，且五蘊為時間所攝，而無為法非時間所攝，故而於五蘊中未說無為法。

丙四、蘊界處次第確定之理：

次第隨粗諸煩惱，器等義界如是立。

五蘊的次第是隨著粗細不同、煩惱產生的順序、器皿喻以及界別不同之四義而如是安立的。

《經莊嚴論》中說：佛教講每一個法，並不是隨心所欲安立，而是有一定的密意和必要以及一定次第的，只是眾生並不了知。所以，蘊處界的安立也是有一定順序的，這裡首先講安立五蘊之次第的理由，有四個原因：

一、按照粗細的方式而宣說：大多數色法㉑都有阻礙(即有對)並且粗大，如柱子就有一定的阻礙，人們不能穿越它，

㉑十一種色中，除無表色以外其他色法。

71

有阻礙亦是色蘊的一種體相，因此最先說；從非色㉒來說，苦樂的感受比較明顯，說明受是粗大的，因而次說受蘊；執事物的差別相而有粗想，故想為第三；有了粗大的想法之後，希望獲得安樂而不想痛苦，由此產生粗行；識覺知事物的本體，行相最細微，所以排在最後。不管大乘、小乘或密乘，所謂心的奧秘，除佛陀的追隨者——大乘聖者之外，其他人根本無法研究、挖掘出它的真正內涵，而佛陀非常慈悲地宣講了色蘊，然後根據次第逐漸宣講後四蘊，使人們領悟心之本性。

　　二、依照產生煩惱的次第而宣說：人們無始以來由於喜愛顯形色而首先看色；對此顯形色的美與醜而產生樂受與苦受；從苦樂感受中產生顛倒的「常、樂、我、淨」想；由想而產生貪嗔之行；而各種煩惱皆依識而生。所以，眾生從無始以來，因為未懂得心的奧秘，就對外境開始執著，逐漸逐漸五蘊在一個執著之中全部圓滿。

　　三、以器皿諸喻依次說明意義：色喻為器皿，就如同所買之菜要放在籃子裡，這是所依；人們的受相當於食物，好的食物如樂受，劣的食物如苦受；苦樂的感受如果不去想、不去執著，實際上也無有任何實義，就像在器皿中裝滿食物，而無有廚師去烹調，則起不了任何作用，若具備廚師則下面的工序皆可進行，所以將想比喻成廚師；行蘊之中有業和煩惱，能夠使異熟之果成熟，

第一品　分別界

㉒非色：指受、想、行、識。

就像廚師運用各種技巧烹飪食物㉓；識蘊感受果報，無異於食用者去享受食物。

　　四、按照三界的順序來說：欲界以身體、聲音等色為主；色界以喜樂之受最為顯明；前三無色界㉔以想為主；有頂㉕以行為主；識蘊則在三界中都存在。

　　以上講法均是根據流轉生死方面來宣說的五蘊次第，在演培法師的《俱舍論頌講記》中依據《雜心論》、《正理論》從逆轉生死的還滅門也講到了五蘊的安立次第：在佛法中有兩個主要的修法——不淨觀與呼吸觀，其中不淨觀所修的是所造色，而呼吸觀所觀修的則是四大種，它們都是色法，因此首先講到色蘊；觀修的力量增強，漸漸地獲得輕安，內心生起樂受，所以緊接色蘊之後宣說了受蘊；苦樂之受或有損於肉體，或有益於肉體，但此肉體並非是「我」，於是滅除人我想，而法我想則會生起，故又說想蘊；當觀修成熟時，煩惱不再現行，此即行蘊；煩惱息滅，心亦調柔堪能，所以識蘊在最後宣說。而且，從五蘊逆的次第來講，也可以安立五蘊：一般我們觀修時，主要應放在觀察自心識上（識蘊），如此觀修之後依心而起之煩惱漸漸減輕（行蘊），執「我」的想法逐漸淡忘（想蘊），由我所生之受不再生起（受蘊），但要使感受真正不再生起，就需要觀察外境之色（色蘊），

㉓如同以貪心、嫉妒心以及各種心所作取捨後，隨之造業。
㉔前三無色界：空無邊處、識無邊處、無所有處。
㉕有頂：無色界最高的一處，即非想非非想處。

阿毗達磨俱舍論頌講記

色受想行識五蘊之次第如是得以安立。

按照麥彭仁波切的科判，下面是講處和界的次第。

取現境故先五根，取大所生故四根，

他中最遠速執故，或依位置之次第。

六根中先說前五根，因其唯取現在之境；前四根取四大所生之境，故在前；眼耳二根比鼻舌二根取境遠，而眼鼻二根較耳舌二根作用遠且迅速，故依次宣說。或依六根的位置次第進行宣說。

這一頌主要講述了處界的次第安立，雖然頌詞中只是講到六根，但就如同六位國王的順序已經安立，那麼六位王妃和六位王子的順序也可以確定一樣；六根的次第成立之後，則六境與六識的次序也可成立，由此處與界的次第皆可安立。

六根的安立方法有兩種，先說第一種：六根中最先宣說五根，因為五根是如理如實執著或取自之對境中現在外境的有境。《量理寶藏論》中講到，色根能執著現在的外境，分別念所執著的是過去、未來的對境。後說意根，因為它是取三時的有境，而且緣無為法，最細微且難以通達。其次，眼、耳、鼻、舌、身中的前四根取四大所生的外境，所以首先宣說；身根取四大與四大所生兩種對境，也即因所觸㉖及果所觸㉗都是身根的對境，

第一品　分別界

㉖因所觸：地、水、火、風。
㉗果所觸：柔軟、粗糙、輕、重、冷、飢、渴。

因此放在後面講。再次，四根中先講眼、耳根是因為此二者可以取遙遠的對境，而鼻、舌二根則只取較近的對境；眼、耳二根中眼根所取的對境最遠，如一般人們見到遠處的河流但卻聽不到水流聲，故以遠近差別而如是安立；鼻、舌二根中鼻根可很快地執取對境，如舌根尚未品嘗到味道時，鼻根已聞到氣味，因此以快慢的差別安立其前後順序。

六根的第二種安立方法是依照根所處的位置順序而安立了眼、耳、鼻、舌、身㉘、意。

丙五、二處決定之理：

為分別境與主要，故唯眼境稱色處。

為攝眾多殊勝法，故唯意境名為法。

為分別各境之差別以及突顯眼根之重要性，唯將眼根所取之境立名為色處。為攝取眾多法以及殊勝法，僅將意根所取之境稱為法處。

此處有兩點疑問：色蘊中有十個色處——五根、五境，但是為什麼只有眼睛的對境叫色處，其他不稱為色處？所有萬法如眼根、聲音等均可包括於「法」中，那為什麼說只有意根的對境才叫做法處呢？

對上述問題可以分別回答，眼睛的對境被稱為色處有兩個原因：一、為了分別境，五根五境十處均可攝於色中，但是若通稱為色處就不能顯示其差別，所以對其

㉘大多數的身根位於舌根以下。

75

餘的九處各自安立不同名稱，而將總的「色」名用於別
名，即將眼根的對境立為「色處」，如此即可顯出十色
處之間的差別；二、不論是生煩惱還是造善業，眼睛對
境的色法在所有五境之中最為重要，此色法有見有對，
而且眼根也是最主要的，所以唯將眼根的對境稱為色處。
十二處與十八界皆包括在法中，而只將意根的對境稱為
法處或法界也是有原因的：一、與色處相同，為了分別境，
將總名用於別名；二、法處雖為十二處之一，但它可含
攝四十六心所、十四不相應行、三無為以及無表色眾多法，
而其他處都無這一特點；三、一切法中最殊勝的涅槃抉
擇滅可包括在法處之中。由以上三個原因，唯一將意根
的對境稱為法處或法界。

　　乙二（攝他法之理）分二：一、攝法蘊之理；二、
其他依此類推。

　　丙一、攝法蘊之理：
　　能仁佛陀所宣說，所有八萬諸法蘊，
　　無論詞句或名稱，均可攝於色行中。

　　大能仁佛陀所宣說的所有八萬法蘊，無論是詞句還
是名稱，均可含攝於色蘊與行蘊之中。

　　八萬四千法門，在藏文中有「法蘊」之義，即釋迦
牟尼佛宣講了八萬四千法蘊；在漢傳佛教的經典中有些
是說法蘊，有些則說是「法門」——八萬四千法門、三
藏法門等。究竟來說，用法蘊比較恰當。

隨教經部宗認為，釋迦牟尼佛的經典均為文字構成的一種詞句，此即法蘊；有部宗的論師認為佛陀所有的經典是心識面前可以現前的一種名稱。但無論是詞句還是名稱，其實均可包括在五蘊之中——詞句可以是聲音，而聲音是五境之一，故而包括於色蘊中；若是名稱，則可以包括在不相應行中，因不相應行中有名稱、得繩、同分等。

　　《俱舍論》頌詞講到八萬法蘊，《自釋》也說是八萬法蘊，並未講其他觀點，那是不是所有小乘都認為是八萬法蘊呢？也不是。在有些論師的《俱舍論》注釋，如藏傳佛教中著名的《俱舍論釋.對法莊嚴論》㉙中說：並不一定所有小乘都承認八萬法蘊，也有承認八萬四千法蘊的。一般來說，小乘認為佛宣說的法包括在八萬法蘊中；大乘共同承認佛陀宣說八萬四千法蘊，關於大乘觀點，無垢光尊者在《如意寶藏論》中有宣說。承認八萬法蘊的主要是克什米爾有部宗；其他部也有承認八萬四千法蘊的，如《阿難經》：阿難說，我在佛陀面前親自已經聽聞了八萬多法蘊，在其他比丘面前聽了二萬法蘊。從這個經典中可以推斷小乘也有承認八萬四千法蘊的。在《大乘阿毗達磨》注釋中說：聲聞乘的阿難尊者所聽聞的八萬多法蘊，均可包括於三藏之中，所以小乘

阿毗達磨俱舍論頌講記

㉙《俱舍論釋.對法莊嚴論》：簡稱《俱舍論大疏》，作者是藏地著名的欽江比樣論師，出生時間不詳，圓寂於公元1267年。

也承認八萬四千法蘊。有些人說：佛陀成佛後轉法輪四十九年，阿難在二十年中聽了八萬多法蘊，而在阿難之前，善星比丘也曾在佛前承侍了二十多年，且經中也說善星比丘雖精通三藏十二部，但卻對世尊生不起任何信心㉚。那麼是不是應該還有八萬法蘊，也即應有兩個八萬四千法蘊呢？這種說法並不成立，因為任何經典中，除八萬四千法蘊的說法外，並沒有其他說法。藏地論師也承認八萬四千法蘊，他們的依據是《寶篋經》。在《大圓滿前行引導文》中引頌云：「調伏貪惑對治法，佛說律藏二萬一，調伏嗔心對治法，佛說經藏二萬一，調伏癡心對治法，佛說論藏二萬一，同調三毒對治法，佛說密藏二萬一。」

按照麥彭仁波切的科判，下面是旁述法蘊之量。

有者稱謂一論量，盡說蘊等每一句，

身語意行之對治，相應宣說諸法蘊，

有人說每一法蘊的量相當於一個《法蘊足論》之量；也有說能夠圓滿宣說蘊處界等任一部之意義的完整語句即為法蘊之量；為了對治身語意不同之行為，則相應宣說了八萬法蘊。

每一法蘊的量究竟是多少？這有很多不同說法：有些人認為法蘊是一個論典的量，即舍利子所結集論典之

㉚格魯派的一位格西曾在介紹宗喀巴大師的傳記中說：有關善星比丘的公案只見於寧瑪巴認可的蓮師傳記中，故此說法並不可靠。但實際上，在《涅槃經》中詳細地記載了善星比丘的公案，因此上述說法並不正確。

量；或者是與對法論的量相同，有六千頌，這樣八萬法蘊就共有四億八千萬偈頌；還有人說，蘊、處、界、緣起等能圓滿宣說的每一個完整詞句即為法蘊之量，如五蘊中的色蘊是一個量，十二處中的處也是一個量，十八界裡的界也是一個量……世親論師認為：佛陀宣說的八萬法蘊其實是為了對治身體、語言以及意識行為而作的相應宣說，也就是說每個眾生都有身語意不同方面的不良行為，為了對治這些惡行，佛才宣說了八萬法蘊。

此外，對於法蘊之量還有很多其他不同觀點：法友論師說，天王大象能馱的墨所寫之量，可成一個法蘊之量；《華嚴經》中記載，善財童子四處參學時，曾遇到南方的海雲上師，上師曾對他說即使用大海一樣多的墨、須彌山般大的筆來書寫大乘各法門的種種教理，也是數之不盡、寫之不完；在《報恩經》中說，提婆達多能背誦六萬頭大象所背負的經典，而每頭大象能馱經典之數量也難以數盡；《大乘阿毗達磨雜集論》中說：「問一一法蘊其量云何。答十百之數是法蘊量。」有關八萬法蘊，不管大乘小乘，說法很多，爭論亦是比較多的。

既然有如此多法蘊，那現在為何沒有這麼多的經典呢？《毗奈耶經》中說，佛陀涅槃以後，一位婆羅門國王開始破壞佛教，將大量佛經、佛像、佛塔等全都予以毀壞，佛教自此開始衰敗，許多法蘊亦因此而隱沒；有些《俱舍論》注釋則認為，在佛涅槃後，有些法蘊傳到

阿毗達磨俱舍論頌講記

了其他世界，有的則被請到龍宮，有關這方面在《致弟子書》中亦有記載。

丙二、其他依此類推：

如是此外如所應，所有一切蘊界處，

詳察細究自法相，應當攝於前述中。

此外其他經典中所說的一切蘊界處，按照其所對應的合理性，詳細觀察它自己的法相，皆應攝於前面所說的蘊界處之中。

法蘊可包括在五蘊中的道理在前面已經講過，除此之外，依據對應方法的合理性，所有其他經典中講到的蘊界處，通過詳察細究來觀察其法相，不論任何一種法，全部都包括在前面所講到的蘊界處之中，也即法相與蘊之法相相同則包括於五蘊之中；若是界的法相就包括於十八界中。所以，八萬四千法蘊，在一一詳細觀察它們自己的法相之後，皆可攝於蘊、界、處之中。

那麼無漏五蘊、十遍處等是如何含攝於蘊處界中呢？無漏五蘊可含攝於色蘊與行蘊之中，其中戒蘊，如別解脫戒中除斷貪心、害心和邪見之外的身語七斷，小乘認為是無表色，故可包括在色蘊中；後四蘊可包含於行蘊中，有部宗認為後四蘊均包括在心所中，故屬於行蘊。另外，《三蘊經》或其他經中所說的四蘊、五蘊皆可包括在蘊中，因此不能涵蓋或不能包括的過失是不存在的。

表十一：

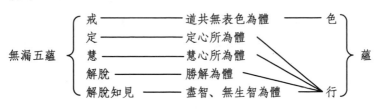

十遍處是一種禪定境界，獲得此禪定後，所有的地、水、火、風、藍、黃、白、紅、空無邊處、識無邊處皆可於修行人面前顯現。其中前八遍處是無貪的自性，屬於法處之中；若具從屬則可為意處和法處所攝。從屬是指非主要之心，在與心相同的群體中所發生的心所，叫做從屬，比如地水火風的形態已經修成，則一切皆變成大地、虛空，在與此相同的心所範圍出現的其他心所，就稱為其從屬；空無邊處和識無邊處是四名蘊的自性，包括在法處與意處中。八勝處也是瑜珈師通過修行之後，其禪定力超過一般凡夫之分別念的一種境界，也是無貪的自性，故可包括在法處中。

表十二：

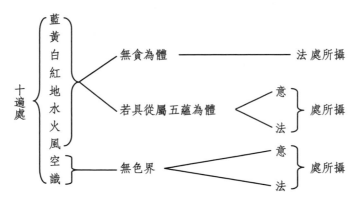

又在《多種界經》中說到界有六十二種。六十二界均可含攝於十八界，這裡僅簡單介紹一下地、水、火、風、空、識六界與十八界的相攝：前四界是觸界所攝，因四大是所觸之境；空界，有部宗認為其以明暗為體，故為色界所攝；識界是以有漏識為自體，七心界所攝。下面一個頌詞，在麥彭仁波切的科判中是分別宣講兩種界。在佛經中講具有六種界的士夫，《寶鬘論》中講人無我時，說士夫不是地、水、火、風四大，也不是空和識，所謂的「我」並不存在。但士夫相續中的地水火風空識，都屬界的範疇，那麼這裡的「空界」與前面所講到的無為法的「虛空」是否相同？士夫的識界與十八界中的識界是否相同？下面就開始解釋這兩個問題。

　　孔隙稱為虛空界，傳說即是明與暗，

　　所謂有漏之識者，即是識界生所依。

　　虛空界就是門窗以及口鼻等的孔隙，傳說是以明、暗為體；有漏的心識就是識界，因為它是有情轉生的所依。

　　有部宗認為，空界與虛空是有區別的，虛空可分為無為法虛空與天上藍色的莊嚴虛空（天空的藍色其實是須彌山反射的顏色）；而空界則是指門窗等處的孔隙，是一種實法，它的自體是光明與黑暗，又由於可損害自本體——瓶子中的虛空，在裝水時，虛空受到損害，不再存在，因而是有礙法。有部宗認為此有礙法可在其他法的附近存在，比如將瓶子放在桌子上時，原來桌子上有虛空，現在瓶

子放在其上時，虛空就站到了一邊，所以是有礙之從屬。

　　經部宗認為虛空存在不合理，世親論師在頌詞中用了不太滿意的口氣——「傳說」。對於有部宗所認為的空界就是光明與黑暗之本體的觀點，若不觀察也許會認為他這種說法是對的，但若詳細觀察，因為光明與黑暗包括在支分顯色中，也就是說光明的微塵和黑暗的微塵可被眼睛所見，這樣一來，所謂的虛空就不能被法處所攝。對方也許會問：空界應是實有存在，若不存在，那麼具足六界的士夫，不是就少了一個界嗎？而且，緣起分為外緣起和內緣起，外緣起中有地、水、火、風、空五種，如種子要發芽時，種子是近取因，還需要地水火風以及空的俱生緣，若空界是無為法，根本不存在，那為什麼它會攝於因緣之中？對此可以這樣回答：將空攝於因緣中，是因為它對種子的發芽沒有起到阻礙的作用，所以說空是一種緣，也就是說，種子在發芽過程中，虛空對它未製造任何違緣，使種子在虛空中生長，而虛空的本體從來就未產生——虛空對種子的作用，就如同石女兒對種子的作用，真正意義上沒有任何差別，只是在一個空間中給種子一個發芽的機會，如果沒有空間，那麼種子發芽的機會是沒有的。經部認為虛空是無有阻礙的法，它可以存在於其他法的附近，是無礙從屬。不存在的法可以在其他地方存在，實際上這個存在和不存在也是沒有任何差別，就像石女兒本來不存在，則說他的死亡也

阿毗達磨俱舍論頌講記

就無有任何意義，佛經中也說：虛空是不可能見到的。

　　頌詞中說：孔隙就是虛空界，因為佛陀在《多種界經》[31]中講了六十二種界，如眾生界、虛空界、心識界、耳根界等等，在此經中講到虛空界就是指孔隙。人身體中的孔隙，如鼻子的孔隙，肚子裡的孔隙；在外情世間，屋子與屋子之間的孔隙、瓶子裡的孔隙全部可包括在孔隙中。佛經中講得非常清楚，內外的孔隙就是虛空界。那這些孔隙是有為法還是無為法？在這個問題上，各個宗派的觀點也有點不同，有部宗認為前面所講的虛空包括在無為法中，但這裡的空界與虛空並不相同，虛空界是人體中或外面屋子中的一些孔隙，這些孔隙是有漏法，它是有為法，不包括在無為法中；三無為法中的虛空是無漏法，也是無為法，它不是因緣所成，所以有部宗認為虛空界和虛空應該分開來講。有部宗所說的空界就是指光明或黑暗的本體，比如窗戶是四方形，虛空亦是四方形；若白天看，它是一種光明，若晚上看，那雖然有虛空，但看不清，是黑暗的，因此認為虛空就是一種孔隙，這樣的孔隙或是光明或是黑暗，除此二者以外沒有其他，它其實是成實之法，屬於一種有為法，可以讓眾生生長、呼吸等等，起很多作用。隨教經部也是持有部的這種觀點，但其說法與有部宗稍有不同，他們認為瓶子裝水時，虛空的本體以未受到任何損害的方式存在。隨理經部和

[31]《多種界經》：亦叫《法鏡經》。

唯識宗以上不承認虛空真正實體存在，他們認為三無為法的虛空與這裡所講虛空沒有區別，應該是一體的，只是有部宗並不明白其中道理。

有部宗這時發出質難：瓶子中原本有虛空，向其中裝水時則沒有虛空，那麼這些虛空原是常有之法，後又變成了無常之法，無為法的本性不是改變了嗎？隨理經部以上回答說：並沒有這種過失，因為虛空是假立的，它沒有一個實質性的存在，如果是實質性存在，那瓶子中有一個虛空，然後倒水時，瓶子中的虛空，或者是滅亡了或者是跑到其他地方去了；但我們並不承認虛空成實存在，所謂的虛空只是名稱而已，因為其不成立，所以，人們稱其為無為法，而所謂的無為法也並不成立，因此這種說法是非常合理的。

滿增論師在《俱舍論大疏》中說：有部宗認為虛空和虛空界是他體的，是分開存在的，而經部以上則認為本質上沒有差別，是一體的。經部以上為什麼不承認虛空呢？當然從名稱上承認是一種無為法，在本質上無有差別，沒有本質上的產生，比如石女兒本來未產生過，既然不曾產生，那麼「石女的兒子病了」或者「石女的兒子死了」，會不會產生這種概念？同理，所謂的虛空，首先它的本體並未成立，那麼向瓶子中倒水時，會不會有虛空已經毀滅或虛空跑到其他地方去了的想法呢？不會有。因明也站在經部的觀點分析過，如薩迦班智達的《量

阿毗達磨俱舍論頌講記

理寶藏論》中說:「無自相故非現量,無相屬㉜故無比量,是故所謂有虛空,絕無能立之正量。」我們說一個法要成立,或是現量成立或是比量成立,那虛空能不能現量成立呢?不能成立,因虛空沒有自相之故;能不能以比量來成立呢?若用比量來成立某個法,則必須在因與立宗之間有某種關係——因果關係或同體關係,但虛空自己的本體不成立的緣故,也就不能建立任何一種關係,故比量也無法成立。這樣一來,所謂的莊嚴虛空和孔隙的虛空也就並不存在了。薩迦班智達在相關講義中作了非常細緻的分析。

人們也許會想:我們面前的虛空到底存不存在?如果虛空存在,那我坐下時,虛空是不是跑到其他地方去了,若未跑到別的地方去,我應該坐不下來;如果原本存在而現在不存在,那麼無為法已經變成了有為法。在這裡應該抓住一個要點,如若虛空真正實體存在,確實會有這種過失,但所謂的虛空實體存在,除有部宗以外,其他宗派根本不承認。法稱論師在講因明推理時,經常用虛空作比喻,雖然虛空是不存在的,但把非無常稱為常有,將其用來作常法的比喻,也就是說法稱論師把常法不存在的道理,反過來用虛空作為其比喻,說明真正常有的法在世間根本找不到。大乘中觀以上,無論是講大圓滿還是中觀,經常用觀虛空或虛空的本質來比喻非常貼切,

㉜相屬:彼生相屬,如種子生芽;同體相屬,如火與火的熱性。

大家通過這種比喻可以通達很多甚深的含義。

識界並非是指無漏識，因為它是眾生從入胎到死亡之間投生三有的所依。人們的心識也即所謂的識界，它應該是有漏法，之所以包括在界中，是因為可從一個界投生到另一個界，這些均由意識起作用，若沒有心識則無法轉生，比如中陰身前往後世，這個過程必須依靠心識，所以識界是現在眾生前往後世的心識，也就是輪迴之因。

在蔣陽洛德旺波的講義中還講到了佛經對於界所安立的諸多名稱，這些實際均可包括於十八界中。

乙三（界之分類）分八：一、有見等五類；二、有尋有伺等分類；三、有緣等五類；四、三生之分類；五、具實法等五類；六、見斷等分類；七、見與非見之分類；八、二識等三類。

在界之分類這一科判中，麥彭仁波切將之分為二十一種，在蔣陽洛德旺波的講義中則說：界應分為二十種，而在分科判時，為了方便則分成了八種。

丙一、有見等五類：

有見即是唯一色，有對乃為十色界，

無記之法有八種，除色聲外餘三種。

十八界中，可被眼識所見的唯一是色界，屬於有對法的則是十色界，此十色界中除色、聲外的八種均為無記法，其餘的十界都相應存在善、不善、無記三種。

前面已經講到了十八界，那其中有哪些由眼睛可見

呢？「見」，有用心來見，比如以心現見本性、用心來證悟；也可以用眼睛來見。此處指第二種——以眼睛來見，十八界中，眼睛能見的只有一個法，即是色法。此處之「色」並非色蘊中的「色」，色蘊中的色包括五根、五境、無表色，五根與無表色無法用眼睛見到，五境中的聲、香、味、觸也見不到。因此，十一種色法中，以眼睛可見的只有色法，也即前面所講的顯色、形色，加沃傑論師的《俱舍論疏》中說：用語言可以表示，用眼根可以見到之法，稱為有見。比如說「這是柱子，這是瓶子」，當說出一種法時，其他人心中馬上現出它的總相，而且也可以見到其自相——「這就是紅色的柱子」、「這就是圓圓的瓶子」。

在十八界中，有對的法有哪些？有部宗認為五根、五境是色法，它們都是有阻礙的，所以將十色界稱為有對法。頌詞中經常會用到「有對」，講義中則常用「有礙」。有礙分三個方面：障礙、緣礙、境礙。障礙，指微塵與微塵之間互相不能侵犯，比如一位道友坐在自己的位置上，另一位道友不能融入他的身體，占據他的位置，這就是障礙，手對牆壁接觸時有阻礙，也屬於障礙；緣礙主要是從心與心所角度安立的，當心與心所正在執著某一外境時，於此心與心所範圍中不能緣另一外境，比如正對扎西生嗔心時，心心所不會同時對另一人產生貪心；境礙，自己只可以取自己的境，別的境不能取，如同腳

被繩索套住而不能離開，同理，眼識只能取外境的色法，不能取耳根對境的聲音，這叫做礙，耳根也只能取聲音，其餘根均可依此類推。緣礙和境礙中的「礙」均有「取」的意思，不同的是，緣礙取一個境的同時不能取第二種境，但在第二剎那時，可以改變，如第一剎那生嗔心，第二剎那可以生貪心；而境礙只能取自己的對境，如耳朵只能聽聲音，總也不會見到色法，當然，一些可六根互用的聖者另當別論。

在《自釋》中還講到境礙的幾種情況：水中有礙（可見）、陸地無礙，如魚；陸地有礙、水中無礙，如人；水和陸地皆有礙，如青蛙；水與陸地皆無礙，如盲人。另外，還有白天有礙、夜晚無礙，如人；夜晚有礙、白天無礙，如貓頭鷹；白天、夜晚皆有礙，如野馬、狼、貓等。還有是障礙非境礙的，如色等五境——其於自微塵之上不會有其他微塵，不是境礙，因為境礙是從根的角度來說的；是緣礙非障礙，如心與心所；是障礙也是境礙，如五根——根的位置不被其他微塵占據，且其所取對境也是固定性的；既非障礙也非境礙，如無為法、得繩。

「有對乃為十色界」中的「有對」是指障礙，因五根、五境皆由微塵積聚所成，互相之間皆為能障與所障的關係。十色界不屬於緣礙，因為緣礙是從心心所的角度來說的；五根應該屬於境礙的範疇，但五根必須與外境結合，

產生執著，否則也不會發生阻礙。

　　無記法是指非善亦非惡，如磕頭時是善法，是身體方面的；殺生是惡業；吃飯、炒菜等則是無記的。那十八界中，哪些是無記法呢？無記法有八種，即十色界五根和五境中除色、聲以外，餘下的八種為無記法，因為香味觸等八種不會根據發心不同而成為善法或惡法，本體即為無記；「餘三種」，除八種無記法以外的色、聲以及七心界和一個法界，根據發心不同具足善、不善、無記三種中的任何一種，其中色與聲為身語有表色所攝，並根據發心不同而為善、不善、無記三者以及相續所攝，但不被無表色所攝。色與聲若不為相續所攝則稱為自性無記法，但有一些特殊情況，如天人的鼓聲，有些是善法方面的，有些是惡法方面的。

　　在學習《俱舍論》的過程中，大家也許會發現一些不同觀點，然後就認為：不應這樣分類，應該那樣分類，像天人的鼓聲並非人相續所攝，但是發出一切萬法無常、無我、寂滅等聲音，這應是善法的。我們在學習時應以教理為主，此處是以總的分類來區分的，若真正安立其法相，應按照因明觀點安立，因它可遠離一切過失，而《俱舍論》的分類並不是很嚴格。因此，在聞思、辯論、研討的過程中，千萬不要對世親論師等高僧大德說誹謗的語言，否則到晚年時也許會後悔。

　　佛陀所傳的法有甚深和廣大兩方面，甚深方面由文

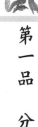

第一品　分別界

殊菩薩與龍猛菩薩廣傳，廣大方面則是由彌勒菩薩與無著菩薩、世親論師傳下來的。世親論師的《俱舍論》實際上是佛陀第一轉法輪的見解，主要廣說名言方面的法；而無著菩薩則依靠唯識觀點主要宣說勝義方面的法要。《俱舍論》當中的很多分類，中觀應成派也是不得不承認，如有礙法、有見法，讓中觀應成派來安立，也要根據本論觀點安立。如果說持中觀應成派的觀點或者修大圓滿的人不用了知有礙法、無礙法、十八界等，不承認這些觀點，那眼根見色法既然不承認的話，大圓滿當中所宣說的內容也沒有必要承認了。所以在抉擇名言時應該依靠《俱舍論》，雖然頌詞中有些觀點是有部宗的特殊安立，在這方面可以不承認，但除此之外的大部分觀點，中觀應成派亦是承認的。

　　八種無礙界㉝中，七心界因為與貪、不貪等助伴相應存在而具善、不善、無記三者。若與善心相結合時，七心界變成善法；若與不善心相結合，則七心界變成不善法。比如眼識與貪心相應時，眼識變成不善業；若看佛像，則成為善業；若眼識見到拖拉機，既不是善心也不是惡心，處於無記的狀態即是無記法。法界有些是本性善㉞、有些是相應善㉟、有些是等起善㊱、有些是勝義善──小

㉝八無礙：七心界與法界，此八者是從緣礙來講的。
㉞本性善：不觀待其他任何心所，其本身即為善法，如無貪、無嗔等。
㉟相應善：與本性善中任一心及心所相應。
㊱等起善：由善心引發的身語有表色與無表色。

乘的抉擇滅是勝義善法，而虛空、非抉擇滅均為無記法，因為它們不是善也不是惡，但《大乘阿毗達磨》中說，所謂的非抉擇滅、虛空是不存在的。

　　欲界具有十八界，色界之中十四界，

　　香味以及鼻舌識，此四種界未所屬。

　　無色界中則具有，意法以及意識界。

　　彼三有漏與無漏，其餘諸界為有漏。

　　欲界具有十八界，色界具有除香、味、鼻識、舌識以外的十四界，無色界具有意界、法界與意識三界，此三界通於有漏無漏，剩下的十五界只通有漏。

　　欲界具足十八界，因其皆能增長欲界煩惱之故。色界具足十四界，因五境中的香與味在色界不存在，由緣外境所生之鼻識和舌識亦就不存在了。在色界沒有香與味二者，因為它們是段食性，只有遠離了對段食的貪執才能轉生到色界，但是有部宗認為色界天人的鼻根、舌根等是具足的，只是沒有外境，由於沒有外境的緣故，雖具足根，但亦不會產生鼻識、舌識，因此色界只具足十四界。段食㊲在色界中是不存在的，它是一種食品，有味、香、觸，有此三者之故，欲界眾生很喜愛享用，若不遠離段食，無法轉生色界。既然味、香、觸是段食的本體，那麼，色界中所觸也不應當有了？雖說段食是所觸，但

㊲三界有情依之存活的有四種食物：段食、觸食、思食、識食，第三品有詳細講述。

所觸不一定是段食。所觸分兩種，一種是屬於段食的所觸，一種是不屬於段食的所觸。在色界所觸不一定全部斷除，如天人穿衣服，也有柔軟的所觸。而具足香與味的段食，即使在色界中具足，也是沒有任何必要的，但世親論師在《自釋》中說，如果沒有必要而不存在香與味，那麼鼻根與舌根也不應存在，因為沒有任何必要，他對有部宗作了這樣的駁斥。有部宗反駁說：鼻根與舌根是有必要的，因為可以起到莊嚴的作用。世親論師說，

　　莊嚴並不是由根來顯現的，如果只是為了莊嚴，只顯現它的鼻身和舌身㊳就可以了，之所以在色界中存在鼻、舌二根，是因為六根皆依有情之身得以生起，而非依靠境界起現。

　　無色界具足意界、法界、意識界，因為它們可增長無色界的煩惱。無色界無有十色界，因此依五境而生的五識也就不會存在，那這樣一來，意根（意界）是六識聚滅盡無間產生的，無色界既不具足五識，那意根如何具足呢？無色界中雖然不具足五識，但第六意識滅盡的這種心識應該存在，因此意根可以存在。法界在無色界中也是存在的，法界包括屬於等持之受以及不苦不樂的受等細微受，而且麥彭仁波切在《智者入門》中說：無色界有細微之想。想和行包括於心所之中，心所包括在行蘊中，而行蘊包括在法界之中，所以，法界應該在無

㊳鼻身、舌身：可現量見到的鼻子、舌頭即為鼻身與舌身。

93

色界具足。

意界、法界、意識界三者既具足有漏法也具足無漏法。此三界既有苦諦與集諦所攝的有漏法，也有道諦、無為法所攝的無漏法，比如獲得抉擇滅時，在抉擇滅的群體中，六根識全部變成無漏法，所以，意界、法界、意識三界具足有漏法與無漏法。其餘的五根、五境、五識共十五界唯一是有漏法，有部宗認為凡是色法皆為有漏法，外面的色、聲、香、味、觸，以及眼、耳、鼻、舌、身諸根全部是有漏法，因為它們可以增長一切有漏煩惱，是修道過程中需要斷除的（屬於修斷）；他們認為阿羅漢和佛陀的身體也屬於有漏法，因此不能對佛陀的身體皈依，因為佛陀的身體屬於苦諦，對佛的身體皈依、頂禮是不能賜予悉地的，真正應該皈依的是佛相續中的智慧，這才是無為法，才是真正的無漏法。在這個問題上，密乘以及大乘的說法與小乘有很大差別。

丙二、有尋有伺等分類：

尋伺二者均有者，即是五種識界也。

最後三界有三種，其餘諸界無尋伺。

十八界中既有尋又有伺者為眼識等五識界，意、法、意識三界則存在有尋有伺、無尋有伺、無尋無伺三種，其餘眼界等十色界均為無尋無伺。

尋與伺皆屬心所。尋，對外境事物的粗略了知，如了知桌上有瓶子；伺，詳細了知事物本體，比如通過詳

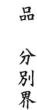

第一品 分別界

細觀察，發現桌上的瓶子有個裂縫。

在十八界中，哪幾界有尋有伺？哪幾界無尋唯伺？哪幾界無尋無伺？此頌詞即告訴我們十八界與尋、伺之間的關係。按有部觀點，有尋有伺的總共有五種識界，即眼、耳、鼻、舌、身五識，因為此五界向外觀而執取粗細之相，其中執取粗相者為尋，執取細相者為伺。當然，在眼睛見外境時，眼識實際是無分別的（這一點上，因明觀點與俱舍基本相同），但此處所說的「尋、伺」可以包括有分別和無分別兩種，也就是指自性分別。最後三界㊴存在有尋有伺、無尋有伺、無尋無伺三種情況，一、有尋有伺，欲界與初靜慮粗分正禪㊵的意界、意識界與尋伺以外的所有相應法界必定存在尋和伺，因而是有尋有伺。為什麼說是除尋伺以外的所有相應法界呢？因為尋與伺不會自己具足自己，比如說「這個人具足財產」是可以的，但是若說「財產自己具足財產」，這種說法名言中也不合理。或者也可以這樣解釋，當尋心所生起時，無有第二個尋與之俱起，所以是無尋有伺，而非有尋有伺；當伺心所生起時，沒有第二個伺與之共同生起，所以是有尋無伺，而非有尋有伺。因此，所說的相續中具足尋與伺，是指除尋伺以外的其他相應心所中亦有尋和伺。二、無尋有伺，欲界、初靜慮粗分正禪的尋以及初靜慮殊勝正禪的伺（殊

㊴最後三界：指意界、法界、意識界。
㊵第一靜慮分未至定、粗分正禪、殊勝正禪三種。

勝正禪的伺應是無尋無伺）以外的所有相應法為無尋有伺。初
靜慮殊勝正禪已經斷除尋思的粗大心所，只有細微的伺，
所以是無尋唯伺之地；欲界以及初靜慮粗分正禪的尋，
再無與其相應的尋生起，但必定會有伺與其相應，因此
也是無尋唯伺。三、無尋無伺：初靜慮殊勝正禪的伺察
無有第二伺，第二靜慮以上的意等是斷除尋與伺之地，
不相應法界不具有尋伺二者，因而它們是無尋無伺；剩
餘的眼等十色界是不相應法，絕對是無尋無伺。初靜慮
殊勝正禪的伺，無有第二個伺與其相應，而此地本就無尋，
因此為無尋無伺；第二靜慮以上的意等已經斷除尋、伺，
故必定是無尋無伺；不相應法界㊶不具足尋伺二者，所以
是無尋無伺。在禪定中具有八種過患，尋與伺是其中的
兩種，還有欲界的憂和苦，二禪的喜、樂，三禪的呼氣、
吸氣，第四禪因為遠離了這八種過患，所以被稱為不動。
其餘的十種色界屬於色法，不與尋伺心所相應，故為無
尋無伺。

　　五種根識無計度，以及隨念分別念，

　　計度外散意智慧，隨念一切意回憶。

　　五種根識無有計度分別以及隨念分別，所謂計度分
別就是指意界之中向外散或向外觀察的一種智慧；隨念
分別是用自己的智慧來回憶往昔。

　　有人提出疑問：佛經中說五根識無分別念、無尋

㊶不相應法界：法界所攝的不相應行法，如同類、得繩、命等。

96

伺，那麼在這裡又說五根識是有尋伺的，難道這不矛盾嗎？上一頌中說五根識有尋伺，只是就自性分別而言，而佛經中所說無分別，是從計度分別和隨念分別的角度來講的，因此不會有任何矛盾。

在佛經中，有很多似乎是自相矛盾的不同說法，對這一點大家應該明白，哪些是總說，哪些是分說，哪些是了義的說法，哪些是不了義的說法，這些道理應該清楚。現在很多人沒有聞思，尤其對因明、俱舍的道理不懂，經典中所說的含義根本不清楚；有的人雖然了解一點佛法，但也弄不清究竟的密意與暫時的說法——有些將佛的究竟密意解釋為不究竟；有些將雖然語句相同，但意義完全不同的佛語錯誤理解。所以若一個修行人沒有進行過真正的聞思，即使面對抉擇因果或現實問題時也會出現很大困難。

對於上面所提出的疑問，大多數人都會有，但是若了知這只是從不同角度來解說的，就不會有任何矛盾了。世親論師在《自釋》中說：「傳說分別，略有三種。」甲智論師解釋此句時說：世親論師的「傳說」二字是指有部觀點，因為按照有部宗的觀點是將分別念安立為三種：自性分別、計度分別、隨念分別。在頌詞中只解釋了一下計度分別和隨念分別，也即計度分別是指與意識相應，散㊷於外境的智慧，比如向外觀察一切萬

㊷其實並不是「散」，而是直接專注於外境。

法皆為無常，一切萬法皆不存在，這種粗大的分別念，叫做計度分別，也就是向外觀察的一種智慧。隨念分別念指不觀待名稱而隨意義入定出定的一切與意識相應之憶念，也即用自己的智慧來回憶往昔的事情。所謂的五根識已經遠離了隨念分別和計度分別，卻沒有遠離其本身就具足的自性分別——它包括有分別與無分別兩種，因此，佛經中的觀點並不是不能解釋。在《自釋》中也講到：一匹馬只有一隻腳，人們就說這隻馬沒有腳，但實際上並不是沒有，還有一隻，只是其餘的三隻不存在而已，同理，眼識、鼻識等不具足分別念並不是所有的分別念都不具足，只是按有部的觀點無有計度分別和隨念分別。這種說法與因明說法比較相似，比如眼、耳、鼻、舌、身五種根識是現量根識，既為現量，就無有計度分別，但現量也屬於心識之中，故而也有自性分別。

　　這個問題極為重要，眼識、鼻識等有分別是從什麼角度來出發的，無分別是從什麼角度來出發的，這些都需要分析；無上密法的某些修法也是有時有執著，有時沒有執著；講到「心到底存不存在」時，也是有時說心不存在，有時說心存在。這些大家應仔細研究，明白種種說法的究竟含義是至關重要的。

　　丙三、有緣等五類：

　　有緣即是七心界，以及法界之一半，

　　九無執受八與聲，其餘九界有二種；

第一品　分別界

十八界中屬於有緣法的是七心界以及法界的一半，即一切心所；屬於無執受的有九種，即八無礙界與聲界，其餘的九界則具有有執受與無執受兩種。

在前面已經講了尋伺等五種分類，下面有人產生疑問：十八界中哪些是有緣的，哪些是無緣的？哪些是有執受，哪些是無執受？在這個頌詞中就回答了這兩個問題。

有緣與無緣皆於心與心所方面安立，如心與心所執著外境，稱為有緣；心與心所未執於外境，則稱為無緣。緣，也就是心與心所趨入外境或執著外境，是一種專用名詞，也是心與心所的一種特法。

十八界中是有緣法的即七心界與法界的一半，七心界是有緣法，因為它緣對境而執著，七心界中最後的意根能真正去緣的對境是沒有的，它的對境應該是一種相續，以此原因將其安立為有緣，而且意根本體上與前六識並非他體，因此識蘊應是心王與心所，也就是心王和心所是有緣法；法界包括四十六心所、十四不相應行、三無為法，「一半」是指法界中的一部分，即四十六心所，它們可包括於有緣法之中。因此，凡是有緣法皆在心心所方面安立，眼根雖取外境，但它卻不是緣外境，應該是由心與心所去緣眼根所取之外境，並且產生執著。所以，不論學哪一種法，只要能夠調服自心，就是有利、有用的法；反之，若所學之法不能調服自己的

阿毗達磨俱舍論頌講記

心，哪怕學的是無上大圓滿，對你來說也沒有任何利益。

頌詞中雖然沒有直接說無緣法，但實際上間接也已說明了，也即除心和心所以外的其他十個半界④，此二十八法非心心所，不能緣外境，故名為無緣。

執受是指對根等色法作利害，會產生苦樂的感受，並作為心與一切心所的所依，也就是世人所說的有心或具足心。有執受與無執受分別是指被心相續所攝和未被心相續所攝，十八界中無執受的有九個，即八無礙界④以及聲界，因為執受是從被其他法所執受而言的，七心界是心王，法界中的一分是心所，此二者皆為能執，並非所執，所以是無執受，或者也可以說，因為它們本身是心而不會再具足心，比如可以說「這個人具足財產」，但不能說「財產具足財產」，因此心不會再具足心，故為無執受；而法界中的一分——不相應行、無為法、無表色，它們不是微塵積聚的色法，所以也是無執受。關於聲音，前面也講到聲音分為有執受與無執受兩種，但前面所講的八種聲皆是由大種之因所生，是從大種所造的角度來講的；本頌所講的「聲」包括在無心之中，因為聲不具足心，所以是無執受，在這一點上，與前面所講的聲是有區別的。

---

④十個半界：五根、五境，以及法界之一半——十四不相應行、三無為法以及無表色。

④八無礙界：七心界與法界。

第一品 分別界

其餘九界是指除聲音以外的眼、耳、鼻、舌、身五根，以及色、香、味、觸四境，此九界通有執受與無執受兩種。現在的五根以及為現在五根群體所攝的四境是有執受的；過去、未來存在的眼等五根以及未被相續所攝的色等四境是無執受，而且未與根相合的鬚髮、指甲、血液等以及不被相續所攝的外器世間的色等諸法均為無執受。這裡宣說了有部宗的一個特殊觀點：未來和過去的五根以及在五根群體中存在的四境皆為無執受。但實際上，未來的根或者法並不存在，也就不應該存在有執受或無執受的概念。

下面是對大種所造與非大種所造之間的分析：

所觸大種大所造，剩餘九種色法界，

大種所造無表色，十種色界即積聚。

十八界中，觸界既是大種也是大種所造，剩餘九種色界唯是大種所造，無表色亦唯是大種所造；眼等十色界屬微塵積聚而成。

所觸分為因所觸與果所觸兩種，其中屬於因所觸的地、水、火、風四大是大種性，屬於果所觸的柔軟、粗糙、輕、重、冷、飢、渴七種是以四大為因所造的，因此觸界既是大種又是大種所造；十色界中除去觸境以外，剩餘的五根以及色聲香味九界，皆屬色法，唯是大種所造；

阿毗達磨俱舍論頌講記

㊺一般情況下，即使剪斷頭髮、指甲等也不會有痛覺，但若與根身相連，則會有痛感。

屬於法界一分的無表色，亦唯是大種所造之性，如上文所說「一切大種作為因，彼即稱為無表色」；既不是大種也不是大種所造的是七心界以及除無表色以外的法界一分──心所、不相應行、無為法。

十八界中以微塵積聚而成的有哪些呢？「十種色界即積聚」，屬於微塵積聚的唯是五根、五境十色界，而七心界及意界並非微塵積聚之法。

能斷以及所斷者，即是外之四種界，

如是所焚與能稱，能燒所稱說不同。

既是能斷又是所斷的，就是外界的色香味觸四界，而且此四界也是所焚與能稱，但是對於能燒和所稱的說法，則各有不同。

十八界中的色、香、味、觸四界既是如斧頭般的能斷又是如木柴等的所斷，因為此四界能夠斷除他法，而且也能被他法所斷；而諸根則如光芒般清澈，因此既不是能斷也不是所斷。

有人產生疑問：人的手指被砍斷後，仍然可以動，那麼這個已經斷的手指是不是還有一個根？這個根會不會斷？有部認為：手指雖然斷掉了，但身根並沒有斷掉，因為根如同透明的光芒，它不是能斷，而且以它也沒有斷除其他法的能力，故也不是所斷，之所以身根在身體上，而手在外活動，這說明手上有能遍的風，這種能遍的風沒有消失，手指斷掉的那一部分還是可以動，但卻沒有

身根。然而加悟論師在講義中說：應該有身根，比如有些人的鼻子斷了以後，把它再次重新安上還會有感受。而世親論師在其他講義中說：這種說法不合理，如果斷掉的部分有身根，那當它斷掉並與身體分離時，應該有觸覺，但很顯然是沒有的，而當鼻子又重新安在原來位置上，觸覺恢復時，它與原來的身根已融入一體，說明身根沒有斷掉，若如此承認倒是可以。

再比如蚯蚓，當牠的身體斷開後，兩截身體都是有生命的，都可以動，所以身根還沒有斷。這種說法可否成立呢？實際也是不合理的，蚯蚓的身體已經斷成兩截，按理來說是會死的，但是現在兩邊的蚯蚓仍舊活著，那是不是一條蚯蚓變成兩條蚯蚓呢？或是原本在一個身體上的觸覺變成兩個眾生的身觸了？《前世今生論》中說：並不是一個眾生變成兩個眾生，中陰身的數量不可思議，就像微塵一樣多，當蚯蚓剛剛死去，身體還未改變時，有另一個中陰身很快進入蚯蚓的身體中，這樣一來，原來的一條蚯蚓不會變成兩條蚯蚓，因為眾生只有一次生命，不可能變成兩個。

聲音也既不是能斷也不是所斷——這是有部宗的一種特殊觀點，他說色香味觸都是有相續的，而聲音不同，因為發音的位置是以四大組合的身體，以這種身體使前面剎那的聲音產生後面剎那聲音的過程是沒有的，這方面的辯論在下文還有。《智者入門》中也說：聲音是沒

阿毗達磨俱舍論頌講記

有相續的。

八無礙界是心與心所，因為無有身體亦就無法斷掉。那麼，除心與心所以外，無表色、無為法能不能斷開？對於這個問題，各個講義中也都沒有宣說。但是，小乘所承許的虛空，是可以斷開的。

如同外四界既是能斷也是所斷一樣，被火所燒，能用秤稱量的也是此四界。這種說法，有一部分有部論師不太承認，他們說，在果所觸中有輕重，因此色法可以過秤，可用秤來衡量，但是香、味、觸用秤來稱量則是不合理的。而另外有一些有部論師則認為，不但色法可以稱量，而且香、味、觸也可以。其他的十四界在頌詞中沒有明顯的宣說，但間接也已經說明了。

對於能燒所稱的問題，有很多不同觀點。有些人說：能燒唯一是火，所稱唯一是重量，因為此二者均可包括於所觸之中，所以能燒與所稱二者唯一是所觸。還有人說：並不是唯一的所觸，而是外四界。世親論師在《自釋》中未作任何破立，但實際上，他也是認為所謂的能燒所稱應該是所觸，這種觀點比較合理。但也可以這樣想：其實在火的群體中也是具足色、香、味、觸的，因為所有的物質都具足八種微塵，只是在火的群體中，其他的微塵不明顯而已，既然如此，說色、香、味、觸是能燒也應該不相違，比如以火燒木板，在能燒火的群體中，色、香、味也應該存在，那麼，當火成為能燒時，其他的色、

香、味也已經成為能燒了。

丙四、三生之分類：

異熟生與長養生，即是內在之五根，

聲者非為異熟生，等流生及異熟生，

即是八種無礙法，其餘則有三種生。

十八界中屬異熟生與長養生的是內在的眼等五根；聲界非為異熟生，而是長養生與等流生；屬於等流生及異熟生的是八種無礙界；剩餘的色香味觸四界則三種皆有。

何為三種生？三種生是指異熟生、長養生、等流生。異熟生，指即生不觀待任何因緣，是由前世善惡業產生的果報，比如前生造善業或惡業感得今生是人的身體，不管此身體好或不好，現在想在本質上改變是不可能的事情，這就是異熟果的一個特點。異熟因有兩種，即善業和惡業，異熟的本體，非善即惡，無記的異熟是沒有的，而異熟果是無記的，不可能有善或惡，比如使現在身體產生的因，或是善業或是惡業，然而此身體的本身處於無記狀態之中，身體的本體不可能是善或惡。

長養生不觀待前世之因，而是指於即生中通過飲食、睡眠、禪定、撫摸或者通過某種加工可以使之增長。有部宗說：異熟生對身體起最重要的作用，它在裡面；長養生對身體的外面起作用。身體最中心的力量是異熟生，對外面的皮膚起作用的是長養生，現在有些人不相信前

世的異熟因，只相信今生的長養生，每天為身體裝扮，做各種各樣的人工手術，這個當然也起一點點作用；實際上有些修行人等持特別好，臉色或身體也會特別好；還有睡眠，若晚上睡得很好，臉色也會很好，而且身體會胖起來，戒律中也說：肥胖與睡眠有很大關係，因為都是愚癡性的緣故。外道認為，現在的身體、生命是世間的造物者所造，或者說是偶爾產生的，但佛教徒對於這種種觀點並不贊同。在佛教徒中，有些人不論遇到任何事，都說「這是前世業力現前」，這種說法也不能一概承認，比如身體生病，有的病是前世異熟果，這樣的病依靠吃藥、打針或念經不一定會好，因為異熟果不是因緣能夠輕易改變的。而有一些病是由四大不調引起的，這時吃藥、打針可能就會起作用，也就是說，長養生在即生中可以改變，但異熟生則不會改變。

等流生是指前剎那產生後剎那，除加行道最後獲得見道的剎那以外，其他一切有為法均為等流生。等流所生之果有感受等流果與同行等流果的差別。

十八界中哪幾界屬於異熟生？哪幾界屬於長養生？哪幾界屬於等流生？

屬於異熟生與長養生的，即眼、耳、鼻、舌、身五根。眼根、耳根等好或不好，全是與前世有關係的，前世如果造善業，即生中成熟人的眼根；前世造惡業，即生會成熟餓鬼的眼根，所以眼等五根是異熟生。也是長養生，

比如眼睛，敷眼藥、戴眼鏡，對眼睛會有好處，如果僅僅認為是前世業力現前，而不去保護自己的眼睛，這也是不好的。等流生其實也可以包括，比如耳根，第一刹那的耳根不斷產生第二刹那的耳根，稱為耳根的等流生，那頌詞中為何不如此安立呢？因為這種刹那刹那的產生可以包括在異熟生或長養生中，不必單獨安立。

聲界不是異熟生，而是長養生與等流生，因為異熟被不相應法中斷後就不會再繼續產生，並且只是想一想也不能產生，而聲界則與之相反，在想發聲的時候就可以發出聲音，但異熟生並非如此。在一些注疏中也提出這樣的疑問，佛陀在世時，有一個叫桑頓的人，他的聲音特別特別好聽，人們問佛陀：「他的聲音為什麼這樣好聽？」佛陀說：「他過去世曾在迦葉佛的佛塔上掛了一個很好聽的小鈴子，以這樣的異熟果報，在今生中聲音非常好聽。」上師法王如意寶也經常說：你們要好好地念《普賢行願品》，用最美妙的聲音供養諸佛，來世的聲音一定會很好聽。既然如此，那聲音也應該是異熟生了？《俱舍論》自宗這樣回答：實際上聲音不是異熟生，聲音的來源是喉嚨，喉嚨是異熟生，因為人的身體是異熟果報現前的，而前世對佛塔供養、讚歎，這樣在今生中依前世的異熟善業成熟了很好的喉嚨，喉嚨發出的聲音就會非常好聽，如同樂器會發出很好聽的聲音，這種好聽的聲音並非鐵匠所發，而是鐵匠所做的質量很好的

樂器中發出來的。《俱舍論》是直接說聲音沒有異熟生，而佛經是間接而言的。所以，《俱舍論》對前世後世、因果等，從因緣的角度分析得非常細緻，很多人只講一個般若空性，認為形形色色的萬法不必很透徹的研究，認為這些不重要，其實這其中已經涉及了很多生物學、心理學等世間常識，若能真正通達《俱舍論》，那對名言的法也會很快通達的。

屬於等流生與異熟生的界是無礙七心界與法界八種，如人的識是前世造善業，今生成熟的；地獄眾生的識是前世造惡業所成熟的。行蘊中的心所也是同樣。八種無礙界無有長養生，但有些人會想：這也不一定，比如吃的好，心情也會很好。但這種觀點並不正確，前面已經提到過，身體是心的所依，若身體受到損害，對能依的心也會產生相應的影響，而且所謂的長養，是從微塵積聚上來說的，所以八種無礙界不具足長養生。其餘色、香、味、觸四界具足三種生。

丙五、具實法等五類：

具有實法唯一界，最後三界剎那性，
眼與眼識界各自，一同之中亦獲得。

具有實法唯一是法界的一部分，最後三界具足剎那性。眼根與眼識之間存在四種關係，即先得眼識，後得眼根；先得眼根，後得眼識；同時得；皆不得。

此頌詞牽涉三個方面的問題：哪些是實法，哪些不

是實法？最後三界具刹那性，此刹那性是等流生還是非等流生？眼根、眼識的得法有幾種分類？

對於實法與無實法，有部宗和經部宗的觀點不同。有部宗的古代論師㊻，他們認為有實法永遠是恆常的，如同前面所講的無為法；經部宗觀點則與《釋量論》所講相同，能起功用的法叫有實法。這裡有部宗承認的實法只有一個法界，其餘十七界皆非有實法。有實法有四種：恆常穩固而存在；能起作用；自然而成；此外他法。此處是指第一種有實法而言的。頌詞中說「法界」，似乎全部法界皆為有實法一樣，但這裡是用總稱來代替別稱，也就是說，法界的一部分——無為法，是具有恆常穩固實質的。

意、法、意識三界實際是刹那性的，這三界中苦法智忍㊼的第一刹那中具足的意、法、意識三界是無漏法，也就是說，加行道世間勝法位以下均為有漏法，而見道第一刹那是無漏法，所以見道的第一刹那並非等流生㊽，因為凡夫地的心和心所是有漏智慧，獲得見道時，由原先的有漏智慧變成無漏智慧，有漏智慧非無漏智慧之同類因，因而它不是等流生的刹那性，而是時際刹那㊾；它

㊻有部的古代論師：指毗婆沙論師。
㊼四諦皆有各自的法忍與法智，即苦法忍、苦法智、集法忍、集法智、滅法忍、滅法智、道法忍、道法智，這是以欲界而言，若是上二界則為類忍、類智。
㊽等流生：前面的同類因產生後面的同類果。
㊾時際刹那：一彈指有六十刹那，其中的一個刹那即稱為時際刹那。

的第二剎那以後是等流生，因為是由無漏的第二剎那產生第三剎那，前前同類因產生後後同類果。

眼根與眼識的獲得有哪些分類呢？回答這一問題之前，首先應該了知，有部有一個特殊的觀點——得繩。他們認為「得繩」在過去、現在、未來三個時間內成實存在，由於此「得繩」的安立，很多觀點也就隨之出現了。

眼根與眼識的獲得有四種類別：第一類，先得眼識後得眼根：眾生在轉生於欲界時，善法與有染的眼識在以前已經獲得，即眼識的得繩已經存在，為什麼這麼說呢？有部宗這樣認為：比如剛剛入胎結生時，即生中所有的善與惡的識在中陰身結生後，於母胎中先已得到，雖然並非真正的眼識（眼識是在出生以後才有），但這是眼識的得繩，眼識的得繩(50)已經提前得到了。但若真正觀察，眾生的眼界是在入胎七七四十九天後才形成的，眼根既然不存在，那應該如何成立眼識？而且，經部觀點認為：作意、外境和眼根這三種因緣聚合，才會產生眼識，因明也是如此承認的。第二類，先得眼根後得眼識：二禪以上只有依靠現前一禪的眼識才能看色法，色界具足諸根，因此眼根以前就已獲得，

也就是說，第一禪有眼根，也有眼識；二禪以上有根、沒有識，二禪若要看色法，要借用一禪的眼識(51)，比如欲

(50)有部宗所承許的「得繩」與習氣類似。
(51)此處所說的「借」並非平時借東西的借，當二禪稍微專注等持時，就會同時獲得一禪的眼識。

界眾生要顯示神通，必須要入四禪的禪定境界，因為欲界的心很粗大，必須要借用四禪的禪定才可以。第三類，眼根眼識同時得：眼根與眼識界也有一起獲得的，如從無色界死墮後轉生到欲界與一禪天，無色界眾生沒有眼根也沒有眼識，此無色界眾生死後或者轉生欲界或者轉生一禪天，而他的眼根在中陰身結生時，就開始得到，與此同時，眼識也可以獲得。第四類，眼根眼識同時無：如無色界轉生於無色界。

　　內在十二除色等，所謂法界為有依，

　　餘者相應亦有依，不做與做自之事。

　　屬於內有情界的是除色等六境以外的六根與六識；法界唯一是有依，其餘的十七界既是相應也是有依。所謂的相應與有依就是不做自己的事與做自己的事。

　　內界和外界是指是否為眾生相續所攝。六根、六識十二界皆由眾生相續所攝持，故為內界；外界即色等六境。數論外道和勝論外道認為，神我和常我是內我，除我以外的地水火風等是外法，而此處所說的內界、外界與他們由遍計執著所承許的有我是內、無我是外並不相同。

　　相應與有依分別是什麼意思呢？有依指做自己之事的法，比如眼睛，剛才已經見到色法，現在已經見到，或者等一會兒將要見到色法，這時，從眼根的角度來講是有依根，從色法的角度來講叫有依色，從識的角度叫有依識。相應是指眼滅已見⑫、滅正見⑬、滅將見⑭以及未

111

生之法(55)四者，這是克什米爾有部論師的觀點。西方有部宗的祖師認為，上述所說未生法應分為具識和不具識兩種，因此應是五種相應法。而七心界中，所有生法均為有依，未生法則是相應，因產生心識必定要緣自之對境。此處的「相應」與前面提到的相應有一點差別，前面的相應是指在同一時間中心與心所相應；此處則是與彼相應，「與彼」是指前面的有依，有依與它相應，相應指與它相同。唐玄奘在翻譯時將有依譯為「同分」，相應譯為「彼同分」，其他的古譯則是「與彼相同」。

十八界中有依的是哪幾個？相應的是哪幾個？法界唯一是有依，沒有相應；其餘的十七個界可以是相應，也可以是有依。

對於法界唯一是有依法，有一種不同的說法。一位出名的格西在其所作的《俱舍論莊嚴疏》中說：其實法界中只有三無為法唯一是有依法，其他受想行並非唯一有依，也可以是相應，因為它們屬於心所，是與心王相應產生的，所以，法界是有依法指的是其中的一部分——三無為法。但這種說法是不合理的，《俱舍論》的所有注疏中，最著名的應該是滿增論師和甲智札西的注疏，他們都說到所有的法界均為有依，而且，世親論師

(52)滅已見：眼根未見之過去法，未起到產生眼識的作用就已毀滅。
(53)滅正見：眼根未見之現在法正在滅盡。
(54)滅將見：眼根未見之未來將毀滅之法。
(55)未生之法：未來根本不會產生之法。

在《自釋》中很清楚地說：「無一法界不於其中已正當生無邊意識。」另外，小乘有部不承認自證，他們認為諸法無我之心的對境，在第一剎那照見自心識以及其群體以外的法，而第二剎那則認知自心識以及自己群體中的法，這樣在二念之間所有諸法均含攝於其中，《自釋》中亦說：「由諸聖者決定生心觀一切法皆為無我，彼除自體及俱有法餘一切法皆為所緣，如是所除，亦第二念心所緣境，此二念心緣一切境無不周遍，是故法界恆名同分。」這時有人會想：既然聖者能夠全部了知，就可以安立為有依法，那聖者對於凡夫的根與識也是一目了然，為什麼不將它們安立為有依法呢？而且每一個法都會做自己的事情，比如色法，它自己產生後面的一剎那或者變成其他法的對境，這樣一來，是不是一切萬法都已經變成有依根或有依法了呢？世親論師在解釋自己觀點時說：對於有依與相應的區分，是從根、境、識三者之間的關係安立的，比如聽聲音是耳根的事情，認知聲音是耳識的事情，而聲音則可以產生耳識，十二處各有自己的對境，比如境礙，如同入到甕中，自根只能取自境，其他境不能取，此三者相互作用就是有依，相反則是相應。因此剛才所講的《俱舍論莊嚴疏》中的說法確實沒有任何說服力。薩迦派的阿瓊堪布也這樣說：有些人將法界分為有依和相應是不合理的，因為頌詞上已經清晰地說明法界唯一是有依法，法界以外的其他法分為有依與相

阿毗達磨俱舍論頌講記

應兩種，若法界既是有依法又是相應法，則在頌詞中不應說其他十七界是有依與相應兩種，因為法界裡亦有相應法之故，所以這樣分類不合理。

有些人在聽課時，眼根已經變成相應眼根了，耳根也變成了相應耳根，這是對法的一種不重視、不恭敬。聽法時應該具足威儀，用恭敬的心態去聽，無等塔波仁波切也說：「若不如法而行持，正法反成惡趣因。」在聽法過程中，一定要振作精神，尤其是末法時代，能夠聽聞佛法是非常難得的，因此應該用一種難得珍貴的心態，以恭敬、稀有的心情聽聞，不論在何種環境中，聽法時一定要專注，如果不專注，邊聽法邊做其他事情，在歷代傳承上師的歷史中都沒有這樣的規矩。

丙六、見斷等分類：

十色五識修所斷，最後三界具三種，
非煩惱性非見斷，乃色非六非為生。

十色界以及五識界唯是修道所斷，最後三界通於見斷、修斷、非所斷三者。異生凡夫不是煩惱性的緣故，不是見斷；轉生惡趣的身語之業也不是見斷，因其屬於色法，而且不是第六意識以及第六意識所產生的。

有部認為，若是見斷，則首先應該是煩惱性，其次應該是第六意識的對境，因為見斷是直接或間接對真諦產生顛倒執著。十色界不是見斷，因為色法不會對真諦產生顛倒執著，但因為是有漏法，所以是所斷；非為第

114

六意識的五根識既不是煩惱性也不會對真諦起顛倒執著，並且也不是其從屬，因此十色界與五根識唯是修斷。最後的意、法、意識界是見斷，依靠此三者可以對真諦產生顛倒執著，如見與疑等八十八隨眠、與彼等相應法、彼等之法相、隨行之法相、得繩；其餘的一切有漏法以及不顛倒的一部分也屬於修斷；而所有的無漏法既不是見斷也不是修斷，所以最後三界具足三種。

　　小乘十八部中犢子部的祖師認為：異生凡夫與惡趣身語之業應該是見斷，因為生起見道時，此等皆可滅盡，如經中說：「預流果滅盡惡趣之生處。」也就是說，他們認為在獲得預流果時，凡夫以及身語之業都要捨棄。克什米爾的有部論師駁斥上述觀點說：如果凡夫是見斷，則凡夫必須是煩惱性，這樣一來，凡夫通過世間道遠離貪欲時，就變成了非凡夫。很顯然，這是不能成立的，因為欲界凡夫通過世間道雖然斷除貪欲，但他還是凡夫。想要捨棄凡夫的本體必須依靠遷移才可以，只是遠離貪欲並不能捨棄凡夫，因此凡夫不是煩惱性。另外，凡夫也不是善法，因為如果是善法，那麼斷善根以後就不再是凡夫了，所以，凡夫應該屬於非善非惡的無覆無記法。同樣，轉生惡趣的身語之業也不是見斷，因為身語屬於色蘊之中，也不是彼之隨行與得繩，它是轉生惡趣之因

─────────

56有部認為，法相單獨實有存在。

57此處並非指凡夫身體，有部認為，「凡夫」不是心法也不是無情法，應該屬於一種不相應行，實有存在。

的不善業，而且此身語之業非第六意識，也不是第六意識所生，不會對四諦有顛倒執著，所以，轉生惡趣的身語之業不是見斷。

丙七、見與非見之分類：

眼與法界一部分，即是正見有八種，

五識相應所生慧，無計度故非為見。

眼根與法界的一部分是見；五根識相應所產生的智慧，無有計度分別的緣故，所以不是見。

十八界中哪些是見，哪些是非見呢？法界一部分心所，如壞聚見、邊執見、邪見、見取見、戒禁取見這五種具煩惱性的見，以及相信因果的世間正見（屬有漏善法）、有學見（具種子之無漏法）、無學見（不具種子之無漏法）共有八種。上述八種見能夠抉擇思量所緣之境，而眼根能夠見色法，所以眼根與法界一部分均為見。

眼識等五根識相應產生的智慧不是見，因為它不是計度分別的緣故。在這裡，見是從有分別和無分別這兩個角度安立的，那這樣一來，眼根怎麼會有分別呢？有人提出這樣的疑問。薩迦派全知果仁巴說：這些人並未仔細分析有部宗的觀點，其實，有部宗的見可以分兩種，即無情見和心識見，其中無情見指眼根可以取外境、見色法，這種見不一定具有計度分別；心識見必須有分別，能夠辨別外境，才被稱為見解。

眼見諸色為有依，依彼之識非為見，

傳說中間阻隔色，並非能見之緣故。

現見諸色法的是有依眼根，依此而生的識並不是見，傳說中間若有阻隔則不見色法，故一定是眼根來見，而非以識來見。

既然是根來見色，那到底是什麼樣的根才能見色呢？依靠根產生的識難道不能見色嗎？在此就對這兩個問題作了分析。

有部宗認為見外境時是用自己的根，比如以眼根、鼻根直接領受外境，而且見外境時必定是有依眼根來見，相應眼根雖是根，但卻不會見到，如閉著眼睛時不會見到外境，或者中間有一些阻隔的物體，阻隔物另一面的色法也不能見，因此現見外境色法的是有依眼根。

經部以上不承認有部宗的觀點，認為取外境時一定是用識來取，而不是用根來取外境。他們認為根是無情法，無情法不能執著外境，《量理寶藏論》中說：「乃無情故非能見。」執著外境必須是眼識、鼻識等，只有心識才可以覺知外境的差別或本體。有部宗認為經部的這種觀點不合理，中間阻隔時就不能見的緣故，並非以眼識見色法，比如看紅色的柱子，是眼根見到紅色的柱子，並不是眼識見到，因為眼識屬於心識的範疇，心識沒有形體、阻礙，如果由眼識來見，則牆壁以外的色法亦應見到，但很顯然，在經堂裡面時就見不到經堂外面，所以一定是有依的眼根來見色法的。有部宗唯一的理由就

是中間有阻隔則不見色法的緣故，並非心識來見。世親論師對他們的這種說法不太滿意，因此用了「傳說」二字。

這個問題在講《釋量論》、《量理寶藏論》時經常會講到，麥彭仁波切在《中觀莊嚴論釋》中也專門講到有部宗取境的特殊方法，但中觀以上均不承認這種觀點。中觀與唯識認為，眼根只是見色法的一個增上緣，而有部宗所認為的根能見外境是不合理的，比如玻璃外的景物，雖然有阻隔，但同樣可以見到，這種見並非以根來見，而是用識取外境，如果不能見到玻璃以外的物體，那戴眼鏡的人都見不到外境了，這很明顯不能成立。經部宗以上認為，見色法是用識來見，但識雖能見，卻不能取所有的遮障之法，當因緣具足時就可以見到，若因緣不具足，或是不相應之法，也是不能見的。

雙目均見諸色境，現見尤為明顯故。

兩個眼根都同樣見色法，因為雙眼根看要比單眼看得更加明顯的緣故。

既然有部宗說是由眼根來見色法，那是兩個眼根均見色法還是一個眼根見色法呢？前面已經講過，兩隻眼睛可以起到莊嚴的作用；另一方面，兩隻眼睛所見的對境是同一個色法，而且所生起的也是同一個眼識。此處，從可以明顯見到色法的角度，兩個眼根均可見到色法。

有人說，既然有兩隻眼睛，就應該產生兩個眼識，那所見的色法亦應是兩種。有論師對上述疑問回答說：

識不具足形體，從識的角度講不可能有左、右、上、下的區分，所謂的左眼、右眼是從根的角度來講的，從眼識的角度，並沒有左眼識、右眼識的說法。

許眼意根與耳根，不接觸境餘三觸，

鼻舌身根此三者，同等執著於對境。

眼根、耳根與意根三者不接觸即可取外境，其餘三根需要接觸才可以取外境，其中鼻、舌、身三根只能取與自己等量之境。

眼根與耳根所取之對境，必須與自己相隔一定的空間，若離自己特別近，則不能取執，而意根不受空間限制，可取三世之境。鼻舌身三根與前三根正好相反，它們必須取與自己極近的對境，如香味要進入鼻中，才能嗅到；鹹甜之味也要接觸到舌頭才能了知。而且此鼻、舌、身三根取外境時，它也只取與自己等量的大小，比如手接觸牆壁，只能接觸如手一般大的範圍；鼻根取境的大小與鼻根大小相同，即使外境特別大，根也無法接觸。但眼根等則不同，眼根可以見到比眼根小的針眼、汗毛等，也可以取比眼根大的山王、大象；意根也可大可小，比如有些人發心很大，可以做任何事情，不必觀待意根的大小。

有部宗認為所有的根是一種色法，是實有存在的法，而對於色、聲、香、味、觸、法這些外境以什麼方式存在，有部宗與經部以上觀點也不盡相同。有部宗認為外境的

阿毗達磨俱舍論頌講記

每一個微塵，即無分微塵之間不接觸，而是依靠一種引力才沒有東離西散，比如一塊糖放在舌頭上時即稱為接觸，那這個接觸是二者融入一體呢？還是中間十分接近才叫接觸呢？如果是真正融入一體，則舌頭是糖，糖也變成舌頭，在《智慧品》中也做過詳細觀察，這一點是不可能的，此處的接觸，有部認為是中間沒有其他微塵的一種引性，可以稱之為名言中的接觸。經部宗認為，微塵與微塵之間互相無有間隙的接觸，但並不粘連在一起，如石頭，若組成石頭的兩個微塵是粘連在一起的話，就如同酥油加在酥油上一樣合為一體，最後無分微塵也融於一體，這塊石頭也不見了，有這種過失。但若仔細觀察，任何一個微塵也不可能連在一起，比如一塊石頭，看上去好像石頭是一個整體，沒有任何空隙，實際上，石頭的中間有無數的空隙。這樣的話，如果一張白紙是無數的微塵聚合在一起，而中間也存在無數的空隙，那這張紙為什麼不會分散開呢？這是眾生業力的風把它們聚合在一起的，上地理課時講過：地球為什麼不掉下去，因為有一種引力。他們認為風有兩種：一種風，可以把整個物體分散，將其全部摧毀；另一種風，可以使物體聚合。所以表面上看，一張白紙由無數的微塵聚合在一起，中間有無數的空隙，只不過眼睛看不到這細微的部分。這一點與物理當中的某些說法相近，比如所有的物質由原子或原子核組成，而肉眼根本見不到，但所有的外境

就是這樣組成的。這時有人又會產生疑問：紙上面既然有這麼多空隙，那在紙上寫字，為什麼墨不會掉下來呢？這個肯定不會掉下去的，墨的概念是粗大的，如同牛尾巴，表面看起來是黑漆漆的，但若真正去分析，它是由一根一根的毛組成，並不是真正具有一個實有存在的黑乎乎的東西，這只是外境存在的一種方式。在《俱舍論》和世間科學中，對於微塵都有一些實有的執著，《四百論》中對於微塵抉擇得非常細緻，大家若想了解，可以閱讀其中的內容。

　　上面這種細微的觀察，一般來說，對於初學者是沒有必要的，唯識以上的大乘會作這樣的分析。也正因為這種分析特別細微，以至於現在的一些科學家們，對佛教有關微塵方面的研究亦是非常讚歎。但是，對於這樣的空隙，有實宗並沒有了知其真正的實相，他們認為最後的無分微塵是真實存在的，並沒有懂得萬法皆為空性的道理；同樣，現在的一些物理學家也再沒有辦法將這些最細微的微塵抉擇下去。這就是佛教的特點——對外境與內心的分析非常細緻，這種觀察，再有智慧的科學家也是沒辦法做到的。

　　意識根依為過去，五根識依為俱生。
　　成為根依變化故，所依乃為眼等根，
　　非為共同之緣故，依靠彼等說彼識。
　　意識唯以過去已滅的意根為所依，而前五識則不僅

阿毗達磨俱舍論頌講記

依此意根，且依現世之眼等五根。之所以說識的所依為根，一方面是因為識隨著所依根的變化而變化；另一個原因是依靠不同所依根而產生眼識、耳識等。

意識的所依根是六識滅盡無間產生的意根，它屬於過去世。前五識的根依不僅可以是過去世的意根，也可以是俱生的五根，也即與五根識同時產生的五根，屬於現在世。

有人提出這樣一個問題：所謂的眼識、耳識等是通過根與外境二者產生的，可為什麼要叫眼識、耳識，而不叫色識、聲識呢？意思就是說：為什麼不從外境的角度來為識取名？《量理寶藏論》中這樣回答：當根依發生變化時，與其相應的識也會發生變化，因此以根的角度來取名，比如一個人的眼根、耳根特別好，則他的眼識、耳識也會很好；若眼根、耳根受到損壞，眼識、耳識亦會受到不同程度的影響；如果沒有眼根，那依之所生的眼識也一定不會存在。頌詞中還講到另外一個原因，「非為共同之緣故，依靠彼等說彼識」，眼識依靠眼根產生，這是不共同的，比如青稞所生的苗稱為青稞苗、鼓的聲音稱為鼓聲，《量理寶藏論》中說：青稞苗最主要的增上緣是青稞，而鼓聲最主要的增上緣是鼓，同樣，眼識的主要增上緣是眼根，鼻識的增上緣是鼻根。所以，若以外境色法為識取名十分不合理，因為色法既可以是心識的對境，也可以是眼識的對境，還可以是其他很多

法的對境。因此，以不共同的緣故，應該依靠所依根來為識取名。

身體不具下地眼，下眼不見上地色，

眼識亦見諸色境，身為識色之所依。

上地的身體不具足下地的眼根，而下地的眼根亦不見上地色法；眼識可以見到自地、下地、上地的一切色法，此識與色也是以身體作為所依。

頌詞中所說的「身體」，從引申義來講即指眼依，也就是人們能夠見到的眼珠。上地的眼依不具足下地眼根，比如色界一禪的眼依，不可能具足欲界的眼根，因一禪的眼根十分殊勝，是非常清淨的根，故不需要欲界下劣的眼根。同理，三禪、四禪也不會具足一禪的眼根，因為上上比下下殊勝的緣故。這裡直接說明上地身體不具足下地眼根，間接也說明了下地身體可以具足上地眼根，即欲界眾生可以具足一禪的眼根，比如通過修行獲得第一禪時，會出現一禪眼根，同樣，若修行很好，三禪、四禪的眼根也可以出現。

既然下下的眼根比較下劣，那依下地眼根當然也就不會見到上地色法，比如欲界眾生的眼根不可能見到色界一禪、二禪的色法，因為欲界眾生的眼根比較低劣，這一點，大家都很清楚，欲界凡夫的眼根只能見到面前的色法，很遠的地方根本見不到，更不用說見一禪的色法了。同樣，一禪的眼根亦見不到二禪的色法，二禪的

阿毗達磨俱舍論頌講記

眼根也看不到三禪、四禪的色法。這裡也是直接說了下地的眼根見不到上地色法，間接也說明，上地的眼根可以見下地色法，如一禪的眼根，不但可以見到自地，而且也可以見到下地欲界的一切色法，同樣，二禪不但可以見自地，亦可見一禪及欲界的一切色法。

根因所處之地不同而產生差別，那識是如何見色的呢？眼識可以見自地、下地、上地的一切色法，但這也是就一般情況而言的，實際上，欲界眼識只見自地的色境卻不能見上地的色境，而一禪的眼識可以見自地與下地的色法；二禪以上沒有眼識，無有尋伺之故，二禪以上若要見色法時，必須借用一禪的眼識，才可以見到二禪自地以及下地一禪和欲界的色法。眼識的所依眼珠，欲界眾生若修持一禪，則通過修行力在眼珠中會出現一禪清淨的色法，此時，清淨的眼根也會出現，依靠眼根的眼識也隨之產生。二禪、三禪中的身體作為色與識之所依的情況，在講義中已經很詳細地講到了，大家應該仔細分析。

有部宗對於眼根與眼識的判斷，即使中觀派也是如此承認的。有些道友說：「學《俱舍論》就是在增加自己的分別念，還是不要學。」不過，如果能夠增加一點世親論師這種智慧的分別念倒也是很好，但如果增加的是貪嗔癡和世間八法的分別念，那才是十分可怕的。這些人認為，學因明是增加分別念，學俱舍是增加分別念，

學中觀也是增加分別念，不如每天專修，反過來說，這種不懂竅訣的專修是非常危險的。因此，在聞思的時候，見解一定要擺正，見解如果不正確，很容易走入歧途。

耳等諸根亦復然，三根均取自地境，

身識取下與自地，意識則是不一定。

耳根也可以如眼根一樣類推。鼻舌身三根均取自地之境，而身識既可以取自地之境，也可以取下地之境，意識則不一定。

上面已經講了眼根的取境情況，耳根也可以同樣類推，只要稍微改動一下頌詞就可以了。五眼六通當中只提到了天眼、天耳，為什麼沒有天鼻、天舌的說法呢？因為它們在所依根與對境方面有很大差別，鼻、舌、身三根所取之境均為自地所攝。身識可以取自地與下地之境，因身識通於欲界與初禪，故此二地的身識對於身體與觸境來說，就屬於自地，若是二禪以上之身體，就只能借用初禪的身識來感覺上地的觸境，這樣一來，身體、觸境屬上地，而身識則為下地一禪之識。

意識比較特殊，因為它沒有形體的緣故，可以接觸許多相同和不相同的對境，比如欲界身體，依靠欲界的意根可以緣欲界的一切法，產生欲界的意識，這時就全部是自地相同的顯現；若依靠二禪以上的身體，從上地意根生起下地意識去緣色界天人的功德、形象等，這種現象也是有。另外，依靠欲界的身體和意根，開始修一

些色界的幻變，這時幻化的根與意識完全不同，不屬於同一地所攝。

丙八、二識等三類：

根意二識取外五，諸無為法為常法，

法界一半與所說，十二內界均為根。

根識與意識二者所了知的對境是色至所觸之間的外五處。法界中的一部分無為法不是剎那性而是常法。十八界中，六根六識之十二界與法界的一分是根，而其餘的色等五界以及法界的一部分則非為根。

十八界中何者為所識之界？色、聲、香、味、觸的外五界，依次為眼、耳、鼻、舌、身此五識所識，又總的為意識所識別；其餘的十三界非五根識之對境，唯是意識的對境，故只為意識之所識。

若問：十八界中哪些是常有之法呢？十八界中法界的一部分無為法，按小乘觀點可稱為常法，其他法均為無常之法。

那十八界中哪些是根，哪些是非根呢？六根與六識由眾生相續所攝的緣故，因此都是根。其中六識雖然不是根，但可包括於意根之中，屬於意識的一種分類，故也可說為是根。還有法界的一半，即身樂受等五根、命根、信等五根以及三無漏根共十四根。其中三無漏根，是以意根、樂根、喜根、捨根、信根、勤根、念根、定根、慧根為體，這裡的意根是心王，總攝七心界，不屬

於法界所攝，故屬法界所攝的唯有樂等一分；至於五根、男女二根以及三無漏根之一分的意根為十二界所攝。具體的二十二根於十八界中的含攝情況如下表。

表十三：

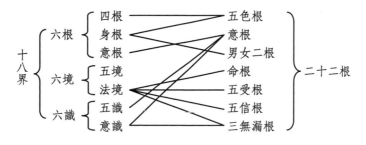

阿毗達磨俱舍論，第一分別界品釋終

蓮花塔

第二品　分別根

第二分別根品分二：一、根之安立；二、有為法產生之理。

甲一（根之安立）分六：一、根之自性；二、此處所說根之本體；三、根之分類；四、根之得捨；五、沙門四果以幾根而得；六、具根之理。

乙一（根之自性）分二：一、根之功用；二、根之定數。

丙一、根之功用：

傳說五根四功用，餘四各具二功用，

五根八根彼一切，分具染淨之功用。

有部認為：眼、耳、鼻、舌、身根具足四種功用，其餘男根、女根、命根、意根此四種根具足兩種功用，受用五根對染污法起功用，而信等五根以及三無漏根對清淨法起功用。

「根」，梵語恩札，有自在、增上、功用之意。《自釋》中譯為「增上」，因增上較難理解，故於此解釋成功用，也有妙用之義。根的法相，即對任何一法能起到不共的根本性作用。這也只是暫時的法相，如火也有不共同的功用，水也有不共的功用，那麼為何不將水與火安立為根呢？本品中所講到的根具有一種獨特的功用，是從大致的角度將其安立為根的。

有部宗認為二十二根實體存在，而經部宗認為實體

法並不存在，但二十二根確實具足，因此經部以上都承認二十二根。那麼，是不是眾生所有的界中只有二十二根？並非如此，佛是根據眾生意樂而宣說的二十二根，實際上在眾生的相續中具足很多不同種類的根，而包括二十二根在內的所有根完全可以含攝於六根之中。

二十二根包括眼根、耳根、鼻根、舌根、身根、意根、男根、女根、命根、身樂受根、身苦受根、意樂受根、意苦受根、捨受根、信根、精進根、念根、定根、慧根、未知當知根、已知根、具知根。二十二根分別具足何種功用呢？頌詞中的「傳說」表明，世親論師首先按照有部宗的觀點進行了介紹：眼、耳、鼻、舌、身五根具足四種功用，第一種是莊嚴的作用，五根具足才會對身體起到莊嚴的作用；第二種是具有保護的作用，如眼睛看到前面有狼、阿修羅，為了保護身體就不再前進，鼻根嗅到惡香時就會遠離，舌頭感受到辛辣則不願再品嘗；第三個作用是取境，如眼根通過取色境而產生眼識，耳根取外面的聲音而產生耳識，也就是說各自根取各自之境，而產生各自的識；第四個作用是接受不共名言之因，不同的聲音有不同的名言，這些名言要依靠耳根才能發現，而眼根所看到的各種各樣的色法，如白色的碗、紅色的柱子，這些均為不共名言。

有部宗對於五根所安立的四種功用，經部宗並非全部認同，他們僅僅承認「取境」這一點，對於其餘三種

均不承認，比如「莊嚴」的作用，經部認為莊嚴並不是眼根、耳根所起的作用，因為有部宗也認為這些根是色法，在外面根本看不到眼根的莊嚴，真正起莊嚴作用的應該是根依，比如眼睛的眼珠、露在外面的耳朵等，這些根依才可以對眾生起到莊嚴的作用，因此有部宗認為根可以起到莊嚴作用的說法不合理；再比如「保護」的作用，實際上起到保護作用的主要是識，如果無有眼識，僅是眼睛看到，也不會判斷出前面所出現的事物是否危險，根是沒有辨別能力的，所以有部宗的根能起保護作用也不成立；另外，經部宗也不承認根是「接受不共名言之因」，比如見到紅色柱子時，會產生一種紅色柱子的概念，這些不共名言的因，並非根單獨起作用，首先應該是眼根見到紅色柱子，之後產生眼識──這柱子是紅色，最後由意識在中間作辨別而了知紅色柱子這一不共名言，所謂的根只起到了間接作用，直接名言的因應該是識，所以說「不共名言的因」也不合理。

「餘四」，是指男根、女根、命根、意根，它們各自具足兩種功用：有部認為男根與女根是除開身體的根依以外，具有心所相攝的一種實體，依靠它們首先能夠辨別總的眾生類別；其次，可以分辨眾生之間的差別。命根，也即所謂的壽命，它有兩個作用，第一個是可以同類結生；第二個是安住於同類，比如一個人，依靠人的壽命而安住於同人類的行列中。意根可以起到與根之

本體相同的功用，也就是通過意識可以辨別總的萬法；亦可起到結生的作用，人死亡時馬上進入中陰或者入胎轉生於後世，而完成這個過程就需要依靠意根。既然意根有結生作用，而壽命亦有結生的作用，那是不是有重複的過失呢？並無此過失。有部宗認為命根是即生當中結生到中陰，而意根是從中陰結生到本有。至於這些觀點，經部宗也並不完全承認。

　　五種受用根以及八種清淨涅槃根分別具有染污和清淨之功用。受用五根——身樂受根、身苦受根、意樂受根、意苦受根、捨受根，它們可起到染污作用，也即由身樂受根與意樂受根增長貪心，由身苦受根與意苦受根增上嗔心，於捨受根中可以增上癡心，由於這些染心而增上了煩惱。但這也是不一定的，有些佛經中說依靠貪心可以增長信心，比如《毗奈耶經》中有這樣一個公案：有一個比丘曾轉生於天界中，因此，於現世中，他一聞到沉香的味道時，就會生起貪心，而這時，他馬上就可以入於禪定之中。所以並不是所有眾生皆如上所說，個別眾生依靠善法方面的貪心，也可以增長禪定、智慧等，但多數眾生也確是依靠樂受、苦受生起貪心和嗔心。有很多出家人也是依靠生活的苦受才對三寶產生信心、對輪迴產生厭離之心，然後出家的，有些瑜伽士在遇到痛苦時馬上轉為道用，使原來的痛苦變成了清淨心的因。最後八根具有清淨的功用，因為通過有漏根——信、精進、

念、定、慧，可以壓制煩惱，而所有的無漏根——未知當知根、已知根、具知根，能夠斷絕煩惱的種子。

> 緣自境與緣一切，起功用故立六根，
> 身體具足男女根，以此立為男女性。
> 同類存在具染污，以及清淨功用故，
> 承許命根與受根，以及信等為五根。
> 於獲愈上涅槃等，起到功用之緣故，
> 立為未知當知根，已知根與具知根。

按經部觀點，有色五根可以緣各自的對境，而意根則可緣一切對境，以此安立六根；男、女二根是所觸之身識的所依，以此安立男性與女性；因起到同類存在、染污以及清淨的根本性作用，故而安立命根、五受用根、信等五根；因對獲得愈上涅槃起作用，而安立未知當知根、已知根、具知根。

世親論師在本論結文時也說到頌詞多數是克什米爾有部的觀點，但有些頌詞是站在經部觀點來講的，比如此處的幾頌即是經部觀點。前面已經按有部宗觀點對二十二根進行了宣說，這裡就經部觀點來對二十二根做一下簡單介紹。

「緣自境與緣一切，起功用故立六根」，有色五根可以緣各自的對境，比如眼睛的對境是色法、耳根的對境是聲音，以此種方式安立為根；意根可以緣過去、現在、未來的一切法。可以起到功用的緣故，安立為六根。

阿毗達磨俱舍論頌講記

「身體具足男女根，以此立為男女性」，如果按有部觀點，以根來區分男性和女性，那麼色界的補特伽羅並不具足根，這樣一來就有天人是非天人與非天女的過失，因此男性與女性不一定是由根來區分的。經部以上認為所謂的男根與女根，若從觸覺的角度可以說是身根的一部分，它是執著所觸之身識的所依，以此安立為男性、女性。

「同類存在具染污，以及清淨功用故，承許命根與受根，以及信等為五根」，以同類存在的緣故可以安立為命根，因為具有染污的作用立為受用五根，對涅槃清淨法起根本性功用而安立了信等五根。

「於獲愈上涅槃等，起到功用之緣故，立為未知當知根，已知根與具知根」，對於獲得越來越上的見、修、無學道以及涅槃等功德可以起到功用的緣故，安立為未知當知根、已知根、具知根這三種無漏根。

上述所說的三種無漏根是什麼意思呢？以前從未了知的，在獲得見道時已經了知，這時的根稱為未知當知根。或者說，以前從未享受過世間之法，而在獲得見道時已經享受到出世間法，這也可以叫做未知當知根。已知根是修道相續中存在的根，也即在見道時已經了知的境界繼續串習、穩固，由於繼續存在的緣故，稱為已知根。獲得無餘阿羅漢的無學道時，按小乘自宗觀點，此種根在獲得之後，再也不會退轉，是恆常的，這時的根就稱為具知根。

表一：有部與經部關於二十二根不同功用觀點之對照

有 部 宗	二十二根	經 部 宗
1、莊嚴； 2、保護； 3、取境； 4、不共名言之因	眼等 五根	緣自境 緣一切
1、同類結生； 2、與根本體相同	意 根	
1、區分眾生類別； 2、分別之差別	男女二根	執著所觸之所依
1、同類存在； 2、同類結生	命 根	同類存在
染 污	五受用根	染 污
清 淨	信等五根	清 淨
	三無漏根	增上愈上之功德

丙二、根之定數：

心之所依彼差別，留存以及增煩惱，

資糧清淨盡彼數，如是諸根亦復然。

有部認為：成為心識所依以及辨認眾生類別，並且觀待眾生存留而安立了煩惱性之基的前九根，而五受根是煩惱之本體；信等五根能夠積累資糧，故為清淨之基，三無漏根則是清淨之本體。

萬事萬物中的很多法都可以起到根本性作用，這些為什麼不安立為根？只將這安立為根是什麼原因呢？

此處所說的數目並非破他邊的數目——破他邊的數目是有規定的，不能多也不能少，二十二根是根據特殊必要而安立的數目。佛陀時代，有位婆羅門叫做上星寧巴⑱，當時，佛用智慧觀察他的根基，為其宣說了二十二根，從此以後，以佛的這個教言為主而安立了二十二根。

⑱上星寧巴：意為自性平等。

雖然很多法均可立為根，但只將其中最關鍵、最主要的個別法立為根，實際上二十二根，多也可以，少也可以。這是一個原因。

另一個原因是根據煩惱與清淨之基、本體以及果而確定了二十二根。首先是煩惱之基，眾生依靠心流轉於輪迴中，五有色根及意根是眾生的心之所依，「彼差別」是指男性與女性的差別，「留存」，眾生留存於世間皆依靠命根，以上這九根是煩惱之基；煩惱的本體即是受用五根，因為可以由其增長煩惱之故。其次是清淨的基與本體，信等五根可以積累清淨資糧，故為清淨之基；三無漏根則是清淨之本體。

或漂輪迴之所依，生存受用十四根，

如是滅盡諸輪迴，諸根即是餘八種。

經部認為：觀待漂流輪迴的所依、產生、住存、受用而安立了前十四根，觀待滅盡輪迴安立了其餘八根。「或」是指經部宗觀點。此頌詞依經部觀點，以流轉與還滅的次第對二十二根進行安立：前六根是漂泊輪迴的所依，因為它們是眾生實體之基；而男女二根使眾生得以投生輪迴，原因是男女二根接觸會真實產生意生身，而且眼根等也次第產生⑤；在輪迴中存留必須依靠命根，在住留期間，受用五根使眾生分別感受各自利害，而有了苦樂的感覺，這些都是不清淨的根，是輪迴之根源。

⑤此處是就眾生的主要投生方式——胎生而言，化生等不一定如此。

第二品　分別根

滅盡輪迴的根有八個，即信等五根、三無漏根，其中信等五根是還滅之所依，因為依靠它們能夠現前聖道；最初產生清淨之法的是未知當知根，由已知根保持了已得之無漏法的存留，而受用清淨之法的是具知根，因為它分別感受解脫之喜樂。

表二：二十二根次第安立的不同觀點

有　部　宗		二十二根	經　部　宗	
煩惱之法	基	心之所依	眼等六根	眾生實體之所依	所依	流轉
		六根相差別	男女二根	通過接觸產生意生身	生	
		留存	命　根	生命相續不斷	住	
	本體	增長煩惱	五受用根	感受各自利害	受用	
清淨之法	基	積累資糧	信等五根	現前聖道	所依	還滅
	本體	無漏清淨之法	未知當知根	產生清淨之法	生	
			已知根	修道連續存在	住	
			具知根	享用現法樂住	受用	

乙二（此處所說根之本體）分二：一、宣說五受根；二、宣說最後三根。

丙一、宣說五受根：

身非樂受即苦根，快樂感受即樂根，

三禪之心為樂根，餘者即是意樂根，

心非快樂意苦根，捨受中間無二故。

身體非為快樂的感受即是苦受根，感受快樂者即為

樂受根，三禪感受心樂的是心樂受根，其餘二禪以下感受心樂受的是意樂受根，感覺心不快樂的是意苦受根，捨受根既不感覺快樂也不感受痛苦。

前面已經講到了根的含義，那根的體性如何呢？從這一大科判開始，即對根的本體——五受用根及最後三根作一簡略說明。

什麼是五受根呢？「身非樂受即苦根」，此處的「身」，並非僅指身體，也可以說成是根依——眼睛、耳朵、鼻子、舌頭、身體全部包括於身根之中，「身」可以是五種受用，也可以是五種色法。在五根群體中產生的所有不快樂感受就是苦受根，如身體接觸粗糙的外境，會產生一種不快樂的感受，或者眼睛見不悅意的外境時，眼識在眼睛的色法群體中首先帶來一種痛苦，然後這種痛苦通過意識來辨別——實際上眼識在取外境時，獲得一種不悅意的外境，這叫眼識的痛苦。凡是五種色根於外境中得到的痛苦感受都叫做身苦根；在五根群體中得到的快樂感受就叫做身樂根。

「三禪之心為樂根，餘者即是意樂根，心非快樂意苦根」，意受根有兩種，即意樂受根、意苦受根，而其中意樂受根又可分為意樂根和心樂根兩種。「三禪之心」是指第三禪定的心，雖然一禪以上都有一種寂止的快樂，但三禪以上的禪定非常穩固、不易變化，故稱為心樂受根；「餘者」指二禪以下，也就是說二禪以下感受快樂的心

是意樂根，意樂與心樂雖然稍有差別，但其實都可包括於意識群體之中。「心非快樂意苦根」，在意識的群體中，不依靠任何根識而出現的痛苦，就是意苦受根，比如無緣無故心情很不好、很痛苦，這種痛苦完全是意識自己造作，無有任何其他外緣，與色法無關，均於意識上安立，因此稱為意苦受根。

由上分析可以了知，在《俱舍論》中，意樂根與身樂根是完全分開的，原因是它們所依的根不同，即身受根依身體產生，意樂與心樂則完全是在第六意識上安立，因此給它們取了不同的名稱。那捨受根又是什麼樣的呢？「捨受中間無二故」，捨是既無貪心也無嗔心的一種平等狀態，也就是說，捨受根是一種不苦不樂的心態，它不分身體的苦樂與心的苦樂。為什麼不分呢？因為身體的不苦不樂和心上不苦不樂的差別並不是很明顯。身體與心上都有等捨的感覺，比如今天在喇榮山谷裡生活得非常愉快，感覺像住在極樂世界一樣，第二天就覺得這裡像寒地獄，還是馬上離開比較好，第三天時，覺得還可以吧，住也可以不住也可以，這種等捨不能說是心上的也不能說是身體上的，或者也可以說二者皆包括。那為什麼說捨受可以包含身受與心受二者呢？這一點也是有理由的，心的苦樂感受多數是由分別念產生，而身的苦樂感受並不觀待分別念，比如身上被割了一刀，這時即使心裡再怎麼想——不痛、不痛，還是很痛；再比如

目犍連被外道打時，雖然有感受，但因為他沒有造業的取，所以他不會去取執，這種捨受的苦樂是在無分別中自然而然出現的。

丙二、宣說最後三根：

見修無學道九根，即是無漏之三根。

信等五根、意根、心樂受根、意樂受根、捨受根，此九根在見修無學道中依次是未知當知根、已知根與具知根之本體。

在見道、修道、無學道中必定會具足九種根，這九種根也稱之為無漏三根，即於見道時，這九根稱為未知當知根；修道時意識所在的九種根稱之為已知根；在無學道時稱之為具知根。

那麼，一位見道者相續中的未知當知根是哪些呢？可以九種都有，這需要觀待其身分才能真正了知在其相續中有幾種根，比如說，若以欲界身分獲得見道，則於此聖者相續中具足信等五根、意根、意樂根，這七根叫未知當知根；若在無色界或第四禪獲得見道果位，則六根加上捨受根，這七根就是未知當知根；如果在第三禪中獲得見道果位，此聖者相續中就具有信等五根、意根、心樂受根這七根。已知根、具知根也是如此，其中信等五根、意根這六根在見道、修道、無學道聖者相續中是必定具足的，其他根不一定全部具足。最後三根表面看來只有一個根，但實際上是幾個根綜合起來於一位聖者

相續中具足後，才將其稱為未知當知根、已知根或具知根的。以上並非僅是小乘觀點，麥彭仁波切在《智者入門》中也如此講到過二十二根。

乙三（根之分類）分四：一、觀待助緣之分類；二、觀待因果之分類；三、觀待本體之分類；四、觀待所斷之分類。

丙一、觀待助緣之分類：

最後三根為無垢，七有色根與命根，

及苦受根即有漏，其餘九根有二種。

未知當知根等最後三根是無漏根，眼等五根、男女二根、命根、身苦根、意苦根是有漏根，其餘的意根、意樂受根、樂受根、捨受根及信等五根具足有漏無漏二種。

二十二根哪些是有漏根？哪些是無漏根？哪些是有漏無漏根？

最後三根——未知當知根、已知根、具知根，因其屬於聖者相續中的根，故為無漏根。眼耳鼻舌身五根、男女二根、命根、身苦受根與意苦受根共十個根都是有漏根，因為它們皆是非道諦的有為法。

「其餘九根有二種」，其餘九根是指意根、意樂受根、樂受根、捨受根以及信等五根，它們是有漏與無漏兩種，說這九根是無漏根，是觀待聖者相續而言的，如信等五根在資糧道與加行道時，屬於凡夫相續，這時的信等五根應是有漏根。《自釋》中說：有些論師認為信等五根

唯是無漏。世親論師說，這是不合理的，佛還沒有給五比丘說法時就說過：「有諸有情處在世間或生或長有上中下諸根差別。」由此可知信等五根並非唯是無漏，而應是有漏與無漏二種。為什麼這樣說呢？因為在世尊未轉法輪時，還無有聖者出現，所以通過這一點可以說明信等五根應該是通有漏與無漏的。

丙二、觀待因果之分類：

命根唯一是異熟，十二異熟非異熟，

除最後八意苦根；唯一意苦具異熟，

意餘受及信根等，十根具不具異熟。

命根唯一是異熟之果，除最後八根及意苦根以外的十二根可以是異熟也可以是非異熟；具有異熟的唯一是意苦根，意根、其餘四受根及信等五根通具異熟和不具異熟二者。

這一科判中，觀待因、果來對二十二根進行分類。

所謂異熟（指異熟果），是指在即生中造作善業，後世就會成熟善業之果，在即生中造了惡業，後世就成熟惡業之果。這裡首先講二十二根是否是異熟，這主要是從根的本體上來講的。如果它的本體是異熟，則應該具足三個特點：是非善非惡的無記法；屬於有漏法；屬於眾生相續所攝。那二十二根中哪些是異熟果，哪些不是異熟果呢？

「命根唯一是異熟」，命根是有情眾生得以於世間

同類中存在的根，它唯一是異熟，比如欲界地獄眾生的生命，實際上是前世造惡業，感得了今生的異熟果，但此生命不是善業也不是惡業，應該是無記法。或天人的生命，是由於前世造了善業，後世才感得天人的生命。生命的長短則根據各自的業力，即前世所造作的善惡業決定的，但也有特殊情況，《自釋》中說：阿羅漢入最後滅盡定時，他會觀察自己的壽命，若繼續存在，對眾生和自己有利還是無利？若有利則將財物供養僧眾，然後入第四禪定發願——希望自己的壽命延長；若繼續住世對自他無有很大利益，即入第四禪定時發願將自己的壽命縮短。既然如此，自己的壽命通過等持或長養等一些辦法可以延長或縮短，那命根是不是異熟果呢？世親論師亦在《自釋》中作了回答：釋迦牟尼佛於眾生前欲示現涅槃，後經珍達優婆塞祈請後，延長了三個月的壽命，這樣可顯示佛於生死已得自在。實際上這些道理並未破斥生命是異熟，無論是念修密咒還是阿羅漢入最後滅定，延長生命其實也是一種異熟，這一點還是應該詳加分析。

　　有十二根是異熟與非異熟均具有，是哪十二根呢？「除最後八意苦根」，即眼、耳、鼻、舌、身五根，男根、女根，樂受根、身苦受根、意樂受根、捨受根四根，意根。其中七有色根具有異熟生與長養生二者，如眼根由以前的異熟因造成，若想於本質上改變是不可能的，但今世通過敷眼藥等可以使之得到長養，因而異熟、非異熟均有；

四受根與意根既有異熟也有非異熟，其中快樂或不快樂是前世的異熟果，或善或不善則不是異熟，而由非善非惡所攝的諸如威儀與工巧是異熟。為什麼要除去最後八根呢？因為它們自己本身是善法的緣故，所以不會是異熟之果。為什麼除去意苦受根呢？在這裡有部宗認為意苦受根必定是善法與不善法中的一種，無記法是不存在的，但麥彭仁波切說：心非善非惡之中，應該有一種苦受，這種苦受就是無記法。

二十二根中哪些具異熟（指異熟因），哪些不具異熟？在這裡「是異熟」與「具異熟」是不同的，如「我是人」和「我具足人」有很大差別，「是異熟」是從果的角度講，而「具異熟」是從因的角度講。

「唯一意苦具異熟」，唯有意苦受根具異熟，因為它必定是有漏善法與不善法中的一種⑩。

「意餘受及信根等，十根具不具異熟」，意根和除意苦根以外的四受用根，以及信等五根既具異熟又不具異熟，其中意根與四受根中的有漏善業與所有不善業均是具異熟。此外，信等五根的無漏部分與無記法非具異熟——這裡所說的無記法，比如處於無記狀態而僅於口頭做的念誦等，這不會產生後面的異熟果，所謂的異熟果必須是於善或惡業中成熟。信等五根的無漏部分非具異熟，其有漏善業則具異熟。有部宗認為，七有色根與

⑩意苦受根：不具無漏部分，因無漏法不會造業，如同被火燒完的種子。

命根不具足異熟，因為它們本身是一種色法，比如今生的眼根是前世的異熟果，但它不會變成後世眼根之因，如同花的種子，開完花之後不會由這朵花再去開花，由於這八種根本體為無記法，它們不會造善、惡業，但依靠眼根等產生眼識等就會產生貪心、嗔心或者信心，但這是不同的，從七有色根及命根的本體來講是不會造業的。

丙三、觀待本體之分類：

善法八根意苦根，即有善與不善二，

意受餘者具三種，其餘唯是無記法。

最後八根唯一是善法，意苦根通善與不善二者，意根以及其餘四受根有善、不善、無記三種，其餘眼等八根唯是無記法。

二十二根分別屬於三性⑥中的哪一種呢？首先是無漏三根，因屬於見道、修道、無學道，必定是善法；信等五根亦唯以善性為主，所以此八根唯是善法，因為它們是有記法⑥並能成熟悅意之果的緣故。

其次，具有善與不善兩種的是意苦受根，此根對於做善事心不快樂是不善業，對於做不善業心不愉快則為善業，比如做一件壞事之後，心中感到懊悔，即為善業。意苦受根是不具有無記法的，演培法師的講義中很詳細

---

⑥三性:指善、惡、無記。

⑥有記法：分善、惡兩種，此處指善有記法。

地講到了不具無記法的原因：無記法分為兩種，即有覆無記與無覆無記，其中有覆無記是一種很歡欣的狀態，而意苦根是憂愁的，此二者相違；無覆無記，如威儀、工巧等是自在而行的，而意苦根隨分別心所轉，故意苦根不屬於此二種無記法。若按照尼洪派論師與經部觀點來說，對於做無記法，心中感覺不快樂，也同樣可以成為無記法，因而意苦受根也應當具有無記法，麥彭仁波切在《智者入門》中也是如此講述的。所以，這裡說意苦受根不具無記法應是克什米爾有部宗的觀點。

善、不善、無記法三者皆具有的根是意根、身樂受根、身苦受根、意樂受根、捨受根共五根，此五根若與善法相應，則成為善業；若與惡法相應，則成為惡業；若與無記法相應就是無記法。其餘的八根——七有色根與命根，是非善非惡的無記法。

除無垢根屬欲界，男根女根苦根外，

屬於色界有色根，樂根亦除屬無色。

除無垢三根之外的其餘諸根均屬欲界所攝，除男、女二根及苦受根的十五根屬於色界所攝，其上亦除去樂根，其餘諸根均屬無色界。

如果有人問：二十二根是屬於三界之中的哪一界呢？

「除無垢根」，三無漏根不屬於三界範疇，因為它們是無漏法。無漏法是不包括在三界範圍內的，但這裡要清楚一點——無漏法不屬三界，而人的相續是屬於三

界的，比如一個欲界眾生，在他相續中可以得到無漏法，無漏法本體不屬三界，但是無漏法存留的所依屬於三界。「屬欲界」，除三無漏根以外，其餘的十九根全部屬於欲界，因為它們能夠增上欲界的煩惱。

屬於色界的十五根，即眼等五根、命根、意根、信等五根、身樂受根、意樂受根、捨受根。為什麼不包括男、女二根呢？因為轉生色界必須要遠離貪戀淫行才可以，如果未遠離貪愛淫行，就不能得到色界禪定，由此也就不能轉生於色界。另外，男、女二根極不莊嚴，所以也不包括在色界之中。導致現在的世間如此枯燥的原因即是如此，也即均由眾生業力所感現，前面也講過，如「無始以來眾生貪愛於此而積下了如是之業才形成的」。

色界為什麼無有身苦受根與意苦受根呢？無有身苦受根。有部認為，色界中除不明顯的放逸之外，無有如欲界當中的殺生、邪淫等明顯惡業，所以也就不存在以因所造的痛苦。但經部宗認為，天人與阿修羅打仗等殺生的情況應該存在，但色界眾生的身體如光芒般透澈，因此無有以緣所造的痛苦。色界也無有意苦受根，因為已經斷除嗔恨，遠離了九種害心，即對我曾經加害、正在加害以及即將加害三種，對我的親友曾經加害、正在加害、將要加害三種，對我的怨敵曾經饒益、正在饒益、未來饒益三種。這九種害心在《入行論》中也講得非常清楚，一般欲界眾生心相續中對其他眾生都會有一種嗔

恨心，但這是不合理的，作為一個修行人來說，應該對所有眾生具足一顆平等心，雖然現在所研學的是小乘法，但也應該以菩提心來攝持，這樣一來，所謂的小乘佛法也會成為大乘的行持。

　　尤其作為一個大乘修行人，不應該僅僅是在理論上，而且在實際修行中，一定要時刻串習菩提心，否則想要證悟空性、大圓滿是很困難的。但菩提心在一般人的相續中完全可以生得起來，我們每一個人應該想一想：到底什麼是菩提心？菩提心究竟在自己相續中生起來沒有？如果沒有，那就應該依靠一些大乘論典，依靠上師教言，發願在短時間內生起菩提心。平時也應該觀察，當遇到過去害我的、現在害我的、未來害我的這些人時，菩提心到底具不具足，人身很難獲得，即使空性見解暫時還未生起來，但只要菩提心已經在心相續中生起來，那麼乃至生生世世成就佛果也並不是很困難。華智仁波切在《大圓滿前行》中也說：「如果相續中生起了此菩提心，則修持任何法全部成為獲得圓滿佛果之因，所以我們應當一切時處唯以種種方便修學，使自相續生起菩提心。」我們每天早上起來的時候、平時上課的時候、晚上睡覺的時候，都應該觀察：自己相續中到底有沒有菩提心。還可以經常閱讀《入行論釋.善說海》和《佛子行》，法王如意寶說過：「無論是誰，只要讀過無著菩薩的論典，一定會在相續中生起真實無偽的菩提心。」如果能夠使

菩提心於自相續生起，那此時已經變成了真正的修行人，今生的名聞利養對於我們來說一點也不重要，唯一追求的就是來世的快樂。所以菩提心非常非常重要，請諸位修行人一定要好好觀察。

命根、意根、捨受根、信等五根是屬於無色界的八根，五有色根、樂受根以及意樂受根不屬於無色界，因為它們能增上無色界的煩惱。

丙四、觀待所斷之分類：

意三受根具三種，見修所斷意苦根，

九根修斷信五根，非為所斷然三非。

意根以及三受根具足見斷、修斷、非所斷三種；具有見斷與修斷兩種的唯是意苦根；七有色根及命根、苦受根是修斷；信等五根的無漏部分是非所斷，其有漏部分屬於修斷；最後的無漏三根非為所斷。

本頌從三個方面提出問題，二十二根中哪些是見斷，哪些是修斷，哪些是非所斷？

「意三受根」是指意根、意樂受根、心樂受根、捨受根，它們具有見斷、修斷、非所斷三種。為什麼說此四根具有三種斷呢？因為意根、心樂受根、意樂受根、捨受根屬於有漏法時，若與見惑相應就屬於見道所斷；凡是有漏法，或是見斷或是修斷，此四根除見斷以外的有漏部分即為修斷；在見道時獲得的未知當知根群體中所存在的意根、意樂受根、捨受根、心樂受根，應該屬於無漏法，

無漏法屬非所斷的緣故，此四根亦為非所斷。

「見修所斷意苦根」，屬於見斷、修斷的只有意苦受根，因意苦根無有無漏部分，既然是有漏之法則必定是應該斷的，當其與染污的見斷相應時，則於見道斷除，故稱為見斷；其餘的有漏部分，則屬於修斷。

「九根修斷」，屬於修斷的有眼等五根、男根、女根、命根、身苦受根。前面已經提到過「七有色根與命根，及苦受根即有漏」，既然屬於有漏法則一定是所應斷除的，那此九根為什麼不是見斷而唯是修斷呢？這是有原因的。七有色根及命根屬於色法，它們均為無記性，不具足染污的作用，故不是見斷；因其屬於有漏法，既非見道所斷，則必定在修道時會斷除，所以是修斷。身苦受根與意苦受根不同，因其於五根群體中產生，不屬於第六意識產生的範疇，無有染污的部分，所以不是見斷；屬於有漏法之故，所以在修道時需要斷除。因此說眼等五根、男根、女根、命根、身苦受根唯是修斷。

信等五根非為所斷，因為信等五根在未知當知根等的群體中時，屬於無漏法，所以非為所斷。「然」字表示信等五根亦有一種不同的情況，也就是說，它也存在有漏的部分，此有漏部分亦是所斷，因此五根屬於善法，不具染污性，所以是修道應該斷除的，比如阿羅漢最後要滅盡所有的我執，此時，信等的執著部分也會斷除。最後三根是無漏法，故非為所斷。

乙四（根之得捨）分二：一、得根之理；二、捨根之理。

丙一、得根之理：

欲界初得二異熟，化生並非是如此，

彼得六根或七八，色界六根無色一。

於欲界結生時有身根與命根二者重新獲得，以化生轉生則有重新獲得六根、七根、八根的三種不同情況；色界結生時會重新獲得六根；無色界則唯得一命根。

在三界中轉世結生時，重新獲得的有哪些異熟根？此處並非指所有的二十二根能獲得的有哪些，而是作了一個限定，即重新獲得的根之本體應為異熟性，這一點應該注意。

一個人轉世結生到欲界時，眼根、耳根等還未形成，但身根已經形成，與此同時，命根亦已經形成，此二根是最早獲得的二根。這時有人會想：意根與捨根也應該有。雖然有意根與捨受根，但它們並非異熟性，因其是轉世煩惱性的，而異熟必須是無記法。那麼，四生㉝中是否全部如此呢？化生在結生時，諸根同時產生，根據不同情況，化生時會重新獲得六根、七根或八根，如初劫時，莊稼自然成熟，人們無有貪心，因此無有男、女二根，只有異熟本體的六根，即眼等五根與命根同時獲得；若具足男根或女根中任一根，則會有七根重新獲得；若具男女二根，則共獲得八根，當然，因為化生是善妙的生處，

㉝四生：胎生、卵生、濕生、化生。

151

所以於善趣中是沒有兩性的，男、女二根同時獲得的情況主要是指惡趣，如地獄一些化生的有情因為惡業現前，會具足兩性。有些人認為：濕生也應該同時產生，比如夏天的一些小蟲，牠們可以於一瞬間產生。小蟲從人們的肉眼來看，似乎是在很快時間內成熟的，但其實也是次第性具足的，並非如人們所見那樣，牠最早具足的應是身根和命根，眼根等是後來逐漸出現的。

色界天人是化生的，因此他們會同時獲得眼、耳、鼻、舌、身五根以及命根。無色界因為沒有其餘的色等諸根，所以唯一獲得的異熟根就是命根。

在其他的《俱舍論》注釋中說，三界的壽命即為命根。還有些論師將壽與命分開——命起到同類存在的作用，而壽可以同類存在亦可以結生到下一世，也即屬於不相應行。本論中，壽命是不分開的，但識與命則分得較清楚，如眾生的意識屬於識蘊，命則屬於行蘊中的不相應行。大乘也如此承認，如這一世是人的命，而下一世轉生為犛牛時，則為犛牛的命，但人與犛牛的相續應該是同一個。

丙二、捨根之理：

無色界中死亡時，命意捨根同時滅，
色界之中八根滅，欲界十根或九八，
次第而死四根滅，善心中亡加五根。

無色界中眾生死亡時，命、意、捨受三根同時滅盡；色界眾生同時滅盡八根；欲界中若頓時死亡則同時滅盡

十根、九根或八根，若次第而死則滅盡身、命、意、捨受四根。若於善心中死亡，則再加信等五根。

無色界眾生死時，在捨心的狀態中同時捨去命根、意根、捨根。此處的「捨去」，並非如外道所講的意根從此斷絕，並不是這樣，比如無色界眾生死後，他暫時已經把無色界相續的根斷滅，但在無色界根斷滅的下一剎那馬上結生中陰，這時是中陰的根；若他轉世到欲界中，那麼原來無色界的意根，已經變成欲界的意根。因此在這裡，意根不斷滅而命根換成不同種類的命。俱舍與因明的分析都是人在死後心不會滅盡，《釋量論》中說：「即此世五處，是生餘身因。」也就是說，這一世的五處是下一世五處之因。

這裡所說的「滅」，並非現在一些人所認為的這一世過去，就不會再有後一世，不承認後世的這些人與不承認明天沒有任何差別。這其中有很甚深的道理，不能認為前世過去就永遠滅盡，就比如白天的顯現滅盡時，但晚上的顯現已經出現了。

色界眾生死時，眼等五根、命根、意根、捨受根一共八根會同時滅盡。欲界眾生若是頓時死亡，如飛機失事、突然暴病等，則有同時滅盡十根、九根、八根的三種情況：若無有兩性，如石女，有八根滅盡，即眼等五根、命根、意根、捨根；若具足男、女根中的任一根，則同時滅盡九根；若為兩性眾生，則於八根基礎上加男、女二根共十根。

欲界眾生中除化生以外，其餘三生若次第死亡，則重新滅盡身、命、意、捨受四根。

以上所述均是於無記法與煩惱心中死亡的情況而言的。若以善心死亡的角度來說，則三界均需加信等五根，如無色界原本有命、意、捨三根滅盡，若於善心中死亡則再加信等五根，共八根滅盡，其餘皆依此類推。

乙五、沙門四果以幾根而得：

始終二果以九得，中二依七或八九，

因會故說有者以，十一根得阿羅漢。

沙門四果中預流果與阿羅漢果以九根獲得，中間的一來果與無來果有以七根、八根、九根獲得的幾種情況。有些鈍根者也會以十一根獲得阿羅漢果。

「沙門」是梵語，義為行持善法者，這裡直接譯為小乘聲聞果。小乘聲聞果若廣說有八果，即預流向、預流果、一來向、一來果、無來向、無來果、阿羅漢向、阿羅漢果，若歸納來講即為沙門四果。本品中主要講根的特法，沙門四果也是以根獲得的——此處也並非說獲得沙門四果唯一的因緣就是根，比如積累資糧、證悟人無我、斷除欲界的種種煩惱等，這些皆為獲得沙門四果的因緣，但這裡著重宣講的是沙門四果以哪些根獲得。

沙門四果以多少根獲得呢？「始終二果以九得」，沙門四果中最開始得到的果是預流果，最後得到的果是阿羅漢果，此二果由九根獲得。有些論典中說預流果就

是小乘見道，也即將世間凡夫的階段斷開而成為聖者，也就是在獲得預流果時，所有的見斷會完全斷掉。這裡見斷的斷除方法與大乘有些不相同，如大乘《六十正理論》、《現觀莊嚴論》中所講的大乘見道是一剎那性，如苦、集、滅、道四諦，每一諦都有四個行相，四諦共有十六行相，此十六行相在一剎那間證悟，即獲得見道，這是大乘觀點。而小乘認為，一位補特伽羅首先證悟欲界苦諦，然後是色界、無色界的苦諦，之後，先證悟欲界集諦，再證悟色界、無色界的集諦……這樣的十六行相或說十六剎那是以次第性來證悟的。所以按照小乘觀點，在心的十五剎那以前是凡夫，而在此十五剎那（即無間道）時，獲得聖者果位，此時是未知當知根，到了第十六剎那獲得修道時（即解脫道）獲得已知根。在上述未知當知根與已知根群體中存在意根以及信等五根，若以一禪未至定⑥⑷的身分獲得預流果，則具足捨根。由此可以得出，首先是十五剎那的未知當知根，然後是十六剎那時獲得的已知根，這樣已經具足二根，那麼在此二根群體中存在的意根、信等五根以及一禪未至定所攝的捨根共九根應該是具足的。

為什麼說是未知當知根與已知根呢？《自釋》中說：「未知根在無間道，已知根在解脫道，此二相資得最初果，如其次第於離繫得能為引因依因性故。」小乘認為，一位聖者相續中見斷的煩惱已經全部斷除，斷除的這一部

⑥⑷一禪未至定：欲界煩惱已經斷除，但仍未得到一禪正行。

分是實體存在的，並將其稱為離得。未知當知根能夠引出斷除見斷的離得，但是此實體存在的離得無有所依是行不通的，而已知根所起的作用就是此離得之所依。這是小乘宗的觀點，亦是宗派的一種說法，若從道理上分析，也可以講得通，因為見斷已經全部斷除，那麼，斷除的部分應該是存在的，比如一個人以前做了壞事，現在已經懺悔清淨，那清淨的這部分有沒有呢？應該有。這個清淨的部分就是有部宗所謂的離得，這種得法自然而然出現，是實有存在的，如果將未知當知根比喻為驅除盜賊（如同斷除見斷之離得），那麼可以將已知根比喻為關上門（即離得之所依）。

　　阿羅漢果也是以九根獲得。在最後得果時，入於金剛等持，此時有修道所攝的已知根；獲得無學道，也即阿羅漢果位時，有為法全部滅盡，此時現前的智慧叫滅盡智，由滅盡智所攝的有一個具知根，這時已經具足兩個根；此二根群體中存在的意根、信等五根同時具足。若此阿羅漢依初二靜慮正禪獲得，則具足意樂受根；若依第三靜慮正禪獲得，則具足心樂受根；若依靠其他無漏定，如第四靜慮正禪、無色定等，則具足捨受根。所以阿羅漢果是以已知、具知根及此二根群體中的意根和信等五根，還有樂受根、意樂受根、捨受根中的任意一者而獲得的。與預流果相同，依靠已知根可以引出斷除

⑥一來果：沙門四果之一，需再轉生欲界一次。

修斷之離得，而具知根則為此離得之所依。

「中二依七或八九」，中間二果是指一來果[65]與不來果[66]，此二果以七根、八根或九根獲得。其中一來果分為漸次證與頓超兩種，漸次一來果者有兩種情況：第一種是依七根獲得，若以前行持寂止較多，則以世間道息粗相——觀修上界的細微之相來獲得，此時這位一來果者具足信等五根、意根、一禪未至定所攝的捨受根。為什麼沒有未知當知根與已知根呢？因為他是以世間寂止獲得，屬於有漏的範疇，故此一來果聖者依靠七根來獲得自己的果位。第二種情況是依八根獲得，以前修持勝觀較多，故因為喜愛出世間道諦相而以已知根與上述七根獲得。這裡之所以沒有說未知當知根，是因為這是漸次證，修道位的已知根較見道位的未知根要殊勝，因此將未知根捨去未說。頓超者，也即離貪一來果是以獲得預流果的九根而獲得的，但是獲得離貪一來果的九根與獲得預流果的九根有一點不同，也即欲界煩惱分為九品，其中預流果仍未斷除第六品，而一來果已經斷除六品煩惱。

不來果也有以七根、八根、九根獲得的三種情況，其中漸次不來果者有七根得、八根得與九根得三種情況，而頓超則唯有九根得果一種。漸次不來果鈍根者以有漏世間道獲得不來果時，是以信等五根、意根以及一禪未至定所攝捨受根而獲得；漸次不來果利根者若喜寂止，

⑥不來果：沙門四果之一，不再轉生欲界。

157

則於有漏世間道中依靠根本定獲得不來果，因此具足意根、信等五根、捨受根、意樂受根這八根。其次，若漸次不來果鈍根者以無漏出世間道得果，則以上述七根與已知根獲得；漸次不來果利根者若喜勝觀，於無漏出世間道中依靠根本定獲得不來果，具足意根、信等五根、捨受根、意樂受根以及已知根共九根。頓超的離貪不來果則由意根、信等五根、未知當知根、已知根，以及意樂受根、心樂受根、捨受根三者中的任一者共九根獲得，其中意樂受根、心樂受根與捨受根是根據此離貪不來果聖者所依之定的不同而任隨其一，即若依第二靜慮正禪則以前八根及意樂受根得果；若依第三靜慮正禪，以前八根及心樂受根得果；若是依靠第四靜慮正禪、中間未至定或三無色定，則以前八根與捨受根得果。

表三：

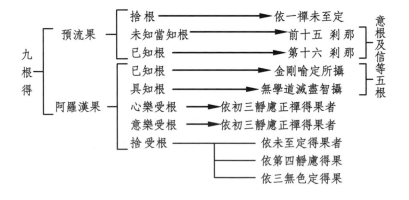

表四：

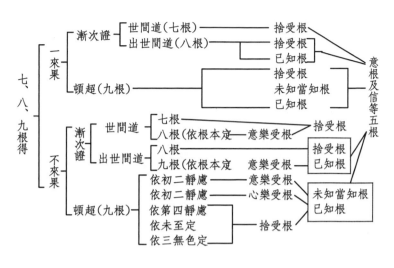

　　那麼，既然這裡說阿羅漢是以九根獲得，而《入智論》中說「阿羅漢以十一根獲得」，這二者不相違嗎？「因會故說有者以，十一根得阿羅漢」，會有這種情況出現，所以並不相違。以九根獲得阿羅漢的說法是就一次性而言的，有些鈍根者會反覆退失，小乘的阿羅漢果位以四禪的捨受等九根獲得後，若這位阿羅漢從四禪中退失，則會依第三靜慮正禪重新以心樂受根獲得；若又從三禪中退失，則會依第二靜慮正禪重新以意樂受根獲得。這樣就出現了以十一根獲得阿羅漢果位的情況，即使再多次退失，亦絕對不會以更多的根獲得阿羅漢，假如說這位阿羅漢又再次退失，那麼就會以一禪未至定的捨根重新獲得此果位，但捨根也已包括在前面的十一根之中，

所以即使多次退失，也不會超出十一根。因為除這十一根以外再沒有能獲得阿羅漢的根。

乙六（具根之理）分二：一、必具；二、會具。

丙一、必具：

具捨受命及意根，其中之一必具三，
具身樂根必具四，具眼等根必具五，
具意樂根亦具五，具苦受根必具七，
具女根等必具八，已具知必具十一，
具有未知當知根，必定具足十三根。

若具足捨受根、命根、意根中的任一者，則此三者必定全部具足；若具身根與樂根中任一者，則必具四根；具足眼根等任一根，則必具五根；若具意樂受根也必定具足五根；具身苦受根則必定具足七根；若具男根或女根，則必具八根；若具已知根或具知根，則必定具足十一根；若具足未知當知根，則必定具足十三根。

必具，是指二十二根中任何一根具足時，其他必定會有幾根具足。那麼二十二根中任何一根具足時，必具的根有哪些呢？

捨受根、命根、意根三根是不可分割的，如果具足其中任何一者，則此三根一定全部具足。也就是說，一個眾生具足命根，而不具足捨受根、意根的現象是不存在的，或者說一個眾生具足意根，但不具足命根、捨受根這也是不可能的。同理，若具足捨受根，那麼就一定

會具足命根和意根，比如四禪以上的眾生有捨受，那麼命根、意根必定具足。所以具足此三根中的任意一根時，其他二根必定具足。

在這裡有一個問題，有部宗認為在滅盡定⑥時，心和感受已經滅盡，此時，命、意、捨三根是否全部具足，若三根並非全部具足，那為什麼要說此三根不可分割呢？

在關於滅盡定這一點上，各個宗派都有不同的觀點。首先，有部宗這樣回答，滅盡定時真正的心與感受並不存在，但是也沒有三根不俱全的過失。為什麼呢？因為意根與捨受根雖然不存在，但此二根的「得繩」存在，也就是說滅盡定時雖無有心，但還有意根與捨受根的得繩，所以三根仍然是不可分割的全部具足。如果詳細分析，這種說法實際是不能成立的，因為既然意根與捨受根的本體不存在，那麼此二根的所謂得法如何存在呢？實際上也只是一種分別假立而已，在真正的教理面前無有任何可靠的依據。

隨教經部認為，滅盡定時雖沒有真正的心，也即意識是沒有的，但意識的種子存在。這種說法是否可以成立呢？我們可以這樣問他：所謂的種子，究竟是不是心的本性？若回答：是心的本性。既然如此，請你們不要說意識的種子，其實就是心，那麼，在滅盡定時，心依

阿毗達磨俱舍論頌講記

⑥滅盡定：入此定時，一切領受思想之心一時滅盡，無見聞覺知，出入之息亦盡。

然存在，這倒是合理的，但顯然與你們自宗觀點相違；如果說種子不是心的本性，是無情法，那這樣一來，滅盡定於最後出定時，應從無情法中產生心識，若是這樣，那你們的觀點與順世外道所承許的「心依靠地水火風等無情法而產生」的觀點不謀而合，難道你們已經開始依從順世外道的觀點而作承許了嗎？

比較合理的是隨理經部和唯識以上等宗派的觀點。隨理經部說：滅盡定時，沒有真正的心，但也並非全部的心滅盡，細微的意識是存在的。那麼，既然有細微的意識存在，為什麼要說已經滅盡了心識與受呢？既然已經滅盡了，為什麼還會有細微的心存在呢？隨理經部認為，經典所說的滅盡一切心識與感受，意思是說粗大的部分已經全部滅盡，而細微的部分並未滅盡，只是因為很少，所以就沒有說，也就是運用了所謂的「低劣加否定」。如果承認這種觀點是比較合理的，那唯識宗是如何承認的呢？他們認為，在滅盡定時，粗大的心並不存在，但於阿賴耶上有細微的種子，這個種子與阿賴耶識無二無別的方式存在，也就是說，心識在阿賴耶上以隱藏的方式存在。這種說法也比較合理。

如果二十二根中具足樂受根，那必定會具足四個根，即命根、意根、捨受根以及樂受根本身。這一點通過觀察也是可以成立的，命、意、捨三根是必定具足的，在有了生命以後，才會有身體的樂受，若無生命，則樂受

第二品 分別根

不可能存在。這裡有人提出疑問：樂受根是一種很明顯的快樂感受，而捨受根是不苦不樂的等捨感受，此二者如何同時具足呢？第五品中講「三界中的隨眠煩惱與哪些感受相應」時會說到，捨受根比較特殊，它可以與任何心與心所相應，比如植物人，雖然沒有明顯的快樂與痛苦，但從俱舍的角度觀察，一定會具足捨受。此處以身樂受根為主，捨受根則以隱藏的方式或其他方式具足，這一點並不矛盾。若從因明推理來講，有捨受根，不一定有身樂受根，但是有身樂受根時，必定會具足命根、意根以及捨受根。

具足身根也必定具足四根，即命根等三者加上身根本身。這裡應該了知，有捨受根但無有身根的情況是有的，比如無色界眾生，沒有真正的身體，卻可以有捨受根，反過來講，身根具足時，則命、意、捨三根必定是具足的。具足眼根、耳根、鼻根、舌根中的任何一者，必定具足五根，也即在身根及命等三根此四根的基礎上加其本身，比如具足眼根時，身根一定會具足，否則，眼根就沒有了所依。再比如，在母胎時，身根具足，但眼根等還不具足。耳根等亦可依此類推。因此眼根等一定是在身根基礎上具足的，那麼，眼根等任一者再加身根以及不可分割的三根，五根一定會具足的。如果具足意樂受根，則身樂受根必定具足，再加上不可分割的三根，必定具足五根。具足身苦受根必定具足七根，也即身根、命根、

意根、捨受根、樂受根、意樂受根以及身苦受根。如果具足男、女二根中的一者，則必定具足八根，也就是在前面苦受根等七根的基礎上加其本身。頌詞中「等」字的意思是說意苦受根以及信等五根具足時，也必定會具足八根，如果意苦受根具足，那在身苦受根等七根的基礎上加其本身；如果具足信等五根，則於其上加命、意、捨三根，共八根，比如具足信根時，則精進、念、定、慧、命、意、捨七根再加上信根本身。同樣，精進、念、定、慧亦如信根。如果是出世間修道者，則必定具足信等五根，還有不可分割的三根、身樂受根、意樂受根以及已知根本身，有十一根必定具足。如果具足具知根，如阿羅漢，也必定具足十一根，即前面所說的已知根以外的十根加上具知根本身。如果具足未知當知根，就必定具足十三根，此十三根有兩種解釋方法：第一種，即於十五剎那時具足未知當知根，十六剎那時具足已知根，此二根群體中的意根、信等五根以及不可分割的命、意、捨三根，因信等五根具足時必定具足意樂受根，而且欲界的補特伽羅必定具足身苦受根，這樣一共具足十三根。或者按照蔣陽洛德旺波尊者的解釋方法，因是無學道聖者，信等五根以無漏的方式必定具足，信等五根群體中必定具足意、意樂受、心樂受與捨受四根，在此基礎上具足命根、身根、身苦受根與未知當知根本身共十三根。

　　丙二、會具：

無善之中具最少，具身受命意八根，

無色凡夫亦如是，捨受命意諸善根。

斷絕善根者最少會具足身、命、意及五受根八種；轉生於無色界的凡夫最少亦會具足八根，即命、意、捨三根及信等五根。

會具是指一根具足時，則同時會具足多少根。那二十二根中最少會同時具足幾根呢？最少會有八根同時具足。

有兩類有情在相續中最少會具足八根。第一類是「無善」，即斷絕善根者，此類有情必定是欲界身體，若他漸漸死亡，則在相續中最少會具足身根、命根、意根以及五受用根這八根。第二類是「無色凡夫」，即轉生於無色界的凡夫異生，在無色界中不會有邪見摧毀善根，因此頌詞中的「諸善根」是指信等五根會具足，同時命、意、捨三根也會具足，所以無色凡夫亦具足八根。

具最多根十九根，不攝一切無漏根，

兩性具貪之聖者，不攝一性二無垢。

欲界眾生最多會具足十九根，不包括三無漏根；具貪聖者不包括男、女二根中的任一根以及二無漏根，因此，最多亦會具足十九根。

既然有情相續中最少會具足八根，那最多會具足多少根呢？最多可以具足十九根。會具足十九根的也有兩類有情：第一類是欲界中兩性者會具足男、女二根，而

阿毗達磨俱舍論頌講記

且若得而不失壞，也會具足眼等四根；諸根具全之故，會具足五受用根；因未斷絕善根的緣故，會具足信等五根；在欲界中，只要具足了生命，就會具足身、命、意三根，故此類有情最多可具足十九根。還有一類是「具貪聖者」，具貪聖者以世間道未遠離自相續的貪欲，他也會具足十九根，也即不包括男根與女根中的一者以及二無垢根。這裡也分兩種情況，此具貪聖者若是在見道位，則其通過世間道已經獲得未知當知根，但是不具足已知根與具知根，又因為獲得見道者必是一性，故除開男根或者女根，最多會具足十九根；如若此具貪聖者在修道位，因其為具貪者，故有漏法的根於其相續中全部會具足，而無學道的具知根與見道的未知當知根是不具足的，因此最多也只會具足十九根。

甲二（有為法產生之理）分二：一、真實宣說有為法產生之理；二、旁述因果及緣。

乙一（真實宣說有為法產生之理）分二：一、色法產生之理；二、非色法產生之理。

丙一、色法產生之理：

欲界無根無聲塵，八種微塵一起生，

具有身根九物質，具有他根十物質。

欲界中既無根塵亦無聲塵的最小微塵也是由八種微塵一起產生；若於八微塵上具足身根，則有九種物質一起產生；若具其他根塵則有十物質一起產生。

一切有部認為輪涅所攝一切法均為五事所攝，即色法、心法、心所、不相應行、無為法。大家都知道，無為法是無生的，因而也就不存在與何法一起產生的問題了，那麼，其他法產生的方式是怎樣的呢？可分為色法與非色法兩種。

色法是如何產生的呢？有部宗認為根有色法方面的，亦有非色法方面的，其中屬於色法方面的是一種塵，如眼根、身根等，這些都是塵。那在欲界中既無有根塵亦無有聲塵的，如外界的山河大地，它最少也會有八種微塵一起產生，也即地、水、火、風、色、香、味、觸八微塵。之所以不包括聲音，是因為聲音並非恆時具足，如砸一塊石頭時，聲音會同時產生，但若不砸時，則無有此聲音，所以有部宗認為，一個事物產生，最少會與八微塵同時產生。

如果在有情界，入胎時無有其他根而身根已經具足，則在八種微塵上具足身根，共有九種微塵一起產生；若眼等其他根具足，則有十種微塵一起產生。《自釋》中並未說微塵，而是說「事」，也即以此可以代表事物。

對於有部宗的觀點，經部並不表示贊同。有部認為八種微塵真正存在，而經部以上觀點認為，地、水、火、風四大的界性雖然存在，但卻不一定存在真正的本體，如佛經中說：「於木聚中，有種種界，界謂種子。」這裡所說的「界」，實際只是一種作用而已。經部宗說，

既然你們認為每一微塵皆具八種微塵，那所謂風的顏色又是怎樣的呢？有部宗回答說：「此義可信，不可比知。」也就是說，依靠教理，可以確信風一定存在，但卻沒有辦法真正了知。實際上，若真正對地、水、火、風進行分析，很難真實全部具足所有微塵。比如地大的法相是堅硬，而水大的法相是濕潤，如果拿一塊鐵來說，它應該具足地、水、火、風四大，在這塊鐵是固體時，可以很明顯地感受到地大的堅硬，但卻很難感受它的水大，若通過高溫，鐵溶化變成液體時，可以感受水大的濕潤，但卻不能感受到地大的堅硬，既然如此，後來溶化的液體鐵是原本就存在水，還是現在才變成液體的呢？有部宗認為，只是原本不明顯的現在變明顯了。既然如此，這個「不明顯」的水在固體鐵的本體中究竟存不存在？如果不存在，如何變成明顯？如果存在，那也沒必要說明顯或者不明顯。而且，有部宗認為微塵可以分兩種：一是最細微的，即成實的無分微塵；一是積聚的微塵，即地、水、火、風積聚於一處的微塵。

那麼，下面可以繼續問有部宗：你們所謂的微塵，不論是最細微的微塵，還是積聚的微塵，同時產生的地等八種微塵是在同一位置上，還是在不同位置上？對於這種觀察，有部宗也只會說：「可信，不可比知。」我們也可以這樣進行觀察，比如地的微塵，它是否具足八種微塵？若具足，則地具足八微塵，水也具足八微塵，

第二品　分別根

這樣一來，你們所說的微塵應該不僅僅是八種微塵，應該有過多微塵的過失。對於這樣的問難，有些論師站在有部觀點上回答說：其實並沒有這種過失，如果詳細分析，一個法產生時要有八種微塵具足，那麼，八種微塵中的第一個微塵具不具足八種微塵？若不具足微塵，則不能成為有為法；若具足微塵，則八八六十四微塵，會有微塵過多的過失。但我們並不是從這一角度來講，而是按照種類說的，比如地的微塵主要以地大為主，水的微塵是以水大為主，因此根本沒有微塵過多的過失。

麥彭仁波切在《智者入門》中根據各種不同觀點對八種微塵作了很明確的宣說。實際上，經部以及《大乘阿毗達磨》都認為，世間的所有事物不一定要用八種微塵來分別，因為有些法只具足一種微塵，其他微塵不一定具足，比如光，它只具足色而無有香、味、觸⑱；再比如風，有聲音與所觸，卻沒有色、香、味；在煙囪裡冒的煙則色、觸、味全部具足。因此，經部以上認為，有些僅具足一塵，如光；有些具足二塵，如風；有些具足三塵，如煙；有些具足四塵，如沉香。任何一種法，只要在因緣聚合時，就一定是會產生的。唯識宗認為一切萬法皆為心的幻變，但在所顯現的外境這一問題上，也是承認《大乘阿毗達磨》的觀點，即世間任何一法產生時，

⑱此處指普通的光，有些特殊的光也具色與觸，如月光具足清涼所觸，日光則具足熾熱的所觸。

169

不一定全部具足八微塵，但其作用應該具足，比如一個鐵球，此鐵球用火燒時，則會具足火塵，若變成液體時，即會具足水塵。在不同因緣的作用下，每一法的微塵都會不斷地發生變化。

丙二（非色法產生之理）分二：一、略說；二、廣說。

丁一、略說：

心與心所定一起，有為法相或得繩。

心與心所必定一起產生；一切有為法與其法相會同時產生；相續所攝之所得法與得繩一起產生。

既然色法會與八種微塵一起產生，那非色法如何產生呢？心與心所必定一起產生，有部宗認為心與心所異體，但實際上，心與心所之間的關係雖然是一本體，但反體卻並不相同，如果是真正的異體，那離開心所也可以產生心，或者離開心王可以有心所產生，但這種情況一定是沒有的。那為什麼說心和心所必定一起產生呢？此二者互為俱有因⑥⑨之故。

另外，有部還認為，任何一法與此法之法相二者一起產生，也就是說，他們認為有為法與其法相異體，並且是同時產生的。經部宗以上認為，法與法相二者並非他體，比如人的法相是知言解義，但除人以外並沒有一個單獨的知言解義存在。《量理寶藏論》中說：有人認為法相實有，但法相實有不能成立，所謂的法相，只是

---

⑥⑨此處的俱有因是指五種相應中的時間相應。

一種言詞，是認識萬法的方法，是一種途徑，除此以外，並無有實質存在。

「得繩」是有部宗非常重要的一個觀點，如同在犛牛背上以繩索捆住所馱物品，這個繩索即他們所認為的得繩，它並不是真正的法。一般情況下，不屬於相續的所得之法多數無有得繩，但也並不是所有不屬於相續的得法均無得繩，也有特殊情況，比如三無為法，它不是由相續所攝，因眾生的相續由三界所攝，而三種無為法不屬於三界，所以非相續所攝。但相續中卻可以得到無為法，比如將來獲得阿羅漢果位時，相續中可以獲得抉擇滅，這時，雖然具足得法，但卻不會在相續中產生得繩，因其本體是無為法，無有產生，頌詞中的「或」字就是指這種情況。如果是屬於相續的所得之法，則與自己同時的得繩一起產生，比如以前在相續中沒有出離心，現在通過上師加持生起出離心，出離心在相續中得到的同時，有部認為有一種得繩——出離心的得繩同時也會生起來，若此得繩不具足，那相續中是無法得到出離心的。

丁二（廣說）分二：一、相應法產生之理；二、不相應行產生之理。

戊一（相應法產生之理）分四：一、類別決定之分類；二、不定之相應；三、似相同之差別；四、似不同之一體。

己一（類別決定之分類）分二：一、略說；二、廣述。

庚一、略說：

171

五種心所之地法，彼等各不相同故。

決定的心所有五種，它們互為異體，因各自緣不相同之故。

心所若詳細分有四十六個心所，《大乘阿毗達磨》中講到五十一個心所，這些心所歸納起來，可以包括在遍大地法、大善地法、大煩惱地法、不善地法、小煩惱地法以及不定地法這六類之中，此頌首先講前五類，即決定地法。「地法」，意思是一種氛圍或機緣，比如產生煩惱時，有一種氛圍與煩惱會同時產生，若無煩惱則煩惱的地法不可能產生；若未生起善法，則善法的地法不可能產生。

這裡既然對心所作了詳細的宣說，那隨眠品中所要講到的貪心、嗔心、傲慢、懷疑等為何不包括在五種地法當中呢？此處所要宣講的是決定性心所，而貪心、嗔心等不決定會生起，比如對於某一個對境，有時會生貪心，有時又會生起嗔心，沒有一個決定性，而五種地法當中的善心所或煩惱心所，在某種環境產生時，這種氛圍也必定會產生。

本論將心與心所之間的關係與差別分析得非常細緻，作為一個修行人，此二者之間的關係一定要清楚，否則，不論學大圓滿還是學大手印，都是很困難的。《俱舍論》是一部大的論典，有些人剛開始學的時候，很有興趣，但是到後面就開始生起厭煩心了，就像華智仁波切在《蓮

苑歌舞》中講的一樣：聞思猶如蝌蚪身。意思是說頭很大很大，尾巴卻很小很小。這樣是不行的，無論聞思哪一部論典，都必須下工夫、持之以恆。

庚二（廣述）分五：一、遍大地法；二、大善地法；三、大煩惱地法；四、不善地法；五、小煩惱地法。

辛一、遍大地法：

受想思欲以及觸，智慧憶念與作意，

勝解以及三摩地，此等隨逐一切心。

受、想、思、欲、觸、智慧、憶念、作意、勝解以及三摩地這十種心所可隨從一切心而產生。

「遍」是指所有的心與心所。十遍大地法，是指這十種心所是不可分割的，比如產生信心時，則此處所講的十種心所於信心群體中會全部具足。《大乘阿毗達磨》認為只有五種心所必定具足，稱其為五遍行法，即受、想、思、觸、作意，此五遍行法遍於任何一心，凡是有一個心與心所產生時，這五種遍行法一定會產生。世親論師在《自釋》中也講到：「傳說如是所列十法諸心剎那和合遍有。」甲智論師在他的《俱舍論》講義中說：世親論師在《自釋》中所提到的傳說，其實也是對有部宗不滿的語氣。意思是說，世親論師認為心與心所非常細微，以其各自相續來分別尚且很難，更何況是一剎那間俱時存在，比如剛剛產生一個分別念，則於此分別念中，按有部觀點應具足上述十種遍行法，但若想對每一種心所

都進行細緻分析的話，確實很困難，既然如此，若想於分別念中辨別出一瞬間所具足的十種遍行法豈不是更加困難！《自釋》中作了一個比喻：一味藥有很多成分，食用這味藥時，其中的每一種成分以舌根無法感受，只是一種很難吃的味道而已，但實際上這其中有很多的成分，同理，產生一個分別念，但卻根本無法發覺這十種遍行法的存在。不過有部認為，雖然不能發覺，但並不表示這十種遍行法不存在。若按照《大乘阿毗達磨》的觀點，凡是心與心所任何一法產生時，五種遍行法一定會以不可分割的方式存在，而其他五種地法主要是執著對境方面的五種心所，不一定全部具足，比如禪定時，前五種遍行法一定會具足，但勝解和憶念不一定會具足。所以，大乘與小乘之間的觀點有很大不同，大家應仔細辨別。

十種遍行心所的法相是什麼呢？受與想前面已經講過，它們雖然屬於心所，但因其是爭論之因、輪迴之因，故而安立於五蘊之中。

思是於對境產生動搖，也就是說，在看見一個對境時，會出現分別和無分別兩種動搖，但無分別的動搖很難發覺，而有分別的動搖會發覺，因為心裡在想，或者心中想執取這個對境，比如剛開始學藏文文法時，看見「阿」字時，心中會產生動搖，想要去念「阿」，但並未發出「阿」字的音，如同最初的氣流一樣，這就是思。

欲是對於外境的一種希求心。麥彭仁波切在《智者入門》中，每一個心所都講了它的本體及作用，欲的本體即希求對境，而它的作用就是精進。大家應該會有親身體驗，如果對某件事非常有興趣，那一定會精進用功。因此，不論聞思哪一個法，都先要有一個欲樂：「這個法對今生來世非常重要，我一定要認真地學。」這樣一來，他對這個法一定會精進的。如果想「這無所謂，還是好好享受好一點」，如此，根本不會精進聞思、精進修持。所謂的精進並不是表面的一種形式，主要看他的內心——心裡到底有沒有一種想要希求的欲樂。《現觀莊嚴論》中講發心的體相時說：發心是利他的，是成佛的一種欲心。有論師說發心是一種心所，有論師說是心王，這方面的辯論非常大，那發心是不是心所呢？想成就佛果是一種希求心，也即此處所講的欲。

阿毗達磨俱舍論頌講記

觸是指境、根、識三者聚合而享用對境。此處的「觸」並非所觸，所觸是從外境色法角度講的，而這裡的觸是一種心所。有些論師說，它應該屬於一種單獨的心所，比如遇到一種外境而正在享用時，根、境、識三者具足即為觸的本體，它的作用是產生意識與受。

智慧可以辨別諸法，它的作用是遣除懷疑。

憶念，不忘所緣，也即回憶，對以前的事能夠清晰憶念。

作意是指心專注分別所緣之境。因明中所講到的作

175

意與此是否相同呢？不相同。此處的作意是於對境專注的一種心所。那作意與思、欲有何差別呢？思心所是在見到外境後所生起的一種動搖心態，就好像吸鐵石接近鐵屑時，鐵屑就會開始動搖一樣，但此時並未直接執著；動搖之後會專注於外境，這時即為作意；專注之後想要獲取此外境，這就是欲。

勝解是於對境之功德已經獲取認可，然後想要得到的一種心所，也可稱之為定解。有些論師說，通過教理生起一種不被他奪的定解，即是這裡所說的勝解，比如前世後世是否存在？因果是否存在？通過聞思，在相續中已經生起了一種定解：因果不虛，前世後世必定存在。這樣於自相續中生起不被邪知、邪見所奪取的一種定解。若簡單地說，「這是柱子，這個柱子能夠撐梁」，這種定解在自相續中生起而且不會被任何人所轉，這就是勝解。

等持，即心能夠一緣專注。既然都是「專注」，那與前面所講的作意有何不同呢？作意僅僅是指專注於外境，等持則不僅專注而且不動搖，所安立的反體角度不同，也就是說從安住的角度可以安立為定。

其實，分別念是一種有限的境界，在每一個心所中，有憶念的、辨別的，也有能接觸的，但這些心所根本無法察覺。有部宗說，「不能察覺」不代表「不存在」，比如昨晚所吃的飯，今天可能想不起來，但想不起來是

不是沒有吃呢？實際確實是吃過了。因此，自己的心並不可靠，不能相信它。按有部觀點，只要產生一個心所，上述十種遍行法即會全部具足，雖然它們的本體相同，但以反體不同的方式來存在，這些依靠分別念根本無法了知。

佛經中也說：「一切有情即識之一相續。」既然有這麼多心所一起產生，那會不會有一個眾生擁有兩個相續或者變成眾多眾生的過失呢？並無有此種過失，佛經所講的是指不會出現兩種心王，或者說，明顯的分別心不會兩種同時產生，而不同類的無分別心或者不同類的心所，在一人相續中卻可以產生，所以，不會有一個眾生有兩個相續或一個眾生擁有許多心識的過失。眾生真正的主心是一體的，但是在此主心中有很多不同的反體，即執著外境的不同側面，全知麥彭仁波切在《中觀莊嚴論釋》中對這個問題作了廣泛闡述，比如眼睛看見一個花色的布匹，在這匹花布上有白色、紅色、藍色等等，有很多形象不同的對境，那執著白色的心，是否執著藍色呢？若從對境角度來講，這一點完全可以否定；若從有境角度講，雖然只有一個心識，但從不同的側面而假名安立了如同對境一樣多的心所，並將其作了分類，並不會因為你見到了花色布匹上的各種顏色，而導致你也變成了有種種心所的眾生。

辛二、大善地法：

信不放逸與輕安，捨心知慚及有愧，

二種根本與無害，精進恆時隨善生。

信心、不放逸、輕安、捨心、知慚、有愧、無貪、無嗔、無害、精進十種恆常會隨順一切善心而生。

大善地法，即不論何種善心生起，均會有十種善心同時出現。大善地法有哪些呢？

一、信心：從煩惱心與隨眠煩惱中得以清淨。信心包括清淨信、意樂信、不退轉信，也即所謂的誠信。對善法方面的信心至關重要，經中說：「信為道源功德母。」如果沒有信心，相續中不會生起任何功德，若具足信心，而且也經常串習，比如對上師三寶不生邪見，唯以誠信頂禮、供養，這種功德是其他功德無法相比的。如果能經常以對治的方法改變自相續，信心會自然而然生起的。

二、不放逸：珍愛功德。在平時的行為中，經常觀察三門而作取捨，對治懈怠，時時刻刻也不被懈怠、散亂所轉，這樣的一種心態就是不放逸。《自釋》中，世親論師對不放逸的解釋為：「不放逸者，修諸善法。」《學集論》中將不放逸定義為：「身口意恆時謹慎，不背善道。」不為外緣所轉的不放逸心非常重要，《入行論》中引用了很多教證來說明這個問題，如《文殊莊嚴國土經》中，本師釋迦佛告舍利子：「菩提道根本就是不放逸。舍利子，放逸者，聲聞之道亦不能成就，更況無上菩提正道。」《月燈經》中說：「如我所說諸善法，謂戒聞捨及忍辱，

以不放逸為根本，是名善逝最勝財。」所以，一個修行人時刻保持一種不放逸的心態十分重要。

三、輕安：內心堪能，可以分身輕安與心輕安兩種。身體若獲得輕安，在做任何事時，身體均可以堪能，一般欲界眾生在未修成禪定之前，身體十分沉重，這會導致自己特別懈怠；心若輕安，則做一切事皆可任運自在，比如想坐禪時，可以很快入定，想念誦時，可以專心念誦，不論是散於外境還是使心內收，皆不會隨他而轉。但有些人並非如此，應該認真聞思的時候，總是想到外面去跑，到了外面又覺得還是住在學院裡面比較好，這就是心未得到輕安的過患。

四、捨心：不昏沉、不掉舉，也不會被外緣所轉，自在而行。

五、知慚：恭敬功德與具功德者。

六、有愧：畏懼罪業。

一般來說，「知慚」、「有愧」都會連在一起說，但它們其實是有區別的，《大乘阿毗達磨》中說：以自己和出世間法為理由即知慚；以他人及世間法為理由即是有愧。

頌詞中，「二根本」是指大善地法中的第七個無貪及第八個無嗔。此二者並不是從沒有貪心與嗔心的角度講的，而是從貪心與嗔心的對治來講，也即屬於對治性的善法。

阿毗達磨俱舍論頌講記

九、無害：不損惱他眾。平時有些人總是想害別人或想損惱別人，但無害心是指不僅害心沒有，反而有一種對治之心，它實際是對治害心的一種善法心所。

十、精進：喜愛善法。在《迦葉品》中說：業可包括於身、語、意之中，而身語之業則可包括在意業之中。若心裡喜愛善法，那行為一定會精進的，《入行論》中說：「進即喜於善。」在《菩薩地論》中也對精進下了定義：「為攝善法及利有情，其心勇悍無有顛倒，及此所起三門動業。」

辛三、大煩惱地法：

癡逸不信怠沉掉，恆隨煩惱性而生。

大煩惱地法有六種，即癡、放逸、不信、懈怠、昏沉、掉舉，其恆隨一切煩惱心而產生。

第二品 分別根

大煩惱地法有六種：

一、愚癡無明：不懂業因果等道理。比如通過教證理證均可以證明「業和因果是存在的」、「前後世是存在的」，但一些世間人對這些道理根本不能了知，這就叫愚癡無明。

二、放逸：不放逸的違品。自己在善法方面，心不堪能，身口意無有任何約束。

三、懈怠：精進的違品。有些修行人非常了解自己的特點，他們經常會對別人說：「我很懈怠。」由於自相續中有懈怠的這種心所，因此，也自稱為「懈怠者」。

四、不信：信心的違品。對上師三寶的功德一點也不相信，有時不僅不信，而且還會進行毀謗。

五、昏沉：神志不清。有些人經常是迷迷糊糊的，不論是聽課還是背書，不知不覺就會出現昏沉而入於睡眠之中。

六、掉舉：身心向外散亂。

這六種大煩惱地法恆時會隨從一切煩惱心而生，但因輕重程度的不同，有些心所不能覺知，其實都是產生的。

辛四、不善地法：

不善地法有兩種，即是無慚與無愧。

不善地法是指無慚與無愧。

無慚與無愧是慚與愧的違品，此二者隨從不善心產生，不會隨從其他心產生。

我們平時經常會將不善、煩惱、業全部混在一起，但若以佛教觀點進行詳細分析，其實三者之間有一定的差別。現在世間也有一些心理學，如果將佛教與世間心理學進行對比分析，就會發現，佛教對於前世後世、業因果等分析得非常細緻，若能潛心研究、實地修持，必定會對此中所涉及的道理產生堅定不移的信心，這就是佛教的優越性。

辛五、小煩惱地法：

怒恨諂嫉惱覆吝，誑驕害即小煩惱。

怒、恨、諂、嫉妒、惱、覆、吝嗇、誑、驕、害即

阿毗達磨俱舍論頌講記

是小煩惱地法。

小煩惱地法有十種：

一、怒：見到作害的對境而生嗔或苦惱之心。怒與嗔並不相同，怒無有嗔恚之心，只是稍微有些不愉快的一種心態。

二、恨：憤怒後屢生惱心。有一種想要報復的心，比如對一個人生嗔恨心，總是放不下，想要報復。這種心很不好，特別是金剛道友之間，一定要和睦相處，歷代的傳承上師也說：金剛道友最好不要出現矛盾，如果出現不愉快，應該馬上懺悔，不能一直懷恨在心。

三、諂：心術不正之狡猾，是想要達到目的而表現出的一種狡猾之心。

四、嫉妒：不能忍受他人圓滿。見到他人獲得名譽或利益，心裡無法忍受。

五、惱：緊緊執著罪業。自己做了錯事，若有人勸阻，心裡便會產生極大損惱之心。

六、覆：隱瞞罪過。自己做了一件壞事，但是害怕別人知道後，會損壞自己的名譽，而將其極力隱瞞。作為修行人，如果發現自己做了不應做的事，一定要發露懺悔，否則，隱藏在自己心裡，一定會障礙自己的修行。

七、吝嗇：不向他眾施予法財等，是與布施相違的一種心態。

八、驕：自高自大。對於自己的種姓、財富等產生

極大滿足，貪執不放。

九、誑：明明無有功德反裝作有功德而欺騙他眾。諂與誑也有差別，自己本來有很多過失，不願將其顯露，這叫諂；自己本來沒有功德，卻假裝自己有功德，以此謀取名利，這叫誑。

十、害：損惱他眾。有此心態者，一定不會對眾生具足悲心或者同情心。

之所以將這十種心所稱為小煩惱地法，是因為它們具足了三種條件，即所斷種類渺小、相應助伴渺小、所依來源渺小。由於比較細微，在見斷時很難斷除，只有修道時才能斷除，故而稱為所斷種類渺小；相應助伴渺小，是指十種心所僅與意識相應，與其他身識等不相應，範圍比較渺小；所依來源渺小，在所有的煩惱中，十種心所只與無明相應，除無明以外，與其他法均不相應。因具足上述三個條件而稱為小煩惱地法。

己二、不定之相應：

隨逐欲界之善心，具有尋思伺察故，
共有二十二心所，有者加上後悔心。

隨逐欲界的善心，具有尋、伺之故，共有二十二心所產生；有時還加上後悔心，如此則有二十三心所。

下面是不決定心所。不定心所共有八種，即尋、伺、後悔、睡眠、嗔怒、貪、我慢、懷疑，如世親論師說：「所謂尋伺悔，睡眠嗔怒貪，我慢與懷疑，此八稱不定。」

那麼，這些不定心所隨從哪種心產生呢？若是一位欲界眾生生起善心，則會有二十二種心所同時產生。二十二種心所是指十遍大地法，此十心所遍行於一切心所之故；十大善地法，是善心之故；尋、伺二者，因欲界是有尋有伺之地。欲界眾生有時會出現後悔心，此時則再加上悔心共有二十三種心所同時產生。

　　不善無雜二十生，具見亦有二十種，

　　四煩惱與嗔怒等，後悔其一二十一。

　　不善心與不共無明相應則有二十種心所產生，與後三邪見相應亦有二十種心所；四根本煩惱、怒等十小煩惱地法及後悔，若具其一則均會有二十一種心所產生。

　　前面已經介紹了欲界善心，那不善心是什麼樣的呢？此不善心若與不雜無明相應，就會有二十種不善心產生。無明分為兩種，共同無明和不共無明。其中共同無明是指遍於煩惱地、不善地等的一種無明的本性，如聖天菩薩說：「如身中身根，癡遍一切住。」也就是說，任何一種煩惱均帶有無明的成分；不共無明，指無有其餘煩惱，唯是無明，因此稱為不共。此處的不雜無明即指後者。任何一種不善心與這種不共無明相應，那就會有二十種不善心產生，即十大遍地法、六大煩惱地法、二大不善地法以及尋、伺二者。

　　不善心若與最後三種見——邪見、見取見、戒禁取見相應，則亦會有上述二十種心所一起產生。既然與見

解相應，那不是應該有二十一種心所產生嗎？為什麼只有二十種心所呢？見解分為五種，即壞聚見、邊執見、邪見、見取見、戒禁取見。前二種見解是有覆無記法，此二者雖然是產生煩惱的根本因，但其本身並非煩惱；後三種見解——邪見、見取見、戒禁取見無有單獨的心所，是假立存在的，無有本質性的心所範圍，因此可以包括在十遍大地法的智慧⑩之中，只是此智慧已經變為邪慧了，故不會出現二十一種心所。

　　六種根本煩惱中的貪、嗔、慢、疑四種以及怒等十種小煩惱地法，還有後悔心，這些不善法中如果具足其中任何一者，那麼，都會有二十一種心所產生，也即前面所說的二十種心所及其本身。六種根本煩惱中沒有講到邪見與無明，因為此二者於前面介紹同時產生的二十種心所當中已經包括，故於此不說。那這裡為什麼要將貪、嗔、慢、疑，還有小煩惱地法以及後悔作單獨說明呢？因為這些煩惱必定不會一起產生，比如說生起貪心的同時，不會有嗔心產生；生起貪心時，亦不會有懷疑產生；貪心不會與小煩惱地法中的諂誑、嫉妒等一起產生；或者小煩惱地法中的任何一者具足時，其他心所也不可能產生，因此貪心、嗔心、傲慢與懷疑不安立在上述地法中，原因即是如此。

---

⑩智慧：分善、惡兩種。生煩惱時，遍大地法中的智慧即為惡慧或邪慧，若生善心則為善智慧。

185

有覆無記具十八，無覆則許有十二，

睡眠不違一切故，任何之法皆加彼。

有覆無記法具有十八種心所，無覆無記則有十二心所，睡眠與一切心所均不相違，因而可以加在任何一法之上。

無記法分有覆無記與無覆無記兩種。有覆無記雖是煩惱，但這種煩惱未直接對解脫起到障礙作用，欲界中的有覆無記法有兩種，即壞聚見與邊執見。壞聚見又名薩迦耶見，也即身見，是指將五蘊執著為我；將五蘊聚合假立之我執為常有或斷滅，即為邊執見。色界中所有的煩惱均屬有覆無記法，因為色界以上雖有煩惱，但以此種煩惱不會造作惡業。與壞聚見與邊執見相應的有覆無記心有十八種，即十遍大地法、六大煩惱地法以及尋伺二者，其中見解已經包括在十遍大地法中，原因與上述相同。

與幻心等四種相應的無覆無記法有十二種，即十遍大地法與尋伺二者。欲界中無覆無記心有四種，即幻心、工巧心、威儀心以及異熟生心。因其屬於對解脫不會作障礙的一種無記心，故稱其為無覆無記心。

按本論觀點，睡眠是一種分別念，按因明的觀點則屬於一種錯亂識。睡眠按其發心的不同，可通於三性，即以善心狀態睡眠則為善法；以惡心狀態睡眠即為不善法；若以無記心入於睡眠則屬無記法。因其從屬於善、

不善、無記一切法的緣故，因而與任何一法均不相違，故於任何一法均可加上睡眠，比如有覆無記心，若加上睡眠，則具足十九種心所，其餘均可依此類推。

以上是欲界俱起的心所，下面介紹色界以上俱起之心所。

後悔睡眠諸不善，第一靜慮中無有，

殊勝正禪尋亦無，二禪以上伺亦無。

色界第一靜慮中無有後悔、睡眠及諸不善法，第一靜慮殊勝正禪中也無有尋，到第二靜慮以上則無有伺。

在色界一禪無有後悔、睡眠以及諸不善。「諸不善」是指唯是不善法的嗔以及小煩惱地法中的怒、恨、嫉、惱、覆、吝、害七種心所，還有不善地法的無慚、無愧二者，若不斷除上述十種不善心所則不會轉生一禪。一禪中具足貪心，它雖然屬於煩惱，但並非不善業，而是有覆無記法，因依靠它不會直接造業，所以，天人的行為與欲界眾生的行為是不同的，欲界眾生只要生起貪心，就屬於不善業當中。無有悔心，是因為一禪以上的天人無有意苦受。一些西方論師以及經部論師認為：意苦受也可以是無記法。但不論是無記法還是惡法，所謂的悔心在色界中都是沒有的。一禪也無有睡眠，因其屬於心內收的一種狀態，一般依靠段食的欲界眾生才會睡眠，而色界一禪以禪悅為食，心一內收即成等持，因此不會有睡眠。

一禪分為未至定、粗分正禪與殊勝正禪三種。在一

禪殊勝正禪時已經遠離對尋的貪心，因此無有尋，但在一禪中有諂誑，如本論第五品中說：「欲界一禪有諂誑，梵天欺惑馬勝故。」二禪以上乃至無色界均不存在諂誑，因為無有主尊的緣故。也無有伺，因已遠離了對伺的貪心。

己三、似相同之差別：

無慚即是不恭敬，無愧則是不畏罪。

喜為信心敬知慚，此二欲色界中有，

尋為粗大伺細微，我慢勝他之貢高，

驕傲即是於自法，生貪之心至極點。

無慚是指不恭敬之心，無愧是不畏懼罪業。喜愛也即信心，恭敬就是知慚，此二者於欲界與色界中存在；尋是一種粗大心識，伺是對事物的細微認識；我慢是指勝過他人的貢高之心，驕傲是對自法生起極大的貪心。

上述所講到的心所中，有幾類很難辨別，此處就將相近的四類心所作了區分。

首先是無慚與無愧。人們經常都會說：「這個人無慚無愧。」將無慚與無愧二者合在一起，但此二者的含義其實並不相同。其中無慚是指不恭敬功德與具功德者，如對佛經以及具戒律的功德者，不僅心中不恭敬，而且還說一些不恭敬的言詞，做一些不恭敬的行為，這就是無慚之人；無愧是指不畏懼罪業，比如一個人經常造作惡業，但卻一點也不擔心所需承擔的後果，並且也不認為這是惡業，這種人也可以稱之為無愧者。無慚主要從

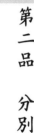

第二品 分別根

自己與出世間法的角度來講，無愧則主要從他人與世間法方面講。

其次是喜愛與恭敬。有些弟子對上師到底是恭敬還是喜愛？有時即使他自己也分不清楚。實際上，喜愛可分為兩種，即染污性的喜愛與非染污性的喜愛，染污性的喜愛是不清淨的，比如愛自己的兒子、愛自己的妻子，這種喜愛無有任何功德；非染污性的喜愛是清淨的，即指信心，比如對佛陀、上師以及具功德者生起歡喜心。恭敬也即前面所說的知慚。《自釋》中將喜愛與恭敬分為四類：是喜愛非恭敬者，即自己的妻子、兒子等；是恭敬非喜愛的，如他人的上師以及具功德者等；是恭敬又是喜愛的，如自己的上師以及父母等；非恭敬亦非喜愛的，除以上三者。喜愛與恭敬也可分為兩類，一是對人的喜愛與恭敬，二是對法的喜愛與恭敬。頌詞中說「此二欲色界中有」，是指對人的喜愛與恭敬只在欲界與色界中有，在無色界中是沒有的，因為無色界中無有色法的緣故；對法的喜愛與恭敬則於三界中皆有。

第三類是尋與伺。尋是指心對事物本體的粗大認識，伺是指心對事物差別的細微認識。麥彭仁波切在《智者入門》中說：見到遠處有瓶子，這是一種粗大的認識，也就是尋；如果對瓶子詳細分析，好或不好、有無裂縫等，這就是伺。尋和伺二者會不會在一個人的相續中存在呢？若一個相續中粗、細二者皆產生，這不合理；若此二心

阿毗達磨俱舍論頌講記

所不是於一個相續中產生，那前面講俱起的心所時，為什麼會加上尋、伺呢？世親論師在《自釋》中說，有論師是這樣回答的：如水面浮一酥油，陽光照射時，此時的酥油既不會因為陽光的熾熱而融化，也不會因為水的清涼而凝固，同理，一心之中的尋與伺，只是粗細之別，在對某一外境認識時，可以有粗與細兩種不同的作用，因此不會相違。對於此種說法，世親論師並不表示贊同，他認為尋與伺是引發身、語行為的一種動機，為什麼這樣講呢？因為無色界以上無有的緣故，如經中說：「有尋伺，方有語言。」比如看到經堂裡來了很多人，這是一種粗大的認知，但仔細觀察這些人——此人是南方人、彼人是北方人，引發這種行為的動機就是伺。甲智論師說：世親論師駁斥的其實是有部宗的觀點，因為他認為有部宗的觀點不合理，所以站在經部的角度對其進行了駁斥，為什麼說尋和伺都可以產生呢？從相續的角度，一心之中可以產生尋與伺二者。

　　第四類是慢與驕。慢是指認為自己的種姓與功德等勝人一籌，由此而產生的一種傲慢；驕是對自己的相貌、勇敢等法的貪執之心達到極點，這裡的驕只是認為自己非常好，並沒有勝過他人之意。頌詞中的「極點」，意思是非常圓滿；甲智論師認為，極點指的是歡喜心，也就是在心中對自己的功德產生一種極大的歡喜心。

　　己四、似不同之一體：

心意與識實一體，心與心所及有依，

有緣有形與相應，相應亦有五種也。

心、意、識三者只是名相上不同，實際是一體；心、心所、有依、有緣、有形、相應也只是名稱不同，實際意義上無有差別，其中相應也可分為五種。

關於心、意、識三者，各個宗派的觀點也不盡相同。有部宗認為，心是思維，意是作意，識是緣外境的心識。經部宗認為，心指積累一切習氣；意指一切心識的所依，故稱為所依；識成為執著外境的能依，故稱為能依。或者說，過去的是心，現在的是識，未來叫意。唯識宗認為，心指的是阿賴耶識，意是指染污意，識是指六識聚。無垢光尊者在《大圓滿心性休息大車疏》中說：「分別顯現色等相之分為識，首先認識對境的粗大總相者為心，爾後觀察它的差別並持續起貪嗔癡任何一種之心所稱為意。《菩薩地論》中云：『現外境為識，初分別為心，後伺察彼差別之心所即為意，此三者相應具足，即以遍行之性存在。』」

心也有很多不同名稱，諸如心所、有依、有緣、有形、相應，這些也只是名稱不同，實際上都是一個意思，因為心與心所的所依是六根，故稱為有依；其所緣是六境，故稱為有緣；能了知藍色等相，故為有形；以五種相應平等而住，因此稱為相應。那麼，何為五種相應呢？即根依相應、所緣境相應、藍色等相相應、時間剎那相

阿毗達磨俱舍論頌講記

應與每一物質相應。其中根依相應，即心王依靠眼根時，心所也必依靠眼根，此為相應；所緣境相應，如心執著外境——柱子，此時與之相應的心所也必定執著外境柱子，不會執著他法，故為相應；藍色等相相應，心與心所相應所取之境必定是同一形相，如取一藍色柱子之總相時，此心與心所執取之境必定均是此藍色柱子，若心與心所取境之總相不同，則不成為相應；時間剎那相應，指心與心所同一時間內生，又於同一時間滅，若心於第一剎那產生，而心所於第二剎那產生，也就不成為相應；每一事物相應，如見藍色柱子時，令心王獲得樂受，則心所也同樣獲得樂受，若心王獲得樂受，而心所獲得苦受，則為不相應。

表五：

	有部宗	經 部 宗		唯識宗
心	思維	積累習氣	過去心	阿賴耶識
意	作意	所依	現在心	末那識
識	緣境之心	能依	未來心	六識聚

前面講到了四十六種心所，《毗奈耶經》中講了二十四種心所，若加上本論所講四十六心所，即是小乘認為實有的七十種心所，再加七個假立心所，即為七十七心所。《大乘阿毗達磨》中講到五十一心所，也

即五遍行法、五別境法、六種根本煩惱、二十種隨煩惱、十一種大善地法、四種不定法。

表六：

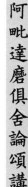

四十六心所

遍大地法十：	受、想、思、欲、觸、智慧、憶念、作意、勝解、等持
大善地法十：	信心、不放逸、輕安、捨心、知慚、有愧、無貪、無嗔、無害、精進
大煩惱地法六：	無明、放逸、懈怠、不信、昏沉、掉舉
不善地法二：	無慚、無愧
小煩惱地法十：	怒、恨、諂、嫉妒、惱、覆、吝、誑、驕、害
不決定心所八：	尋、伺、後悔、睡眠、嗔怒、貪、我慢、

表七：

五十一心所

遍行法五：	作意、觸、受、想、思
別境法五：	欲、勝解、念、等持、慧
大善地法十一：	信、慚、愧、無貪、無嗔、無癡、精進、輕安、不放逸、捨、不害
根本煩惱六：	貪、嗔、慢、無明、見、疑
隨煩惱二十：	忿、恨、覆、惱、嫉、慳、誑、諂、害、驕、無慚、無愧、舉、昏沉、不信、懈怠、放逸、失念、散亂、不正知
不定法四：	惡作（即後悔）、睡眠、尋、伺

戊二（不相應行產生之理）分三：一、略說；二、廣說；三、攝義。

己一、略說：

一切不相應行者，得繩非得與同類，

193

無想二定命法相，名稱之聚等亦攝。

不相應行包括得繩、非得、同類、無想、無想定、滅盡定、命、生、住、衰、滅、名稱、語言、文字十四種，破和合僧不相應及自性不相應之法也可含攝其中。

有部宗認為，世上的事物千差萬別，不僅有無情法、有情法，還有許多此二者中不包括之法，即不相應行法，它們不可能與心和心所相應，是獨立之法，可包括於行蘊之中。

小乘《俱舍論》有十四種不相應行，《大乘阿毗達磨》分二十四種不相應行。麥彭仁波切在《智者入門》中也講到二十四種不相應行——除上述十四種以外，還有異生性、流轉、定異、相應、勢速、次第、時、方、數、和合性。這些不相應行，有部認為是真正實有之法；經部宗認為無情法與心法不同份位時所安立的名稱，即為不相應行；唯識宗以上認為阿賴耶識上與心識不同的份位，如命根——眾生生存時於心識周圍存在一種不同的份位，再如時、方、數等任何事物皆有一種不同份位，這種不同的份位就取名為不相應行。頌詞中「亦攝」的意思是指破和合僧不相應行與自性不相應之法，其中破和合僧不相應行，也即乃至破和合僧未恢復之前，整個娑婆世界眾生的相續中皆不會生起善根，它有一種制止眾生善根生起的實法，這就是不相應行。

十四不相應行中的得繩是有部宗很重要的一個觀點，

大乘雖然也承認得繩，但大乘所承認的得繩與有部宗的實有得繩完全不同。有部認為得繩應該是實有的，就像大象與貨物之間的聯繫是繩子，出家人獲得別解脫戒，所得之戒律與出家人之間有一種能夠聯繫的實法，這就是得繩；若無得繩，出家人與戒律之間無有任何聯繫，這樣出家人與戒律之間很容易脫離，所以他們認為中間一定要有一個得繩，如同貨物不從大象背上掉下來是因為有繩子聯繫一樣。

有部宗為什麼要創立得繩這個觀點呢？《自釋》中說：「契經言聖者於彼十無學法以生以得以成就故已斷五支。」經中說聖者阿羅漢已經獲得十無學法[71]，因經中有一個「得」字，故而有部宗即在宗派中安立了「得」這個概念。但是經中有千千萬萬的字，說佛經中有「得」字，就安立「得繩」，這是不合理的，所以有些論師也以此原因認為，《俱舍論》不是佛或者阿羅漢說的，而應該是凡夫人造的。

《俱舍論》中最難理解的就是「得繩」，大乘認為，戒律與補特伽羅之間即使不存在得繩作聯繫，也同樣可以存在戒體，因此並不承認有部觀點。有些人說：「我是學大乘的，這些是有部宗的邪見，我不用學。」但這是不合理的，在學習時，可以去學，也可以與大乘觀點進行對比，雖然大乘並不承認這種觀點，但我們不能說「這是邪見」，麥彭仁波切在《智者入門》中也說：大

阿毗達磨俱舍論頌講記

---

[71]十無學法：指八正道、解脫、解脫知見。

乘不能認為「不相應行」、「得」等全部是有部宗的邪見，否則我們也很難獲得別解脫戒了，因為別解脫戒是要獲得的，若認為「得」是邪見，那是不合理的。因此，在自己思維或者給別人講法時，不要說「這是有部宗的邪見」，可以說「這是有部不同的觀點」、「大乘不承認這種觀點」，但它並不是一種邪見，所謂的邪見是將眾生引入惡道的一種見解。因此修習大乘的人，可以不承認有部宗的觀點，但千萬不要說這是有部宗的邪見，因為有部宗的論師創建這樣一個宗派是有密意的，而且，有很多眾生依靠這樣的「得繩」已經獲得了解脫，難道這樣的觀點應該屬於邪見嗎？實際上，在佛經中也講到了七百個不相應行，既然佛經中也提到這麼多不相應行，那我們也不應該認為有部的觀點是邪見，而且《俱舍論》中的某些觀點與現在一些心理學家、生物學家的說法也比較相似——他們認為生命實有、時間實有；一些曆算學家、天文學家也認為時空應實有，否則白天、晚上無法分析，東、南、西、北無法區分，這樣一來指南針也起不到作用了。但有些人認為，所謂的方向其實是假立的，只是一種觀待法，比如說我住在某地時，觀待西方人來講，我住在東方，觀待東方人來講，我住在西方，仔細觀察時，方向根本不能成立。在認識和判斷一個事物時，應該抱持一種正確的態度，而且現在正在學習某一種觀點時，就應該站在這一宗派的立場上，將這種觀點詳詳細細地分析。

己二（廣說）分七：一、得繩非得；二、同類；三、無想；四、二定；五、命；六、法相；七、能說。

庚一（得繩非得）分二：一、真實宣說得繩非得；二、宣說彼之特法。

辛一、真實宣說得繩非得：

得有新得與具得，得繩以及非獲得，

均為自相續所攝，二種滅法亦復然。

得分為新得與具得兩種，得繩與非得均屬自相續所攝，抉擇滅與非抉擇滅亦是如此。

得繩是指所得之法對於補特伽羅來說能具有之物質，也即這種具有就是得，並且應該是實有的。得繩總的來分應有五種，若歸納則可含攝於新得與具得二者之中。其中新得分未得新得與失後新得兩種。一、未得新得，即以前從未曾得過之新得，如以前從未喝過酸奶，但是今天獲得了一碗酸奶，酸奶是所得，而我與酸奶之間有個得法，它是實有存在的，若無有此得法聯繫，就不可能得到酸奶；再比如在獲得見道的第一剎那，以前從未獲得過也未失去過之得，以及得到後的所得之法——得之得，叫做未得之新得。二、失後新得，以前得到過卻失毀了，後來又重新獲得。所有眾生就如同瓶中蜜蜂，在三界中一直不停地流轉，於此流轉過程中，一定已經獲得過色界禪定，但由於並未斷除根本煩惱，而將已獲得之禪定退失，後來通過世間道的修持，再次獲得色界

禪定，這種得可以被稱為新得，由於以前得到但中間退失，而今又重新獲得，故而稱作失後新得。這樣第一剎那的相續叫新得，而第二剎那以後就叫做具得了，具得也分兩種，即持續具得與本有之具得。一、持續具得，指第二剎那以後的得繩持續產生，也可分為未失新得之具得與失後新得之具得兩種，如凡夫人第一剎那獲得見道，這叫未失新得，然後第二剎那間以後持續產生，就叫未失新得之具得；又如欲界眾生生起色界或無色界禪定之後，第一剎那間獲得為失後新得，第二剎那以後持續存在的得繩即為失後新得之具得。二、本有之具得，無色界中最高的有頂煩惱需以對治的無漏智慧或對治的禪定來摧毀，但凡夫從未生起過，因為凡夫相續中生起出世間無漏法時，雖然可以摧毀有頂煩惱，但此時已經成為聖者而不再是凡夫，凡夫以世間道也根本不可能斷除有頂煩惱，因此說，有頂的這種煩惱，任何一個凡夫人都未摧毀過，也即所謂的本有之具得。按本論觀點來講，能夠摧毀有頂煩惱的禪定，在凡夫相續中從未產生過，原因是出世間的見道智慧不會於凡夫相續中生起，若生起，凡夫即已變成聖者，而世間道中無有摧毀有頂煩惱的對治，因此將這種得繩叫做本有之具得。

　　非得是指所得之法對於補特伽羅來說不具有的物質，比如某補特伽羅想獲得別解脫戒或密乘戒，但這些戒律在其相續中沒有得到，按有部觀點這種沒有得到也是一

種成實法，即非得。非得也分兩種，即未得之非得與不具之非得。未得之非得，如生起無學道第一剎那時有頂之煩惱的非得，也就是說一個人通過修行後生起阿羅漢無學道的第一剎那，而獲得此果位時，有頂煩惱在凡夫相續中無論如何也得不到，也即這種煩惱是非得——未得之非得。不具之非得，比如一位補特伽羅，以前獲得了四禪或無色界的禪定境界，後來依靠種種因緣從禪定境界中已經退失，退失後，此補特伽羅已經沒有禪定的境界，這就叫不具之非得；此補特伽羅退失禪定的第二剎那以後也是不具之非得，與前面所講的得繩相同，此處雖未作詳細分析，但意思也就是說，在第二剎那以後，那位補特伽羅相續中已經不具足禪定，因此叫做不具之非得；凡夫未生起無漏道時的非得亦為不具之非得。

表八：

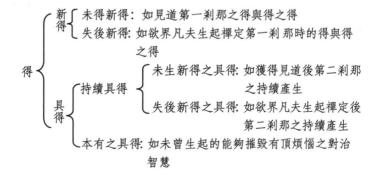

表九：

非得 {
未得之非得：如生起無學道第一剎那時有頂之煩惱
不具之非得：如凡夫未生起之無漏道
}

作為《俱舍論》中最重要的觀點——得與非得，一定要了知其中的關鍵，也即所得之法、得繩之本體、得者補特伽羅三者之間的關係一定要清楚，比如我——補特伽羅是得者；在我相續中獲得別解脫戒，別解脫戒即為所得之法；而我與別解脫戒之間的聯繫，有一種實有之法，即為得，若無有此實有之得，則所得之法——別解脫戒也不存在。

所得之法有自相續所攝與他相續所攝兩種，若一位補特伽羅相續中具足他相續的得繩，有部說這是不合理的，比如獲得阿羅漢果位時，已經獲得了無漏智慧，其自相續中的得繩已經獲得，若其具足他相續之得繩，則已經具足了凡夫相續中的得繩，這是個很大的過失。有部認為，不論這位補特伽羅在欲界還是在色界，得繩都應該由其自相續所攝，而相續未攝的如衣服、首飾等無情法不存在得繩，為什麼不存在得繩呢？因為它是自他共同之法，如一碗米飯，它現在雖然屬於我，過一會兒來了乞丐或者其他人，這碗米飯有可能就被其他人吃掉，因此它不是得繩。其他講義中也說：項鏈、耳環等是共同所攝之法，不屬於自相續，所以不是所得之法。有關得繩屬於自相續的觀點，世親論師在《自釋》中說，你

們有部宗為什麼說這種成實得繩是自相續所攝呢？有部宗回答說：經中已經很明顯地宣說，任何補特伽羅若具足十法，則其已斷除五種法，也即獲得了無漏果位，因此得繩必須是自相續所攝。世親論師引用《轉輪王經》的教證駁斥這種觀點：轉輪王已經獲得七輪寶。若按你們有部宗的觀點——因為在佛經上有個「得」字，就認為有得繩，並且由自相續所攝的話，那麼七輪寶也應屬於得繩的範圍內，為什麼呢？佛經中明明已經說了，轉輪王已經獲得七輪寶，這裡亦有「獲得」二字，七輪寶當然也應該屬於轉輪王自相續所攝。這時，有部宗說：此經中所說的獲得是從轉輪王對於七輪寶可以自在隨轉的角度而言的，這是不可思議的一種獲得，與我們宗派所說的得繩並不相同。

以上已經對有為法之得繩作了鑒別，無為法卻不一定如此，抉擇滅與非抉擇滅不屬三界，因其不為相續所攝，但此二者的所破是由相續所攝的，因而二滅的得繩應該存在，並且亦為相續所攝。比如聖者相續中的煩惱通過智慧抉擇後已經摧毀，這裡的所破煩惱，屬於相續所攝，這是從抉擇滅的角度而言的；某人見到前面色法時，後面的色法對於他來說是一種非抉擇滅，因為不是通過觀察而不見的，或者，見南贍部洲的色法時，北俱盧洲的色法對他來說是一種非抉擇滅，這種非抉擇滅對他來說是一種所破，此所破屬於自相續，而這種所破的部分應

該屬於無實法。因此，從所破來講，二抉擇滅應該屬於自相續所攝。

辛二（宣說彼之特法）分二：一、得繩之特法；二、非得之特法。

壬一、得繩之特法：

法有三時得三種，善等得繩為善等，

攝彼得繩屬彼界，不屬三界有四法。

所得之法有過去、現在、未來三時，由此得也有三種；善等之得繩也分別為善等；所得之法屬三界中任何一界，則其得繩亦屬彼界；不屬三界所攝之得有四種。

有部認為，過去、現在、未來的三個時間實有，未來的法以沒有順序的方式存在於現在；過去的法則是有順序、有前後的，就像小朋友排隊一樣，大前天的法、前天的法、昨天的法也以排隊的方式存在。只不過，未來的法於現在時以未來的方式存在，過去的法於現在時以過去的方式存在，而現在則以現在的方式存在。但此種說法，大乘並不承認。

有部既然認為過去、現在、未來三時成實存在，則所得之法必定於過去、未來、現在三時存在，所以「得」也應該是三時成實存在，比如過去所得之法的得繩有過去、未來、現在三種，也即過去的過去得繩、過去的現在得繩、過去的未來得繩。滿增論師在講義中說，所得之法無論是在過去、在現在、在未來，其得繩都是不同

的——有些得繩在所得之法的前面出現，有些得繩與所得之法會同時出現，有些得繩在所得之法的後面出現，比如一群牛，牛王會走在所有犛牛的前面，而小犛牛則在所有的犛牛後面走，同樣，得繩亦是如此。再比如今天中午十二點生起一個煩惱，此煩惱是所得之法，它在十二點鐘出現，但此煩惱的部分得繩在十一點時已經出現了；有些得繩在十二點時與所得之法同時出現；而另有一些則在十二點之後出現。有些講義中說，有些得繩如牛王一般提前出現，有些得繩如身體與影子一樣同時出現，有些得繩則如同小牛一樣，在所得之法的後面出現。因此，從現在的角度來講，現在的法及與之同時的得繩，是現在的現在得繩；現在的法與過去的得繩，是現在的過去得繩；現在的法與未來的得繩，是現在的未來得繩，一個法有可能會同時出現三種得繩。實際上，如果詳細觀察，這些所謂的得繩也如同虛空中打疙瘩一樣，是不能夠存在的，但有部卻認為它們是實有的。經部不承認三時成實，他們只認為現在成實存在，而過去已經過去了，未來還未產生，此二者不可說為成實，所以認為三時成實的唯一是有部宗。

得繩若以三性來分別，則所得之法若是善、不善、無記法，得繩也依次是善、不善、無記法，也即所得之法是善法，如獲得信心，其得繩也是善法；若所得之法是惡法，如破戒，其得繩也是惡法；若所得之法是無記法，如飢餓，則得繩也是無記法。

阿毗達磨俱舍論頌講記

從三界來講，所得之法若是有漏法，則所得之法屬
於何界，其得繩也屬於何界，也就是說，欲界得法之得
繩屬於欲界，色界得法之得繩屬於色界，無色界得法之
得繩屬於無色界；另外，欲界的身體若獲得上界之法，
則得繩也屬於上界，比如獲得四禪境界，那即使身體屬
於欲界，其得繩也應該屬於四禪。所得之法若是無漏法，
比如不包括於界之中的二滅（無為無漏）、道諦（有為無漏），
它們之得繩有四種不同。其中非抉擇滅的得繩由獲得非
抉擇滅的補特伽羅之身體屬於何界而決定，可以通於三
界，即欲界中所得之法的得繩屬於欲界，色界所得之法
的得繩屬於色界，無色界所得之法的得繩屬於無色界；
唯一不屬無漏。抉擇滅分凡夫之抉擇滅與聖者之抉擇滅
兩種，若是凡夫以世間道獲得抉擇滅，則其得繩屬於色界、
無色界所攝。如果是聖者，則有以世間道與出世間道獲
得抉擇滅兩種不同，若以世間道獲得，則斷除煩惱而獲
得得繩之離得⑫也有兩種，有漏離得屬於色界與無色界，
無漏離得不包括於三界之中；以出世間道獲得的離得及
道諦之得繩均為無漏法，因而皆不包括於三界之中。

有學無學非三種，所斷非斷許二種，
無記得繩一起生，不攝神通與幻變，
有覆色法亦如是，欲界色前無有生。

有學道、無學道之法的得繩也屬有學道、無學道，

---

⑫離得：遠離所斷而獲得的智慧。

非有學無學之法的得繩則有三種；所斷法之得也是所斷，非所斷法之得有所斷與非所斷兩種；無覆無記法的得繩與法一起產生，有覆無記法之得繩亦如此，欲界有表色前無有得繩產生。

下面進一步分析得繩之特法。所得之法可以分為三種——有學道、無學道及非有學非無學之法，這樣一來，得繩也可分為三種，即有學道之法的得繩屬有學道，無學道之法的得繩屬於無學道，非有學非無學之法如二滅、道諦及一切有漏法，它們的本體不屬於有學道與無學道，其得繩則是有學道、無學道、非有學非無學三種，其中從見道到阿羅漢向之間的有學道之抉擇滅——一來果、預流果等之得繩屬有學道；無學道的抉擇滅，如阿羅漢相續所攝之法的得繩屬無學道；另外，非抉擇滅、有漏法以及通過世間道滅盡煩惱而獲得的抉擇滅得繩，既不是有學道也不是無學道。

若從見斷、修斷、非所斷的角度來分析得繩，則法是所斷，得繩也是所斷；法是修斷，得繩也是修斷。若法是非所斷，得繩則根據情況不同而有所差別，所得之法為非所斷的，有二滅及道諦，其得繩有修斷與非所斷兩種，如果通過世間道而獲得抉擇滅，則此抉擇滅之得繩是有漏善法之故，應為修斷；以世間道獲得抉擇滅的無漏離得[73]，以出世間道獲得的離得，還有道諦，因其全

---

[73]此處離得可理解為抉擇滅，於他處時則具體分析。

部為無漏法，非為所斷的緣故，其得繩也是非所斷。

前面說過：「法有三時得三種。」因法三時存在的緣故，得繩也三時存在，但這也不一定。若所得之法是無覆無記法——不是善也不是惡，也即對解脫不起障礙之法，因為它的發心不如善心與惡心強大，力量十分微弱，所以其得繩與所得之法同時產生；上述無覆無記法中不包括天眼通與天耳通以及幻心，因為神通與幻心的修行時間較長，故有過去、未來、現在三時之得繩，其中的幻心是欲界眾生通過天人的心修幻化，如同密法中常依靠夢心來變化一樣，在醒覺位也可依靠上界之心幻化，依此幻心可雲遊四方；另外，釋迦牟尼佛教法下有一位馬勝尊者，他的威儀非常調柔，這並非是即生修持得來的一種威儀，而是生生世世修持清淨戒律導致的，所以，雖然這種威儀是一種無覆無記法，但也具足過去、未來、現在三種得繩；還有經過長久串習、技藝嫻熟的能工巧匠，也具有三時之得繩。不僅無覆無記的得繩與得法一起產生，而且色界中有覆無記心所引發的有表色，如一禪的身體和語言，得繩也與得法一起產生。

欲界中由善法引發的有表色，如磕頭；不善有表色，如殺生，此有表色之得繩在有表色產生之前是不生的，比如有人殺了一個人，這種不善有表色的得繩是何時得呢？與有表色同時得。在這個人還未舉刀時，得繩是沒有的，而他殺完人以後，這種有表色的得繩也看不到，

也就是說，善、不善有表色之得繩是同時產生的。有部認為有表色的得繩是無情法並且是隨心而產生的，在未發心之前不會產生。

實際上，在心所——煩惱心所、善法心所以及不相應心所中，很多也都是前面產生得繩的；而且如果能斷之心特別強烈，則所斷法之得繩可以提前獲得；再比如獲得阿羅漢果位時的智慧非常強烈，那他所斷除的煩惱障之得繩，也可提前出現。

壬二、非得之特法：

非得無覆無記法，過去未來均三種，
非得攝於欲界等，無垢非得亦復然，
聖道非得許凡夫，得彼移地將退失。

非得屬於無覆無記法，在過去未來二時中各有三種；非得屬於三界之中，無漏非得亦是如此。具足聖道之非得即承許為凡夫，此非得通過獲得聖者果位與移地將會退失。

非得是指一種障礙所得之法產生的成實法，正因為它的存在，而導致了補特伽羅不能得到所得之法。那麼非得是不是也可以像得繩一樣，具足善、惡、無記法三種呢？非得的本體均為無覆無記法，為何如此呢？如果善法之非得為善法，那麼異生凡夫具足無漏法之非得，無漏法本為善法，若所得之法是善法，而非得也是善法，這樣一來，凡夫相續中也有無漏善法，非得是善法故；

阿毗達磨俱舍論頌講記

而持邪見者、斷善根者相續中，因具足正見之非得與善法之非得，亦就分別成為具足正見者和成就善法者等等，有很多過失。非得也不是煩惱性，比如阿羅漢的相續中具足煩惱的非得，若煩惱之非得為煩惱，則阿羅漢相續中也應具有煩惱，為什麼呢？因其相續中具足煩惱之非得的緣故，這樣一來，也就不會獲得阿羅漢果，有眾多過失。

　　既然「法有三時得三種」，那非得是否也具足過去、現在、未來三時呢？在這一點上，非得與得不同，過去有過去的過去非得、過去的現在非得、過去的未來非得，未來亦有未來的過去非得、未來的現在非得、未來的未來非得三種，這都是有的，然後現在的過去非得、現在的未來非得也都具有，唯獨無有現在的現在非得，如所得之法是現在，則其非得不可能有現在的，因為如果現在未得到此法，則此法也就不可能產生，若得到，那麼就不是非得，所以非得與現在之法同時產生的現象是沒有的。打個比方說，一位補特伽羅昨天中午之前未獲得別解脫戒，此即過去的過去非得；在中午時，已經獲得別解脫戒，此時相續中不具足別解脫戒的非得，但後來因種種原因破戒後，於破戒時，相續中產生別解脫戒之非得，即為過去的現在非得，也就是說，第一剎那具足戒律，第二剎那破戒時即具足非得，第二剎那以後已經是過去的過去非得了。

那為什麼沒有現在的現在非得呢？現在相續中若獲得別解脫戒，則因與現在未得相違，所以現在的現在非得不會具足；而將要得到別解脫戒的補特伽羅，在其相續中尚未得到戒律之前，即成為現在之過去非得；第二刹那間破戒以後，是現在的未來非得。未來之非得與過去非得有一點不同，有部認為，未來除永遠不可能產生的未生法以外，凡是可以產生之法，就如同一群犛牛放在草原上，牠們會排隊出來一樣，有些先出現，有些後出現。同樣，未來的法先經過過去，然後現在，最後未來，當這些未來法來到現在位置時，即是未來的現在之法，經過過去位置時，即為未來的過去之法，到未來時，就叫做未來的未來之法，這樣所得的法有三種，它的非得也有三種。其中未來之過去非得與自己同時，如彌勒佛時所有之法在迦葉佛時未得；未來之現在非得即遷移到現在位置上，如彌勒佛時所有之法在釋迦牟尼佛時未得；未來之未來非得指它的第二刹那以後，如彌勒佛時所有之法在光明佛時未得。

　　在三界中，補特伽羅屬哪一界，則其非得亦屬於此界，如欲界凡夫，未得到色界、無色界之禪定，即為欲界非得；若是色界身分，未得到無色界禪定，或未得到聖者果位，此時，其相續中的非得是色界非得；而無色界眾生，如入前三無色定者，最後有頂之禪定未得到，即為無色界的非得。

阿毗達磨俱舍論頌講記

無垢非得也是如此，無漏法自本體是不屬於三界中的，而無漏之非得則決定是有漏法，因此無漏之非得包括於三界之中，如欲界凡夫相續中，未獲得無垢智慧，則此無垢智慧之非得屬欲界；若是色界眾生，相續中未獲得聖者無垢智慧，則其非得屬色界。如果是從上界退失，則他的功德與上地之法對於他來說，是一種非得，如一位色界眾生來到欲界，則色界的功德和色界之法對於他來說，是一種非得，此非得屬於欲界，因為身體可以起到根本性的作用。

　　所謂凡夫，也即具足見道、修道、無學道之非得，也就是說沒有獲得聖道。小乘認為凡夫與聖者真正是除補特伽羅——人的相續以外，有一種成實的物質，比如獲得聖者果位，是由於其遠離了「凡夫」這種成實物，也可以說遠離了聖者果位之非得。那麼，通過何種方式捨棄異生凡夫呢？有兩種方法：一種是「得彼」，得到聖者的果位時，原先凡夫的非得已經壞滅，這是究竟的捨棄；另一種是暫時的失壞，欲界凡夫轉生於色界時，原先欲界的凡夫已經退失，原來的凡夫相變成色界眾生之相，因此凡夫相可暫時捨去。

　　總的來說，所謂的「得」與「非得」完全是有部宗的觀點，世親論師並不承認。在《自釋》中對有部宗進行了駁斥，如得繩是否具足得繩？若具足，則得繩具足得繩，得繩的得繩又具足得繩，這樣一來得繩無窮無盡；

若不具足，此得繩怎麼能夠獲得呢？有部宗認為，若獲得一種戒律，補特伽羅與戒律之間有一種聯繫，也即第一個得繩是有的；而得之得，即得繩的得繩，也應該具足，因戒律是通過獲得而得到的，故得繩之得也可以產生；第三個得繩，即第三個剎那以後，補特伽羅相續中已經具足戒律，這時的得繩連接第二剎那繼續存在，在第三剎那以後，不必具足得之得繩。世親論師認為，第一個得繩具足得以後，沒有理由第二個得繩不具足得。實際上，除獲得一種戒律以外，並無一個成實的物體存在，這完全是有部的觀點，所謂的成實並不成立，但若假立一個「得」的存在，《大乘阿毗達磨》也可以承認。

庚二、同類：

所謂同類不相應，即指眾生皆相同。

所謂的同類不相應行，就是指所有眾生都具有相同的物質。

同類不相應行，是指眾生具有相同的物質。總的來說，六道眾生皆有一種相同之處，佛經也說：眾生皆為相同。因此，有部宗認為，眾生應該有一種相同的實有物質，如眾生與山河大地決然不同，而眾生之間必然有一種相同的物質存在；若無有相同物質存在，則在心中不會浮現出「他們是眾生」的概念，口中也不會言說類似的語言。

在這裡，世親論師只說到有情法的同類，但石頭等無情法實際也應該具有一種同類，如鏡子有鏡子的同類、

柱子有柱子的同類。但世親論師及《自釋》中並沒有這方面的辯論，因此，我們也可以直接理解為有情方面的同類。

同類，能夠使一切眾生行為、意樂、本性相同。首先是行為方面，雖然內在的行為不盡相同，但從總的方面來說是相同的，如自己尋找食物等；在意樂方面，大多數眾生都是自私自利的，只為自己的快樂等；從本性來說，都有保護自己的本能。如果分析，有異體與一體兩種，天、人、沙彌等內部均有一種相同物質，如同類中，人有人的總相，人之中的北方人也有北方人的總相，因此可說為異體；每一個眾生所具有的相同物質，屬同一種類，通過眾生的總相，便可了知三界眾生皆無差別，故可說為一體。

為什麼有部宗認為這樣的同類不相應行是一種存在的物質呢？比如口中說「人」，這時心中有人的總相顯現出來，而且，在口頭上也是如此表達的，別人也可以知道，因此，他們認為有一種同類的物質。欽江比樣在《俱舍論大疏》中講到，所謂的同類與死亡，也有幾種不同的分類：已經死亡而不捨棄同類，如一個人死後馬上轉生為人，其同類不捨，但已經死亡，這是一種；還有捨去同類卻未死亡，如原是凡夫，後獲得聖者果位，凡夫的同類已經捨去，變成聖者；既捨去同類又死亡，如一人死後轉為天人，原來同類的眾生已經捨去，也已經死亡；

既不捨同類又不死亡，如一個人未死，亦未獲得任何果位，這樣一共分了四種。

實際上，同類與得繩相同，都是有部宗假立的觀點，因為，所謂眾生相同，只是名稱、概念可以相同，但實際上真正一個同類的物質，任何人也是找不到的，比如「知言解義」的眾生可以稱為人，而人從聲音來講，則是將除人以外的其他眾生排除了，此即語言的總相（即聲總相），在尋找時也是得不到；從內心推測時，也只是心中這樣想，在分別念中有一個人的概念，這是分別念的總相（即義總相），但真正「人」的同類物質，通過何種觀察也得不到。因此，世親論師並不承認這樣的同類物質存在，但假立的同類不相應行也是承認的。

庚三、無想：

無想天滅心心所，彼之異熟廣果天。

無想是指於無想天中能夠滅盡一切心與心所的物質，其異熟果可轉生於廣果天。

此處所講的無想天與下文所說的無想定不同，無想定是一種禪定，它是轉生無想天之因；無想天則是獲得的果位。無想是在獲得無想天的果位時，能夠使天人相續中滅除一切心與心所的一種成實物，有部認為就如同擋水的水壩一樣，有一個成實物擋在其相續中，也即有一種滅法，這種滅法使所有的心與心所不能產生，若無有此成實之物，那又有什麼理由使天人相續中不生起心

213

與心所呢？有部是這樣認為的。

　　無想天天人在欲界時修習無想禪定，後轉生於廣果天⑭，在廣果天的五百大劫中，相續中的心與心所不會產生，但這也是據一般情況而言的，因為除北俱盧洲外⑮，其他三洲都有非時死亡的現象。在這樣的補特伽羅相續中也並非根本無有心，有部認為，其在初生與命終時會有心現前，因為在最初時若無有此心，則不會轉生於無想天，而在最後接近死亡時，他的相續中也會產生一種心識：「原以為無想天是一種解脫，但經過五百劫仍未獲得解脫，這說明善有善報的說法是假的。」於是對因果法門生起邪見，在生起邪見的當下，色界禪定失壞，失壞後直接墮入惡趣。現在有很多人對自己的禪定生起貪執，認為「我現在能在五個小時當中什麼念頭都不生起」，但這也沒有什麼可以值得驕傲的，廣果天的天人能在五百大劫中不生起分別念，但最後還是生起邪見而墮入惡趣，因此，龍樹菩薩在《親友書》中說：「天界雖具大安樂，死墮痛苦大於彼，如是思維高尚士，不貪終盡之天趣。」

　　前面已經分析過，滅盡定時到底是否具足心，對於這一點，各個宗派有不同觀點，隨教經部認為有心的種子；隨理經部認為有細微的意識；在彌勒菩薩的論典、釋迦

---

⑭廣果天：色界四禪天共有八處，後五處為聖者所居之處，前三處為凡夫所居之處。廣果天屬凡夫所居之處。
⑮北俱盧洲眾生以特殊業力所感，壽命必定為一千年。

慧的《釋量論》大疏以及格魯派克珠傑的《遣除疑暗論》中都認為，無想天時，有一種細微的意識存在；麥彭仁波切在《中觀總義》中說，無想天和滅盡定時有一種細微的意識，或者說阿賴耶識；在《大圓滿心性休息大車疏》中說，阿賴耶識也不存在，但阿賴耶識不存在的密意也是以其他方式解釋的，這裡不必介紹。總而言之，這時應該有細微的意識存在，否則會有變成無情法的過失。甲智論師在《俱舍論》講義中這樣說，最初入定時，有一顆心，由這顆心遷移到後面，產生最後的那顆心。他所說的遷移，如同一股強大的力量，在五百劫後，以最後一剎那末尾的心作為因，從禪定中出定時，依靠以前的心的一種強大力量產生一顆新的心。但甲智論師的這種說法，真正以因果來觀察，卻很難具有說服力，因為在五百劫以前有一顆心，最後又產生一顆心的話，那麼中間五百劫之中，這顆心究竟藏在哪兒？因此有細微意識存在的說法比較合理。

既然有細微的心，是不是沒有滅盡心與心所呢？佛經中說的滅盡心與心所或滅盡一切感受是指欲界眾生粗大的分別念全部滅盡。世親論師在《唯識三十頌》中說：「意識常現起，除生無想天，及無心二定，睡眠與悶絕。」若在這五種無心的狀態下，即使細微的心也不存在，那會有很大過失——眾生無始世來，造了很多的善業與不

⑦五種無心：指無想天、無想定、滅盡定、睡眠、悶絕。

善業，還有很多的習氣和種子，這些聚集在阿賴耶上，若阿賴耶識也已經斷除，則以前所造的所有善業或惡業，於此時全部耗盡。最後，在遠離這種無心狀態時，若重新產生一個心的話，那它是不是原來的心，若是原來的那顆心，細微的相續就應該存在；若不是原來的心，此眾生應具足兩種相續，或者原來阿賴耶中所聚集的善根被毀壞，這一點小乘自宗也是不敢承認。因此，細微的阿賴耶識應該存在，因為沒有任何理由，可以使中間的細微心識中斷。

無想天是修行的異熟，原因是通過修行可轉為無想天的眾生，但是，如同射箭的力量滅盡時，箭會掉到地上一樣，此修行的力量滅盡後，他自然而然會墮入欲界，因即生無心，故而不積新業，之所以後世會轉生於欲界，是因為此修行者相續中存在後世轉生欲界的順後生受業⑦。

《俱舍論》認為無想天眾生全部是凡夫，而《現觀莊嚴論》中說，無想天也有聖者，也即聖者會以大悲心及方便善巧轉生於無想天，度化彼處之眾生。

庚四（二定）分三：一、無想定；二、滅盡定；三、此二共同之所依。

辛一、無想定：

如是所謂無想定，欲依四禪而出離，

---

⑦第四品中會講到，業可分為順現法受業、順次生受業、順後受業以及不定受業四種。

故善順次生受業，非為聖者同時得。

無想定指依靠第四靜慮出離輪迴，故而屬於善法，感受順次生受業。此禪定非為聖者之定，其得繩於得到禪定的同時獲得。

「如是」是指與無想天相同，所謂的無想定也就是於入定至出定之間能滅盡心與心所的物質，它是無想天之因。前面講到的無想，是指無想天天人相續中存在的無想定；此處的無想定是欲界眾生相續中的一種禪定，此禪定從入定到出定之間不會出現任何心和心所。

無想定屬於第四靜慮，此禪定欲界眾生也可以修持——依靠欲界身借用色界心，即可修成此禪定。修行者想要出離輪迴、得到解脫，然後認為得到無想天的果位即是解脫，而無想定就是解脫道，以此發心入定，所以從發心方面來講，此禪定屬於善法。但是因為入定者認為「無想定是解脫道，所以是善法」的理由並不充足，如果分析——外道也認為他們所修持之道是解脫，如認為殺生是善法，很顯然這是不正確的，所以僅僅以「認為」不能成為真正的善法，不過無想定確是轉生善趣的一種善法，修禪定不是造惡業的，從這方面來講，也是可以的，但實際上並不是解脫道。

薩迦班智達在《分析三戒論》中說：漢地的大手印（指禪宗）與藏地的大圓滿，如果修不好則變成旱獺之因。現在有些修行人認為坐禪很好，當然，坐禪確實是很好的，

217

並非完全是無想天的因，但如果沒有上師的竅訣，只是滅盡分別念如如不動地安住，這也只是無色界的因，可以說它是一種善法，因為若不是善法，不會轉生於無色界，但若發心不清淨，也會轉生到旁生中去。因此，在積累資糧或者修法時，首先應該觀察是否符合傳承上師的教言，如果與《七寶藏》、《四心滴》中所講的境界相符，則決定不會轉為旁生，這一點通過教理也可以證實。實際上，薩迦班智達也不是在呵斥真正的大圓滿與真正的禪宗，但如果沒有正確修行，確實會誤入歧途。

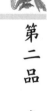

　　無想定屬於三種受業中的順次生受業，因通過修持無想定，來世會轉為無想天之眾生。無想定屬於凡夫之禪定，因為聖者認為這種禪定既不做善業，也不做惡業，也不會利益眾生，故與惡趣無別。那獲得此禪定的得繩於何時得到呢？其得繩與無想定同時獲得，因其不存在心並且需要通過勤作修持。但前面已經講到，嫻熟工巧與馬勝尊者之威儀是依靠長時間的勤作，才提前出現得繩的，那此處為什麼說通過勤作不會提前出現得繩呢？因無想定無有心的緣故，屬於一種無有任何執著的勤作，得繩之因無法引發，所以不會提前出現得繩。

　　辛二、滅盡定：

　　所謂滅定亦復然，現法樂住轉有頂，

　　彼善二種生受業，以及不定之受業。

　　滅盡定亦是滅盡心心所的不相應行，以修持現法樂

住而轉生於有頂天，屬於善法，會感受順次生受業、順後生受業及不定受業。

滅盡定是指能夠滅盡心與心所的一種物質，這樣的一種滅法就如同水壩一樣，是成實存在的。滅盡定是以何種作意而入定呢？以厭惡受、想之作意入定。三界輪迴中，有各種各樣的感受，這些感受實際上都是一種痛苦，人們所謂的快樂，其實也是痛苦的本性、痛苦的來源、痛苦的依處，世間上所有的感受，沒有一個是快樂的，因其本性即為痛苦。有些論師認為，所謂的「受」是痛苦的根本因。既然所有的感受都是痛苦，那怎麼會有樂受呢？實際上，表面看來是一種樂受，其本質還是痛苦的，如身體特別痛苦，當稍微減輕時，人們認為這是一種快樂，但其實還是在痛；在痛苦特別強烈時，中間吃到一點好的食物，心中也會產生快樂，但痛苦卻並未減輕。同理，在三界輪迴中所感受的其實全部是痛苦，只是有時心在外面散亂，而人們錯認為這是一種快樂。修無想定的補特伽羅，因為了知所有的受、想都無有任何意義，而對受、想生起厭惡之心，為了斷除此二者而入定。一般凡夫人很難滅盡受、想，因為按照有部觀點，這是聖者的一種境界。

入此定的補特伽羅為了息滅受與想，於是便修習現法樂住㊟。修滅盡定可轉生於有頂，三界中有頂之心最細

阿毗達磨俱舍論頌講記

㊟現法樂住：離一切妄想而現受法味之樂安住不動。

微，當補特伽羅的心達到最細微時，即開始入滅盡定。它從發心而言屬於善法，因是為了滅盡一切受、想，希求獲得寂滅而入定的，但若從菩提心、出離心方面來講，這種發心並未超離輪迴，因此從所獲利益的角度來講也沒有很大功德。它有順次生受業、順後受業與異熟不定受業三種，修持滅盡定者，於後世轉生有頂，即為順次生受業；後世的後世轉生到有頂，即為順後生受業；如果今生修持滅盡定後，已經獲得阿羅漢果位，則原本後世中要轉生於有頂，但因今生已經獲得解脫，因而不會轉生到有頂天，這叫異熟不定業。

聖者依靠勤作得，佛以菩提而獲得，

非如初者所承許，因以卅四剎那得。

聖者的滅盡定要依靠勤作獲得；佛陀在得菩提時獲得滅盡定，並非像某些人所承許那樣，因佛陀以三十四剎那獲得菩提。

轉生於有頂有聖者和凡夫兩種，滅盡定是聖者之禪定，需以出世間道的力量獲得的緣故。修道分為世間道與出世間道兩種，以世間道無法修成有頂禪定，且通過世間道只能斷除無色界以下除有頂以外的煩惱；出世間修道是在獲得見道以後，斷除三界煩惱。以出世間道修行即可現見無我，之後滅盡一切受想，獲得滅盡定。那以何種方式獲得呢？有學道聖者通過勤奮獲得；佛陀與無來果者獲得滅盡定的方式不同，佛在獲得菩提時現前

滅盡智慧，與此同時，獲得滅盡定，因佛現前菩提是依靠以前發心及積累資糧的力量，故不必勤作。

有人認為，獲得有頂之菩薩，首先依靠四靜慮，次第的一禪、二禪、三禪、四禪全部現前後獲得見道，然後現前有頂之心，再入滅盡定，出定後再依靠四禪現前佛果。

世親論師並不承認這種觀點，他認為可以直接現前滅盡定，因通過不間斷生起無漏道的三十四剎那，之後獲得菩提滅盡智。四諦中每一諦有四剎那，共有十六剎那，於十六剎那時獲得見道；三界九地的每一地有九個修斷，共計八十一種修斷，在獲得見道時，欲界、色界及無色界當中，除有頂以外的所有修斷全部斷除，而有頂的九種煩惱分別有無間道與解脫道，以次第性斷除後，即獲得佛果。因此，並非先現前見道滅盡定，再獲得佛果，而是以現證四諦的十六剎那，以及斷除有頂煩惱的無間道九剎那、解脫道九剎那，共三十四剎那獲得菩提滅盡智。

有些克什米爾有部宗論師認為，這是不合理的，因為佛親自說過：乃至獲得菩提之前不出定。佛既然已經這樣說了，那中間出定的這種說法不合理。西方的有部論師破斥說：佛所說的不出定，是指在未現前菩提之間不解開金剛跏趺坐，並非不出定之義。

辛三、此二共同之所依：

此二依欲色界身，滅定最初為人中。

無想定與滅盡定依靠欲界、色界的身體可以現前，而滅盡定最初要在人中生起。

　　無想定與滅盡定二者是以欲界與色界的身體現前的，因無想定屬於四禪，故不能於無色界現前；無色界中無有色法，若遮止一切心與心所，則唯以不相應行不能於無色界中存在，否則，除命根外，無有任何心與心所，這樣一來，就有剛剛轉生即涅槃的過失。

　　此二定之間有何差別？滅盡定最初需要在人中生起，因為人的受及想比較粗大，容易生起出離心，並且心思敏銳，所以經常說「暇滿極為難得」就是這個原因。之後，也有以色界身體生起的。無想定與之不同，首先依靠色界身體就能生起，因入定者並非為了息滅粗大的受、想，而是認為無想定是解脫道。

　　《俱舍論大疏》中說：滅盡定是第六地以下所現前的聖者禪定。在《入中論》中說「彼至遠行慧亦勝」，也是講到菩薩要到七地，才能以真實滅盡定超勝聲緣阿羅漢。

　　對於這一點，薩迦、格魯等各派之間都有不同說法：有的說是有相、無相的差別；有說是有勤作、無勤作的差別；還有些說是剎那入定與非剎那入定的差別。麥彭仁波切在《中觀莊嚴論釋》中也講了很多此二者之間的差別，實際上，六地以前的菩薩與聲緣羅漢在入滅盡定時，都具有入定、出定的執著，從這一點上來說，此二者之

間無有差別，那為什麼說一地菩薩還不能超勝聲緣阿羅漢呢？主要是在入定上有差別。

俱舍自宗雖也承認有菩薩和佛，但其並不承認十地；小乘所承認的五道基本上與大乘相同，也即分為聖者道與凡夫道，其中資糧道和加行道屬於凡夫之道，見道、修道、無學道屬聖者道，但大乘與小乘所承認的「菩提」是有差別的，這一點在《中觀寶鬘論》當中也有闡述。所以，在《俱舍論大疏》中，所謂的六地菩薩也應該是以旁述方式來講的，否則，於小乘自宗來講說不通。

有部認為無想定與滅盡定均為成實之物；經部宗認為，無想定和滅盡定只是心和心所不產生的一個階段或氛圍，因與他法不同，故安立此特殊名言；唯識宗觀點，此二定共同之處為均滅盡一切六識，不同之處是滅盡定在滅盡六識的同時也滅盡染污意識。

表十：

	無 想 定	滅 盡 定
定義	入定、出定間能滅盡心心所之物質	同無想定
本體	四靜慮	有頂
作意	出離輪迴，求解脫	厭惡受、想，求現法樂住
三性	等起善	等起善
三受業	順次生受業	順次生受業、順後生受業、不定受業
所依身	欲界、色界之身體	最初唯欲界人 中、退後以色界身亦可
得者	凡夫	聖者
轉生處	廣果天	有頂

庚五、命：

所謂命不相應行，即壽溫識之所依。

所謂的命即是壽，它是溫熱和意識的所依。

命也即人們經常所謂的壽，《施設論》中也說：「何為命？三界之壽也。」欲界與色界眾生依靠生命，身體才具有溫熱，如人死後，身體開始變冷，此時命根即已經斷盡。很多人將生命和意識合為一體來講，這種說法是不合理的。因為眾生依靠命，有一種相續不斷的過程來守護同類，而且它是溫熱和意識的所依，無色界以上，沒有身體之故，也就無有溫熱的概念，因此，無色界的命根，只是意識依靠之處。

那麼，壽命滅盡，眾生就會死亡嗎？眾生的死亡有四類不同：第一種，眾生的壽命異熟是前世造作善業、惡業而今世感受的果報，當眾生的壽命異熟已經用盡，而受用異熟——福報資糧還未用盡時，這一眾生再也無法延長壽命，他的福報雖未現前，也只能在下一輩子轉為人身，繼續享受福報，這是壽命已盡、福報未盡而死的情況。第二種，一個眾生的受用異熟已經用盡，但他的壽命異熟仍未用盡，這種情況下，通過作佛事、積累資糧、放生、對僧眾供齋等方式，可以延長他的壽命。

所以平時不論做任何事，《俱舍論》中的有關道理應該了然於心，現在世間的人們總是認為，行持善法或者作佛事會馬上起作用，如果起不到作用，就認為三寶

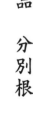

沒有加持力，或福報資糧無有功德。實際上，並不是佛沒有加持力，而是因果規律牽涉到今生、來世，又牽涉到很多因緣，如果因緣具足，必定會成熟果報，因緣不具足則即使作佛事，或者佛來到你面前，可能也起不了作用。第三種，壽命異熟與受用異熟均已滅盡而死，在這種情況下，祈禱、放生、作佛事等雖然可以增長福報，但因其壽命已盡，也不可能繼續存活，《百業經》中曾講到這樣一個公案：有一位小駝背阿羅漢，因前世餓死母親的罪業現前，今世中也感受餓死，目犍連與舍利子想盡了辦法給他化緣，也無法維持他的生命。生病或者遭遇違緣，雖然通過作佛事可以轉變，但若異熟果報現前，按小乘《俱舍論》的觀點，必須要通過身心感受才可清淨。第四種，有些眾生壽命異熟與受用異熟二者均未盡，也會慘遭橫死，這種情況若預先了知，則通過作佛事，壽命也不會滅盡。以前法王如意寶也說過：「我的壽命是六十五歲，但由於僧眾念經的加持力，已經延長了我的壽命。」

有部認為，命是成實存在的，是溫熱與心識的真實所依。經部宗以上不承認壽命成實存在，而認為它只是一種假立之法，除與意識相同住世存在外，沒有一個真正的壽命。我們平時經常會說：人有生命、心識、靈魂。按照民間說法，活在人間叫命；人死之後變成鬼，叫靈魂；心識轉生某處存活。而有部宗認為，眾生除心以外，

還有一種實體——命，這應該存在。但是人們在用語言表達時，所謂的命究竟是何種物體——不是心也不是心識以外的身體，所以，有部將命安立為成實存在的不相應行法。

庚六、法相：

所有法相不相應，即是生衰住與滅，

彼等具生之生等，彼生八法與一法，

無有因緣聚合時，依生非能生所生。

所有有為法的法相即是不相應行的生、衰、住、滅，它們具足生之生、滅之滅等，其產生時一起產生九法，但無有因緣聚合時，依靠生也不會有能生所生的關係。

一切有為法首先產生，中間會改變其形象，比如從有情來講，我們說「這個人已經老了」；從器世間來講，可以說「衣服舊了」，最後無論有情、無情皆會滅盡，這就是有為法之法相——生、衰、住、滅。有部認為此四法成實存在，可包括於不相應行之中，而有為法的本體與之不同，如瓶子是色法，包括於色蘊之中；瓶子的法相是生、衰、住、滅，包括在不相應行中，屬行蘊。因此，法與法相不是同類物質，此二者應該分開，這是有部宗特殊的觀點。經部以上認為，法與法相一體，因為若異體的話，則瓶子不是有為法了，為什麼呢？因為瓶子與它的法相——生、衰、住、滅是分開的，這樣一來，瓶子非生滅之法，常有存在，有這種過失。關於這個問題，

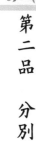

薩迦班智達在《量理寶藏論》中，將前譯派某些論師所認為的法相⑲以及有部宗的法與法相結合起來駁斥說：有人認為法與法相他體是不合理的。經部以上認為法與法相一體，也即有為法自己本身具足生、衰、住、滅四個法相，並非有為法以外有一個成實的物體，如柱子的產生，這是一種改變性的產生，也可以叫做衰敗，所謂的住，也只是相續暫時的存在而已，最後，它會一剎那一剎那的毀滅。一般情況下，人們都認為，不存在就是毀滅，實際上並非如此，還是以這個柱子為例，剛才第一剎那的柱子，在第二剎那時，已經不再是第一剎那的柱子，這也是一種毀滅，如果這樣理解有為法的法相比較合理。

生、衰、住、滅四法是有為法之法相，其本體亦應為有為法，那麼它們具不具足法相，比如生，它是否具足四個法相？若不具足，則成為無為法；若具足，則有無窮之生。有部認為，應該具足四法相，但在第二個法相具足後，不需再具足法相，因已經完成法相之作用，如瓶子首先產生，中間安住，然後衰敗，最後滅盡，已經具足了有為法的四種法相，這種法相還具足第二個法相，但第二個法相則不具足法相，而且也不必再去觀察，若觀察就會有無窮無盡之過失。也就是說，生等具足生之生、衰之衰、住之住、滅之滅四種法相，這叫隨順法相，而生等則為根本法相；如瓶子有四個根本法相和四個隨

⑲他們認為法相可以無窮無盡。

227

順法相，再加上瓶子，共有九個法相產生，產生時生八法及瓶子，即一起生九法，也可以說，生能夠使未來的九種法來到現在階段或氛圍；再比如瓶子產生，產生是一個實有的物體，生能產生幾個法呢？能產生衰、住、滅三個根本法相，以及四個隨順法相，包括有法瓶子，因此生是其餘八法之因。那根本法相——生是由誰產生呢？是生之生產生的，而且生之生只有產生生的作用。有部認為，生應該由一個法產生，否則不合理，於是安立了一個生之生，由它來產生根本法相——生實際真正觀察時，似乎由生來產生生之生會更好一點，但有部宗不這樣承認。同樣，住時，包括住在內，有九個法一起安住，也就是說，住能使除它本身以外的八個法安住，然後住是誰來安住呢？是住之住來安住的，因此住之住的作用就是使住安住。衰、滅也是如此類推。

經部宗以上觀點認為，有為法本身具足生、衰、住、滅，雖然具足這種變化，但也只是從相續上安立的，從剎那的角度不能安立。為什麼以剎那不能安立呢？因為首先第一剎那產生，第二剎那安住，第三剎那變化，第四剎那毀滅，如此一來，就有了四個剎那。分析這樣的四個剎那——第一剎那的產生不會安住、變化，甚至毀滅，因為不具足這三個法相的緣故，因此，有為法只能在第四個剎那才能圓滿，但這種事物根本找不到。在本論後面會講到，一位正常男士的一彈指間，有六十個剎那，

當然，這六十個剎那也只是針對某種根基的眾生而安立的時間階段。現在來按照上述方法觀察，在六十個剎那中，第一剎那產生後，不會變化，第二剎那乃至第六十剎那之間皆不會變化，這樣一來，會出現何種結果呢？第一剎那與第六十剎那無有任何區別，這一點有部也是不肯承認的。所謂的剎那，只是眾生分別念安立的一種時間概念而已，真正去尋找，並沒有一個實有剎那存在，這樣一來，所謂的剎那安住，也就不可能真實存在，而人們平時生活中說「這個人出生了，活了多少年，然後死了」，這也只是一種粗大的意識判斷，實際上，這種判斷是不合理的。

經部以上認為，生、衰、住、滅只是相續上的一個過程，不必去詳細分析，如果分析，則有為法的法相不能成立，而此時也已成為勝義的觀察，在《中觀根本慧論》中也專門抉擇了有為法的法相——有為法不存在，因為有為法的法相不存在之故。在名言中觀察法相時，可以用名言量來觀察，若勝義量觀察名言，那任何一法也不能成立，所謂的名言也被破壞了。所以應該了知，何為世俗？世俗即是假相之意，假相之法經不起勝義的觀察。

這時有人提出疑問：若生之生能夠產生生，那不是所有的法皆成為能生所生的關係，或者說一切法都可以同時產生了嗎？有部論師回答說，不會有這種情況發生，無有因緣聚合時，它的能生所生，以及生之生都不能產生，

必須因緣聚合才有能生所生的關係。

庚七、能說：

名聚等不相應者，名稱語言文字聚，

屬欲色界眾生攝，乃等流生無記法。

名稱、言詞、文字三種不相應行，由欲界、色界的眾生所攝，屬等流生，是無記法。

有部認為名稱、語言、文字是成實物，如說「瓶子」時，若其非為成實，則不能用來表示瓶子，別人也就不知道瓶子位於何處；當叫一個人的名字時，此人的名字也應為成實，如若不是成實，則在言說這個名字時，也不能起到作用，之所以叫他的名字而他也能夠回答，就是因為中間有個成實的名稱存在之故。

經部以上認為，所謂的名稱、語言、文字只是表示事物的一種方便法，是假立存在的，真正觀察時，人可以叫瓶子，犛牛也可以叫瓶子，但眾生無始以來沒有這種串習。因此，只是以習慣安立了不同的名稱、言詞、文字。

不過，有部的觀點雖然不合理，但對某種眾生的根基來說還是合理的，如「三寶成實存在」，對於剛剛皈依佛門的人來講，很容易生起信心，此時，若說文字等成實存在，也很容易被某些人接受。就好像大學生不用學小學課程，但不能因為不用學，就說小學課程不對，因為每一個大學生都必須首先學習小學課程。同樣，自

230

認為所學的是大圓滿、是大乘修行人，但絕不能說小乘觀點不對而不願意聞思小乘法。這種法門，對很多眾生來說十分有必要，作為已經發了菩提心想要度化眾生的修行人來說，精通各種各樣不同的觀點，對以後度化眾生也非常有必要。

因明中經常會講到總相、別相等名詞，全知麥彭仁波切在《智者入門》中說：所謂的名和詞，能表達一種特殊名言，比如「柱子」是一個名詞，以此可以表達出與「瓶子」等的不同之處，這是一種特殊名言，當言說「柱子」時，在自他心中會顯現出瓶子之鼓腹的形象，這種概念在腦海中自然而然顯現，在因明中，這叫做事物的總相。但有部認為，這樣的概念應該成實存在，若非成實存在，怎麼能生起柱子的分別念呢？如藏文「嘎」字，梵語為阿加繞，義為不變，也就是說，於當地、當時可以表示自之本體不會轉變為他法，而其事相即為心中顯現出的嘎字等。這些文字是名稱與句子之根本的不相應行物質，應該成實存在，然後由這些文字的聚合，即可表達眾多意義。

名稱、言詞、文字這三種不相應行不屬於無色界，只屬欲界與色界，因為無色界無有語言之故。它們由眾生相續所攝，是通過勤作而產生的。由於是同類相續產生，因此是三生中的等流生，非長養生與異熟生，因長養生必須微塵積聚，而名稱等不是微塵積聚所成，只存在一

個總相；由於可以隨心所欲產生，因此也不是異熟生。由於斷絕善根者與斷除煩惱者也存在文字、名稱、語言，故此三者是無覆無記法，而不是善與不善的有記法。

己三、攝義：

同類亦爾亦異熟，三界所攝得繩二。

一切法相亦如是，二定非得等流生。

同類亦與名聚等相同是眾生相續所攝，屬於等流生與無記法，而且它還是異熟生，屬於三界所攝；得繩以及法相皆具足異熟生與等流生兩種；無想定、滅盡定及非得只具足等流生。

本頌對十四不相應行屬三生中的何者進行了簡單的分析。

如同名稱等由眾生所攝、等流生、無覆無記法一樣，前面所說的「同類」也具有這三種特點。不僅如此，而且它還是異熟生，因眼根等同類物質是以前造善、惡業成熟的。同類還屬於三界，因三界眾生都具有一種同類物質。得繩不是微塵積聚而成，因此不是長養生。一切法相——生、衰、住、滅也與得繩相同。無想定與滅盡定是等流生，因此二者必是善法；非得亦為等流生，因其非以發心為基礎，是自然而然產生的緣故。

表十一：

	三　生	是否相續攝	三　性	三　界
得	等流、異熟	是	三性	三界及無漏
非得	等流	是	無覆無記	三界
同類	等流、異熟	是	無覆無記	三界
無想	等流、異熟	是	善	色界
無想定	等流	是	善	色界
滅盡定	等流	是	善	無色
命	異熟	是	無覆無記	三界
四法相	等流、異熟	是	三性	三界
名聚等	等流生	是	無覆無記	欲界、色界

　　以上已經講了小乘的十四種不相應行，與小乘不同，大乘認為不相應行有二十四種，而且大乘認為，不相應行只是假立的特殊名言，並非成實存在，因為只是有其名稱卻無其本體，非心法亦非色法，故將其稱為不相應行。

阿毗達磨俱舍論頌講記

表十二：

二十四種不相應行

一、得：使一切法造作成就
二、命根：第八識種子，並出入息暖氣三者，連持不斷，
　　　　人命得以生存
三、眾同分：如同類之人，其形態、行為等極為相似
四、異生性：眾生妄性不同
五、無想定：心想俱滅
六、滅盡定：受、想滅盡，諸識不起
七、無想報：修無想定之命終果報，生於無想天，壽命
　　　　五百劫
八、名身：種種名稱的聚合，即為名身
九、句身：累積各種言詞組合所成之句子的聚合
十、文身：很多文字的聚合，即為文身
十一、生：一切法的最初生起
十二、住：一切法未遷流之際
十三、老：一切法逐漸衰敗
十四、無常：先有後無
十五、流轉：因果不斷，相續流轉
十六、定異：善惡因果，決定不同
十七、相應：因果和合，不相違背
十八、勢速：諸　法遷流，　剎那不停
十九、次第：編列有序
二十、時：時節
二十一、方：方所
二十二、數：數目
二十三、和合：不相乖違
二十四、不和合：相乖違

第二品　分別根

　　前面已經講了有為法的產生，下面介紹一下因果
——世間上一切萬法的產生，一定要具足因與緣，那這
種因果的規律究竟如何呢？通過對本論以下科判的學習
即可了知。

乙二（旁述因果及緣）分二：一、宣說因果；二、宣說緣。

丙一（宣說因果）分三：一、宣說因；二、宣說果；三、宣說二者共同之法。

丁一（宣說因）分三：一、略說；二、廣說；三、攝義。

戊一、略說：

能作因與俱有因，同類因及相應因。

遍行因與異熟因，承許因有此六種。

承許因有六種，即能作因、俱有因、同類因、相應因、遍行因、異熟因。

《俱舍論》中一般講六因，其他論典中經常說六因、四因，還有些只講到近取因與俱生因兩種。雖然在《中論·因緣品》中，專門遮破了《俱舍論》中所講的六因四緣，但名言中，必須承認因緣，因此首先應該明白什麼叫因？什麼叫緣？因對事物的生長直接起作用；緣則對事物的生長間接起作用。頌詞中說「承許因有此六種」，也即能作因、俱有因、同類因、相應因、遍行因與異熟因。

世親論師在頌詞中說「承許」有六因，因果關係在佛經中一定會講到，那為何不說「佛說」有六因或「佛經說」有六因，而只說是「承許」呢？

甲智論師在他的注疏中這樣講：世親論師未見到在一部經中將六種因一起宣說，只是在不同經典中見到了六種因，因此，在頌詞中用了「承許」二字。有論師分

析後認為，在印度，《阿毗達磨》曾遭受三次毀壞，在毀壞過程中，部分經典已經散失，只存留了部分的《阿毗達磨》論典，於一部經典中無法見到完整宣說六種因的原因即是如此。而且，在毀壞過程中對大乘法也受到了一定影響，如《華嚴經》（指藏譯本）原有一百多回，現在只有四十回，《寶積經》原有三十多回，現只剩下十回。甲智論師說：無論如何，既然世親論師說承許因有六種，也就應隨其說法——承許因有六種。對於六因可以作如下分類：

表十三：

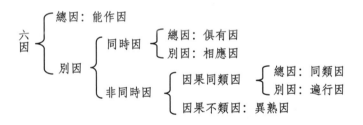

此處所說的某些因，從因明角度來講是不承認的，如俱有因與相應因，此二者因果同時存在，因明認為：同時存在的因果不可能成立，只要是因果關係，必定成為能生所生，因而不承認俱有因與相應因。同類因與遍行因在因明中被稱為近取因；異熟因也叫俱生因；而能作因從不起障礙的角度也可以安立，所以除俱有因與相應因以外的四因，在因明中是承認的。

戊二（廣說）分六：一、能作因；二、俱有因；三、同類因；四、相應因；五、遍行因；六、異熟因。

己一、能作因：

> 除己之外能作因。

除自己以外，對產生不作障礙的其他一切有為、無為法，即是能作因。

在本論中，有一些因對物體的生長不會起到直接作用。但因明的觀點認為，必須對事物的生長有直接利益，才可稱為因。《量理寶藏論》中說為能立和所立，所立是果，能立是因，因對果的產生有直接的利益或幫助，也即由能立才可以成立所立。本論中所講的能作因範圍比較廣，即除自己以外，凡是對生長不起障礙的萬事萬物，均可稱為能作因，比如青稞在生長時，對它的生長不起障礙的因即為能作因。因明中，能作因是一種形象因，它對生長不起障礙，如犛牛，可以說牠是山河大地成長的因。

因明、中觀、俱舍是相輔相成的，若想通達因明與中觀的理論，必須打好「俱舍論」的基礎。如果不了知《俱舍論》當中的觀點，則因明中很多因果關係、中觀的很多名言問題，乃至大圓滿，都很難明白其真正的內涵。無垢光尊者的《七寶藏》，尤其是《如意寶藏論》中也是直接引用《俱舍論》的觀點來闡述所講的道理。

既然說除自己以外，對生長不起障礙之法，即可稱為能作因，那光明與黑暗、冷與熱能否成為能作因呢？

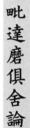

阿毗達磨俱舍論頌講記

光明與黑暗、冷與熱，此二者實際上是相違的，不可能有因果關係。在因明中講，光明與黑暗是互絕相違，而因與果是彼生相屬的關係，因此光明與黑暗不能成為因果關係；冷與熱，世間人也認為是相違的物體。如果說：光明之因是黑暗。這樣一來，光明與黑暗必定不相違，這樣不是很矛盾嗎？

有部宗認為，光明能障礙的是未生之法，而不能障礙已生之法，因此可以將光明安立為黑暗的能作因。也就是說，光明雖然障礙黑暗，但也只是對未來的未生法作障礙，並不是直接障礙黑暗，直接的黑暗已經產生，光明不會去障礙它，即使在第二剎那時黑暗已經滅亡，但這也只是一種因緣，黑暗存在時，光明沒有對其起到障礙作用，所以從這個角度說，光明是黑暗的能作因。

實際上，能作因有兩種，一種是有能力的能作因，一種是無能力的能作因。無能力的能作因，即產生時不起任何障礙，但對生長也起不到任何幫助，如夏天生長的花，清淨涅槃法對花不會做利害之事，故此涅槃法也應該是花的能作因，也即無能力的能作因；再比如，除花自己以外，對花所澆灌的水、肥等，對花的生長有直接作用，它們即是有能力的能作因。有能力的能作因也有很多分類，如水有很多——十方三時皆有水，但它們並沒有對花起到作用，對花的生長起到直接作用的只是澆灌在花上的水，其他如東方的水、北京的水、過去的水，

對花的生長有沒有直接作用呢？沒有直接作用，因此從水的同一類來講，也分有能力、無能力的兩種能作因。

己二（俱有因）分二：一、法相；二、事相。

庚一、法相：

俱有因即互為果。

俱有因是指互為因果。

俱有因的法相，即同時產生的任何法與自己的果相互成為因果。這是從起作用的角度安立的，如地、水、火、風均有因果關係，地大對火大有因的關係，火大對地大也有因的關係，從互相有幫助的角度來講，它們之間可以互為因果。還有下文將要提到的相應因——心與心所同時有五種相應方式來取境，這些因果關係皆為同時存在。但因明當中認為，必須因在前果在後，才可以建立因果關係，所以不承認俱有因與相應因二者。

庚二（事相）分二：一、總說；二、別說心之隨轉。

辛一、總說：

如大種及心隨轉，與心法相及事相。

如地等四大種、心之隨轉與心以及有為法的法相與事相，它們均互為俱有因。

這裡有人提出疑問：上一頌介紹了俱有因，那它的事相應該是何者呢？實際上，世間有很多大種，大種群體中的眾多大種法即為俱有因的事相，因為地等四大種不論是生長還是留存，相互之間均起到一種作用，有一

種互為因果的關係，故此可稱為俱有因。另外，心之隨轉與心相互也是俱有因。還有有為法的法相與事相亦為俱有因，比如瓶子的法相即生、衰、住、滅，其事相即為瓶子，瓶子的根本法相生、衰、住、滅，及其隨順法相，還有瓶子共九個法同時產生，此九法互相有因的作用。

　　既然對有為法瓶子起直接作用的是根本法相，而隨順四法相只起到間接作用，那這樣一來，與因果同時不是矛盾嗎？

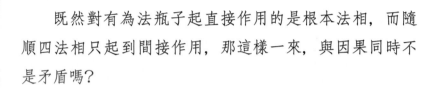

　　當然，在分析時，根本法相對瓶子起到直接作用，比如生對瓶子有產生作用，滅也可以使瓶子毀滅，這些皆同時產生，而生之生的作用是產生生，滅之滅對滅起作用等等，實際上，隨順四法相對瓶子並未直接起作用，只是作間接的饒益。不過，這與它們之間是俱有因的關係並不矛盾，《自釋》中用了一個比喻，如國王，他竭盡全力保護自己的國家，對所有下屬及平民起到直接作用，而大臣對國王直接做事情，這就如同根本法相，一些僕人雖然不能直接對國王做利益，但間接也是在饒益國王，僕人就如同隨順法相，他們互相之間有幫助、饒益的作用。因此，俱有因雖然是同時起作用，但中間也有一個間接的過程，根本法相、隨順法相與事相之間的關係即是如此。

　　辛二、別說心之隨轉：

　　心所以及二律儀，心與彼等之法相，

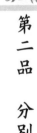

此等即是心隨轉，時間果等與善等。

心心所與二律儀，以及心心所與彼等律儀的法相即是心之隨轉，因它們的時間、果皆相同，而且，心為善等，心所也必為善等。

心之隨轉究竟有幾種呢？有三種，即無漏二律儀——除別解脫戒以外的禪定戒與無漏戒，因別解脫戒並非全部隨心而轉，因此未包括在其中，而禪定戒和無漏戒則為心之隨轉；還有心王、心所，以及心心所與二律儀的法相，這些均為心之隨轉。這裡的心之隨轉，有同時產生、相互幫助的作用，也就是說，在時間上相同，彼等隨轉法與心王同時生、住、滅，且同墮於一世；從果上來說，同得一果，如士用果、離繫果，「等」字還包括異熟果和等流果；以三性分別，心之隨轉與心王，若善皆善，若不善皆為不善，若為無記之法亦皆為無記法，從以上十種原因安立了心之隨轉。

那麼，任何一個心能作多少個心的俱有因呢？一般說來，在心產生時，與其同時產生的有很多心，也即是說有很多不同心所，從《俱舍論》的各大講義來看，心所有七十七種，在《俱舍論》頌詞中比較明顯的是四十六種。《俱舍論大疏》中說，心中從屬最少的無覆無記法，它能作為五十八法的俱有因，也即任何一個心產生時，在它周圍皆會產生其本身具有的四根本法相、四隨順法相，還有十種遍大地法，及其法相——四十個法，

阿毗達磨俱舍論頌講記

241

總共五十八法。無覆無記法可以作四隨順法相的俱有因，因無覆無記法對隨順法相的形成有一定作用，與其比較接近的緣故；但反過來說，隨順四法相的力量比較薄弱，反過來起作用是不行的，故只有五十四法可以作為無覆無記法的俱生因。這裡對於隨順四法相的分析與《自釋》有些不同，實際上，有部宗所承認的四個隨順法相沒有很大的用途和必要，《量理寶藏論》中也說第二個法相沒有必要，所以一概不承認。

有些法雖然同時俱有，也不一定成為俱生因，如八個微塵，有部宗認為欲界中除根塵與聲塵外最少應有八個微塵具足，前面講到，四大種可以作為俱有因，但四大種以外的色香味觸是不是俱有因呢？不是俱有因，因為它們互相之間不能起作用，比如「香」來幫助色、味、觸，或「觸」來幫助色，這是根本不行的。再比如燈與燈光，此二者有時同時有，但它們之間是不是俱有因呢？有部認為，這也不是俱有因。還有別解脫戒中的七所斷——身三、語四，它們有時也是同時具足，但也不一定是俱有因。因此同時具足的不一定是俱有因，而俱有因必定同時具足。

己三、同類因：

同類因即因果同，自類地攝前已生，

九地之道相互間，平等殊勝同類因。

加行生慧唯二者，聞所生慧修慧等。

第二品 分別根

同類因就是因果相同。與自己同類、自地相同，並且是前面已生者則為後面所生之有漏法的同類因；無漏九地之間，互為平等與殊勝之同類因；加行善法所生之聞、思、修三慧，亦唯於平等、殊勝二者為同類因。

同類因指因果相同，即前面相同之法產生後面同類之果，如因是有漏法，則果亦為有漏法；因是善法，果也是善法；因是無記法，果也是無記法。因與果是同一類物質，如青稞種子會長出青稞，或色、受、想、行、識五蘊，每一個蘊產生其後的蘊體，前前相對於後後是一種直接因，也即因明中常講的近取因。同類因唯由自類所攝，如五類所斷——苦、集、滅、道四諦之見斷以及修所斷，若因是苦諦所斷，則其果也為苦諦所斷，也即五類所斷中，與自己同類的一切法為同類因，而不同類的法非為同類因。比如欲界苦諦見斷唯是欲界苦諦見斷之同類因，不會成為色界苦諦見斷之同類因，也可以這樣說，三界九地中，他地之法不能作為自地法的同類因。

既然說同類因是「自類地攝」，那凡是同一地的法均為同類因嗎？並非如此，頌詞中說「前已生」，同類因的因果是非同時的，即因在前果在後，所以，過去可以是過去、現在之同類因，現在可以是現在的同類因，但過去、現在之法能否作未來法的同類因則需要觀察，因為誰也不能確定，未來的法與因是否相同。有部為什麼會這樣認為呢？他們認為，過去與現在的法均是有次

第的，而未來的法無有次第，所以不能成為同類因。對於這種說法，後來有很多注疏駁斥到：你們如果認為過去有次第，那未來為何沒有次第呢？實際上，過去是已經滅盡的法，既然過去有因果前後的次第，那依此類推，未來也應該有因果次第。不過，有部的這種說法也可以理解，如過去因所產生的現在果，現在即可了知是否為同類，而現在的因產生未來的果，它們是否相同？誰也不能肯定的說是相同的。因此，有部的這種顧慮也有必要。

前面已經講了同一地作為同類因的情況，那是不是所有非自地的法均不能作為同類因呢？前面所說的自地所攝同類因是指有漏法，而無漏法則不一定，禪定九地所攝的一切無漏道，雖然並非由一地所攝，但也可以成為與自己平等或勝過自己的同類因，比如一禪靜慮產生一禪、二禪，然後一禪、二禪的靜慮也可以產生一禪，彼此之間的境界比較平等，這叫做以平等的方式來成為它的同類因。

這樣一來，有人提出疑問：一禪與二禪比較，二禪的境界殊勝；二禪與三禪比較，三禪境界殊勝，那由二禪產生一禪怎麼會成為平等同類因呢？有些注疏中說，這是指二禪鈍根之靜慮產生一禪利根之靜慮的情況，此二靜慮在境界上平等，因此說是以互相平等的方式產生。但如果此鈍根之靜慮通過修行轉變為利根之靜慮，則成為殊勝同類因。殊勝同類因是怎樣的呢？一禪未至定是

普通的境界，而一禪殊勝正禪時已經完全超越了未至定的境界，這就是以殊勝的方式成為同類因。打比方來說，在見、修、無學道中，見道可以作為見道的平等同類因，若見道作為修道、無學道之因時，則為殊勝同類因，因為修道、無學道較見道殊勝之故；修道可為修道平等同類因，若於無學道來說則為殊勝同類因，但不能作為見道同類因——有部認為，殊勝之法不能作為劣道之因；無學道唯作無學道平等同類因，因為不作劣道之因，故非為見道、修道之因，無學道也無有殊勝同類因，因在無學道之上，再無更殊勝的道。再比如，在次第證悟的十六剎那間，可獲得八忍八智，第一剎那獲得的苦法忍可作為未來苦法忍的平等同類因，可作為第二剎那苦法智及修道、無學道的殊勝同類因；在第十六剎那獲得的道類智，可作為後面未生同類道類智的平等同類因，但不會成為其他智的殊勝同類因，因為再無有比它更高的智慧，也不會作道類忍或它下面智慧的同類因，因為殊勝智不作下劣智之因的緣故。

　　上面講到無漏法唯是平等與殊勝同類因，實際上，加行所生的有漏善法也是如此，加行善法，即聞、思、修的智慧，此三慧若於三界來說，在欲界有聞慧與思慧；

⑧八忍八智：一、苦法忍；二、苦法智；三、苦類忍；四、苦類智；五、集法忍；六、集法智；七、集類忍；八、集類智；九、滅法忍；十、滅法智；十一、滅類忍；十二、滅類智；十三、道法忍；十四、道法智；十五、道類忍；十六道類智。

色界有聞慧與修慧；無色界唯是修所成慧，因為在無色界無有耳根等，故無有聞，而色界、無色界均無思，故亦就無有思所成慧。這樣一來，聞、思、修三慧於三界中有所不同，因此，分開三界進行分析，欲界中，聞慧是聞慧的平等同類因，聞慧是思慧的殊勝同類因，思慧可作為思慧的平等同類因，但聞、思二慧不能作為修慧的同類因；色界中，聞慧與修慧分別為各自同類的平等同類因，而聞慧可作為修慧的殊勝同類因，修慧卻不能作為聞慧的同類因，修慧較聞慧殊勝故；無色界中，修慧唯是修慧的平等同類因。

　　總的來講，同類因就是指相同的物體產生相同的物體，但如果細緻分析還是有一些差別。在分析這一頌時，應注意一點，在頌詞的第二句與第三句中分別出現了「九地」，要知道，這兩個九地是不同的，第一個自地所攝中所說的九地是指欲界五趣雜居地、色界四禪，以及無色界的空無邊處、識無邊處、無所有處、非想非非想處，此九地專指有漏之法；而第二個九地則是指禪定地，即靜慮六地——一禪未至定、一禪殊勝正禪、一禪、二禪、三禪、四禪，再加上三無色定，它們被稱為禪定九地或無漏九地。

　　己四、相應因：

　　相應因即心心所，一切所依相應生。

　　相應因即指心心所法，必定要同所依、同所緣、同形象、同時、同事相應而產生。

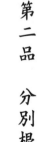

相應因是俱有因的一部分，它是從俱有因中單獨分出來的心和心所，也就是說心與心所相應產生。所謂的相應，是指通過五種方式相應取外境，心與心所互相成為因果關係，但這裡的因、果，並非指第一剎那心王是因，第二剎那心所是果，此處所講的因果是從可以互相幫助的角度來講的，它們可以同時存在。

所以，此處的相應因一定包括在俱有因之中，但俱有因不一定是相應因，因為俱有因還有二無漏戒以及四大等，它的範圍相當廣，而相應因只是將俱有因中的心與心所單獨分開安立而已。

己五、遍行因：

所謂遍行煩惱生，自地所攝遍行前。

所謂的遍行因即是煩惱產生煩惱，由自地所攝，而且必定在果前產生。

遍行因與前面所講的同類因相同，只是將煩惱單獨安立，而稱為遍行因。同類因可以是自地所攝，也可以是他地所攝，但遍行因只能由自地所攝，如一禪的煩惱只能產生一禪煩惱，二禪的煩惱只能產生二禪煩惱，由一禪煩惱產生二禪煩惱是不可能的。

遍行因有十一種，即苦諦見斷的五見、懷疑、無明，以及集諦見斷的執勝取見、邪見、懷疑、無明。同樣，上兩界的遍行因也有十一種，三界共有三十三種遍行因。遍行因唯由苦諦、集諦所攝，滅諦與道諦沒有遍行因。

己六、異熟因：

異熟因即唯不善，以及一切有漏善。

異熟因是指不善法以及一切有漏善法。

異熟因是指自己的本體具有力量，而且具有愛的浸潤，如同一個種子的生長，一方面需要未失壞的種子，另一方面，種子要具有生長的作用，這樣，在具足地水火風的俱生緣之後便會生長。同理，異熟果的成熟也需要兩個有利條件，即異熟因的本體強而有力，而且具有生長的能力。所以，頌詞中說唯是不善法以及有漏善法才可成為異熟因，當然不善業必定全部是有漏，因此不用分析有漏、無漏。那善法為什麼一定是有漏善呢？因為無漏法不會生長，雖然它的本體很有力量，但它無有愛的浸潤，因此不會生長，就如同種子非常好，但沒有遇到濕潤的環境而不能生長一樣。那無記法能否作為異熟因呢？無記法不能作為異熟因，因其雖然具有愛的浸潤，但卻如同腐爛種子一樣，無有力量生長。但身體等不也屬於無記法嗎？身體是無記法，但它是異熟果而並非異熟因，因為身體是造善業或惡業形成的，比如眼根，雖然在見色法方面無有差別，但善趣的根由善業異熟因產生，惡趣眾生的根則是造惡業形成的。因此說，異熟因只是不善法與有漏善法。

以上已經講了六種因。按照前面所講的道理來看，有為法與無為法均應攝於因中，為什麼這樣講呢？前面

講能作因時說過，除自己以外，凡是對其產生不起障礙之法即為能作因，這樣一來，抉擇滅、非抉擇滅對任何法的生長也不會起障礙，從這一角度來講，無為法也可以安立為因。在教理面前，這種觀點其實很難立足，但如果按照能作因的定義來看，這樣安立也未嘗不可。

戊三、攝義：

遍行同類因二時，其餘三因具三時。

遍行因與同類因通過去、現在二時，其餘三因則具有三時。

遍行因與同類因的因、果同屬一個類別，因此它們只通於過去、現在二時，不通於未來，原因是未來無有次第；俱有因、相應因、異熟因三者具有三時。頌詞中沒有說到能作因，實際上，能作因可以涵蓋有為法與無為法，有為法的能作因，可通於三時，而無為法不墮於三時之中，故此能作因非三時所攝。

丁二（宣說果）分二：一、略說；二、廣說。

戊一、略說：

果攝有為及離繫，無為法則無因果。

因所生之果若歸攝則有四個有為果和一個離繫果，無為法無有因果。

有因則必定有果——前面已經介紹了六種因，下面即為五種果。若詳細分析，五果可包括有為法的三個半果及無為法的一個半果，因為士用果包括有為與無為兩

種，屬有為的部分可含攝於有為果中，因此有異熟果、等流果、增上果及士用果的一半，共三個半果；餘下的半個士用果，也即得繩，可包括於無為法中，所以說無為果有半個士用果及一個離繫果。

通過有漏對治，遠離相續中的煩惱，離開煩惱的這一部分即為離繫果。離繫果屬於抉擇滅，是無為法。這樣一來，無為法不是存在因了嗎？有因就會存在果，那無為法也應該有存在果的過失，但頌詞中明明說「無為法則無因果」，這樣一來，與頌詞的含義難道不相違嗎？

「無為法則無因果」，指的是無為法無有六因、五果。無有六因——無為法不具足俱有因、相應因、同類因、遍行因、異熟因中的任何一者，那是否具有能作因呢？能作因是指對任何法的產生不作障礙，而無為法不會產生，所以無有能作因。無為法也不存在五果——能作因的果應該是增上果，但無為法不是增上果，因增上果唯是有為法之果。

這樣一來，是不是無為法既不是因也不是果了呢？從假立而言，以道諦之力可以獲得抉擇滅，故其屬於離繫果；因其不障礙他法產生，所以也是能作因。多數智者認為，真正的因果關係是能立所立，如有種子的生長，可以成立果必定產生。但這樣能立所立的關係，在無為法中並不存在，這是不是與「無為法是因也是果」的說法相違呢？此處所說的無為法有因果關係，是一種假立

的因果，因此並不矛盾。

薩迦派果仁巴和堪布阿瓊的講義中是這樣講的，所有的有為法和無為法，除自己以外，凡是對它的產生不起障礙之法，即為能作因。也就是說，從不起障礙的角度來講，無為法可以是能作因，但它不會有果，這是有部宗的觀點。若是經部以上，既然安立因果關係，則必定有能生所生的作用，若無此作用，就不能安立為因果關係，有因無果的法，觀待而言是不存在的。《釋量論》中也有明顯的宣說：對果有產生作用則可安立為因。所以全知果仁巴也是說，無為法雖是能作因，但不一定有彼彼相生的關係，因和果的關係並非真實存在。因此說，無為法是能作因、離繫果，但並不是真正的因果關係，因為能作因與離繫果之間不能安立因果關係。

戊二（廣說）分二：一、果是何因之果；二、宣說各自之法相。

己一、果是何因之果：

異熟果因為最後，增上果因為第一，

等流同類遍行因，士用果因餘二者。

異熟果之因是最後的異熟因，增上果之因是第一個能作因，等流果是同類因與遍行因之果，士用果則是其餘二因之果。

上述五果均為何因之果呢？離繫果由道諦之力獲得，非由因生，因此這裡只講其他四果。異熟果唯由最後的

因——善惡自性之異熟因所生；增上果則是第一能作因之果，實際上，能作因是假立因，從不起障礙一切法的角度安立，因此，從廣義來講，也可以說增上果是一切法之果。

等流果是同類因與遍行因之果，一切萬法中，除無漏第一剎那及未來的未生法外，其他任何一法皆有同類因，除此之外，凡是同類法必有同類因。這樣一來，有些論師說：既然這樣，聲音沒有相續，又怎麼會有同類因呢？其他論師回答說：所謂的聲音無相續，是指四大聚合不存在，而聲音產生聲音的相續可以存在。在辯論場上，辯論雙方對這一問題都是比較感興趣的，有些人認為水產生水的聲音應該是同類因，有些人說水產生水的聲音不是同類因，而是由四大聚合形成的，大種聚合所生之聲音不一定是大種微塵所生，所以不應該是同類因。對於這一點，大家也應該運用自己的智慧認真分析。這裡說，除無漏第一剎那和未來的未生法之外，其他法都有自己的同類因，如從無始以來到現在，心不斷由前剎那產生後剎那，只是變化方式和形相上有所不同而已。

士用果是俱有因與相應因之果。士用果中的「士」，即士夫之義，「用」是指功用，比如陶師做陶瓷，需要一定功用才可以形成，同樣，由因起功用後，果即形成。五果中，增上果與士用果從範圍上講有很大差別，前者是對萬法不起障礙的角度，後者則是從互相起作用的角

度，因此應該善加區分。

表十四：

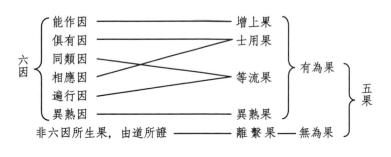

那是不是一個果僅由其特定的一種因產生呢？其實在一法上，六因均可具足，比如一位補特伽羅生嗔心，這種嗔心未受其他法阻礙，已經具足能作因；此嗔心是根本煩惱，與它同時產生之心所，如十遍大地法，即可稱為相應因；嗔心、外境、作意與其他同時產生之法，就是俱有因；此嗔心由前剎那產生後剎那，即是同類因；因為嗔心屬於煩惱，故可安立遍行因；以嗔心會感得下一世相貌醜陋等，因此是異熟因，這樣，一個嗔心上已經具足了六種因。若以信心為例，則由於遍行因屬於煩惱性，所以除遍行因外，其他五個因都應該具足。

己二、宣說各自之法相：

異熟無覆無記法，有記所生眾生攝，

等流果與自因同，離繫果為心滅盡。

依何因力所生果，士夫作用而產生，

253

非為前生有為法，唯一有為增上果。

異熟果本體為無覆無記法，屬眾生相續所攝，由善、惡之有記法所生；等流果則與自因相同；以智慧力滅盡之法即為離繫果；士用果依靠其因之作用力而產生；非為前生的新生有為法，即一切有為法之增上果。

異熟果的本體是無覆無記法，對解脫不起障礙之故；若僅是無記法，則外界之地水火風也具足此特點，故為了區分無情法，而說其成熟之處應為眾生相續所攝，如《百業經》中云：「一切眾生之業，不會成熟於器界的地水火風，而是成熟於自身的界蘊處。」若僅具足以上兩種特點，則長養生與等流生也應有異熟果，但長養生與等流生通於三性，而異熟果的來源是善業和不善業，所以說，異熟果非長養生與等流生。

以上宣說了異熟果的三種特點，為什麼叫異熟果呢？因是異熟因所成熟之果。異熟果報的成熟有幾種情況，有即生成熟的，比如某人眼睛不好，若其業力不是很深重，通過供養三寶，虔誠祈禱，即生可能會成熟善根果報。即生成熟的公案也有很多，比如《釋迦牟尼佛廣傳.白蓮花論》中，釋迦牟尼佛曾有一世轉生為日日野獸，膚色金黃，有一日，日日野獸救起一位落水者，並告之：若想報答我的恩德，請萬勿將我之行跡告與他人。此人一口應允。後來當地國王出重獎尋找了知日日野獸行蹤者，那個被救之人以貪心驅使，忘恩負義，將日日野獸出賣，當他帶著軍隊

和國王來到野獸所居之地，並以手指點其所在之處時，他的手當下落於地上。這個忘恩負義之人就是即生中感受異熟果的。還有些異熟果報會在來世成熟，有一些來世也不會成熟，但是，無論如何，即使經過百千劫，這種業一定會成熟，絕對不會消失的，《百業經》中說：「縱經百千劫，所作業不亡，因緣會遇時，果報還自受。」

等流果是指於自相續後產生的同類之法。從心的角度講，如前剎那心產生後剎那心；從自相續所攝身之群體來講，如前剎那身體產生後剎那身體。如上所述，除初果聖者以外，凡是因、果同類或相似之一切有為法，都是等流果。之所以不包括初果，是因為無漏第一剎那前的一剎那屬於有漏法，也就是說，由第一剎那的煩惱性變成第二剎那的非煩惱性，此二剎那非同類。對於有漏法，等流果可分為兩種，即遍行因所產生之等流果與同類因所產生之等流果，其中遍行因所生之等流果，地與煩惱性相同；同類因所生之等流果的地、種類一致；而無漏法僅本體相同即可，因為無漏法不屬地、界所攝，如靜慮六地中，一禪智慧產生二禪、三禪、四禪的智慧，地雖不同但本體相同，因此亦可稱為等流果。

在一些修行引導中經常會講到感受等流果和同行等流果，如前世殺生，即生中多病，或前世喜歡放生，即生中身體長壽無病，這就是感受等流果。前生喜做善事，今生中也喜做善事；前生喜歡殺生，今生也喜歡殺生，

即為同行等流果。因此，前世的習氣非常重要，有些人怎麼用功也背不下來一部論典，但對於世間的一些事，比如流行歌，根本不用背，一聽就會了，這可能就是前世的同行等流果。還有些人，對世間法總是摸不到頭腦，但對出世間法卻歡喜異常，非常精進，這也是同行等流果。

第三個是離繫果。通過智慧抉擇，斷除自相續中的所斷有漏法，獲得一種滅法，這就是離繫果，如相續中的嗔恨心，通過觀察斷除嗔恨的本體，最後獲得一種無嗔恨的智慧，這就叫離繫果，其事相也即抉擇滅。麥彭仁波切在《智者入門》中說，非抉擇滅也可以稱為離繫果。按麥彭仁波切的說法，離繫果不一定是眾生相續所攝，但本論頌詞中說到「離繫果為心滅盡」，很明顯，它應該由眾生相續所攝。

士用果是通過士夫作用而產生的。這裡所說的「士夫」可以是真正的士夫，也可以是名相上的士夫，此處可以將「因」稱為士夫，也即是說，因具足後，果可以無欺產生。士用果有產生士用果與獲得士用果兩種。其一，產生士用果，指以因的力量產生果，此果無論是與彼因一起，或無間，或後起，均需通過士夫的作用才能產生，因而稱為士用果，因與士夫所作之功用相同而得名，如同黑色的藥稱為烏鴉聲⑧。凡是由因所生之一切有為法均

---

⑧烏鴉聲：一種藍黑色藏藥，其上有一尖尖木條之形狀，藏族人常稱其為「烏鴉背箭」。

256

可稱為產生士用果，它也可以分成三類，第一種是無間生士用果，如欲界眾生通過勤作觀修，得到色界、無色界之等持，因為是無間獲得，故稱為無間產生士用果；第二種是同時生士用果，如地水火風，凡是同時產生之果，即可稱為同時生士用果；第三種是間斷生士用果，如農民春天耕地撒種，秋天時收割莊稼，這中間有一定的時間，所以叫做間斷生士用果。其二，獲得士用果，也即抉擇滅，前面從斷除煩惱的角度，抉擇滅叫離繫果，若從獲得抉擇滅的智慧來說，則稱為獲得士用果，所以獲得士用果與離繫果雖然皆是抉擇滅，但分析的角度並不相同。

增上果是指與因同時或在因後產生的一切有為法。由於果在因前則因無意義，因此增上果與因同時或於因後產生，但按中觀方法觀察時，因果同時也不能成立，因的作用就是產生果，若此二者同時存在，那因起何作用呢？但小乘認為，果不能在因前產生，因果同時卻是可以的。因此，凡與因同時或在因後產生的有為法均可稱為增上果，如地獄眾生的相續可以是無色界眾生相續的增上果，因其對無色界眾生相續的產生不起任何障礙，所以，不論何時何地之有為法，只要對生果不起障礙，就可以稱之為增上果。頌詞中的「唯一」是為了區分無為法，因為有部認為無為法無有增上果。

前面講士用果時，曾講到一種產生士用果，它與增上果相同，均是與因同時或在因後產生，那此二者是否

257

相同呢？有部認為，士用果的因一定要對其果起作用，才可稱為士用果，而增上果則是指對產生不起障礙的有為法。有些論師認為增上果是總果，士用果是別果，因此增上果的範圍較廣。經部以上認為，因果同時不能成立，大乘認為因與果的自性皆不成立，只要因緣聚合，如幻之因就可產生如幻之果。

丁三（宣說二者共同之法）分二：一、執果與生果時；二、由幾因生果。

戊一、執果與生果時：

五因現在執自果，俱有相應二生果，

同類遍行今過去，異熟過去方生果。

除能作因外的其他五因現在執自果；俱有因與相應因同時產生現在之果，由現在因與過去因生果的是同類因與遍行因，異熟因唯過去才能生果。

《自釋》中說：「取果、與果，其義云何？能為彼種故名取果，正與彼力故名與果。」取果、與果即為科判中所說的執果與生果，「執」在這裡有具有之意，執果就是指具有產生果的能力，或者說因能成為生果之種子；生果是指因給予果力量，令其趨入現在。

六因之中，執果者與生果者於何時具足？「五因現在執自果」，六因中除能作因以外，其他五因於現在時均具有產生果之能力，或者可以說其為種子。之所以不包括能作因，是因為它只是從不起障礙的角度安立的，

何時亦不具有生果之能力。上述五因中，俱有、相應二因是因果同時存在的，只要現在因成立，則果必定會產生，故此二因唯於現在位生果；通過去、現在二世而生果者為同類因與遍行因，現在因所生等流果屬無間產生，過去因所生之等流果是間斷產生；異熟果唯是過去因產生。

有部認為，異熟果只有過去因才能產生，實際上，若現在造異熟業，將來定會有果產生，或未來造異熟業，也一定會有果，但有部認為，未來無有次第，因此未來之異熟因不存在。

戊二、由幾因生果：

煩惱性與異熟生，餘法初聖者次第，

除異熟因遍行因，同類因外餘三因，

即是心與心所法，相應因外餘亦爾。

所生之果法有煩惱性、異熟生、餘法、初聖者四類，按次第分別除開異熟因、遍行因及同類因，由五因、五因、四因、三因產生，這是指心心所法；其餘色法與不相應行法，除相應因外，其餘均與上述相同。

果法一般可包括相應心心所及色法兩方面，但有部認為不相應行不包括於色法與心法中，因此按有部觀點，果法可含攝於色法、心法、不相應行三者之中；若詳細分，則此三者均有四類，即煩惱性、異熟生、餘法、初聖者無漏第一剎那。

表十五：

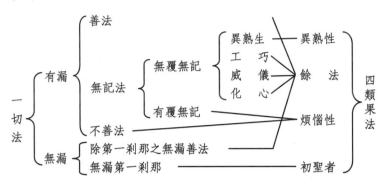

此四類果法，分別由幾因產生呢？首先講心心所方面之果法。第一類，煩惱性之果法，除異熟因外的其餘五因均可產生，異熟因所生之果必是無記法，故非異熟因所生；第二類，異熟生之果法，除遍行因外均可產生，異熟生法的本體應為無記法，而遍行因之因、果本體均為煩惱性，因此非遍行因所生；第三類，餘法所生果，「餘法」是指一切有漏善法、除初聖者無漏第一剎那之無漏善法，以及除異熟生以外的工巧、威儀、化心三種無覆無記法，此等諸法既非異熟性又非煩惱性，因此是由除異熟因、遍行因以外的其餘四因所生；第四類，初聖者，即苦法智的無漏第一剎那，因其屬於無漏善法，故非異熟因與遍行因所生，因其前一剎那為有漏法，與果法非同類，故不是同類因所生，所以，無漏第一剎那由異熟因、遍行因、同類因以外的三因所生。

頌詞中的「除」是指按次第分別除開，在分析頌詞

第二品 分別根

時應該注意。

「餘亦爾」，指除心法以外，其他色法與不相應行法也與前相同——果可分為四類，能生之因則是「相應因外」，除相應因以外，其餘皆可同樣類推。首先是無漏戒第一刹那，也即在見道的第一刹那，獲得無漏戒蘊之無表色，此第一刹那無表色應由色法產生，但卻不是同類因所生，因為它的前一刹那是有漏色法，而無漏第一刹那則為無漏，所以此第一刹那由能作因與俱有因產生。其次，煩惱性是指惡戒無表色，可由除異熟因與相應因以外的四因產生。有部認為相續中的惡戒屬煩惱性色法，但其他宗派不一定如此承認。再次是異熟生，如根群體中具有之色法，若是善趣眾生之根的群體，是前世造善業形成的；惡趣眾生根的群體是造惡業形成的，這些色法由除遍行因及相應因以外的其餘四因產生。最後一個是餘法，如外面的色法與得繩等，它們是由異熟因、遍行因及相應因以外的其餘三因所生。

表十六：

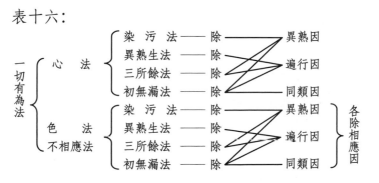

對於這裡每一個因的法相、事相，以及因與果之間的關係，一定要詳細分析。有關佛法方面的學問確實需要多下一點功夫，《山法寶鬘論》中說：「從無始劫以來不斷串習的煩惱，不通過修行肯定無法斷除，因此，必須要長年累月持之以恆地修行。」

丙二（宣說緣）分四：一、略說與各緣之法相；二、何緣對三時何果起作用；三、任何法由幾緣產生；四、廣說等無間緣。

丁一、略說與各緣之法相：

經中說緣有四種。其中因緣為五因；

一切心與心所法，除最後剎等無間；

所緣緣為一切法；能作因稱增上緣。

《阿含經》中說：「緣有四種。」其中因緣即除能作因以外的五因；除阿羅漢的最後剎那之外，一切心與心所皆為等無間緣；所緣緣是指一切法；所謂的能作因即稱為增上緣。

有些智者說：隨教經部與有部宗無有差別，均按《俱舍論》觀點承認；隨理經部宗則以陳那與法稱論師之觀點安立。因明中，因與緣是有差別的，因對事物本體起作用，緣則對事物之差別起作用。那《俱舍論》中，因與緣之間有無差別呢？有部自宗這樣回答：因與緣無有不同，之所以講六因四緣，是因為眾生根基不同，如同五蘊、十八界、十二生處，是依據眾生根基、意樂不同

262

而安立的，是佛度化眾生的一種方便而已。

既然經中說「緣有四種」，是哪四種呢？即因緣、等無間緣、所緣緣與增上緣。

因緣是指除能作因以外，其餘五因中的任何一種。這樣一來，因與緣不是已經完全混淆了嗎？有部認為，無有此過，因佛經中的說法是多種多樣的，就如同五蘊、十二處、十八界一樣，不會出現任何過失。因此，按有部觀點，只要對自果的產生起到幫助作用，就可稱為因緣。其事相即一切有為法。

何為等無間緣呢？「等」即平等，如前剎那心與後剎那心是平等的；「無間」是指同類相續之法，中間無有隔斷；是一切法之外緣，故稱為「緣」。雖然稱其為無間，但也並非在任何情況下也不間斷，滅盡定時之入定心即為出定心之等無間緣，有部認為此二者之間已被他法中斷。那這樣一來，不是自相矛盾了嗎？不矛盾，有部認為這種特殊情況是存在的。實際上，若按大乘說法，等無間緣既然是無間產生後後之果，那今天入滅盡定，一百年後出定時，這個心從何處而來？有部認為仍是原有之心產生的。但是，按照前面的觀察，中間這一階段是不是無有心？有部認為這時是沒有心的。那麼既然承許無心，則應成為無情法[82]，這是個大的過失。因此，正如前文所說的，中間階段應該存在細微之心，這樣一

[82]等無間緣應於心、心所方面安立。

來，承許其為等無間緣也不會有過失。那是不是所有心、心所均為等無間緣呢？阿羅漢最後剎那的心與心所不包括在內，因阿羅漢原為有漏法，最後獲得無漏法時，非等無間緣，因其所產生的不是與其前剎那相同之心心所。

所緣緣是指一切法，其中也包括無為法，如虛空。有部宗認為，因與緣中皆可包括無為法，但其果不包括無為法。

增上緣是不障礙果產生的一切法，也即前面所講到的能作因。這樣一來，有人產生疑問：所緣緣指一切法，增上緣也是不障礙果產生的一切法，既然二者均為「一切法」，那是不是增上緣與所緣緣無有差別了呢？有差別，增上緣的範圍比所緣緣廣。為什麼說增上緣的範圍廣呢？有兩個原因：其一，一切法可同時作為增上緣，卻不可同為所緣緣；其二，一法生時，則一切法皆可為增上緣，而所緣緣只有在成為所緣法時，才可安立，非所緣法時，則不能成為所緣緣。

丁二、何緣對三時何果起作用：

俱有相應此二因，於正滅法起作用，

三因生法起作用，此外二緣則相反。

俱有、相應二因，對正滅之法起作用；同類因、遍行因與異熟因三者對正生之法起作用，以上是說因緣。等無間緣與所緣緣與前相反。

上面已對四緣作了簡單介紹，那麼，四緣於三時中

何時有生果的作用呢？因緣是指除能作因以外的五因，分別來講，俱有因與相應因對正滅之法起作用，因有部認為此二因的因果同時，如心與心所，或者當下之心的因緣，均為俱有因與相應因。「三因」指同類因、遍行因、異熟因，此三因對生法起作用，也即對未來之果起作用。如同類因指同類事物不斷產生，遍行因是煩惱產生煩惱，此二者均是不間斷產生後後之果。異熟因則不相同，今生造惡業，或即生或來世，或者再下一世成熟，如同農民種莊稼一樣，要間隔一段時間才能收穫。

其餘三緣中，並未分析增上緣對於三時何果起作用，因增上緣的範圍比較廣，故不加以分析。但《自釋》中說：「唯增上緣於一切位皆無障住，故彼作用隨無障位一切無遮。」由此也可了知，增上緣應通於正生、正滅二者而有生果作用。接下來是等無間緣與所緣緣，前面在因緣當中講到，前二因對正滅法起作用，後面的三因則對正生之果法起作用，而等無間緣與所緣緣恰恰相反——等無間緣對正生之果起作用，而所緣緣則對正滅之果法起作用。為何如此呢？等無間緣唯於心與心所方面安立，它給未來果提供產生的機緣，而所緣緣是心與心所執著之對境，它唯一在能緣果法滅的階段有生果的作用，因心心所唯於現在時取境。

既然說所緣緣對正滅之果法發生作用，那在《俱舍論大疏》中講到這樣一個問題：心識可以緣過去、未來、

現在三時，那此處為什麼說心心所唯於現在果法起作用呢？有兩個原因：其一，所緣緣以現在為主，從主要的角度安立；其二，有部宗雖然承許心可以緣過去、未來，但他們所承許的過去、未來，與現在無有差別，為什麼呢？有部認為三時成實，過去與未來以各自的方式，於現在位存在，因此說，過去未來與現在一樣，皆可起到所緣的作用，所以說所緣緣對現在正滅之果法起作用。

丁三、任何法由幾緣產生：

四緣生諸心心所，以三緣生二種定，

他法則由二緣生，非自在等次第故。

諸心與心所以四緣可以產生；無想定與滅盡定除所緣緣外，以其他三緣產生；而其他法則由二緣產生。一切法絕非自在天等一因所生，次第生之故。

一切萬法皆由四緣產生，那是否四緣全部具足呢？不一定。一切心與心所的產生可以具足四緣，其中五因中的任何一因作為因緣，前剎那心心所為等無間緣，五境或一切法作為所緣緣，除自之外的法則作為增上緣。無想定與滅盡定具足除所緣緣以外的三緣，因為有部認為此二定的本體非心與心所，而所緣緣的作用唯一是引發心心所，因此不具足所緣緣，而此二定可以由等無間緣產生，因其加行依賴於心與心所，但其本身卻非心和心所。其他的不相應行及一切色法由因緣、增上緣產生，因為是無情法之故。

266

外道有很多遍計觀點，如有些說萬物由常有自在的我產生，有些說由大自在天產生，有些說是常有相續產生的，《入中論》中抉擇人無我時，已經廣泛遮破了眾多外道的觀點。按小乘自宗觀點——三時常有，以大乘觀點來看，此觀點與外道無有差別。但於此，僅僅依靠小乘自宗的「因緣生法」，即可遮破外道所承許「一因生法」的觀點，為什麼這樣說呢？《自釋》中說：「謂諸世間若自在等一因生者，則應一切俱時而生，非次第起，現見諸法次第而生，故知定非一因所起。」如果一切世間萬法是由大自在天等一因所生，那麼，一切法皆應一時生起，但是，我們可以現量見到，萬法在因緣聚合時偶爾產生，此生彼滅，具有次第性，所以可以肯定地說，萬法非由大自在天等一因所生。

下面講大種與大種所造之間的幾種關係，如大種產生大種由哪些因產生？大種產生大種所造由哪些因產生？大種所造產生大種所造由哪些因產生？大種所造產生大種由哪些因產生？其中大種指地水火風，大種所造指色聲香味觸，若有聲音就五種皆具，若無有聲音就只有色香味觸四種。

作大種因有二種，為大種造之五因，

大種所造三互因，作諸大種之一因。

大種可作為大種之俱有因與相應因，亦是產生大種所造的五類因；大種所造可作大種所造的俱有因、同類因、

異熟因，唯一作大種的異熟因。

色法有大種與大種所造兩種，而色法是由因緣與增上緣產生的，那麼，大種與大種所造之間如何以因緣、增上緣的方式產生呢？

大種作大種因，即地水火風產生地水火風，一方面，地水火風自己群體中存在的地水火風可互相起作用，故是俱有因；地產生地、水產生水等，同類因產生同類果，因此是同類因，所以大種可作大種的二種因。

大種不會依因緣產生大種所造色，因其非心心所法，故非相應因；不是染污法，故非遍行因；因果同為無記性故，非異熟因；因果同時生起故，非同類因；大種與大種所造之間不能互相幫助，故非俱有因。那是否不需要因呢？無因生是順世外道的觀點，佛教認為，萬法產生必定有因，那大種究竟作為何種因來產生大種所造呢？能作因。能作因作為增上緣的方式有五種：第一種生因，即大種新生大種所造；第二種是住因，大種可以使大種所造不間斷；第三種，大種變化則大種所造也隨之變化，故為相同因；第四種，大種所造依靠其他大種，故為所依因；第五種是增上因，即大種使大種所造愈加增上。

上述已經介紹了大種作為何因產生大種及大種所造，下面簡單介紹一下大種所造以何因產生大種及大種所造。

大種所造產生大種所造，首先可以作為俱有因，二種無漏律儀屬於心之隨轉，互相可以起到幫助的作用，

因此屬於俱有因；其次可作同類因，如磕頭時，前剎那的手印產生後剎那手印；現在的大種所造之色法，可以成熟未來大種所造群體中的色法，比如現在造善業或惡業，將來就會產生旁生或人的身體之色法，因此也是異熟因。

大種所造唯一作大種之異熟因，因為即生中善與不善的有表色可以產生後世異熟生之根群體中存在的大種。

丁四（廣說等無間緣）分三：一、分析十二心；二、分析二十心；三、觀察十二心中何者新得。

戊一（分析十二心）分二：一、真實宣說十二心；二、對應緣與具緣。

己一、真實宣說十二心：

欲界善與不善心，有覆以及無覆心，

色界以及無色界，除不善外二無漏。

欲界有四心，即善心、不善心、有覆無記心[83]、無覆無記心[84]；色界、無色界除不善心外[85]，各有三心；無漏心有兩個，即有學心與無學心，這樣共有十二個心。

己二、對應緣與具緣：

接下來講一心的後面無間產生哪些心。在這之前，首先要介紹一下八時[86]，所謂八時，就是指相續時、同地時、

阿毗達磨俱舍論頌講記

[83]有覆無記心：如壞聚見和邊執見。
[84]無覆無記心：異熟生心、威儀路心、幻心、工巧。
[85]色界與無色界無有不善心，只有煩惱心。
[86]八時：時即階段，指心的八個階段。

結生時、入定時、出定時、染污定所逼惱時、入化心時、出化心時。

相續時，如信心產生信心，相續不斷，也即前面的信心作為後面信心的等無間緣。

同地時，如先生起信心，後又生起嗔心，又生起貪心，各樣之心雖然種類不同，但地卻相同；這其中無間產生的不包括欲界化心，因其比較薄弱，而其他凡是欲界中產生的任何一個分別念均可包括於同地時中。

結生時一般是從死有到中有，從中有到生有⑧，這中間有一個結生⑧的過程。以人為例，首先是在人間死亡，死亡時，意識立刻結生到中陰身，然後中陰身再結生到後世的那一個眾生。一般說來，生心均為煩惱性或有覆無記法，在欲界中，沒有以善心結生的情況，而死心則可以是俱生善心、不善法、有覆無記法、無覆無記法。在死心中，若於善心中死亡，則除去加行善⑧；若是於無覆無記心中死亡，則除去工巧、化心。而且，死心不在二無漏心中產生，因二無漏心不包括於三界之中，實際上，何為輪迴？輪迴即生死。所以也可以說，有學、無學二無漏不會成為生死二心。

入定時一定是依靠善心入定，而不會依靠其他心入

第二品 分別根

定，也即下界加行善心入定後，可產生上界加行善，如欲界善心產生色界善心與二無漏心，色界善心則產生無色界善心與二無漏心，而無色界善心只產生有學、無學二無漏心。但是，以欲界入定之加行善心不會產生無色界加行善心，因為此二者的所依、所緣、行相與對治四方面有很大差距，圓暉法師在《俱舍論頌疏》中云：「所依遠者，無色界心，不與欲界心為所依故。行相遠者，無色界心，唯於第四禪，作苦粗障行相，必無緣欲作苦粗等行相故。所緣遠者，不緣欲故。對治遠者，未離欲界貪，必無能起無色界定，能為欲界惡戒等法，厭壞及斷二對治故。」所依方面，欲界屬有色，無色界非以有色為所依；行相方面，無色界唯於第四禪之苦粗行相為緣，而不會緣欲界之苦粗行相；所緣方面，欲界眾生的心粗大，屬於有緣，無色界必不以此為緣；從對治來講，無色定必已斷除欲界貪，故以欲界具貪之善必不能現前無色界定。

出定時，如入於第一禪定時為上界善心，而出定時，則已成為欲界善心；然後無色界的二無漏心可以產生無色界善心；無色界的善心與二無漏心產生色界加行善；色界善心與二無漏心產生欲界俱生、加行二種善心。

下面是染污定所逼惱時。入禪定者若對自己的禪定生起傲慢——「我所得到的禪定很不錯」，以此會染污禪定，馬上退失到下一禪定，這種禪定就是染污定所逼

惱時。實際上，也就是以上界煩惱心產生下界善心，一般來講，上界所有的煩惱均為有覆無記法，無有真正的不善心，因此，若認為自己的禪定是究竟解脫，或對自己的禪定產生一種禪愛，就會以此有覆無記法染污自己的禪定。

有些講義中只講到以上六時，因入化心時與出化心時與前面所講的入定時相同，因此未詳細分析，但本論中對此二種心的階段也作了簡單介紹。

入化心時是指色界的加行善之後會出現欲界與色界的兩種無記化心。如欲界眾生顯示神變，他先要入色界禪定，顯現化心，然後出定，以此化心顯示神變，若未出定，則不能運用此化心。

出化心時，指欲界化心中產生色界加行善心。

上述八時與十二種心一定要銘記於心，這些道理通達以後，下面所講的問題就可以輕而易舉的通達。

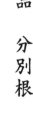

欲界善心生九心，彼唯由八心中生，

不善心由十心生，彼中產生四種心。

有覆無記心亦爾，無覆五起生七心。

欲界善心可產生九心，彼則通過八心產生；不善心可從十種心中產生，彼自身可產生四心；有覆無記心與不善心相同，而無覆心由五心中生起，其本身產生七心。

前面已經介紹過十二種心，此頌詞就來介紹欲界的四種心與哪些心互為等無間緣。

欲界善心作等無間緣，可以產生九種心，是哪九種心呢？即相續時欲界的善心，同地時欲界的不善心、有覆無記心、無覆無記心，入定時色界的加行善心——色界禪定之心，有學、無學二無漏心——依靠欲界善心可現前一來果、無來果及阿羅漢果；結生時，依靠善心死亡後轉生於色界、無色界後可產生有覆無記心，這樣依靠欲界善心，有九種心可以產生。反過來，以哪些心作為等無間緣，可以產生欲界善心呢？可由八心中產生，即與前面相同的相續時與同地時自地的四心；出定時色界的加行善心——入於色界禪定後，以色界加行善心出定，出定時即可產生欲界善心；二無漏心；染污定所逼惱時色界的有覆無記心——從色界禪定退失之因即有覆無記法，以此心可產生欲界善心，因此共有八種心可以產生欲界善心。

下面是欲界不善心，它可以從十種心中產生，即相續時與同地時自地的四心，與上述相同；結生於欲界時的不善心之因，可以是上兩界的善心，也就是說，若於上兩界的善心中死亡，轉生於欲界的生心為不善心；若於上兩界的有覆無記心與無覆無記心中死亡，轉生於欲界，亦可產生欲界不善心。這樣，上兩界各有三心，一共六種心，再加上自地的四心，欲界的不善心可以從十心中產生。若是欲界不善心作等無間緣，則只產生四心，即相續時與同地時的自地四心，這是欲界的不善心。欲

273

界有覆無記心與不善心相同，皆可依此類推。

　　欲界的無覆無記心由五心中產生，即相續時與同地時自地的四心以及入化心時的加行善心。欲界無覆無記心作等無間緣，則可產生七心，即相續時與同地時自地的四心，出化心時色界的加行善心，結生於上兩界時的有覆無記心。

　　色界善心生十一，彼由九心無間生，

　　有覆由八心中生，彼心產生六種心，

　　無覆無記三心生，彼中產生六種心。

　　色界的善心可以產生十一種心，它本身則依靠九心作等無間緣來產生；有覆無記心由八種心來產生，它自己則可以產生六種心；無覆無記心由三種心作等無間緣產生，而從彼中則可產生六種心。

　　在這裡，也許有些人會產生疑問：我們正在講因與果，為什麼突然講到三界的心呢？有些講義中沒有科判，這樣一來，自然而然就會產生此種疑問，但如果分析前面「廣說等無間緣」這一科判，也就不會有此疑問了。實際上，等無間緣主要是安立在心心所方面的，因此，這裡才會對三界的十二種心廣作分析。

　　前面已經講了欲界的四種心，下面是色界的三種心。色界善心可以產生十一心，即相續時與同地時的三種心，前面講欲界時，相續時與同地時均為四種心，這裡為什麼要說是三種心呢？因為色界中無有不善心，所以色界

的善心可以產生自地相續時的善心，以及同地時的有覆、無覆兩種心。其中同地時的無覆無記心，可包括除化心以外的異熟心、工巧心和威儀心，而由俱生善心中出現化心，化心中出現工巧與威儀心，有覆無記心則由工巧與威儀心中產生。總而言之，色界善心中產生無覆無記心，之後由無覆無記心中產生有覆無記心，以上是色界善心於自地產生的三種心。在出定時，依靠色界善心，可以產生欲界加行善和俱生善兩種心；入化心時欲界的無覆無記心；結生於欲界時可以產生不善心、有覆無記心，若結生於無色界，則產生有覆無記心；入定時，依靠色界善心，可現前無色界的加行善心以及二無漏心，這樣共有十一種心，也就是十二心中除無色界的無覆無記心以外的十一心。

復次，色界善心可以由九心中無間產生，是哪九心呢？即相續時的善心，同地時由化心中所生的加行善心、異熟生與威儀心二者所生的俱生善心。這裡面有一點差別，蔣陽洛德旺波尊者沒有提到同地時的有覆無記心可以產生色界善心，按理來說，同地時，有覆無記心與無覆無記心均可產生色界善心，但尊者在講義中沒有提到有覆無記心，而是將善心分為兩種——加行善與俱生善。不過《自釋》中已經明確提到：「即此復從九無間起，謂除欲界二染污心及除無色無覆無記。」因此，從《自釋》的觀點來看，應該是可以從同地時的有覆無記心中產生

色界善心的。以上是自地的三心。在入定時，於欲界依靠加行善開始修持，即可產生色界善心；出化心時欲界的無覆無記心——出化心時與入定時相同，入於色界等持，即產生色界善心；出定時由無色界的加行善心及二無漏心中可以產生色界善心；染污定所逼惱時，以無色界的有覆無記心退失其禪定，則會無間產生色界善心。

色界有覆無記心由八心中產生，也就是相續時與同地時自地的三心；結生時，以欲界善心或者異熟生與威儀的無覆無記心死亡，轉生於色界時以有覆無記心結生；另外，結生時若以無色界俱生善心、有覆無記心及無覆無記心的三種心來死亡，則亦可產生色界的生心——有覆無記心。如果色界有覆無記心作為等無間緣，則可從中產生六心，即相續時的有覆無記心與同地時的善心、無覆無記心——化心，這是自地的三心；結生時，以色界有覆無記心死亡，則可產生欲界不善心及有覆無記心；染污定所逼惱時，因對色界禪定生起傲慢或厭煩之心，故無間生起欲界加行善、俱生善兩種心。這樣，色界有覆無記心可以產生六種心，即自地三種心及下界的三種心，它不會產生無色界的三種心，因色界有覆無記心不能作為入定之依處，在出定時只能上界善心產生下界善心，而不會產生上界的善心或二無漏心，因此色界的有覆無記心只能於結生時作為等無間緣。

色界的無覆無記心由三心中產生，即相續時的無覆

無記心——自己所生之化心，威儀與異熟二者互生；同地時的善心以及有覆無記心亦可產生無覆無記心。然後色界無覆無記心作為等無間緣，可以產生六心，即相續時的無覆無記心——自己所生之化心，威儀與異熟生互為產生；同地時自地的善心與有覆無記心，此為自地三心；若以色界無覆無記心死亡，則結生時可產生欲界不善心、有覆無記心以及無色界有覆無記心。無覆無記心不能作為其他心的依處，如有學道的二無漏心，必須依靠欲界或色界善心來現前，若以色界無覆無記心則不能現前此二心。

以上已經講了色界的三種心與哪些心互為等無間緣，同樣，無色界也可以如此分析。

無色無覆亦同彼，善心產生九種心，

彼由六心中產生，有覆七心生七心。

無色界的無覆無記心與色界相同。善心可以產生九種心，其本身則通過六種心產生；有覆無記心由七心中產生，自己也可產生七心。

無色界的無覆無記心與色界的無覆無記心相同，均可以上述方法類推，所不同之處是無色界無覆無記心作等無間緣所產生的六心中，有一無覆無記心，此時的無覆無記心唯包括異熟生心，其他三種無覆無記心均不包括。

無色界善心中可以產生九心，有相續時的善心和同

地時的有覆無記心、無覆無記心，自地共有三種心；入定時的二無漏心，出定時色界的善心；若死後轉生於色界，則於結生時產生色界的有覆無記心，若轉生欲界，則產生欲界二煩惱性心。以六種心作為等無間緣，可以產生無色界善心，也就是相續時與同地時自地之三心，入定時色界善心，出定時二無漏心。

有覆無記心中可以產生七心，即自地三心；結生時欲界二煩惱心、色界有覆無記心；染污定所逼惱時色界的加行善心。同樣，無色界的有覆無記心也是以七心作為等無間緣而產生的，包括相續時與同地時自地的三心；結生時欲界、色界二種善心及二種無覆無記心——異熟生心與威儀心。

有學之心四心生，彼中產生五種心，

無學五心中產生，彼中產生四種心。

有學道之心可以由四心中產生，從彼中則可產生五種心；而無學道之心從五種心中產生，他自己則產生四種心。

有學道是指預流果、一來果及不來果。有學道依三界加行善入定，即可現前；在相續時，有學道本身作為等無間緣，亦可無間產生有學道之心，因此說有學道的心可以從四心中產生。在這裡，同地時的心是沒有的，因為同地時全部包括於三界之中，而有學道之心屬無漏法，不包括於三界之中。若以有學心作為等無間緣，從

中可以產生五心，即出定時欲界善心、上兩界的加行善心；相續時的有學心本身；入定時於有學金剛定末尾無間可生起無學滅盡智。所以有學心作為因，可以產生五種心，而無學心也以此為因產生，不過，這一點在《澄清寶珠論》中提到過：有實宗認為，佛智是依靠因緣產生的。也就是說，他們認為佛的這種無二智慧屬於抉擇滅，是一種無為法，而此無為法則是依靠有學道及其他因緣聚合後現前的，但大乘並非如此承認，大乘認為，這並不是真正的因與果，而是能遣與所遣。《心性休息》中也講到：大乘認為，障礙遣除後，佛的如所有智、盡所有智自然顯現。但是小乘認為佛陀的無二智慧，或者阿羅漢的無二智，均是以有學道的智慧作為因。對於金剛喻定也有很多不同說法，法王如意寶也說過：各教派中，有些認為金剛喻定屬有學道，有些認為是無學道，但按《俱舍論》的觀點，金剛喻定應該屬於有學道，因為在有學道，以金剛喻定可以摧毀有學道所有的微細煩惱⑨。

無學心可由五種心中產生，即入定時三界的加行善心、有學道時金剛喻定之心；相續時無學心本身。無學心中可以產生四心，阿羅漢出定時，三界中欲界的加行善、俱生善以及色界無色界中的加行善皆可現前；在相續時，由無學心本身作為因，也可出現無學心，因此由無學心

---

⑨小乘無有所知障的名詞，只是煩惱障與非煩惱障，此處以金剛喻定來摧毀的屬於非煩惱障。

阿毗達磨俱舍論頌講記

中可以出現四種心。

此處雖然說有學、無學之「心」，實際上，這種心也就是指智慧，此二者無有差別。但在《現觀莊嚴論》中，心與智慧是分開來講的，密宗當中也將心與智慧分開來講。一般來說，「智慧」是指無漏清淨的法，凡夫人也可以用智慧，只是在不同氛圍中有不同含義。我們不要認為「心」全部是不清淨的，這是不正確的觀點，比如「菩提心」就有兩種解釋方法：第一種，大乘中經常說「發無上菩提心」，這時，利益眾生之心即為菩提心；第二種，如《實相寶藏論》或榮索班智達《入大乘論》中說，所謂菩提心即指認識本性時所出現的一種智慧，也就是遠離二邊的覺性。

戊二、分析二十心：

十二心亦分二十，生於三界分二心，
俱生加行之善心，許異熟生威儀心，
工巧化心四無記，色界之中除工巧。

十二心亦可分為二十種，其中三界的善心各分為俱生、加行兩種，欲界中的無覆無記心有異熟生、威儀心、工巧心與化心四種，色界中的無覆無記心則是除去工巧心以外的三種心。

前面已經講過，三界全部有漏無漏的心，均可包括於十二種心當中，那麼在這一頌詞中，如果再詳細分析十二種心，則可以分為二十種。三界中各有一個善心，

此心可再分為加行善與俱生善，若是如此，則三界善心已經成為六種，再加上不包括三界善心的九個心，即為十五種心。

十二心中的無覆無記心也有所不同，無覆無記心共分為四種：異熟生心——不觀待士夫勤作而由異熟因自然而生之心。當然，若對異熟生心詳細分的話，則六識聚中的任一識均可包括，而六識之所緣即為色聲香味觸法六境。威儀心——緣外界坐墊等以及自己的肢體所獲得的香、味、觸等，如平時的行住坐臥。工巧心——緣色、香、味、觸四種對境，其中也包括緣聲學而分之心，實際上，凡世間工巧皆是為了五境。化心——欲界眾生依靠色界心顯示神變後，緣色香味觸可以出現幻化之心。

上面所講的四種無覆無記心，欲界中全部具足；色界中除工巧心以外，具足其他三種無覆無記心，因色界的無量宮殿、衣服等均為自然而成，不必勤作；無色界中只有異熟生一個無覆無記心。因此，在上面十五心的基礎上除去三種無覆無記心，再加上欲界四種、色界三種、無色界一種，共八種無覆無記心，因此有二十種心。

阿毗達磨俱舍論頌講記

表十五：

	十 二 心	二 十 心
欲界	善 心	加行善、俱生善
	不善心	不善心
	有覆無記心	有覆無記心
	無覆無記心	異熟生心、威儀心、工巧心、化心
色界	善 心	加行善、俱生善
	有覆無記心	有覆無記心
	無覆無記心	異熟生心、威儀心、化心
無色界	善 心	加行善、俱生善
	有覆無記心	有覆無記心
	無覆無記心	異熟生心
	有學、無學二無漏心	有學、無學二無漏心

這裡為什麼要對善心與無覆無記心作如此區分呢？眾生在死亡時，若以善心死，則只能在俱生善心中死，但在入定時，只能以加行善來入定；若以無覆無記心死，則只能在其中的異熟生心上死亡，因此，作如此詳細分類的原因也是這樣的。

戊三、觀察十二心中何者新得：

三界煩惱性之心，六心六心二心得，

轉色界善三心得，有學四心餘本身。

煩惱性的心於三界現前時，分別以六心、六心、二心獲得；若轉生色界，其善心通過三心獲得；若現前有學心則通過四心獲得；其餘六心現前，只有其本身重新獲得。

前面所講的十二種心互為等無間緣，有部、經部乃

至中觀宗都是承認的，但這裡講到的十二心之新得只是有部宗的觀點。

有部宗是如何承認的呢？欲界煩惱心現前時，可有六種心重新獲得，即轉生於欲界的不善心、有覆無記心、俱生善心，以及依於欲界煩惱心而使阿羅漢果退失時，無色界、色界的二煩惱性心可以現前，還有原來阿羅漢的無學心在退失之後，有學心已經現前。但是，有部宗認為，此六心並非同時產生，如欲界阿羅漢，他在退失後，色界、無色界的二煩惱心以及有學心，可以同時現前，而當一個眾生轉生於欲界時，欲界的不善心、有覆無記心及俱生善這三種心可以同時得到。因此，在這裡應該分開兩種情況，並不是一位阿羅漢退失，則上述六種心均可得到。實際上，此頌所說的重新現前之心，也只是從得繩方面說的，否則以理觀察不能成立。

色界有覆無記心現前時，亦有六心可重新獲得，也即無色界轉生於色界時現前的色界煩惱性心與俱生善心，以及欲界、色界的化心；若以色界的煩惱心使阿羅漢果退失，則可現前無色界的煩惱性心與有學心。

無色界煩惱性心若是現前，可有二心重新獲得，即阿羅漢果退失時的無色界煩惱性心與有學心。一般情況下，有部宗認為阿羅漢的果位是會退失的，但經部以上並不這樣認為，全知麥彭仁波切在《智者入門》中說：聖者在退轉之後，很快時間即可恢復原有的果位，如同

身體強健的勇士被絆倒後，瞬間即能恢復原狀。有部宗認為這就是阿羅漢退失的情況。

色界善心現前時，有三心重新獲得，也就是說以出世間道遠離欲貪時色界的善心可重新獲得，還有以世間道遠離欲貪時出現的欲界與色界的二化心，如世間的一些大仙人，通過修持禪定，雖未證悟無我，但也可以斷除煩惱，不過此種煩惱在以後因緣聚合時，仍會現前。

有學心現前，可重新得四心，如原為加行道，後獲得見道第一果——預流果，即現前第一無漏心；以無漏聖道斷除欲貪，即可獲得欲界化心與色界化心；以無漏聖道遠離色界貪欲時，可以現前無色界善心，因此，當有學心現前時，有四種心可重新獲得。

以上已經分析了六種心，那其餘六心現前時，可重新獲得幾心呢？欲界與無色界的善心以及三界的無覆無記心、無學心，這六種心現前時，除其本身外，無有其他新得。

阿毗達磨俱舍論，第二分別根品釋終

第二品 分別根

第三品　分別世間

第三分別世間品分二：一、生者眾生世界；二、生處器世界。

甲一（生者眾生世界）分三：一、分類；二、法之特點；三、廣說自性。

乙一（分類）分二：一、三界之分類；二、五趣之分類。

丙一、三界之分類：

地獄餓鬼與旁生，人類以及六欲天，

即是欲界分二十，由地獄洲之差別。

地獄、餓鬼、旁生、人類以及六欲天被稱為欲界。其中地獄有八個，人類分為四洲，這樣欲界共有二十類。

所謂「三界」就是指欲界、色界、無色界。何為欲界呢？《自釋》中說：「地獄等四及六欲天並器世間是名欲界。」欲界眾生對五欲妙㉑著求不捨，由此產生極大煩惱而增上不善業，如見到美妙之色，心中生起「我要得到」的念頭；聽到悅耳的聲音，「我要多聽一會兒」；財產、地位、名譽……這些都是欲界眾生希求的目標，但想要得到的卻得不到，得到之後又會失去，痛苦隨之產生，由痛苦驅使就會造作不善業，這就是欲界。麥彭仁波切在《君規教言論》中說：「雖未斷除諸貪執，卻莫貪得無厭也！」

阿毗達磨俱舍論頌講記

㉑五欲妙：指財、色、名、食、睡，或可引發貪欲心的色、聲、香、味、觸五境。

欲界眾生沒有貪欲是不可能的，但是不要貪得無厭，一定要有限度，特別是一個修行人，不要如同世間未被正法調化的有情一般，受貪欲左右，以瘋狂的行為來滿足自己。

欲界分為五趣，即地獄、餓鬼、旁生、人類、天界⑨。

地獄：梵語「那繞嘎」，意為心不歡喜，因為是由非福德之業力所牽引而心不歡喜，故稱之為地獄。有些人每天都不高興，愁眉苦臉的，這樣算不算是地獄眾生呢？

餓鬼：藏文「葉達」，意為惦念，因為特別餓的緣故，心中一直掛念著飲食，從而前往尋覓，所以稱為餓鬼。有些人，每天只是想著要吃點什麼，對於飲食特別特別重視，對聞思修行一點也不考慮，總是喜歡買東西吃。

旁生：藏文「登珠」，因為低著頭橫行而稱為旁生。

人類：意識占主要成分，以其主觀能力，可以對外物進行改變與造作。

天界：梵語「得瓦」，意為擁有喜樂或安樂。這裡所講的天界，是指欲界六天，即四大天王天、三十三天、離諍天、兜率天、化樂天、他化自在天，下文會詳細分析此六欲天。

若對欲界五趣詳細分析，則地獄分為八熱地獄——復合地獄、黑繩地獄、眾合地獄、號叫地獄、大號叫地獄、

第三品 分別世間

燒熱地獄、極熱地獄、無間地獄，人類分為四大洲——南贍部洲、東勝身洲、西牛貨洲、北俱盧洲，以及餓鬼、旁生、六欲天，共有二十種分類，也即惡趣、善趣各十種。若再詳細分，還可以分為三十六種、四十種等，比如地獄有十八地獄，餓鬼有外障餓鬼、內障餓鬼、特障餓鬼；旁生可分為海居旁生與散居旁生；人所分的四大部洲中又可分為八小洲，這樣就有三十六種。但本論中說欲界只有二十種，因為寒地獄、近邊地獄均是熱地獄之從屬，故未單獨宣說，在《心性休息》以及《大圓滿前行》中對於寒地獄講得不廣的原因也是如此。

此上住所十七處，即為色界於其中，

初三靜慮各三處，第四靜慮有八處。

在此欲界之上有十七處，名為色界，其中一、二、三禪各有三處，即為九處，第四禪有八處。

在欲界的上方有色界，為何稱為色界呢？因為在功德、相貌、住所、受用等各方面皆遠遠超勝欲界，並且能夠增上自地煩惱、具有善妙色相之故，所以稱為色界。欲界眾生因修持四靜慮而轉生於色界，那麼，既然色界由四靜慮所攝，為何又說有十七處呢？因所修靜慮不同，故轉生於色界之地也不相同。

所謂的色界十七處，即初三靜慮各有三處，第四靜慮有八處。其中第一靜慮根據上、中、下品禪定不同，而分別轉生於梵眾天、梵輔天、大梵天；第二靜慮三處

分別為少光天、無量光天、極淨光天；第三靜慮三處為少淨天、無量淨天、遍淨天。第四靜慮中的前三處——無雲天、福生天、廣果天，屬凡夫住處，由修習有漏上、中、下品四禪可轉生於此處；若輪番修習有漏無漏的下、中、上、極上、最上品之四禪則轉生屬於聖者所居之處的淨宮地，也即無想天、無惱天、善現天、善見天、色究竟天。

這樣前三靜慮各有三處，第四靜慮有八處，共十七處。但是，克什米爾有部一些論師認為，在名稱上雖然是十七個，實際上只有十六個色界天，因為他們認為初靜慮中的大梵天與梵輔天實際上是一個，其中大梵天就如同現在的一個城市，而梵輔天就像是城市的邊緣地帶，因此不必分開單獨安立。關於經部觀點，則說法不一，《俱舍論頌疏》中說：「此經部宗，除無想天者，以無想天與廣果天身壽等，所以無想攝入廣果，更不別立。若上座部，亦立大梵天，由身壽不同故；亦立無想天，謂與廣果因果別故，由此色界即有十八天。」演培法師在其《俱舍論頌講記》中說：「頌疏說此十七處，是經部師立，那是錯誤的。正理二一說：『上座色界立十八天……無想有情於第四定，為第四處，與廣果天有差別故，處成十八。』」《講記》中認為，上座所指的實際就是經部，因此說經部的觀點是色界有十八處。《大乘阿毗達磨雜集論》中說：「梵眾天，梵輔天，大梵天。少光天，無量光天，極光淨天。少淨天，無量淨天，遍淨天。無雲天，

福生天，廣果天。無想有情天，無煩天，無熱天，善現天，善見天，色究竟天。」《大毗婆沙論》卷一三六與《大乘阿毗達磨雜集論》觀點一致，認為色界有十八天。

無色界則無住所，由轉生而分四種，

彼處同分與命根，即心相續之所依。

無色界無有單獨的住處，根據其禪定不同，所轉生之處有四種差別。因無有色法之故，其心心所法依靠同分及命根等不相應行而得以相續。

無色界沒有色法的緣故，無有方位可指，因此也就無有處所，轉生於無色界的有情在獲得無色界等持而未退失的情況下，無論死於何處，立即在此處形成四名蘊，成為無色界眾生。不過，雖然沒有單獨的處所，所轉生之處也並不是沒有分類，根據其所修持之禪定賢劣程度的不同，所轉生的無色界有空無邊處、識無邊處、無所有處、非想非非想處四種差別。其中空無邊處是指厭離形色之身，觀想一切皆為虛空，然後加行入於空無邊處定，後來即轉生此處；識無邊處，由厭離空無邊處，轉而思維清淨眼等六識，由此加行而得以轉生；無所有處即超越識無邊處定，了知一切所緣皆為無有，入無所有定而思維何者亦無有，依此力則轉生無所有處；非想非非想天，乃三界最高天，所以又稱為有頂天，此天之禪定，沒有下地之粗想，因此稱為非想，但也不是沒有細微之想，所以叫做非非想。因此，每一位修行人在修習禪定時一

定要注意，上師的竅訣非常重要，我們若盲目執著上述的任何一種境界，很可能會轉生於那一處，這樣仍未超離三界，不是真正的解脫。

對於無色界是否具有色法，各大論師的觀點也不盡相同。克什米爾有部宗論師認為，無色界是無有色法的，因此也不會有單獨的處所；紅衣派有部宗認為，無色界有細微的色法，位於色界之上；無垢光尊者在《如意寶藏論》中說：無色界有細微色法，因色法極其細微之故，對其加否定詞而說「無色」，是從不明顯角度講的。

按照克什米爾有部宗的觀點，無色界根本無有色法，那此界眾生之心依靠何者而得以相續呢？他們認為是依靠同分與命根。有部認為同分、命根等不相應行是實有存在的；在藏文注釋中有一個「亦」字，在這裡沒有翻譯出來，藏文中的「亦」字表明，無色界眾生之心還可依靠異生、非具、得繩等得以相續。但是，經部宗認為，無色界眾生並非僅依靠同分與命根存活，還需依靠業，因無色界眾生是以前修持等持力的異熟果報成熟，依靠這種業力，他的心相續得以存活。

那麼，欲界、色界眾生的心相續不依靠命根與同分嗎？不依靠。因為此二界眾生對色法非常執著，而無色界眾生以等持力已經遠離色法之想，其力量強大，因此只有無色界眾生的心相續依靠命根與同分。

丙二、五趣之分類：

彼中地獄等五趣，經中宣說各名稱，

非煩惱性非有記，所謂眾生非中有。

地獄等五趣在《宣說三有經》中已經依各自名稱進行了宣說，其本體不是煩惱性，也不是有記善法，而且五趣眾生不包括中有身。

以上已經辨明了三界，那三界中是否五趣全部具足呢？欲界中，地獄、餓鬼、旁生以及人趣全部具足，天趣僅具足一分；色界與無色界只具足天趣。

五趣的本體是善是惡呢？「非煩惱性非有記。」不是有記法，有記法包括善、不善兩種，五趣本性若善，則具有邪見而斷善根之人不應存在；若五趣本性為不善法或有覆無記法，則未離貪的阿羅漢應該不屬於五趣眾生，但其雖無煩惱，身體仍屬五趣，因為小乘認為，不僅阿羅漢，就連佛的身體也是包括在五趣之中的。

因此說，五趣屬於無覆無記法，非善非惡，在此中感受眾多生死之有情被稱為眾生。有部宗認為，眾生是一種實有物體；經部宗則認為蘊的相續假立被稱為眾生；中觀宗認為五蘊的假合可以叫做眾生，經部與中觀的觀點基本上一致，認為眾生非實有存在。那麼，五趣眾生是否包括中有呢？「所謂眾生非中有」，總的來講，中有身應該是眾生，但按照本論觀點，中有身不屬於五趣的任何一趣，因為五趣是所要轉生之處，中陰身結生後的眾生才屬於五趣之中，而中陰身還屬於未轉生的階段，

阿毗達磨俱舍論頌講記

《自釋》中說：「趣義不相應故，趣謂所往不可說言中有是所往……二趣中故名為中有。」也就是說，「趣」是所應去的處所，中有是處於二趣中間的能往，因此不能將其包括於五趣之中。

有些論中說是「六趣」，也即將非天算為一趣，但是本論既然說是「五趣」，非天應該屬於哪一趣呢？聖者無著菩薩認為，非天的身體、受用與天界不相上下，且與天人屬於聯姻友伴，所以應該包括在天趣中，但是因為已經失去天法，所以加否定詞而稱其為非天；《正念經》中說，非天一半屬於旁生，在大海以下，一半屬於天界，在大海以上；全知麥彭仁波切在《智者入門》中說，非天屬於天界之中，共有五趣眾生。

龍猛菩薩說：「諸佛或說我，或說於無我，諸法實相中，無我非無我。」釋迦牟尼佛在三轉法輪中，針對不同根基的眾生，首先在第一轉法輪中說「我是存在的」，第二轉法輪中講「我是不存在的」，第三轉法輪中則宣講了遠離一切戲論及言說的境界，說「我超越如來藏而存在」。本論所講的，屬於第一轉法輪——「我是存在的」，也就是業、因果、輪迴、器情世間全部是存在的。

既然眾生存在，其身體與意識有何區別呢？下面即介紹「法之特點」。

乙二（法之特點）分四：一、七識處；二、有情九處；三、四識處；四、觀察七識處與四識處所攝之義。

丙一、七識處：

身不同與識不同，身不同與識一致，

相反以及身識一，無色界中初三處。

此等即是七識處，餘者非有彼能毀。

身識皆不同的人及諸欲天，身不同、識一致的初劫之初靜慮，身相同、識不同之二禪天，身識皆同之三禪天以及無色界初三處，此七處稱為七識處。其他處不能稱為識處，因為識能被摧毀之故。

何為識處？識以愛的方式得以增上。如對自己的禪定、處所有一種貪愛，以此方式心識得以增長。

既然說「七識處」，七種識處是指哪些呢？第一識處是指「身不同與識不同」，身體和意識皆不相同的有一部分眾生，也就是欲界以及諸欲天。如三十三天和四大天王的身體、相貌、大小、顏色、形狀等各方面皆不相同，其心識也是苦樂喜捨，有種種差別。欲界中，人與人無論身體還是意識也都不相同，如現在有很多雙胞胎，長得非常像，但實際上，仔細看還是有差別，而且兩個人的性格、愛好、素質等各方面也完全不同。再比如，演毛澤東的演員與毛澤東，他們兩個人，大家都說：「長得太像了，演得太好了……」但實際上是否相同呢？完全不同，他們的身體不同，意識也不相同。

第二識住是指身體不同、識相同的第一靜慮三處眾生，此三處天人的身體不同，因為梵眾天與梵輔天眾生

阿毗達磨俱舍論頌講記

的身體、顏色、言語、衣裳等要比大梵天小，但他們的意識是相同的，因為大梵天在光明天時曾這樣想：我要造一個梵天世界。後來他來到梵天世界不久，即有很多新的梵眾天天人，所以大梵天此時認為：這些眾生皆是由我的願力所生。然後這些新生眷屬也認為：我們均由大梵天之意願所生。所以說他們的意識是一致的。

第三識住則與第二識住相反，也就是身體相同、識不同的第二禪天天人。二禪天的天人皆為光身，其顏色、相狀都是比較相同的。但他們的意識則不相同，因為他們的一些樂受未真正成熟，有些對未至定生起意樂，有些對正行生起意樂，因此根據其意樂的不同，有些住於未至定中，有些住於正禪之中。不過這也是有部宗的不同說法，實際上，人類當中也可以如此安立，比如出家人全部穿著紅色的袈裟，身體是相同的，但心識則不相同，有些想回家去看看父母，有些則在學院裡認真地聞思，所以也可以說他們是身相同、識不同。

然後第四識住是第三禪，也即身體與意識皆為一致。他們的身體、顏色等都是相同的，而心識都安住於一種禪定的樂受之中。第五、六、七識住，分別是指無色界的前三處——空無邊處、識無邊處、無所有處。

以上已經宣說了七識處，但是其他地方也是有心識的，為什麼只是將以上七處稱為「處」呢？其他的如無色界的有頂、色界四禪以及欲界三惡趣都不是識處，前

面講過，所謂的識處是以愛的方式可以增長其心識的，但三惡趣眾生對於自己所居之處產生極大厭離，並以痛苦來摧毀；四禪無想定以無因果之想來摧毀；無色界的有頂天則以滅盡定來摧毀，因此說，不能將此五處稱為識處。

丙二、有情九處：

有頂無想天眾生，經說有情之九處。

因於不欲之中住，是故其餘非稱處。

七識處以及有頂與無想天眾生，即是經中所說的有情九處。其餘三惡趣與無想天以外的四禪眾生，因不願於所居之處安住，所以不稱為處。

眾生九處，亦可稱為九有情居或九眾生居，又可簡稱為九有或九居。何為眾生九處呢？前面所講之七識處以及有頂、無想天眾生即是眾生九處。

那麼，惡趣以及無想天以外的四禪眾生為何不稱為有情之處呢？所謂的眾生九處是指眾生都願意從他處來於此中安住，並且不願離開。但是三惡趣眾生依靠業力之魔的招感，不得不居於此處，如同監獄眾生時刻想從中出離，因此不稱為處。另外，除無想天以外的四禪眾生，均想離開自己所居之處而到無想天去，因為他們認為在那裡能夠獲得涅槃，所以也不能將無想天以外的四禪安立為處。

比如五明佛學院，上師如意寶在時（此時法王如意寶未圓

寂），自然而然會有天南海北的眾多弟子聚集，古人說：「桃李不言，下自成蹊。」大家均會將這裡作為所歡欣居住之處，這均是由於上師如意寶的威力所致，確實，在這裡有佛法甘露的滋潤，只要自己的心相續與佛法相應，一定會有很大利益。因此，大家不要把學院看成是惡趣處一樣的，總是想往外面跑，一旦上師法王如意寶不在，那時候，法師們講經說法也不一定有，你如果再想將這裡作為所居之處，可能也沒有機緣了，所以大家還是珍惜現在的時光。

丙三、四識處：

四處有漏之四蘊，自地獨識未說處。

四識處即指自地所攝的有漏色、受、想、行四蘊，唯獨識蘊不說為處。

除七識處外，經中還經常說「四識處」，四識處是指哪些呢？即指從惡趣至有頂之間的有漏四蘊。為何不將識蘊稱為識處呢？「處」是指意識所安住的對境，比如喇榮，我們可以說它是自己的住處，但能否將「自己」稱為住處呢？不能。因此說，單獨的識不能稱其為識處，如同國王不是他的寶座一樣，而四蘊可以稱為識處，因它們是識所安住之處。

無漏四蘊能否稱為識處呢？不能，因為是摧毀有漏蘊之因。既然如此，他地的有漏四蘊可否稱為識處呢？也不可以，因為識處是以愛的方式安住，而他地的有漏

蘊不能成為所住。

丙四、觀察七識處與四識處所攝之義：

如若歸納有四類。

七識處與四識處如果歸納來講則有四類。

以上已經講了七識處與四識處，此二者包括所有的意識嗎？此二者之間可以互相含攝嗎？這可以分四種情況：第一類，可以為七識處所攝而不為四識處所攝，如七識處中的識蘊，在四識處中，識蘊是不包括的；第二類，四識處攝而七識處不含攝，如七識處中的三惡趣、第四禪以及有頂的有漏四蘊，因為意識不願安住其中；第三類，七識處與四識處中皆不攝，如第四禪、有頂和惡趣的識蘊；第四類，七識處與四識處二者皆攝，如七識處中識蘊以外的有漏四蘊。

乙三（廣說自性）分三：一、識入之理；二、識住之理；三、識去之理。

丙一（識入之理）分二：一、所入之處；二、入者中有。

丁一、所入之處：

有情具卵等四生，人與旁生具四種，

一切地獄與天界，中有唯有一化生。

餓鬼亦有胎生二。

三界有情具有胎、卵、濕、化四生。其中人與旁生四種生均具足，地獄、天界以及中有唯一是化生，餓鬼具有胎生與化生兩種。

阿毗達磨俱舍論頌講記

三界五趣，有情生生不息、不斷流轉，那麼，他們是以何種方式受生的呢？「有情具卵等四生」，有情受生的方式共有四種：胎生、卵生、濕生、化生。此四生的說法，大小乘均如此承許，無垢光尊者在《勝乘寶藏論》等論典中也專門廣講過濕生的道理。而且，現代科學也是如此承許，如一些科學書籍上介紹：在一個古老的森林中，有個女人生了一顆特別大的人蛋，這個蛋通過六個月孵育之後，逐漸破開，發現裡面有很多小孩子。但是，現代科學對此無法解釋，認為非常稀有，將其作為課題來研究、觀察，實際上，釋迦牟尼佛早已在經典中詳細講述過這個問題了。

四生應該如何解釋呢？

胎生：與母體關係密切，需長時間在母胎中孕育才能出生，且出生之後不能獨立生活，需要依靠父母才得以生存。《自釋》中說：「謂有情類生從胎藏是名胎生，如象馬牛豬羊驢等。」《集異門論》云：「云何胎生？答：若諸有情從胎而生，謂在胎藏先為胎藏之所纏裹，後破胎藏方得出生。」

卵生：與母體關係不如胎生密切，因出母體時仍是一個卵，但也需要母體孵化才能脫殼而出。《自釋》中說：「謂有情類生從卵殼是名卵生，如鵝孔雀鸚鵡雁等。」《大乘義章》曰：「如諸鳥等，依於卵殼而受形者，名為卵生。」關於卵生，還有說是母體生下一卵，之後此卵自行出生，

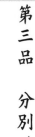

或者再再蛻變，不過與此說法無有相違之處。

濕生：借助濕氣得以出生，母體僅作為出生所依附之處。《自釋》中說：「謂有情類生從濕氣是名濕生，如蟲飛蛾蚊蚰蜒等。」《集異門論》云：「云何濕生？答：若諸有情，輾轉溫暖，輾轉潤濕，輾轉集聚，或依糞聚，或依注道，或依穢廁，或依腐肉，或依陳粥，或依叢草，或依稠林，或依草庵，或依葉窟，或依池沼，或依陂湖，或依江河，或依大海潤濕地等，方得出生……廣說乃至或依大海潤濕地等，方得生者，皆名濕生。」

化生：不需要父母等外緣，依自己的意識欲望與業力忽然出生。《自釋》中說：「謂有情類生無所託是名化生，如那落迦天中有等。具根無缺支分頓生無而欻有故名為化。」《大乘義章》曰：「言化生者，如諸天等，無所依託，無而忽起，名曰化生。若無依託，云何得生？如地論釋，依業故生。」

五趣有情全部具足四生嗎？不一定。

人類與旁生四生全部具足，人類於初劫時皆為化生，後來開始積聚財產，漸漸地，人與人之間產生染愛之心，之後即有胎生。蓮花生大師就是於蓮花之中化生，但也有人認為，蓮花生大師不是化生，而是胎生，因為在某些論部中常說「他的父親如何如何……」，所以應是胎生。智悲光尊者在《集密意續》注釋中對這個問題解釋得非常清楚，他說：「父子」可以有佛法方面的父子也可以

有種性方面的父子，如經常提到的龍猛父子，因月稱菩薩是龍猛菩薩佛法上的傳承弟子，因此將其稱為父子，而蓮花生大師無有真實的父母，是從蓮花中化生，所謂的父子關係僅是從佛法方面安立的。人類也有濕生者，如自乳國王，於長淨國王頭頂降生，因此也叫頂生王（此公案於《白蓮花論》中有詳細記載）；《毗奈耶經》中記載：以前有一個樂扎布花園，其中有一棵特殊的芒果樹，看樹的人覺得奇怪，便問一個看相的人，看相者說：七天之後，芒果樹中會出現一個女人。後來確實在芒果樹中出現一個女人，於是就將她稱為芒果生，芒果生曾做過妓女，後來被波斯匿王收為妃子。《涅槃經》中也講到：芒果生女人屬於濕生。另外，人類也有卵生，如商人與鶴交媾後生下的長老札與長老札雄，此二人長大後出家修行，證得阿羅漢果。現在的多數人為胎生。

旁生也有四生，如《樓炭經》云：「四生金翅鳥，還食四生龍。」金翅鳥也即大鵬鳥，大鵬經常吃龍，而大鵬與龍四生都是具足的。另外，旁生中比如犛牛屬於胎生；雞、鴨等屬於卵生；一般夏天時，地面比較潮濕處經常會有小蟲出現，牠們形成得非常快速；龍與金翅鳥皆有化生。

一般地獄、天界以及中有的眾生唯一是化生，它們以強大的業力，在極短時間中圓滿其身體，然後感受業報。

餓鬼大多數是化生，但也有胎生的，在《大圓滿前行》

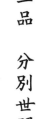

第三品 分別世間

中有一公案：一個餓鬼有五百個孩子，她對畫辛吉尊者說：如果你遇到這五百個孩子的父親，請讓他快點回來，他到印度金剛座去尋找食物，已經十二年了還未回來。因此說餓鬼也有胎生。

有些人說：極樂世界不僅有化生，而且也有胎生，因為生於極樂世界的人，有的生於蓮花之內，而蓮花長時不開，如同胎生者被裹縛於胎藏之內，所以也叫做胎生。

四生之中哪一個最為善妙呢？化生、濕生、胎生、卵生中前前善妙，其中化生不傷害其他眾生，對自己也無有損害；濕生者自己雖然感受痛苦，但不損害他人；而胎生不僅自己要感受一次痛苦，還會使他人也產生痛苦，故對自他皆有傷害；卵生不僅自他皆感受痛苦，且自己要承受兩次痛苦，如雞蛋從母體中出來時，母親與自己都很痛苦，然後在蛋殼破開時，自己又會感受一次降生的痛苦。因此，大家一定要認真地聞思佛法，並將其真正的運用到相續當中，這樣才能脫離四生所帶來的痛苦，以人們非常熟悉的胎生來說，孩子的降生給母親帶來的痛苦是非常強的，《大圓滿前行》中也講過：這時的母親即將接近死亡。以前堪布曲恰講課時說：「不下工夫的人什麼都不能成就，就像女人生孩子，如果沒有勇氣也是不行的，不信的話，你們問這些老年有經驗的女人。」他說的是什麼意思呢？我們學習解脫法一定要有勇氣、有毅力，一定要下苦功，否則做任何事情也

301

阿毗達磨俱舍論頌講記

是不能成功的。

　　既然說化生最殊勝，為什麼悉達多太子不示現化生呢？世親論師在《自釋》中說：「現受胎生有大利故。謂為引導諸大釋種親屬相因令入正法。又引餘類令知菩薩是輪王種，生敬慕心，因得捨邪趣於正法。又令所化生增上心，彼既是人能成大義，我曹亦爾，何為不能，因發正勤專修正法。又若不爾，族姓難知，恐疑幻化為天為鬼，如外道論矯設謗言：過百劫後當有大幻出現於世噉食世間。故受胎生息諸疑謗。有餘師說，為留身界故受胎生，令無量人及諸異類，一興供養千返生天及證解脫；若受化生無外種故，身纔殞逝無復遺形，如滅燈光即無所見。」也就是說，示現胎生有很大利益，主要有五個方面：第一，降生於釋迦族，可為其族人宣說佛法，後來帕吉波國王所殘殺的釋迦族人多數是獲得果位的。第二，當時在印度，釋迦王族特別受人尊敬，以此身分也可以使很多未入佛門者生起敬心，然後歸於正法。第三，示現人的形象可以增上諸多修行人的信心，他們心裡會想：「他即是人，可以成就佛果，我也是人，我怎麼就不能成就佛果？」由此生起大精進心。第四，釋迦牟尼佛若是化生，則人們都會認為這是一種魔術，外道也會以此作為藉口毀謗：「他幻化於此，是要毀滅世間的。」所以佛為了息滅種種懷疑與毀謗，而示現胎生。第五，若佛為化生，則在涅槃時不會留下舍利，那麼也就無有

以舍利度化眾生的機緣了。以前阿育王造八萬四千舍利塔作為人們恭敬供養的對境，現在教法雖然已滅，但舍利沒有毀滅，而且仍在度化眾生。所以，釋迦牟尼佛以種種原因示現胎生，有極殊勝的利益。

丁二（入者中有）分五：一、本體；二、能立；三、身相；四、法之差別；五、入生之理。

戊一、本體：

死有中有間蘊生，未至應至之境故。

在死有與生有之間產生的五蘊相續即是中有，尚未到達應去之處，所以不能稱其為來世。

本論一般講四有，即死有、中有、生有、本有。這裡首先講何為中有。有些大眾部認為，中陰身是不存在的。本論認為，中陰身應該存在，它的本體是什麼呢？也即死有過後、生有之前的五蘊相續。實際上，中陰身無有真正的色蘊，但其中有一些細微的意識狀態，可將其稱為色蘊。大圓滿中經常講四大中陰——自性中陰、臨死中陰、轉世中陰、法性中陰；也有講六大中陰，也即在前四種中陰的基礎上加睡夢中陰與禪定中陰，這兩種中陰可以包括在前面的自性中陰裡面，因為都是處於此生的一種不同狀態，所以我們現在也可以叫做中陰。

中有既然在死有之後，可否將其稱為人的來世呢？有部認為，不能稱為來世。因為中有還沒有到達它想要去的目的地，比如一個人已經死亡，下一輩子也許會變

成犛牛，但在其還未得到犛牛的身體時，意識已經離開人的身體，而且這個身體也已經在尸陀林成為鷹鷲的美食，此時的五蘊相續就是中陰身，當此中陰身已經到達犛牛的身體時，才可以稱其為來世。

有部論師是這樣回答的，但此觀點有個別論師並不承認，下面就通過理證和教證來說明這個問題。

戊二（能立〈依據〉）分二：一、理證；二、教證。

己一、理證：

中有並非是後世，如穀相續同法故。

影像本體不成立，及不同故非比喻，

若一無有二共存，非相續因二法生。

有部：中有存在，由相續而生故，如穀芽。大眾部：中有不存在，間斷而生，如影像。有部：首先，比喻不成立，影像本體不成立，因於一處不得二法並存；其次，意義不成立，像與中有之相續不同，因影像由物、鏡二者產生之故。

大眾部認為：中陰不存在，在死有過後稍稍中斷，而出現生有。如一個人死後，若七天後變成犛牛，則此七天之間是一個中斷的過程，然後是生有，再轉生為犛牛，中間有一個中陰身沒有必要。

首先以理證對其進行駁斥。中有並不是後世，因為還未結生，而前世已經滅盡，中間不會有一個間斷的過程，因此中陰應該存在，是死有與生有相續的一個過程，

第三品 分別世間

就如同種芽相續，是接連不斷而產生的。

　　大眾部認為，這種說法不能成立。死有與生有之間應該間斷而生，如同鏡中面像是面容的相續，但卻由面容中斷而進入，同樣，生有被死有中斷之後產生是合理的。

　　實際上，你們所列舉的比喻與所表達的意義皆不能成立，為什麼呢？首先，比喻不能成立，以影像本體不成立，因於一處兩個微塵不能同時並存故，也就是說，面像由八個微塵組成，鏡子也是由八個微塵組成，若面像實有，則面像顯現於鏡中時，組成鏡子的八個微塵於何處存在？若已經不存在，則鏡子不存在，這顯然不合理；若是存在，面像與鏡二者的微塵如何共同處於同一位置，故此比喻不正確。《自釋》中以四點說明「一處二色不可並存，故像非實有」之理。第一，鏡像同處，如云：「謂於一處鏡色及像並見現前，二色不應同處並有，依異大故。」鏡與像所依之大種不同，故此二色法不會處於同一位置，所以說像不是實有色法。第二，兩像同處，如云：「又狹水上兩岸色形同處一時俱現二像，居兩岸者互見分明，曾無一處並見二色，不應謂此二色俱生。」狹窄兩岸的景物，同時現於同一水面，可知兩岸景物之像並非實有。第三，影光同處，又云：「又影與光未嘗同處，然曾見鏡懸置影中光像顯然現於鏡面，不應於此謂二並生。」以物體遮障光線後即會形成暗影，但若在此暗影處放置一面鏡子，卻可將光的影像映現出來，這說明影

阿毗達磨俱舍論頌講記

像不是實有。第四，遠近見別，釋云：「或言一處無二並者，鏡面月像謂之為二，近遠別見如觀井水，若有並生如何別見，故知諸像於理實無。」鏡中有面像與月像二者，見其中面像很近，見月像卻很遠，既然影像同處一鏡之中，為什麼又會有遠近之別？可見，影像不是實有。

其次，意義不能成立。鏡中面像與面容同時存在，而死有與生有是此滅彼生，故此二者完全不同。而且，面像的產生，需要面容與清潔的鏡子兩個主要條件聚合，而生有唯一由死有產生，屬於一緣生法，因此說，此影像喻在意義上也不能成立。

由上可知，大眾部所列舉的比喻不能成立，同樣，「中有不存在」的觀點也是不能成立的。生有與死有相續而生，其中必定由中有作為連接，所以中有應該存在。下面再以教證進一步說明。

己二、教證：

佛親說故有尋香，說五眾生經亦成。

佛親口宣說尋香存在，以《五不還經》及《宣說七善士趣經》亦可成立。

中有應該存在，世尊在《宣說七有經》中說：「『有』有七種，即五趣有、業有、中有。」因此中有應該存在。

又於《健達縛經》中云：「若現前三處，則子住於母胎中，具足堪能、月經，父母貪愛交媾，尋香。」此中尋香即指中陰身，也就是說，若想進入母胎需要三個

條件具足：母親身體無病具足月經、父母交媾、有尋香現前。以此可證明中陰身存在，否則，為什麼要說「有尋香現前」呢？

對方認為：尋香也即五蘊滅盡。也就是說，他們認為此滅法即為尋香。但是，滅法為中陰身不合理，《達林之子經》中云：「汝之尋香即剎帝利種姓或……」經中說，此尋香是東方而來、西方而來、是剎帝利種姓……但是滅法不會有種姓，或說其從東方來，從西方來。

再者，《五不還經》中說：「有五不還。一者中般，二者生般，三無行般，四有行般，五者上流。」中般即於中有位入無餘涅槃之不還果聖者。所以，中有應該存在，否則中般亦應不存在。

這時，對方反駁說：有一天界名為中，於此般涅槃即為中般。這樣一來，生般涅槃等也應是針對天人種性而言了，你們如果不如此承許，那也不應該單單說中般是針對天人而言的。而且，《宣說七善士趣經》中說：「中般涅槃有迅速涅槃等三種。」下面講二十僧伽時會講到，中般涅槃分為三種：迅速般涅槃、非速般涅槃、經久般涅槃。迅速般涅槃指剛剛獲得中有時得般涅槃；非速般涅槃指於中有停住期間得般涅槃；經久般涅槃指中有將滅，臨近生有時得般涅槃。實際上，此三者分別是針對利根者的上、中、下品而言的，大圓滿中也說，利根者即生成就、中根者中陰成就、下根者來世成就。

阿毗達磨俱舍論頌講記

以上以教證亦證明中有是存在的。密法中將中陰分析得非常細緻，而且，中陰身是在座每一位修行人不久的將來必定經過的，索甲仁波切的《西藏生死書》現在於東南亞非常暢銷，也許主要是因為索甲仁波切將中陰救度密法中的一些內容，以現代人的口吻表達出來，這樣使很多人覺得非常稀有。因此有關這方面的內容，大家應該多了解，在中陰階段一定會有所幫助。

戊三、身相：

此一引業相同故，如當本有之身形，

本有即是死有前，居生有之剎那後。

中陰身與當來之本有的身形相同，因是同一引業之故。本有就是指居於生有之後、死有之前的五蘊相續。

何為引業呢？第五品中將會講到引業與滿業，所謂引業就是指決定使某一有情在來世將轉生於某處之業；滿業則為轉生之後所受之業果。那麼何為四有呢？本有，即一個眾生從母胎出生的剎那，一直到最後死亡的一剎那之間。死有與生有只是一剎那，死有即死亡或說氣息斷盡的最後一剎那；生有即剛剛出生的一剎那。本有是位於死有之前、生有之後的五蘊相續，中有則是死有之後、生有之前的五蘊相續。密宗也有四種中陰的說法，其觀點與本論稍有不同，密法中，臨死中陰是指從罹患不治之症開始，一直到內呼吸停止或死亡狀態來臨的這段時間；之後，屬於法性中陰階段；法性中陰過後即為受生

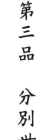

中陰，也叫轉世中陰，此後開始投生即形成自性中陰。在《空行心滴》、《聞解脫》中的一些分析方法也稍有不同，但本論的分析方法比較好懂。

按有部觀點中陰身應該存在，它的身形如何呢？中陰身的身形與本有的身形相同，如即生是人，來世將成為天人，則中陰身的形象即為天人形象，為什麼這樣承認呢？因為中有與本有的引業相同之故。但是，《自釋》中提出一個疑問：若中陰身的形象與本有相同，為什麼悉達多太子的母親會夢到六牙白象入於胎中？為什麼不是悉達多太子的形象呢？世親論師回答說：這只是一個吉祥夢兆而已。比如在迦葉佛時，有一位國王做了十個夢，有十八個人拿一塊布；一個大象從房中出來，但尾巴仍夾在窗中……這十個夢境，預示著未來釋迦牟尼佛的教法中，有些修行人會出現一些不如法的現象，但這並不是未來釋迦牟尼佛教法當中所有的狀況在夢中真實出現，只是相兆而已，這一點應該清楚。

一些大乘論典有關中陰身形象的問題，與本論觀點有些不同。密宗說中陰如果是八天，則前四天為人形，後四天為天人形象。一般來講，也沒有固定說法，因為眾生業力不可思議，《自釋》中說：眾生之業不可思議，有些眾生變成中陰身的剎那即變成來世的形象，有些則為前世的形象。去年學習《前世今生論》時，講到根登群佩所著的《喜饒嘉措格西傳記》裡面提及，喜饒嘉措

阿毗達磨俱舍論頌講記

格西的前世是一個女人，他於中陰期間，一直騎在紅色
犛牛的背上，後來逐漸飄遊到格西今生父母的家門口。
因此，中陰身的形象並不固定，在研究、分析問題時，
不能以一種絕對的方式判斷。

　　中有身的顏色如何呢？地獄中有身如被火焚燒的樹
幹，旁生如煙，餓鬼如水，欲界天人與人類如金色，色
界中有身是白色，無色界無有色法之故，不存在中有。
中有身的體積是多大呢？欲天與人類的中有身如五六歲
之孩童，菩薩中有如盛年，且具足相好。

　　有關中陰身的時間也沒有固定說法。世友論師認為，
中陰身一般是七天；其他論師說，中陰身是七七四十九
天；經部與大乘認為，中陰身的時間不能固定，因緣具
足即可投生，因緣不具足則長時不能投生。《前世今生
論》中講，有一位上師的弟弟，叫多傑將參，他在中陰
時一直也未找到一個能夠使自己滿意的投生之地，故而
很長時間也未投生；以前西群卡杖瑪在傳記中說，他看
見有些已經在中陰階段待了三年，仍未投生；還有轉輪
王，他本來具有相好，但因為人壽八萬歲以後就不會出
現轉輪王，因此具相的轉輪王王子一直不會投生。另外，
一般旁生作不淨行均有固定時間，如犛牛是在夏天作不
淨行，惡狗是秋天，人熊是冬天，馬是春天。這樣一來，
如果一個中陰身將要投生為犛牛的話，它就要一直等到
夏天才可以投生。還有些中陰身，雖然應該轉生於馬胎中，

但因為不願意繼續等，就會投生於其他騾子等與馬相同眾生的胎中，也有這種現象⑨。

中陰身降生時，一般色界眾生身體圓滿，著衣而生，因他們大多數知慚有愧之故；欲界眾生裸體降生，因為是無慚無愧的，但也有特殊情況，如白衣比丘尼由於往昔對迦葉佛供養衣服，以此因緣，後來多生之中皆著衣降生，因此對於這種俱生白衣，佛陀也是特殊開許的。

戊四、法之差別：

同類具天眼者見，具有業之神變力，

諸根具足具無礙，不可退轉即尋香。

同類中陰身可以互見，具天眼者亦可見；中陰身諸根具足，且具有業之神變力，可以無礙穿行，其形成之後即不會被他緣所轉，以享受香氣而生活。

中陰身既然存在，我們為什麼見不到？以什麼眼才能見到中陰身呢？中陰身並不是所有的眼都能見到。首先，作為同類的中陰身互相可以見到，還有一些通過修行具足清淨天眼者也可以見到。

法王如意寶經常會批評一些瑜伽士、還魂師以及空行母，他老人家說：你們有沒有天眼？如果沒有天眼，中陰身是見不到的。因為具足天眼需要很多條件，比如遠離睡眠、昏沉、掉舉等，但也不能因為本論所講到的天眼未開，就說所有的瑜伽士以及密宗修行人不能見到

⑨騾子與馬不同，牠春夏秋冬都會作不淨行。

311

中陰身，實際上，密宗也有一些特殊情況，比如一些密宗大成就者通過密法不可思議的威力，馬上能見到中陰身。因此，我們也不能以具足睡眠來否認某些修行人的修行境界，因為這些瑜伽士的力量是不可思議的。法王如意寶為什麼要批評這些人呢？是為了使某些修行人能夠規範自己的行為，對自己所說的話詳加考慮，以前法王如意寶也說：「瑪意瑪空行母還是不要受沙彌尼戒，你說的百分之百正確是不可能的，中間肯定會說妄語。」不過，可能很多人對因果半信半疑的緣故，經常找一些瑜伽士問自己的前世後世，實際上，作為一個修行人也沒有必要問很多，「欲知前世因，今生受者是，欲知來世果，今生作者是。」只要我們精進行持善法，來世一定會有一個好的結果。

中陰身不是俱生眼根能見到的，因其極為清淨細微，具有以業力所生的神變力，能夠快速行於空中。並且可以在山岩等處無礙穿行，由於中陰身四處尋找投生之處，而山岩等處可以見到昆蟲的緣故，因此中陰身會在山岩等處往來穿梭。

但是，中陰身不能穿過母胎與金剛座，為什麼呢？因金剛座是賢劫千佛成佛之處，具有無比的加持力，《前行》中說：空劫時，金剛座也不會毀滅，並且遠離四大損害，宛如空中懸桶一般。因此中陰身不能穿行於其中。另外，眾生入胎時，也有不同說法：有些從陰道入胎，

有些從肛門入胎。但入胎後即昏厥，由於其業力的牽引，就再也不能去別的地方。但也有些個別的業力，如有些中陰身入母雞的胎中，變成蛋，這個蛋沒有孵化就死了，然後又投生於另外一隻雞的蛋，在這種情況下，蛋殼未破也是可以轉生的，這是特殊情況。《善護商主請問經》中將中陰境界描述得非常細緻。

有些人說：「念破瓦時，是不是意識把頭頂弄破，然後意識才出去呢？」並非如此，實際上這是從密宗修行人的修行境界而言的，意識並不一定非要從頭頂的洞洞出來，它不具足形體，從任何地方都可以出來，不是說沒有小孔，意識就出不來，或者孔越大，意識出來得越方便，沒有這種說法。

中有身還有哪些特點呢？中陰身是五根具全的，比如原來是聾啞，諸根不全，但在中陰身時可以聽到種種聲音，而且也可以說話。所以除一些特殊業力以外，一般情況下，中陰身都是諸根具足的。

另外，前面也講到，中有與當來本有是由同一業力所牽的，因此中有形成後就如同已經到了來世，再不會被外緣改變。比如一個眾生來世會轉生為天人，那在中有現前時就不會再改變。既然如此，對亡人作佛事是否起作用呢？還是有作用的。比如一個有情來世將轉生為惡狗，若家人給他念經，也可以使他在來世做惡狗時的痛苦很少，或者做惡狗的時間很短，按照大乘說法，若

阿毗達磨俱舍論頌講記

遇到善知識對其進行超度，馬上就會得到解脫。

　　佛經中經常會提到尋香，為何稱之為尋香呢？無色界沒有中有，而色界的中陰不享受氣味，因為在上界是沒有香氣的，所以「尋香」唯一是指欲界中陰身，有一些因緣不好的中陰身，就會享受臭氣；緣分好則享受香氣，它們依靠氣味生存。藏族一般在亡人過世的四十九天中不間斷地為其燒熏煙，就是這個原因。

　　戊五、入生之理：

　　生起顛倒之心故，欲行淫往所去境，

　　濕生化生欲香處，地獄中陰頭朝下。

　　中陰身由於對父母生欲求行淫之心，便前往投生入胎；濕生與化生因欲求香氣與生處而投生於彼處；地獄中陰則頭朝下轉生。

　　中有身在投生時，四生的受生情況也有所不同。

　　胎生與卵生是以顛倒之心投生，也即中有身於遠處見到父母交媾，若此中有身將轉為男性，便對父親生嗔心，對母親生貪心，因想與母親交媾而前往入胎，首先昏厥後即已住胎；若轉生為女，則對母親生起嗔心，由貪戀父親而入胎。以上是本論觀點，在其他論典中，也有一些不同說法。《阿難入胎經》中說：若轉生於善趣，具足福報的中陰身會見到宮殿、寶座，於此生歡喜之心，想坐於寶座之上，此時即已入胎；不具福報的中陰身則見到遠處有暴雨、狂風等，於是開始找尋躲避風雨之處，

第三品　分別世間

此時便會入胎。在《善護商主請問經》中描述入胎的情形時說，中陰身若轉生為天人，遠遠的地方便會見到天子、天女享受快樂生活，然後想與其共同享受時，就會轉生於天界；若轉生為人，就會見到很多人嬉樂，因為想去那裡生活，就會轉生；轉生地獄的眾生本來不會對地獄產生貪心，但在轉生時若感覺十分寒冷，便會想去一個溫暖之處，當見到地獄的火焰時，就會轉生於熱地獄，若轉生於寒地獄則與上述相反。

　　中陰身是每一個人必須經歷的過程，在自己成為中陰身時，究竟應該怎麼辦？大家還是應該仔細想一想。密法中的說法與《阿難入胎經》基本相同。不過，按照密宗觀點，在成為中陰身時，應將父母觀為佛父佛母，自己則觀為種子字，如「德」字、「吽」字等，並且發願：願我入胎後能夠成為真正有緣的密法法器，能夠真實修持並弘揚密法。

　　以上是胎生與卵生眾生的投生方式，濕生的中有眾生因遠遠地聞到香氣，產生貪染心，而投生於此；化生中有則看見轉生之處而生起貪愛心後轉生，此二者因業力的不同，所嗅之香與所生之處的淨穢皆有不同。在這裡也有一個疑問：中有身怎麼會對地獄產生貪愛而轉生於彼處呢？《自釋》中說：「由心倒故起染無失。」與上面所講的《善護商主請問經》中所說相同，以眾生的業力所致，因為熾熱而想入於涼爽之處便會轉生於寒地

獄，由於寒冷而想去往溫暖之處便會轉生於熱地獄，依靠此種顛倒心即會對地獄產生貪愛而轉生。

中有身在轉生時，天人頭向上，人、鬼、旁生的中有身與人等形象相同，地獄中有身則由閻羅卒用繩索繫上，頭朝下被帶走。

一者明知而入胎，他者亦有知住胎，

亦有知生餘均迷，卵生亦有恆不知。

胎生有情的入胎有四種，一者明確了知入胎，二者了知入胎與住胎，三者從入胎到出胎全部了知，第四者皆不了知；卵生有情對於入、住、出三位恆時不知。

上面已經講了胎生有情是以顛倒心入胎的，但這裡也有一些特殊情況。頌詞中「一者」是指轉輪王，他在入胎時，因其福報現前，故於入胎時會清晰了知，但住胎、出胎則不知道；「他者」，也即緣覺，他不但了知入胎，而且住胎時的情況也了知；「亦有」指佛陀，他在入胎、住胎、出胎時全部知道，比如悉達多太子從兜率天來到南贍部洲入胎時，對所有胎生眾生宣講佛法，住胎時也對無量眾生講法，還有出胎時的情況，佛陀全部了知，當時他雖然沒有成佛，但因為是最後有者，所以從入胎到出胎也是全部了知的；「餘」指一般的凡夫眾生，他們從投胎到出生全都不知道，因為一般眾生在投生後，自己的心識已經昏厥。但也有一些前世有因緣或者願力的人，會了知這些情況，而且在密法中依靠上師的竅訣，

第三品 分別世間

316

也會了知這方面的一些情況。

「卵生」指獨覺，他對於入、住、出三位皆不了知。前面已經講過，緣覺是知道入胎與住胎的，而這裡又說不了知，是否矛盾呢？前面說的是麟角喻獨覺，這裡指眾部獨覺，所以並不矛盾。

了知入胎前三種，輪王緣覺與佛陀，

福或智慧或福慧，廣大之故次第知。

上述講到的四種入胎情況，前三種分別指轉輪王、緣覺與佛陀，由於他們過去世積累廣大的福德、智慧以及福智二者之故，所以今世中會次第了知入胎、住胎、出胎的情況。

前面講到入胎的四種不同情況，其中前三者是具足正知的，第一種是轉輪王，因為他往昔積累了廣大的福德資糧，故於今世會了知入胎；第二種指緣覺，因其於過去世多聞而且善於思擇，積累了廣大的智慧資糧，所以今世了知入胎與住胎；佛陀則在三大阿僧祇劫當中積累福慧二資，因此全部了知。一般凡夫人由於福德與智慧資糧都非常微劣，所以入胎、住胎、出胎均不知道。

以上是小乘《阿毗達磨》的說法，若按密宗觀點，一些如理如法修學密法的修行人，在中陰時會見到美麗的花園或者無量宮殿，這時他知道：我該入胎了。於是，將自己的父母觀想為本尊，而自己若想智慧廣大則觀想「德」字；若希望能力廣大就觀想「吽」字；若希望悲

阿毗達磨俱舍論頌講記

心廣大，就把自己觀想為「舍」字，這樣邊觀想邊發願，然後入胎，這種情況也有。這是密宗的不共特點。一般來講，凡夫在入胎後會有胎障，有些活佛也會受到胎障的影響，在入胎後就已經完全迷惑，出胎時一無所知，這種情況也是真實存在的。

丙二（識住之理）分二：一、住於何處心之緣起；二、依何而住食之緣起。

丁一（住於何處心之緣起）分三：一、略說；二、廣說；三、攝義。

戊一、略說：

無我僅是蘊而已，煩惱與業作因緣，

轉世中陰之相續，猶如燈火而入胎。

所謂的人我並不存在，僅是蘊的相續假立而已，其以煩惱與業作為因緣，產生中有之蘊相續，依此相續入胎，如同燈火相續不滅而去往他處一般。

有些外道徒認為，佛教既然說中有存在，那就必然存在從前世到今生、從今生到來世的我，因此說「我無有」不合理。

實際上，按照中觀觀點，名言中假立的人我可以存在，但是，如果真正去觀察：一個實有的我從前世來到今世，又從今世去往後世，這樣一個真實自性的我是否存在呢？並不存在，若我存在，則前世、今生、後世的這種不同階段就不合理。那「我」究竟是什麼呢？只是五蘊的聚合，

第三品　分別世間

318

《入中論》中以車作為比喻來說明人我不存在的道理:「如車不許異支分,亦非不異非有支,不依支分非支依,非唯積聚復非形。」其中的車就如同我,而車支如同諸蘊,通過這種七相理論觀察,所謂的「我」並不存在,只是將五蘊的聚合假立為我而已。

這時,對方又提出疑問說:我是五蘊的聚合不合理,因為這樣一來,捨棄今生五蘊而受生後世的我就不存在了。

沒有這種過失,所謂從今生去往後世的「我」,只是一種蘊的相續,依靠這種相續可以成立補特伽羅我。

既然如此,依靠蘊的生滅,即可完成從此處滅盡、於彼處投生的過程,不必說是蘊的「相續」,而且依此生滅剎那之蘊如何相續?對方又提出這樣的問難。

由於一直在實有的基礎上考慮問題,所以破除實有之我後,轉而開始認為蘊是實有,而輪迴就成為「蘊」在此處的滅盡與彼處的新生。需要了知,蘊是剎那生滅的無常法,沒有能力從前世轉至後世,不過,雖然蘊是剎那生滅之法,但依靠業和煩惱而產生中有之蘊相續,以此相續即可投生入胎,繼而產生本有,之後死有,如此一來,輪迴才得以流轉不息;如同燈火雖然是剎那生滅之法,但前面的火焰與後面的火焰相續不斷產生,並且輾轉照亮屋子的各個角落一般。

在眾多外道中,除順世外道以外,大多數都是承認

阿毗達磨俱舍論頌講記

有輪迴的，但他們都認為有一個實有之我在流轉輪迴，包括現在的一些世間人，他們也會說「我下輩子如何如何……」，本頌針對這種「我存在」的觀點，首先提出了「無我」，繼而說雖然無我，但是依靠五蘊的相續不斷，輪迴還是存在的。

那麼，眾生在投生時，其身體與心識是否皆依父母精血產生呢？對於身體的產生，在《自釋》中提到兩種觀點：一種是身體由精血產生，一種是身體由其他大種產生，依精血安住。其實這兩種說法並不相違，因為依靠父母的不淨種子，也即精血，逐漸地增長擴大而形成身體。但是，心識並不是依靠精血產生的，因其為明覺的本體，由它在輪迴中不斷地流轉、遷移，也就是說，今生第一剎那的心識依靠前世最後剎那的心識相續而產生。

既然心識不依靠精血產生，為什麼在孩子身上能夠發現很多類似父母的特徵呢？父母的精血雖然不是心識產生的直接因，但卻可以起到助緣作用，如同種子播在良田中，就會結出豐碩的果實，而且味道甘美，若播撒在貧瘠的田地中，則所結果實也是鮮少、瘦澀。同理，以精血作為緣，再加上後來共同生活的薰染，父母與子女的相似也就不足為奇了。因此，身體與心識之間存在一定的關係，講《前世今生論》時曾經提到，身體與心識並不是同一體，也不是從身體的某一部分派生出心識，

暫時來講，可以將身體與心識安立為所依、能依的關係，而且在這種關係之中，此二者互相作利害。

有些外道又提出這樣一個問題：既然心識是接連不斷而存在，那心識是不是已經常有了？而且，由於能夠回憶前世，所以「我」也應該常有存在。

以回憶前世不能成立我是常有，《四百論》中說：「若有宿生念，便謂我為常，既見昔時痕，身亦應常住。」有些人一生下來，身體上就帶有一些傷痕，《前世今生論》中有很多這種例子，比如一個小女孩，能夠回憶前世並且知道前世是中彈死亡的，而且在她身上能夠清晰見到中彈的痕跡，兩三歲時，若摸觸這個疤痕還會有痛感。若按照上述觀點，因現在心識當中能夠現起宿世的回憶，就說明我是常有的話，那麼，根據今世身體上的宿世疤痕，也可以證明身體應該是常住不變的。但是，這一點顯然不能成立。那為什麼前世身體的疤痕會在今生身體上出現呢？月稱論師解釋《四百論》的這一頌詞時舉了一個比喻：一間茅棚頂上站了一隻鴿子，而茅棚中若放一碗酸奶，鴿子的爪印就會出現在酸奶中。是什麼原因呢？這就是緣起。一切萬法都是從空性之中依緣而起，雖然種種因果現象存在，但卻是如幻而顯的，因此不能因為具有回憶往世的憶念，就說我是存在的，這唯是因緣假合而有，並不是前世我與今世我有直接一體的關係。

《四百論》中的這個教證十分重要。現在的很多科

阿毗達磨俱舍論頌講記

學家、理論學家根本不知道生命虛幻的本質，以各種科學儀器研究，認為回憶前世、宿世疤痕等種種現象非常奇妙，但怎樣研究也找不到一個正確的結論，實際上，這個問題的答案，佛在幾千年前就已經告訴我們了。因此，若能將中觀與《俱舍論》的道理相結合，一定會對釋迦牟尼佛的教法生起極大信心，由此也必定會產生真正的定解，而且這種定解是非常穩固、無法摧毀的。特別是對於前世今生的問題，一定要生起堅固的定解，這一點對於我們的修行十分關鍵。

　　如同牽引漸持續，轉生後以業煩惱，

　　再次前往他世間，是故有輪無初始。

　　諸蘊相續以業力的牽引不斷輾轉，同樣，在轉生後，眾生依靠業與煩惱，將再次去往後世。因此說，三有輪迴無有初始。

　　既然說依靠中有之蘊相續入胎，那這種相續究竟如何產生呢？眾生由於業與煩惱的牽引，首先形成凝酪等住胎五位，《自釋》中說：「謂母胎中分位有五：一、羯羅藍，二、頞部曇，三、閉尸，四、健南，五、缽羅奢佉。」其中，第一個七日屬於羯羅藍位，是父母精血最初和合的階段；第二個七日是頞部曇位，形狀如同瘡皰；第三個七日是閉尸位，因為是含有血球之嫩肉，故亦稱為血肉；第四個七日屬健南位，此時已經成為肉團，可以觸摸，故稱為堅肉；第五個七日是缽羅奢佉位，此時

第三品　分別世間

出現身體各部分的肢節，所以叫做支節位。眾生入胎後所經歷的過程，在《大圓滿心性休息》中有詳細講述，如：「凝酪膜皰及血肉，堅肉支節魚龜形，經七七日漸成身。」這裡說是七個七日，不過也只是在《自釋》所講到的第五個七日基礎上作了更加詳細的區分，所以也沒有矛盾之處。

在第五個七日之後便會出現十二緣起中所講到的六處。之後，此胎兒在母胎中經過九個月左右即會出生，在出胎後將經歷在生五期，即嬰孩、童年、少年、中年、老年。對於在生五期的年齡階段有很多不同說法。有論師說：嬰孩是出生後直到六歲之間，童年是指六歲到十五歲，少年是十六歲到三十歲，中年是三十一歲到四十歲，老年則是四十一歲之後。在《俱舍論大疏》中說：嬰孩是從出生到可以玩耍之間，從開始玩耍直到可以作不淨行之前稱為童年，可以作不淨行到三十歲屬於少年，三十歲到五十歲是成年，五十到七十歲是中年，老年是七十歲以後。

眾生在出生後便以煩惱積業，之後，依靠今生所積累之業和煩惱前往他世，就這樣不斷生死流轉，所以，講義中說：「四有之輪不斷旋轉，無始無終。」

在這裡有一個問題：講義中說「輪迴無始無終」，而頌詞中則講「有輪無初始」，那我們的輪迴究竟有邊還是無邊呢？若輪迴有邊，則輪迴空盡，諸佛事業亦盡；

阿毗達磨俱舍論頌講記

若輪迴無邊，諸佛將無法度盡眾生，則其所發之願不能圓滿。實際上，若針對總的輪迴來說是無始無終，但若針對個別眾生的輪迴來講則無始有終，比如一個人從無始以來流轉到現在，在今生通過修習顯密教法，最後獲得佛果，這個人即已到達輪迴之邊際。《自釋》中也這樣講：「生死決定無初，然有後邊，由因盡故。生依因故，因滅壞時，生果必亡。」就像種子，在其前面誰也找不到它的初始，但若此種子燒焦後則再也不會生芽。所以，輪迴無邊是針對總的輪迴來講，而個人輪迴是有邊的。

戊二（廣說）分三：一、分位緣起；二、緣起之本體；三、以比喻說明三支。

己一（分位緣起）分四：一、自性；二、觀察歸攝；三、定數之理由；四、起生之差別。

庚一（自性）分三：一、分類；二、各自法相；三、彼等之必要。

辛一、分類：

此即緣起十二支，分為三份前與後，

各自均有二緣起，中間八種壽圓具。

緣起十二支可分為三方面，其中前際與後際各具兩種緣起，中際具有八種緣起。若是胎生並且壽命圓滿者，可於三世中圓滿具足此十二支。

緣起，即諸法眾緣和合而生起。講中觀時常說「緣起性空」，也就是說，世間萬法若真正去觀察，是不存

在的，但在未觀察時，只要因緣聚合就會出現果，這就是所謂的緣起。全知麥彭仁波切在《智者入門》中說：若懂得緣起法，一方面對實有的我不會執著，另一方面，對輪迴的前際後際也會生起極大定解。因此，通達緣起法非常重要。

十二緣起，即無明、行、識、名色、六處、觸、受、愛、取、有、生、老死。此十二支，按有部觀點是於三世之中圓滿的，其中，無明與行二支屬於前世，生與老死屬於後世，從識到有之間的八支屬於現在世。

一個補特伽羅若圓滿具足十二緣起，需要兩個條件，即胎生以及壽命圓滿。其他種生，或者雖是胎生但中間死亡者均不具足。

以上是按照有部觀點講述的三世兩重因果。

表一：

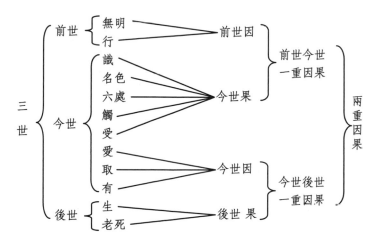

唯識宗不承認三世兩重因果，他們認為，完整的一次因果在兩世中可以完成，即無明、行、識、愛、取、有六者為因，名色、六處、觸、受、生、老死六者為果，由於前世圓滿了六因，所以才有今生的六果，同樣，後世會產生六果，是因為今世圓滿了六因。

　　辛二、各自法相：

　　煩惱現時為無明，宿業諸識名為行，
　　識即結生之諸蘊，名色顯露六處前，
　　六處三者聚前蘊，觸能知苦樂等前，
　　淫愛之前乃為受，愛即行淫之貪者，
　　取為得財而奔波，有為能生後世果，
　　結生之蘊即是生，至受之間為老死。
　　傳說此乃位緣起，主要之故稱支分。

　　前世煩惱現前時即為無明，造作諸業時即為行；今生結生的一剎那為識，結生之後六處生前為名色，在根境識三者未聚合之前為六處，出生後到能了知苦樂感受之前為觸，產生感受乃至出現淫愛之心前為受，對資具、淫愛貪著者即為愛，為獲得上述妙欲資財而四處奔波即為取，能夠引生後世果之業為有；依前世所造之業，後世結生之第一剎那為生，此後的名色、六處、觸、受四者即稱為老死。傳說這是以分位緣起而宣說的。以上從主要角度為各支分安立了各自的名稱。

　　「十二緣起」的本體如何呢？

一、無明：《自釋》中云：「於宿生中諸煩惱位至今果熟，總謂無明。」有部認為是前世煩惱現行之五蘊。經部以上認為，所謂無明是一種單獨的心所，不包括於色蘊之中。

二、行：由於無明煩惱而造作善惡諸業的五蘊，即稱為行。《自釋》說：「於宿生中福等業位至今果熟，總得行名。」

此為前世包括的二支緣起。

三、識：今生入母胎結生的一剎那五蘊叫做識。《自釋》說：「於母胎等正結生時一剎那位五蘊名識。」此處的「識」指入胎剎那之五蘊，因於中陰身時具足四蘊，而在入胎剎那即具足五蘊，此時也即指四有之中的生有。

四、名色：《自釋》中說：「結生識後六處生前，中間諸位總稱名色。」也就是從結生於母胎之剎那後，直到六處出現之前的五蘊，叫做名色。何為名色呢？名也就是指受想行識，在凝酪、膜胞等還未形成之前，此四者已經存在；當凝酪、膜胞等在胎中逐漸形成時，真正明顯的色法出現，此即稱為色。因此，中陰身入於母胎後，在身體仍未到達第五個胎位時，只是一種意識形態，並沒有真實色相。此過程大概需要四週左右。

五、六處：也即六根，此時，根等色法雖已形成，但仍不能享受外境，屬於住胎五位中的第五位。《自釋》：「眼等已生至根境識未和合位，得六處名。」

六、觸：《自釋》：「已至三和未了三受因差別位，總名為觸。」從母胎降生後，雖然根、境、識三者聚合，但尚不能了知苦、樂、捨三種感受之區別，此時的五蘊稱為觸，比如小孩見到紅色的火，不知道它會傷害自己而去觸摸。有論典說，觸是指從出生到兩三歲之間。此時應該屬於在生五位的第一位——嬰孩。

七、受：《自釋》：「已了三受因差別相未起淫貪，此位名受。」這是在生五位的第二位——童年，此時能夠了知苦樂，但還未能生起貪愛之心前的五蘊叫做受。

八、愛：也就是現在人們享受生活的過程，世間人所謂的愛情也從此時開始，《自釋》云：「貪妙資具淫愛現行，未廣追求，此位名愛。」

九、取：相當於現在的結婚成家。《自釋》：「為得種種上妙資具周遍馳求，此位名取。」因為想要獲取種種受用而到處奔波忙碌，此時的五蘊稱為取。

十、有：《自釋》：「因馳求故，積集能牽當有果業，此位名有。」奔波者為了生活，積累種種善惡之業，以此能夠牽引後世。

以上八支緣起屬於今世。由於今世所造之業，在死後便會前往後世。

十一、生：《自釋》：「由是業力，從此捨命正結當有，此位名生。」由於業力而結生於後世時的五蘊。

十二、老死：《自釋》：「生剎那後，漸增乃至當

來受位，總名老死。」在生後第二剎那，也即名色、六處、觸、受之間的四者稱為老死。此處的老死與世間「老死」之說完全不同。這裡的「老死」一方面是一種改變的過程；另一方面，前一剎那的滅盡也稱為死，比如前面降生的五蘊，在第二剎那已經滅盡，《稻稈經》云：「名色之處即是老死，生至受間亦與彼相同。」

　　以上根據有部觀點講述了十二緣起各自的本體，經部以上則認為十二緣起均是一種心所。在彌勒菩薩著的《辨中邊論》中，則以可靠根據安立了十二緣起，如：「覆障及安立，將導攝圓滿，三分別受用，引起並連縛，現前苦果故，唯此惱世間。」此十二種方式環環相扣，連續不斷，使眾生流轉於輪迴之中（若欲詳細了知，敬請參閱麥彭仁波切的《辨中邊論釋‧日光鬘》）。

　　緣起又可分為四種，《自釋》中說：「諸緣起差別說四，一者剎那，二者連縛，三者分位，四者遠續。」又說：「云何剎那，謂剎那頃，由貪行殺，具十二支，癡謂無明，思即是行，於諸境事了別名識，識俱三蘊總稱名色，住名色根說為六處，六處對餘和合有觸，領觸名受，貪即是愛，與此相應諸纏名取，所起身語二業名有，如是諸法起即名生，熟變名老，滅壞名死。」所謂剎那緣起，是指十二緣起在一剎那間全部圓滿。此處「剎那」不是指時際剎那，而是成事剎那㉔。《自釋》中以殺生為例具

㉔成事剎那：指一件事從開始至圓滿之間。

體說明了剎那緣起。那什麼是相聯緣起呢？《自釋》云：
「復有說者剎那連縛，如品類足俱遍有為。」圓暉法師
在其《俱舍論頌疏》中解釋說：「言剎那者，一剎那也。
連縛者，因果無間相連起也。若情非情，皆有生滅，念
念相續故，剎那連縛，遍一切有為也。前解剎那唯是有
情，此師解剎那亦通非情也。」凡有為法即為無常之法，
故說有為法皆為相聯緣起。分位緣起是在各個不同階段
而安立的緣起。《自釋》中說：「十二支位所有五蘊，
皆分位攝。」相續緣起以前前為因後後為果。《自釋》說：
「即此懸遠相續無始。說名遠續。」也即若有因，則不
論時間相隔多遠，也必定產生其果。若就十二緣起而說，
三世因果無論中間相隔幾生，皆會圓滿十二支，相續不斷，
因此稱為相續緣起。

　　有部認為，前面所講到的十二緣起屬於分位緣起，
因其均是根據五蘊的不同階段而宣說的。之所以稱為無
明支等，是因為在那一階段占有主要成分的緣故，比如
上師和眷屬特別多時，大家會說：「法王來了！」這並
不是說其他的馬隊、車隊等沒有來，而是因為法王如意
寶占主要位置。同樣，由於無明等在各個分位上占主要
成分，所以才如此稱呼的。

　　因十二緣起屬於五蘊的階段，所以屬於分位緣起。
但是，世親論師在頌詞中用了「傳說」二字，表明他並
不同意有部宗的觀點，這在下文會有廣說。

辛三、彼等之必要：

為能遣除前後際，以及中間之愚癡。

宣講十二緣起是為了遣除眾生對於前際、後際以及中際之愚癡。

通達十二緣起非常重要。現在有很多人懷疑：「我」究竟是有還是沒有？「我」是什麼？「我」是從哪裡來的，死後會到哪裡去？有些外道，如勝論派認為：我是實有常存的。順世外道或者現在的一些無神論者則認為：我是即生中依靠父母突然產生的。上述問題或觀點，如果學過一點中觀、俱舍的話，是很容易回答的。實際上，在名言中，所謂的「我」是假立而有的，它並非如勝論外道所承許的「常有存在」，也不是如順世外道所許的「灰飛煙滅」；若真正去觀察，「我」並不存在，除此五蘊假合以外，誰也說不出所謂的我究竟於何處存在。

為了解開上述疑惑，遣除外道的一些常、斷見，將十二緣起分成三段來講。也就是說，有些外道認為，萬事萬物是大自在天創造的。為了斷除這種邪見，宣說前際的無明與行。勝論外道說：萬事萬物是主物的幻變。但實際上，並不是主物的變化，應該是今世中的八個支分，它們以前因後果的方式產生。還有外道認為，以殺生供養天尊，則天尊會非常歡喜，自己死後會降生於天界。為了斷除這種對於後際的愚癡，宣說了生和老死。

總的來說，主要針對常、斷邪見而宣說了十二緣起。

阿毗達磨俱舍論頌講記

若是利根者，對於《俱舍論》的每一個問題，都會了知是佛陀不共的智慧，為什麼這樣講呢？現在很多眾生有各種各樣的愚癡，尤其是認為前世後世不存在、輪迴不存在的這些人面前，十二緣起很容易成立，並可由此斷除其常見和斷見。但是，十二緣起在《俱舍論》中算是比較難懂的，宗喀巴大師也曾專門做過有關大乘與小乘對十二緣起不同觀點的論述。雖然表面上比較難懂，但希望大家還是不要捨棄佛法，什麼叫捨棄佛法呢？比如說「《俱舍論》很難懂，對我來講沒有意義」，這種想法在相續中不要產生，即使產生，也不要說出來。這種沒有智慧的語言，一傳十、十傳百，很快，許多人就都知道了，這樣對自己今生來世的影響都不是很好。越難的問題，越要潛心研究，漸漸地，相信這種出世間智慧一定會被激發出來。

庚二、觀察歸攝：

煩惱有三業有二，七事如是亦為果。

前際後際略因果，由中因果可推斷。

十二緣起中無明、愛、取屬於煩惱，行、有二者為業，餘七者為業惑所依之事。此三支中，業、惑為因，七事為果。緣起亦可分為前際緣起、後際緣起兩種，前際之略因與後際之略果，由中際之因果可以推斷了知。

若對十二緣起作歸納，則可包括於煩惱、業、事三者之中。其中煩惱有三個，即無明、愛、取。業包括行、

有二者，因行是前世之業，也即以煩惱為因，開始造作各種各樣的業，此業即稱為行；而在今世中，按有部觀點，一個人成家後，就開始造業，這時所造之業即稱為有。因此，業有兩種，即前世之業與今世之業，其中今世業造就後世之果，前世業造就今世之果。除上述五支緣起以外，剩餘的七支——識、名色、六入、觸、受、生和老死，可以包括在事中，這七者既是因也是果，因從彼等中產生業惑，故為因，而它們又是從業惑之中產生的，所以是果。

緣起也有因果之義，十二緣起可分為前際緣起與後際緣起兩種，此二者又分別具有因緣起與果緣起。以今生為例，前世之因——無明與行，產生前世之果，此果即今生之因——識、名色、六入、觸、受；由於今世造業作為後世之因——愛、取、有，產生後世之果——生、老死。所以說，今生中所執著的事，實際是由前世之因所造就之果，而在受用此果的同時，也在造作來世之因。由於前際的因相對於後際因來說比較略，故稱為略因；而後際果相對於前際果來說比較略，所以稱為略果。這裡之所以將前際因與後際果簡略宣說，是因為由中際可以推斷出來，比如前際的略因——無明、行，此中的無明可包括愛、取二者，而行與有同義，所以前際的因也可以說是愛、取、有三者；後際的略果——生、老死中，生相當於今世中的識，而老死即是今世的名色、六入、觸、

受四者。或者反過來說，今世當中的果與因也可以歸攝於略因與略果之中，即識、名色、六入、觸、受五者可包括於生和老死之中，愛、取、有三者即是無明與行。因此，雖然按照前際後際的次序宣說了緣起之略因略果，但是通過今生的因果，以比量⑨完全可以導出前世與後世之因果，由此也可以了知，前世、今生、來世並無差別，只是在因果分攝上有所不同。

表二：

前際緣起 ┤ 略因：無明、行
　　　　　 └ 果：識、名色、六處、觸、受 ┐
後際緣起 ┤ 因：愛、取、有　　　　　　　　├ 中際緣起
　　　　　 └ 略果：生、老死 ┘

表三：

前際	三雜染	緣起支	中　際	緣起支	三雜染	後際
因	惑	無明	◄──── 略因 ── 因 ────►	愛 取	惑	因
	業	行		有	業	
果	事	識 名色 六入 觸 受	◄──── 果 ── 略果 ────►	生 老死	事	果

⑨比量：因明三量之一，即以分別心進行推比、量度。

以上從三世之中順利圓滿十二緣起的角度已經作了講述，有人可能這樣想：比如說，我今生造了殺生之業，按照上述說法，此為後際緣起的一個因，但是，此果未於後世中感受，中間經過千百萬劫才成熟此果，那十二緣起不是在中間斷開了嗎？這時的十二緣起應該如何連接呢？實際上，每個人相續中都存有很多的因果種子，未成熟的殺生果報就是由其他的一些緣起斷開的，當此殺生果報成熟時，前面的十二緣起就會繼續下去，《百業經》中也說：「縱經百千劫，所作業不亡。」因此，不會有緣起中斷或緣起規律錯亂的過失。

庚三、定數之理由：

煩惱中生煩惱業，從彼業中產生事，

事中生事與煩惱，此乃有支之規律。

從煩惱之愛中產生煩惱與業，由業中產生事，由事中再產生事與煩惱，這即是十二有支的規律。

由於十二緣起之規律，使所有眾生在輪迴之中流轉，無有始終。但是，有人懷疑說：此十二緣起的第一支——無明，是否有因？最後一支——老死，是否有果？如果無明有因、老死有果，則十二緣起之數目不確定；若無明無因、老死無果，則輪迴成為有始有終。

不會有這種過失。由於十二緣起包括於煩惱、業、事之中，而此三者則互相不斷的產生，無有停息。其中由煩惱可產生煩惱與業二者，煩惱產生煩惱即由愛生取；

阿毗達磨俱舍論頌講記

煩惱生業即由取生有、無明生行。業中可以生事，即由行生識、有生生。事中可以產生事及煩惱，由事生事，即識生名、名生色、名色生六入、六入生觸、觸生受，以及生中產生老死；由事生煩惱，也即以受生愛、老生無明。這就是十二緣起的規律，除此十二緣起之外，無有他法存在。

若從三世的角度說，則前世之業為引業，今世所成熟之果為成業，而今所造之業相對於後世來說為引業，後世將成熟之果即為成業，除此引業與成業二者之外，亦再無他法。因此，以無明之因即為老死，老死之果即是無明，所以說，十二緣起是循環不斷、相續流轉的，既無有數目不定之過，亦無輪迴有始有終之過。另外，前面講過，老死也即名色、六入、觸、受四者，而無明即愛與取二者，以此亦可顯示老死即因，無明即果，所以也不需要再安立其他緣起支，如《光記》中說：「以過去無明則現屬愛、取二惑性故。未來老死則現名色六處觸受四事性故。由此已顯老死為因無明為果。豈假更立餘緣起支。故無終始過也。」

　　麥彭仁波切在《智者入門》中講到：像這樣的十二緣起，在一世或二世中即可圓滿。但一般來講，按有部所承許的十二緣起於三世圓滿的這種觀點，很容易了知人是有前世、後世的，人並不是今生中突然產生，因為前面有無明、行作為因，而人死後也並非如同燈滅，在

十二緣起中，真正的死是指後世無明的產生，這叫做死。所以在學習《俱舍論》時，一定要以自己的智慧來思維，思維之後會對前世後世存在的這種道理深信不疑。《俱舍論》雖然是小乘法門，但如果能夠真正學懂、弄通，真正運用到自己的相續當中，那對自己一定會有幫助的。如果不能夠運用到相續當中修持，那即使是大圓滿，對你來說也沒有任何作用。所以在聞思的過程中不要放棄修持，只有聞思修融合在一起，才能了知佛法的真實內涵。

庚四、起生之差別：

此許緣起即是因，緣生承許為果法。

緣起是指產生後世之因的支分，緣生則承許為以前所生之果的支分。

經中常說，緣起、緣生。此二者是什麼意思呢？「緣起」，也即因義，由因緣聚集後才可以啟動；「緣生」，是果義，指各種因緣聚合之後產生的果。此二者是有為法的別名，因此可以說，一切支分都有因與果兩種含義，如同一個人觀待他的父親而言只能稱為兒子，是一種果；觀待他的兒子而言，只能稱為父親，是一種因，此因義與果義是觀待而存在的。從今生而言，因為有前世，所以才會有今生；因為有今生，所以一定會有後世，佛在經中也說：「若有無明，則有行；若有行，則生識等。」

觀待法在中觀、因明中非常重要，愛因斯坦的「相對論」，與中觀的觀待法非常相似，但是應該了知，在

阿毗達磨俱舍論頌講記

相對論中我們不能找到最究竟的觀點，為什麼呢？因為它只是針對現象的一種觀待，不能對事物的本質有一個徹底的研究。在當今社會，能夠對事物的現象與本質全部徹底研究的人非常少。而佛所宣說的緣起，一切萬法在聖者的根本慧定時，是空性遠離一切戲論的；在後得中，一切萬法於如夢如幻中可以起現，對於這種緣起規律，現在的科學家與文學家們根本不能夠了知，這就是釋迦牟尼佛的不共特點。

但是，對於十二緣起，有部認為，它們全部是五蘊的一個不同階段，對此觀點，經部宗並不承認。經部宗認為，無明等不是五蘊，因為無明屬於癡心所、行是思心所等等，而且也並不是如同前面所說一樣，無明等是由於占了一個主要位置而被稱為無明等的。因此，無明與行等應該按照其本義來解釋，這就是前面頌詞中世親論師用了一個「傳說」的含義。

己二（緣起之本體）分三：一、宣說無明；二、宣說名與觸；三、細述受。

庚一、宣說無明：

智慧違品之他法，無明如妄非親等。

言說彼為結等故，惡慧則非是見故，

與彼正見相應故，宣說染污智慧故。

無明是與智慧相違的一種他法，如同非親友以及妄語等，經中也說「無明之結」等，惡慧壞聚見不是無明，

因其屬於見，而無明與見解相應，並且經中說「無明染污智慧」。

有部宗對於無明的觀點，我們並不承認，那自宗（指經部）是如何承許的呢？自宗認為：無明的本體即不明真諦、因果、三寶之理的心所，它是如實了達之智慧的違品。

有人承許無明就是無有覺知或非遮。但這種觀點顯然不正確。知覺也即明或智慧，如果沒有明或說沒有智慧，均稱為無明的話，那無實法以及無情法也應該稱為無明，因為無實法如石女兒、龜毛、兔角等，無情法則是外界的石頭、木頭、洋芋、白菜等等，這些全部無有智慧之故，應該稱為無明。非遮可以說是單空，但是無有明的這種單空並不是無明，因為無明是有實體的一種心所，比如「非親」，並不是指非親友的人，而是說親友的違品——敵人；「妄」，也即不真實的意思，從人的角度來講，就是指狡詐者，從語言角度來講，也即妄語，而說妄語的人，就稱其為虛妄者，妄語與敵人都是真實存在的。頌詞中的「等」字還包括非法，「非」是指不應該做的事情，比如國家法律可以稱之為法，與之相違即稱為非法，與佛法相違的事也叫非法。無明也是同樣，它是屬於智慧違品的一種他法，是實有存在的一種心所。佛經中也說：無明之結、無明之縛、無明之隨眠、無明之瀑流、無明之行。《入中論》在講到一地菩薩時說：「斷除一切三種結。」登地菩薩需斷除三種結，也即薩迦耶見、疑見、戒禁取見。

無明之隨眠，也即第五品中將要講到的六根本隨眠之一。無明之瀑流，即生、老、死、病。無明之行即十二緣起中的第二支。佛經中講到了很多種無明，若其僅是一個無知覺，那作如此多的分類又有何必要呢？

對方又會認為：薩迦耶見就是無明。這也不正確，薩迦耶見是指對自己五蘊執著的見解，它與無明相應，若無明也是見解，則見解與見解相應是不行的，就好像兩個國家主席不能同在一個位置上。壞聚見也屬於一種智慧，但屬於惡劣的智慧，經中說「無明染慧令不清淨」，智慧自己染污自己的說法是行不通的。對於無明還有很多不同觀點，世友論師認為：無明是煩惱的總稱。這一觀點，通過前面的道理來遮破就可以了，因為諸煩惱屬於見，若煩惱即是無明，則見與見自己不會相應，而且，這樣一來，將無明從結等中分出來單獨宣說，顯然也就沒有必要了。法護論師認為：所謂的無明就是指我執，也即薩迦耶見。但是，因明法稱論師說：一切過失從薩迦耶見產生。如果無明即薩迦耶見，則一切過失均從無明中產生，這種觀點顯然也不合理。

經部宗認為，前世煩惱現行階段的五蘊不是無明，如果將此五蘊稱為無明，則於佛經有害。經中說：所謂無明即不知前際。也就是說，無明是不了知前際的一種心所。那對無明究竟應該以何觀點承許呢？按照佛經所說，以經部觀點來承許應該可以，無明是一種不了知前

際的心所，並非五蘊的階段。

庚二、宣說名與觸：

名即非為色法蘊。觸六聚合而產生，
前五乃為有礙觸，第六僅能謂名詞。
觸分明與無明他，無垢煩惱其餘者，
害心隨貪相應觸，感受安樂等三種。

名也就是非為色法的四蘊。觸共有六種，其由根、境、識三者聚合產生，前五觸屬於有礙觸；第六意觸僅是名詞，其可分為明、無明、他法三種，它們分別是指與無垢智慧、染污煩惱及餘法相應之觸，無明觸又可分為害心觸與隨貪觸兩種。總的來講，則分為苦、樂、捨三種觸。

名是指受、想、行、識四蘊。之所以稱為名，是因為此四蘊只能依靠名稱來了知意義，就如同世間共同的色法，以其名稱即可了知，同樣，由於此四蘊既不能真實接觸，也不能以眼等現見，唯以名稱使腦海中顯出其意義，故將此四者稱為名。

觸可分為六種：眼觸、耳觸、鼻觸、舌觸、身觸、意觸，此六者均由根、境、識三者聚合而產生。比如具足眼根、紅色柱子會產生眼識，這三個因緣聚合就是觸。《自釋》中有兩種觀點：經部認為，根、境、識三者聚合，以此能夠斷定的心即稱為觸，並非另有他體；有部論師認為，僅僅聚合不一定是觸，在聚合後出現另外的心所，這才叫觸，如《六六經》中說「云何六六法門，一六內處，

阿毗達磨俱舍論頌講記

341

二六外處，三六識身，四六觸身，五六受身，六六愛身」，既然經中說根境識外另有六觸，則觸應別有。

而且，有部認為：前五觸屬有阻礙觸，因有部認為眼根等均如胡麻花等，是有形象、實體的一種色法，依靠有礙根產生的緣故，所以應該是有礙觸；第六意觸只是一種名相而已，麥彭仁波切的《俱舍論注釋》中說：意觸應是指無有色法而言，因其不能真正接觸色法。也就是說，它可以去執著，這也是一種觸，這種接觸可以是一種粗糙的感受，也可以是柔和的感受。因此，修行人對任何事不要過分地執著，否則會使別人對你產生一種很粗糙的觸受，如果身心都很調柔，那麼自他心中都會因此而產生一種柔和的觸受，這就比較舒服。第六種觸還可以詳細分為三類：明之觸、無明之觸、二者以外之觸。明之觸是與聖者無漏智慧相應之觸，比如無垢的信心、無垢的聖者智慧，這些叫做明之觸；無明之觸是與煩惱相應的觸，若細分則有與害心相應的恚觸，與貪心相應的愛觸；他法觸也被稱為非明非無明觸，是指與剩餘的有漏善法及無覆無記法相應之觸。

所有觸如果歸納，則有感受苦、樂以及等捨的三種。

庚三、細述受：

從中所生之六受，前五身受餘心受。

近心之因中而生，總共則有十八種。

從觸中所產生的受也有六種，其中前五者為身受，

餘者為心受。心受由所取對境的近心之因不同，一共可以有十八種。

受也有六種，分別以六觸為緣而產生。其中前五者是身受，它是融入根色法之故。此處的「身」並非眼耳鼻舌身中所指的身，而是凡有色法的、有相的、有礙的根全部可稱之為身，所以說前五種受屬於身受。第六者以意觸為緣所生之受屬於心受，其所取的六種對境，各自又分為悅意、不悅意以及等捨之境三種，所以總共有十八種。何為悅意、不悅意以及等捨的心受呢？如眼見善妙色法，心中會產生快樂感受，此為悅意受；眼睛所見為惡劣、粗糙之物，則以眼識為緣，心中也產生不快樂感受，這就是不悅意的受；若眼睛看到外面一個很平庸的東西，心中即會出現等捨的感受。以上是以眼識為例，耳識、鼻識等也可依此類推。

此處的說法與因明說法相同，也就是說五根識自己無有真實的分別念，如眼睛見到外境，眼睛雖然無有執著，但由於心有分別，所以，心將眼識與色法二者結合，之後進行辨別，由此就會產生種種感受。

欲界緣自具十八，緣色界境有十二，
無色三種初二禪，十二種受緣欲界，
緣自八受無色界，則有二受餘二禪，
六受則是緣欲界，緣自地則有四種，
緣無色界唯一種，無色未至定四受，

阿毗達磨俱舍論頌講記

緣色上界僅一種，正行一受自對境，

十八種受均有漏，其餘已說當說故。

欲界緣自界具有十八種受，緣色界有十二受，若緣無色界則有三種受。色界初二禪的十二種受，若緣欲界有十二種，緣色界有八種，緣無色界則有二種；色界其餘二禪有六種受，緣欲界有六種，緣色界有四種，緣無色界只有一種。無色界空無邊處未至定若緣色界四禪，為四捨受，若緣無色界則唯有一種受；無色四正行以及三未至定唯緣無色界，僅有一受。上述十八種受均為有漏法。其餘緣起有些前面已經宣說，還有一些下面將要講述，故於此不說。

上面已經簡單介紹了十八種受，它們在三界之中皆存在嗎？欲界有十八種受。欲界若緣欲界自地則十八受全部具足，因為欲界從外境來講，具有色聲香味觸法六境；從自心角度，苦、樂、捨三種受也全部具足，這樣一來，依靠六個外境各自可以產生三種受，因此共有十八受。若欲界心緣色界，就只有十二種，因色界無有香與味兩種外境，因此以色界的四個外境各自產生苦、樂、捨三種受，只有十二種受。如果以欲界心緣無色界，則因無色界只有法境，故只有緣法的三受。

色界的一禪二禪中因無有意苦受，故只有十二受，它們也是指緣欲界而言的，因以欲界的六個外境各自均可以產生兩種受；若緣色界自地，由於香、味無有之故，

依靠色界所具足的樂與捨只能得到八種受；倘若緣無色界，則只有緣法的意樂受與捨受二者。色界三禪四禪只有捨受，無有意樂受，其心樂受則不會成為產生受的因，所以緣欲界六境時僅有六種捨受；緣色界自地時，從心的角度來講只有一個捨受，從外境來講，無有香味二者，因此只有四捨受；緣無色界時，以唯一的法境僅產生一個捨受。

無色界空無邊處的未至定緣色界四禪時，以其四種外境可得四種捨受；若緣無所有處等的未至定時唯有一個捨受。無色界四正行中也只有一個捨受，因無色界不緣下界，故只有緣自地唯一法境的一個受。十八種受均是有漏法，因為它們都能夠增上愛的緣故。

以上已經廣說了十二緣起中的無明、名、觸、受四者，那為何不說其他的八支緣起呢？因為色、識、六處在第一分別界品中已經講過，行和有在馬上講到的第四分別業品中也將要講到，愛、取二者則在第五隨眠品中會講，所以此處只是詳細解釋了無明、名、觸、受四者。

己三、以比喻說明三支：

於許煩惱如種子，如龍根樹與糠秕，

業如具皮果藥花，事如成熟之飲食。

十二緣起包括在煩惱、業與事三法中，其中煩惱就如同種子、龍、樹根、樹木以及糠秕；業則如具皮之果，

---

⑯無色界四正行：指空無邊處、識無邊處、無所有處、非想非非想處。

也如同藥與花；事就像煮熟的飲食。

若以比喻說明煩惱、業、事三者，則可通過五喻、三喻以及一個比喻來分別闡述。首先煩惱就如同種子，因為從種子中會生起莖、葉、花果，同樣，煩惱中可以產生業和事，從煩惱中一切均可產生，故比喻成種子；煩惱如龍，宣化上人說龍有很多種，如人龍、魚龍，但不論哪一種龍，只要有龍存在，大海就不會乾涸，煩惱也是如此，只要有它存在，輪迴的大海就不會乾涸；煩惱就像草根，除草若留下其根，則草仍會復生，煩惱若不根除，則輪迴之根不會斷除；煩惱也如樹木，樹木能復生樹葉、花、果，而煩惱中可以再度產生業和事；煩惱還如同糠秕，具糠秕之果實中會生出苗芽，若糠秕已經全部剝掉，也就不具有生出苗芽的功能，同樣，從煩惱的得繩之業中會產生果，有部認為煩惱有一種得繩，此得繩與習氣若已經消失迨盡，就必定不再投生輪迴。

糠秕如煩惱，而糠秕中的果實則如同業，以煩惱所包裹之業，必定會產生三有；業也如藥，業只能產生一次性的異熟果，比如因造惡業感受地獄痛苦，此果成熟一次後再不會成熟，藥也只是一次性起作用，多次使用則已經沒有功效了；業又如花，開花之後才會結果，故花是果的近因，同樣，由於業的成熟，則會產生事，所以業是事的近因。

七事是眾生所感受之異熟果，這些異熟果如同烹調

第三品 分別世間

好的飲食，僅能享用而不可以再次產生其他異熟，若可以再次產生其他異熟果，則阿羅漢也一樣會感受業果了，但不會出現這種過失。

戊三、攝義：

四有之中生有惑，自地根本諸煩惱，

其餘三有具三種，無色界則無中有。

四有之中，生有屬於煩惱性，由自地根本煩惱產生，其餘三有則具有善、不善、無記法三種。無色界中無中有。

生有也即入胎剎那之五蘊。按密宗說法，若觀清淨「吽」字而結生，則不一定是煩惱心。一些大乘經典也說，依靠不可思議的等持、發願力，或者以佛不可思議的加持力也可以入胎，《經莊嚴論》中說「觀生如入苑」，菩薩來此世界，就如同進入花園中遊玩，而不是以煩惱心投生的。以上是大乘不共的說法，但是，按本論觀點，生有之心是煩惱性的，並且必定是以自地的一切根本煩惱結生，而不會由支分隨眠煩惱結生，比如有些眾生是以貪心結生，如感受寒冷，想獲得溫暖，即會轉生於熱地獄。以他地煩惱也不會結生。

其餘的中有、本有、死有，既可以是善也可以是不善或無記法。本有從降生到死亡是一個很漫長的過程，這期間有時造善業，有時造惡業，有時也會處於無記狀態，所以三性皆具足。中陰身時，互相之間會生嫉妒心而產生痛苦，這時屬於不善心；也有具足善心的，比如阿羅

阿毗達磨俱舍論頌講記

漢於中有時獲得涅槃果位；中陰身一般情況下都是處於不知不覺的狀態中。死有也是三性都具足，善心中死亡，比如在憶念三寶中死，或者為了保護別人而死；煩惱心中死的，如自殺；還有很多人是在不知不覺中死去的。

四有是否在三界中全都存在呢？欲界、色界中四者皆具，而無色界中只有三種，即生有、本有、死有。

丁二（依何而住食之緣起）分三：一、食之自性；二、旁述中陰身之異名；三、彼等之必要。

戊一、食之自性：

有情依食而存住，段食欲界三處性。

彼並非為色之處，不利自根解脫故。

觸食思食與識食，均為有漏三界有。

有情依靠四食於世間存住，其中段食在欲界中是以香、味、觸三處為自性，而色處並非是段食自性，因其不利於自根以及解脫的緣故。觸食、思食與識食均屬有漏，於三界之中具足。

眾生於世間留住，必須要有生存的因緣，那麼，究竟是何種因緣使眾生得以生存於世間呢？眾生的生存必須依靠食物。釋迦牟尼佛成佛不久，以其智慧之眼觀察眾生之性格與界性後，說眾生應依食而存活，如經中說：「本師成佛不久，則恩賜一法，即眾生以食而存。」

此處的「食」，並非口中所吃的食物，凡是能夠維持生命的一種養料，均可稱為食。那麼食有多少種呢？

有段食、觸食、思食、識食四種。其中段食在欲界有，因為如果沒有斷除對段食的貪執是不能夠成就禪定的，這樣一來也就無法轉生色界、無色界，因此，要成就四禪的話，對飲食不要過分貪執。當然，欲界眾生為了使自己的身心留住，想完全遠離段食也不可能，但在行為上應該經常觀察，不要產生過分的執著，這樣就很好。

何為段食呢？也即依靠鼻、舌、身三根，一口一口來享用而稱為段食，其本體即香、味、觸三處之自性。這裡所謂的「一口一口」與平時所說的有些不同，比如廁所中不淨物的微塵接觸鼻根，此時鼻根一口一口地把它吞下去了，然後覺得「好臭」，身根與舌根也是如此，均是接觸到微塵之後才會有觸的感覺或者品嘗到味道，這些接觸都是有階段性的，因此稱之為段食。

那麼，色聲香味觸之中，只是將香味觸三者安立為段食的自性，色與聲為什麼不是段食自性呢？這是有原因的。一般來說，有些人可以依靠聲音存活於世間，但這個時間非常短，因此未安立在段食中；色法也不能安立為段食，是因為它對於自根以及解脫沒有利益。

如果有人說：色法應該對根起利益，比如米飯等色處，人們一口一口吞下之後，對身根會起到幫助，而且，十分飢餓的人不是僅僅見到食物就可以存活下去嗎？但卻並非如此，米飯等雖然可以資養身體，但色法相對之所依根應為眼根，而眼根雖見色法，卻不會因此得到利

阿毗達磨俱舍論頌講記

益。不過，這也只是《俱舍論》的一種說法，實際上，若見到比較刺眼、不悅意的色法，眼根會受到一定的損害，相反，如果見到柔和、悅意的色法則會對眼根有一些助益。飢餓難忍的人僅僅見到食品就會產生快樂感受，並且依此存活下去，這應該屬於下文將要講到的觸食，通過這種色法給心裡帶來了一種觸覺，依這種感受存活。色法也對解脫無有利益，比如遠離欲界貪欲的不來果與阿羅漢，他們對於色香味觸均已無有貪執，但若享用香味觸會滋益身體，而眼見色法對其則無有任何利益。

有情既然均是依靠食物存活，那大地獄中的段食是什麼呢？鐵球和銅汁就是它們的食物。地獄眾生在其業力現前時，自然會吞下燃燒的鐵球，地獄的閻羅卒也經常無情地向它們的嘴裡澆灌各種燃燒的液體等。近邊地獄與孤獨地獄的食物與人相同。

眾生對於食物的貪執非常強烈，但實際上，食物正在咀嚼的時候會有一點香的感覺，吞下去之後就已經完全改變了，古人也有一種說法：衣飾很重要，因為別人能見到，飲食不是很重要，因為脖子有三寸，三寸過後即已經成為不淨糞之因，所以吃得一般就可以，穿得應該好。但也有些人觀點與此不同，他們認為穿著好不好無所謂，飲食非常重要，吃得好身體才好。不管怎樣，對於飲食與穿著都不應過分貪執，欲界眾生不享用飲食很困難，但在享用的同時斷除對它的貪執，唯一用心修

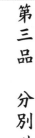

第三品 分別世間

持才是最重要的。

前面已經講了段食，那麼其他三種食的本體是什麼呢？心與心所的不斷延續即稱為觸食。十二緣起中講到，根、境、識三者的聚合叫做觸，也有論師認為，根境識聚合之外有一個單獨的心所稱為觸，眾生存留於世間，必定有心與心所的延續，如果這個已經中斷，眾生也就不會存留於世。思食實際是一種作意，比如作意善事、惡事，以此開始造業，這樣即生造業成為後世之因，也就是說，今生的思維可以成為產生後世的因，或者今世思維善，思維惡，以此為因，後世仍繼續思維善，思維惡。識食也即十二緣起中講到的識，就是通常人們所說的「靈魂」，靈魂入胎時有一種意識，如果沒有這種意識，僅僅依靠父母不淨種子的聚集不能形成眾生。

人們經常所說的「精神食糧」就是這裡所說的思食，比如一個人馬上要餓死了，這時如果有人對他說：食物很多，你要堅持。有此精神支撐著，他會活下去，這就是一種思維的糧食。上師法王如意寶如果住在學院，道友們就會說：有法王如意寶在，我們一點都不冷。實際上，並不是上師如意寶給大家帶來了一種熱量，只是心裡面有這樣的一種依靠，有一種安慰，這就是一種精神食糧。佛經中也有記載：一些大商主去大海中取寶，後來遇到危險，船隻已經毀壞了，他們當時將海邊的綠色水泡當作陸地，拼命地朝著那個方向游，以求活命，但到了跟

前時，才發現只是水泡，由於非常失望馬上就死了。佛經中也說：海龜雖然住在大海中，但牠下蛋時，就會到海邊來，將蛋埋在沙漠中，之後牠自己還是回到大海中，這時，海龜一直想著自己的孩子，在這種想法沒有放棄之前，埋在沙漠中的蛋就不會腐爛，一旦海龜放棄這種思維，牠的孩子就會死掉。不過世親論師不同意這種說法，因為這樣一來，母親的思維已經成為孩子存活的因，這種說法不合理。世親論師認為，埋在沙漠當中的蛋會想：母親不會放棄我。這樣一直思維的時候，牠就不會腐爛、死亡，一旦牠放棄了觀想母親的這種念頭，牠就會死。按照世親論師的說法，自己的思維成為自己存活的因倒確實很合理，但是一般剛生下來的小孩子有沒有觀想母親的能力？應該是非常微弱的，一般要到一、兩歲時，心裡才會想：這是我的媽媽。犛牛與人有些不同，犛牛剛生下來就會到處尋找母親，然後吸吮牛奶，但是剛生下來的小孩，母親不照顧是不行的，所以從剛生下來的角度看，似乎動物要比人聰明。因此，佛教中所說的這種緣起，確實是很奇妙的，所謂的思食，在科學上看來是一個奧秘，但是依靠思維存活下去卻是千真萬確的。

由於無漏法能夠滅盡世間，所以不稱其為食，以上所講的觸食、思食與識食均是存在輪迴的因，因此均為有漏，在三界中存在。段食也是有漏食，但只有欲界才有，色界與無色界沒有。

第三品 分別世間

戊二、旁述中陰身之異名：

意成求生及尋香，中有以及現成名。

中陰身也可以稱為意成、求生、尋香，也叫中有或者現成。

前面講到，思食對求生者是有利的，那麼求生者是什麼意思呢？實際上就是指中陰身，在這裡先介紹一下中陰身的異名。

《前世今生論》中講到多傑將參很想尋求生處，但卻一直不能轉生。因為一直尋覓本有的形象，所以將中陰身稱為求生者。也可以將中陰身稱為意成，因是以意化生，不依賴父母的不淨種子，《中陰解脫》中也這樣講的，意識頓然出現，不需要依靠胎生。也叫尋香，因為中陰身一直在尋找香氣，以此生存。密法中說，如果燒完煙煙之後沒有迴向，則中陰身得不到利益。由於中陰身是住於死有與生有之間，所以稱為中有，中有的時間有些很短，有些則很長，比如以前戒律中說，有一位甘布吉比丘在母胎中住了六十年，降生時已經滿面皺紋、白髮蒼蒼，還有一些則很短，比如三十六天就降生，而且發育與正常降生的嬰兒沒有差別，現在很多人認為這是一件非常稀奇的事。由於即將現前來生，所以叫做現成。

戊三、彼等之必要：

前二食為利此世，增長所依及能依，

為引他世與形成，次第而說此四食。

為了生存於世間而宣說了段食與觸食二者，因其分別能夠增長所依、能依的緣故；為引後世而宣說了思食，以業牽引之識則可以形成後世，因此又宣說了識食。

　　宣講四食有何必要呢？世間人經常說：吃得好一點，對身體好。因此，依靠段食可以滋養所依身體，欲界眾生依靠段食存活，人們離開段食之後，一般在七天之中可以存活，若過了七天，人就會餓死。既然所依身體是依靠段食來增長，那能依的心與心所依靠何者增上呢？依靠觸食。前面講過，依靠根、境、識三者的聚合，心識可以存在，若根境都不存在，那心識也無法留存，因此佛在經中已經宣說了觸食。佛經中將這兩種食比喻成姨母，孩子生下來後，要依靠姨母扶養，同樣，眾生想要存活於世間，就要依靠觸食、段食二者。

　　既然說段食與觸食如同姨母，那思食與識食是什麼呢？它們就相當於母親，母親是孩子產生的根本因，而後世產生的因主要是意識與思維。其中思食也即作意，以此為後世造業，佛經中也說，身業、語業不是很重要，思業才是最重要的。思業相當於食品一樣，有了食品眾生可以於世間存活，而有了業以後，在輪迴之中一定會存在，因此思食可以引發後世。依靠業，意識就會入胎，這樣即形成了後世的眾生，若沒有意識，即使其他各種因緣俱全也不會形成眾生。佛經中說：中陰身非常多，以前芒嘎巴見水中眾生特別多，所以不敢喝水，佛陀對

他說，你不要用神通來觀察，若以神通觀察，一個食團當中也是有很多眾生。

　　現在有些人認為，克隆羊是科學家新創造的眾生，那是不是與佛教當中所說的因緣不具足，就不能形成眾生相違呢？根本不相違。現在的科學家對身體方面的一些構造、組成確實比較精通，但對於意識方面卻有所欠缺。大慈大悲的佛陀在兩千多年前，就已經為我們講述了所謂的濕生與識食，中陰身的數量無法衡量，當因緣聚集的時候，眾生就可以形成，比如夏天，在一些潮濕的地方一定會產生很多很多的眾生。以克隆羊來說，公羊與母羊身體的一部分經過培植，這時若中陰身存在，則一定會形成一隻小羊。也有很多科學家在研究的過程當中會失敗，就是因為中陰身不具足，如果因緣聚合，中陰身也存在，一定會投生的。所以，濕生與識食的問題若能通達，那現在科學中所謂的創造新生命的概念一定可以破掉。

　　以上從主要的角度說明了宣說四食的必要，實際上，段食與觸食也是間接牽引後世的因，比如今生中對吃肉產生貪執，那下一世可能特別喜歡吃肉，以前紅原有一位活佛，他前世不吃肉，下一世還是不吃肉，他自己也說過，自己七世中沒有吃過肉。依靠段食、觸食會產生煩惱，從而積累很多業，這樣間接也就牽引後世。同樣，思食與識食也能使眾生住留，就如同人們所說的精神糧

阿毗達磨俱舍論頌講記

食，以此作為支柱，眾生可以存活。

丙三、識去之理：

斷絕善根與結合，離貪退失死生心，

唯一承許為意識，死與生心依等捨，

一緣無心皆無有，涅槃為二無記法。

斷善根與續善根之心，以及遠離貪染之入定心、從定中退失之心、死心、生心這六者唯一屬於意識。死心與生心依靠捨心產生，於一緣心中以及無心之時皆無有此二者。無餘涅槃的心則屬於異熟生與威儀心二者。

生有與死有皆為一剎那，那此一剎那是屬於根識與意識中的何者呢？死心與生心均屬於意識。還有幾種情況，都是屬於意識的，比如已經受菩薩戒或者別解脫戒的人，生起邪見而斷絕善根[97]；斷善根者後來再度生起正見，此心即會再度與善根結合[98]；三界九地中遠離貪欲而入定之心[99]；於離貪之入定中退失。

為什麼以上六種情況均屬於意識呢？因為除了入定以外，大多數是不符合實際的顛倒分別念。六根識非顛倒，在眼識、鼻識中死去等情況是沒有的；而心起分別念則屬顛倒，其中正見、邪見從自性分別的角度，可以說是顛倒分別念。於根識中入定的情況也沒有，因此也唯屬

---

[97]所斷只是現形的善根，而阿賴耶上的善根種子並未斷除。

[98]一般來說，破菩薩戒或別解脫戒後必須重新受戒才可得戒，但所生起的正見之心可與善根結合。

[99]有兩種方式離貪，即以出世間道斷除貪欲習氣和以世間道暫時壓伏。

於意識。唯識宗認為，死心與生心應該是在阿賴耶識上，如無著菩薩在講述阿賴耶存在的八種道理時說，阿賴耶識不存在則生心、死心不合理等等。

心有樂的心、痛苦的心，以及不苦不樂的平等心，那我們的生心與死心應該屬於哪一種呢？實際上，生有與死有均是一剎那，這一剎那應該是等捨心。但佛經中不是說，死亡的時候很痛苦嗎？人在死的時候一般都會感受痛苦，也有少數人會感覺快樂，但在真正斷氣的這一剎那，應該是等捨心。結生也是如此，一般世間人與本論中所說的「生」有一點不同，世間人所說的生是指胎兒的降生，而本論所說的生是指前面所講到的生有，也即結生的一剎那。眾生面臨著生、老、死、病很多痛苦，降生很痛苦，中陰身時也很痛苦，但真正結生的一剎那，不論胎生、卵生，還是濕生、化生，都應該是在一種不苦不樂的等捨心下入胎的，入胎之後則會逐漸產生痛苦與快樂的感受。因此，《俱舍論》中所講到的緣起非常重要，只要身體的種種因緣聚合，心識隨時可以入胎。天人在將要死或者生的時候，會從原來的入定正行中出定，之後於等捨心中死亡，比如一位入於四禪正行的天人，他要退失到未至定才能死亡。

那為什麼死心與生心只是從捨心中產生呢？因為生心與死心不明了，而苦受與樂受是一種比較明顯的心態。不過對於一些聖者來說，也有特殊情況，不一定全部按

阿毗達磨俱舍論頌講記

《俱舍論》的觀點來承許，而一般眾生均是以等捨心來死、生的。死心與生心不會在一緣等持之中產生，因為死的時候對心有害，等持則對心有利益，如天人在死的時候，要從等持中出定才可以；生的時候也沒有以等持心來降生的，除大乘菩薩以願力、等持力降生之外，其他眾生均是以煩惱性而降生，由於等持屬於善心，所以不會從等持心中降生。而且，死心與生心也不會從無心⑩中產生，因無心之中必定無有煩惱性，故不會於無心中生；若本處於無心之中，則於死時，也會從無心之中出來，之後出現死有。

既然說死有善有惡，也有無記，那阿羅漢最後的死心怎樣呢？阿羅漢在無餘涅槃時，其心應是異熟生與威儀心，因為阿羅漢相續中一定是沒有染污心的，所以不會從惡心中死，而其善心特別明顯，並且不隨順涅槃，故也不會從善心中死，但《俱舍論．日光疏》中說：阿羅漢無餘涅槃時也可以善心離開。這是一種特殊說法，本論中只是說以異熟生與威儀心趣入無餘涅槃。

惡趣天人阿羅漢，次第而死則於足，
臍與心間識滅盡，氣息分解依水等。
聖者造無間罪者，必定趣入正邪道。

三惡趣、天人以及阿羅漢在死的時候，心識次第從足底、臍間以及心間滅盡，其氣息滅盡分解之時主要依

---

⑩無心：指無想天、無想定、滅盡定。

靠水、火、風三者。在死墮之後，聖者必定趣入無餘涅槃，造五無間罪者則墮入地獄。

眾生死亡的時候，其心識（也可說為根識）於何處滅盡呢？所有的化身以及頓時死亡者，與身體同時滅盡，比如依靠大圓滿虹身成就而前往清淨剎土的大成就者，其身體與心識就是同時滅盡的。以後世所要轉生之處來說，若將要轉到三惡趣，則其心識從腳底離開身體；若轉生於人間則心識從臍間離開；阿羅漢則意識從心間離開。《大乘阿毗達磨》也這樣講：若此眾生，來世轉生於善趣、人、天，則其根識從下向上，最後從上方消失；若此眾生來世轉生於惡趣，則其根識從上向下，最後從下身離開。所以，一個眾生死後，若他的上身部分一直溫暖，而下身早已冰涼，就說明他來世會轉到善趣；若其上身很快就冷了，而下身一直溫熱，則說明會轉生於惡趣。以前法王如意寶的一隻小狗死了，最初牠身體上方的熱氣已經逐漸消失了，法王如意寶馬上讓門措空行母念《繫解脫》，漸漸地，小狗身體的溫熱開始向上，最後頭頂上很熱，整個身體都已經冷了。後來上師在講課時也說，《繫解脫》的功德不可思議，若能在將死眾生的耳邊念誦，那此人肯定不會墮入惡趣。

意識本來無有任何形狀、顏色，也無有阻礙，那又怎麼能說意識從何處離開呢？如果說離開身體，則意識一定是有形狀、顏色，應該是一種有實質的物體，這樣

不是很矛盾嗎？《自釋》中，世親論師以比喻來回答說，雖然心識沒有形狀、顏色，但身心離開的這種分解過程，就好像在燒熱的石頭上倒水，根據石頭的熱量，最熱的部分會先乾完，同樣，根周遍於眾生的身體，從身根可以推測意根方向，其身根從何處滅盡，則意識滅盡的方向也同樣可以推知。有很多人平時修頗瓦，要開頂，但並不是一定要開一個頂，意識才能出去，按《俱舍論》與大乘的觀點，意識不是有質礙的法，不一定非要有個地方出去，所謂的開頂，也只是顯現了頗瓦修法的一種威力，表現出它所具有的殊勝功德，僅是一種象徵而已。

眾生的死亡是以什麼因緣造成的呢？依靠風、膽、涎三種病導致氣息分解，此三者是八萬四千病的來源，而風、膽、涎三種病則主要是因為風、火、水三者極度紊亂而導致。這裡不包括地大，《自釋》中說，有兩個原因：第一，眾生沒有第四種內在病患，均是在水火風所引發的涎、膽、風病中死去，所以沒有地大；第二，眾生的內災如同外器世間，外器世間有水、火、風三者所引之災難，但卻無有以地大所引的災難，因此也不必安立地大。

這裡對於死亡分析得不是很廣，《前世今生論》中這方面比較廣，希望大家還是好好看一下。當然，勝義中，即使涅槃也是空性的，但在世俗來講，前世後世的道理就如昨天與今天一樣真實存在，如果大家能夠了知這種

真實存在的道理，那世間人不會再隨心所欲、任性妄為的。

　　眾生死後變成什麼樣呢？小乘中，最大的罪業就是造五無間罪，造無間罪者一定會墮入惡道，為什麼叫無間呢？一般眾生死後均會經過中有，而造五無間罪者死後沒有中有，直墮地獄。聖者死後則立即解脫，按小乘觀點，如《毗婆沙論》中說，獲得最後無餘涅槃的阿羅漢是最究竟的解脫。有些大乘經典，比如《解深密經》中說，究竟有三乘，即聲緣乘、菩薩乘、佛乘。在《妙法蓮華經》中說，三乘是不了義的說法，究竟應該是一乘，最後一切眾生必定成佛。這裡《解深密經》的觀點是暫時針對唯識宗的所化眾生而言的，《毗婆沙論》的觀點則是針對小乘根基講的，實際上這些都並非究竟觀點。除造五無間罪與聖者以外，其他眾生的生處都不一定，《四百論》中說：「由於諸人類，多持不善品，以是諸異生，多墮於惡趣。」這些眾生就像瓶中蜜蜂一樣，上下不定，以各自所造業的不同而轉生到相應的去處，什麼叫凡夫呢？就是以眾生各自業力不同，各自生處也不相同，《月燈經》中說，因為各自去向不同，故稱為異生或者凡夫。

　　有情世間已經講完了，那麼有關器世間，大乘觀點、《時輪金剛》，還有現代科學的世界觀，不論是宏觀、微觀，都有很多不同說法。有些人認為，佛教有關四大部洲和須彌山的說法，與現在地理上的說法不同，《影塵回憶錄》中也講到：佛教認為整個大地是扁的，而現在科學家認

阿毗達磨俱舍論頌講記

為地球是圓的，這難道不矛盾嗎？倓虛法師也做過回答，《佛教科學論》中也曾引用過其中的某些觀點。

　　很多經部、續部對於器世界的說法，與《俱舍論》完全不同，但現在佛教中大多數論典都是按照《俱舍論》的觀點來闡述器世界，不過也不能因此而說《俱舍論》已經包括了所有佛教觀點。那《俱舍論》對器世間是如何描述的呢？

　　甲二（生處器世界）分三：一、次第與量；二、旁述眾生之量；三、別說此二量。

　　乙一（次第與量）分三：一、宣說所依；二、宣說能依；三、別說眾生之處。

　　丙一（宣說所依）分二：一、宣說風輪；二、宣說水輪與金輪。

　　對於器世界的說法，《俱舍論》與《寶性論》的觀點只在某些細微方面有所不同。《寶性論》中說：「地者依於水而住，水復依於風而住，風復依於虛空住，虛空不依地等住。」器世界之中，大地依靠金輪，金輪依靠水輪，水輪依靠風輪，風輪依靠虛空，而虛空何者也不依，眾生的心識亦復如是。釋迦牟尼佛在《父子相會經》[101]中著重描述了器世界形成的過程，《華嚴經》、《妙法蓮華經》、《白蓮花論》中對器世界都有過描述，大家

第三品　分別世間

---

[101]《父子相會經》：釋迦牟尼佛成佛後與淨飯王相會時所說的一部大乘經典。

應該廣泛參閱，不要僅僅看一個《俱舍論》和《阿含經》。現在泰國、新加坡的一些法師對《阿含經》比較感興趣，然後把佛法的觀點全部用《阿含經》來解釋，這是非常困難的，《阿含經》是針對個別眾生宣說的一部經典，根本不能代表釋迦牟尼佛所有的經典和教言。因此，不僅要學習小乘經典，了解其相關內容，還要了知大乘說法，更要學習密乘的一些不共觀點，這樣一來，才會真正了知，釋迦牟尼佛對無量無邊、各式各樣根基眾生所宣說的佛法是圓融無違、博大精深的，並不是片面的、個別人心中所想的那樣，這一點十分重要。

丁一、宣說風輪：

器世最下風輪厚，十六洛叉廣無數。

器世界的最下方是風輪，其量無以計數，厚度則為十六洛叉。

大乘通過緣起的觀察方法說：風輪亦是緣起性空。《父子相會經》中說：風輪的本體無來無去。按對法宗的觀點，器世界有成、住、壞、空四個階段，在本品的後面會講到，器世界的最初是一個大虛空，世界將要形成之前，微風四起，多年中狂風不斷，從而形成以金剛鑽石也無法摧毀的風輪，風輪的厚度是一百六十萬由旬，寬度是一阿僧祇⑩。其後，在風輪上方開始形成水輪與金輪。

丁二、宣說水輪與金輪：

⑩一阿僧祇：後面的尾數是六十個零。

阿毗達磨俱舍論頌講記

水深一百十二萬，爾後深度八十萬，

剩餘凝結成金輪，水輪金輪之直徑，

一百二十萬三千，四百五十周三倍。

水輪的深度是一百一十二萬由旬，之後，其深度變成八十萬由旬，剩餘的部分全部凝結成金子而形成了金輪。水輪與金輪的直徑是一百二十萬三千四百五十由旬，其周邊則是直徑的三倍。

水輪是依眾生業力形成的一種金子精華，它不會直接流淌下來。科學上承許，就是依靠地球的引力，地球上七大海洋的水才不會掉落下來。本論說，之所以不會下落是因為眾生的業力牽引。《俱舍論》中對世界的說法，不一定非要與現代科學吻合，這沒有任何必要，但本論的說法應該清楚，如果本論的說法不懂，那在解釋很多經論的時候會很困難。這些水依靠風的攪拌，變得極為堅硬，如同牛奶煮完之後，會在上面結一層堅固的油脂，同樣，通過風的攪拌，便形成了金剛大地，其後，水輪的深度僅剩下八十萬由旬。水輪與金輪的形狀為圓形，其周邊長為直徑的三倍。

丙二（宣說能依）分三：一、宣說山；二、宣說海；三、宣說洲。

丁一、宣說山：

須彌山與持雙山，持軸山與擔木山，

善見山與馬耳山，象鼻山與持邊山。

爾後乃是一切洲，彼等之外鐵圍山，

七山為金彼為鐵，須彌四寶之自性。

依靠風的攪拌形成須彌山，其由持雙山、持軸山、擔木山、善見山、馬耳山、象鼻山以及持邊山七大山圍繞，四大部洲外面由鐵圍山圍繞。七大山的本體為金子，鐵圍山是鐵，須彌山則由四寶組成。

水輪與金輪的上方，水流同前一樣降下，從而形成七大海洋；通過強風攪拌形成須彌山，有經典中說，須彌山如同地板上堆放的穀物，下面大上面小；以中等風攪拌形成持雙山、持軸山、擔木山、善見山、馬耳山、象鼻山、持邊山共七座山，它們如同山脈一樣，環繞在須彌山的周圍；在鐵圍山的中央是七大海，之後則是依靠下等風攪拌而形成的四大部洲和四小洲。

九山分別是由什麼組成呢？由於眾生業力現前，持雙山等七大山均由金子組成，鐵圍山則是鐵，而須彌山的東南西北四面分別由銀子、琉璃、紅寶石、金子組成。根據須彌山每一面組成的不同，其上方的虛空也顯出那一種顏色。南贍部洲的藍色天空，是因為須彌山南方的琉璃光反射到海中，又從海中反射到天空，所以才會呈現藍色，但其他洲的眾生見不到藍色。

八萬由旬沒水中，如是上方亦八萬，

八山高度半半減，彼等厚度亦等高。

九座山的下方八萬由旬均同樣沒於水中，須彌山上

阿毗達磨俱舍論頌講記

方亦是八萬由旬，其餘八座山的高度則一半一半遞減；它們的厚度均與其各自高度等同。

前面所講九座山的高度與厚度都是多少呢？九座山沒於水下的部分均是八萬由旬，因它們的底部均接觸金剛大地，而露在水面上方的高度，每座山則有所不同，其中須彌山的上方仍為八萬由旬，持雙山是四萬由旬，持軸山是二萬由旬，這樣一半一半遞減，因此，鐵圍山的高度只有三百一十二點五由旬；這些山的厚度與各自的高度相等，如須彌山高八萬由旬，則其厚度亦是八萬由旬，持雙山的高度是四萬由旬，則其厚度也是四萬由旬，其餘均可依此類推。

丁二、宣說海：

彼等七間為七海，初者八萬由旬寬，
彼為內海邊三倍，餘海半半而遞減。
剩餘水即外大海，三十二萬由旬寬。

須彌山至持邊山之間的七個間隔處為七大內海，其中第一間隔處的寬度為八萬由旬，持雙山東西兩岸的海面為寬度的三倍，其餘海面寬度一半一半遞減。持邊山到鐵圍山之間為外海，其寬度為三十二萬由旬。

須彌山位於中央，與其餘七座山的中間均有一大海洋，這七大海共稱為內海，是龍王遊戲之處，故也稱為七香海。這些海水均具有八種功德，即涼、柔、輕、香、澄、無臭、飲時不損喉、飲已不傷腹，一般來說，天人

的水也具有八種功德，有些詩學家將一些清澈的水以具足八種功德來讚頌，但真正的八功德水就是這裡所說的七大海洋。這些海的深度均是八萬由旬，持雙山圍繞須彌山，它們之間的海面寬度為八萬由旬，這樣由於須彌山的寬度也是八萬由旬，所以持雙山東西兩岸的寬度即是二十四萬由旬，其餘方向均可依此類推。其他六海的寬度後面的較前面各減少一半，也即第一內海寬為八萬由旬，而持雙山到持軸山之間是四萬由旬，持軸山到擔木山之間為二萬由旬，其餘均依此類推，在此內海中無有眾生。從曼茶盤可以了知，所有的七大山均圍繞須彌山，以此代表整個三千大千世界或者一切器情世界，將所有妙欲資具供養諸佛菩薩。

　　七座山過後是鐵圍山，它與持邊山之間的海稱為外海，這些海水充滿了鹽味，四大洲與八小洲即位於此處。外海寬度為三十二萬由旬，周邊長為三億六十萬七百五十由旬。

　　丁三（宣說洲）分三：一、宣說主洲；二、宣說小洲；三、宣說贍部洲之特法。

　　戊一、宣說主洲：
　　南贍部洲之三邊，二千由旬馬車形，
　　一邊乃三由旬半，東勝身洲如半圓，
　　三邊與此均相同，一邊三百五由旬。
　　西牛貨洲為圓形，周長七千五由旬，

彼之中央二千五，北俱洲八四邊等。

南贍部洲如馬車形，其中三邊均為二千由旬，最小一邊為三點五由旬；東勝身洲形狀如同半圓，其三邊與南贍部洲相同，最小邊為三百五十由旬；西牛貨洲為圓形，周長為七千五百由旬，直徑則為二千五百由旬；北俱盧洲四邊相等，其周長為八千由旬。

在須彌山南方的贍部樹果落入水中時發出「贍部、贍部」的聲音，所以人們將此洲稱為南贍部洲，它形狀如同馬車形[103]，三個邊均是二千由旬，在其南部還有一個最小的邊，這個邊為三點五由旬，在畫肩胛骨的時候就可以知道，從總體來講是三角形，但有一處較狹窄的地方。按《俱舍論》的觀點，這個最狹窄的部位對著鐵圍山，較寬部分對著須彌山。《時輪金剛》則說，狹窄處正對須彌山，寬廣處正對鐵圍山。智悲光尊者在《集密意續》的注疏中是按照《俱舍論》觀點來講述的。

位於須彌山東方的是東勝身洲，因為居於此處的人類，其身量超過南贍部洲人類兩倍，而且極為善妙，由此得名。它的形狀如同半圓，就好像彎月一樣，其彎曲部分對著鐵圍山，內徑部分對著須彌山。實際亦是像三角形，其三邊均與南贍部洲相同，較長的三邊為二千由旬，也有一個較短的邊，長為三百五十由旬。

須彌山西方有一洲，因享用如意牛與珍寶而得名為

---

[103]古代的馬車看上去很像一個三角形。

西牛貨洲，此洲的四邊為水所環繞，形狀是圓形，周長七千五百由旬，直徑為二千五百由旬。

位於北方的洲是四方形，四邊均等各為二千由旬，其周長即為八千由旬。此洲居住的眾生，在死亡的七日前會出現難聽的聲音，所以稱為北俱盧洲。天人在死亡七日之前會出現五種衰相而感覺很痛苦，南贍部洲的人聽到一些可怕的疾病，或出現一些痛苦的事情時也會感覺很痛苦，但修行人對死、對病、對世間痛苦有一種不同的面對方法，因此不會像他們那樣非常痛苦。

戊二、宣說小洲：

彼等之間八小洲，身洲勝身聲不美，

聲不美對拂妙拂，勝道行洲及行洲。

四大部洲之間有八個附屬的小洲，即身洲、勝身洲、聲不美洲、聲不美對洲，拂洲、妙拂洲，以及行洲與勝道行洲。

東勝身洲附屬有身洲、勝身洲兩小洲，北俱盧洲的附屬洲為聲不美、聲不美對洲，南贍部洲則有拂洲、妙拂洲兩小洲，西牛貨洲的附屬洲是行洲與勝道行洲。在這八小洲之中，除拂洲是羅剎居住外，其餘均由人類居住，有些注釋中說，拂洲居住的人也非常多，但一般都說它是羅剎國。除這些洲外，還有金洲、香巴拉洲等等，以前阿底峽尊者坐船十二個月後到達班嘎拉洲，也即金洲，有人說是現在的印度尼西亞，由於歷史考證不同，而且

阿毗達磨俱舍論頌講記

眾生業力的顯現也不同，所以表達方式上有一定的差距，所有的說法不一定完全相同。

在《前行》中描述四大部洲、八小洲時說，自己所在一方為東方，這樣順時針依次為東、南、西、北四大部洲，八個附屬小洲均位於每一大洲的兩邊。但是本論當中則認為靠自己的一方為南方，其餘的說法與《前行》說法相同。

戊三、宣說贍部洲之特法：

此向北越九黑山，即是所謂之雪山，

復次香醉山之內，有水寬度五十海。

於印度金剛座向北越過九座黑山，有一雄偉的雪山，再向北有香醉山，此二山之間有無熱惱海，其海面寬度為五十由旬。

南贍部洲的中央即印度金剛座，從此向北有九座黑山，這裡的「黑山」並不是指顏色為黑色，有注疏中說：非由金銀珠寶所成，而是由一般土石組成，故稱黑山。越過這九座黑山，有一雄偉壯觀的雪山，再向北有香醉山，在雪山與香醉山之間的十由旬之內是無惱龍王居住的無熱惱海，形狀是四方形，海水具足八種功德，海面由青蓮花、蓮花、睡蓮等掩映，寬度為五十由旬，周長二百由旬。它的東南西北方分別流淌著恆河、信度河、縛芻河、徙多河，這些河右繞無熱惱海，然後匯入外海。

這裡所說的雪山，有人說就是現在的岡底斯雪山，

應該是米拉日巴尊者靜修之處，尊者曾經也說：「我所居住的地方就是《俱舍論》中所講到的雪山，前面的湖泊就是無熱惱海。」尊者所提到的湖泊，即現在拉薩與阿里附近的馬蓬應措湖，是一個長形湖泊，在西藏地方非常有名。薩迦班智達反駁這種說法：「這是違背邏輯的，因為《俱舍論》中說從金剛座向北有九座黑山，越過九座黑山才出現這座雪山，如果按照你們這種說法，那九座黑山位於何處？而且《俱舍論》中說無熱惱海為四方形，馬蓬應措湖為長方形，在形狀與距離上皆有很大差別，所以不合理。」後來噶瑪巴站在米拉日巴尊者的角度進行分析：「這有可能是瑜伽士境界中的一種描述，不一定是指《俱舍論》中所講到的無熱惱海和雪山。即使指的就是《俱舍論》中所說的無熱惱海與雪山也是可以的。因為以眾生業力的顯現，將現量見到的岡底斯山與馬蓬應措湖進行修飾也是完全可以的，比如說印度鷹鷲山，佛經中對它的說法都不相同，有些佛經中說鷹鷲山由珍寶組成，距離有千百萬由旬，非常寬廣，但我們現在所見的並非珍寶組成，也不是很寬廣，只是一座平凡的山。因此佛經的說法有很多密意，若一概予以否定不合理。」一般來說，論典有一種表示方法，世間共稱的有一種方法，還有在不同根基的眾生面前有不同說法，我們不能要求每一種說法完全吻合，在分析問題時不能一概而論。

【佛教徒應如何對待科學與佛教不同的宇宙觀？】

在座的很多人從小就認為地球是圓的，上學之後老師也是這樣告訴我們的，那現在《俱舍論》中的說法與此並不相同，此二者是不是互相矛盾，應以什麼樣的眼光和觀點來對待這個問題呢？

以前，有一位竹慶寺的堪布，懂一點兒現在的天文地理學，但並不是很精通，後來在竹慶寺學習《俱舍論》之後，對佛陀的教理生起了邪見，對佛陀的教言也產生了排斥心理，而且所作所為也不太如法，這都是聞思沒有究竟的緣故。當今社會，在佛教界與科學界有兩個大家十分關注的焦點，一個是前世後世是否存在，另一個就是有關世界觀的問題。去年，我們專門利用了一段時間學習有關前世後世的道理，我想，只要認真思維過、真實公正的人，恐怕也實在舉不出前後世不存在的理由了。那麼，對於我們生存的宇宙，應該如何以智慧分析，應該以何種世界觀面對？按照本論的觀點，世界的最初是由風的攪拌而形成，之上依次有水輪、金剛大地，金剛大地上面有包括須彌山為主的四大部洲，如同蓮花生長於海面，所有的六道眾生存活於這樣的一個世界之中。現在科學則認為：地球是太陽系的九大行星之一，由人類居住，如球形而稍扁，表面是陸地與海洋，周圍被大氣層包圍。

科學上與《俱舍論》的說法完全不同，哪個是真的，哪個是假的？有一些佛教徒認為：佛說的應該是正確的，須彌山存在。但是，如果以這種觀點來承認，我們在地球上根本找不到須彌山，其他人會說：須彌山不存在，因為我們看不見。這樣一來，有一些剛剛接觸佛教的人會陷入矛盾之中，以科學的觀點承認？不行，因為佛陀不是這麼說的。以佛教的觀點承認？也不行，世間人都不承認。於是只能「沉默是金」，但這樣肯定行不通，那究竟應該如何對待這個問題呢？

一方面，從科學的角度來說，地球是存在的。如果一定要讓世間人說「地球不存在」的話，那在科學家面前根本說不通，為什麼呢？因為，地球的存在是有依據的，他們通過各種各樣的科學儀器、研究途徑去觀察，而且依靠現代高科技的手段，他們已經到過月球以及其他星球。去年，中國的第一個載人航天飛船轉繞地球一周後安全降落，這是眾多人有目共睹的事實，誰也無法否認。從公元 2 世紀開始直到現在，這些科學家們對地球的形狀、大小、運行狀態得出了種種不同的說法，雖然他們自己的觀點也是有所不同，但針對大多數人來講，對於「地球是圓的」這一點沒有任何懷疑，是完全成立的。所以，作為佛教徒不一定非要讓他們承認「須彌山」的觀點，「地球」，我們可以承認，為什麼呢？現在大多數人均可以現量見到，所以沒有必要否認。

另一方面，佛教中有關須彌山的觀點也不必否認。有些人認為：地球是圓的，但佛教中所講的與這完全不同，那作為佛教徒如果承認科學觀點的話，是不是已經捨棄佛教了？這一點不用擔心。因為一切萬法不成立的緣故，可以成立各種各樣的顯現，比如餓鬼眾生見一碗水是膿，根本看不見水，但眾生業力顯現的時候，膿是可以承認的，對於人來講，所見的是一碗水，在這上面一滴膿也看不見。我們也不用對餓鬼說：「這不是膿，而是一碗水。」如果這樣說的話，它一定會笑你：「我明明見到的是膿，怎麼會是水呢？」同樣，對一個人也不能說：「這不是水，是瑪瑪格佛母。」我們不必否認所有眾生各自面前的顯現，它可以顯現為「膿」，也可以顯現是「水」，還可以是「甘露」、「瑪瑪格佛母」、「虛空」……種種不同眾生面前可以顯現種種不同的形象。因此，所謂的須彌山如果有實體，如小乘所承認一樣，那圓圓的地球就不會顯現為扁扁的，但是一切緣起顯現皆是空性，以空性的緣故，一切都可以顯現，這樣不論哪一種觀點，對我們來說都可以圓融無違。

這樣，有人也許會想：佛經多數是以人為主而宣說的，那為什麼佛不說大多數人所見到的地球，卻說世間上有須彌山，我們生存的地方是南贍部洲，這是為什麼呢？《三律儀經》云：「世間與我諍，我不與世諍，世間說有者，我亦隨說有，世間說無者，我亦隨說無。」對法經，首

先是佛陀隨順印度眾生而講的，當時印度民間認為須彌山存在，印度即南贍部洲，所以「須彌山存在」是隨順世間的一種說法。而且，如果佛教徒依照佛陀的教言去修持，須彌山、四大部洲等完全可以現量見到。當時在印度，有一些比丘以神通到北俱盧洲化緣回來度過飢荒，國王恩札布德在其王宮上方見到有很多紅色的老鷹在飛，一問之下才知道，原來是釋迦牟尼佛教法下的比丘，國王於是陳設供品祈禱佛陀，後來佛來到國王面前，為其灌頂，賜予他不捨貪欲之特殊方便法，國王當下成佛。所以北俱盧洲是一些大阿羅漢現量所見，說明它是真實存在的，在《無垢光尊者傳記》中也講到：妙音天女用手托著無垢光尊者轉繞了四大部洲一圈。覺囊派有一位修「時輪金剛」的上師，在其境界中完全可以見到須彌山等，與《俱舍論》中所講完全相同。

由於眾生根基的不同，佛陀即針對不同眾生宣說了種種不同的法，我們作為佛教徒，可以承認地球，也可以承認須彌山，這二者之間一點也不矛盾。另外，大多數人所見到的，佛不必宣說，而凡夫人所不見，只是個別眾生見到，對此作宣說才是極稀奇之處，也是佛陀的一個特點。為什麼這樣講呢？佛說：在這世間上，有人和非人，非人會以種種形象來到人們面前。而且魔鬼以及清淨天尊的相，在修行人境界中確實能夠顯現。前一段時間，有一個非常老實的修行人對我說：「有一個狐

阿毗達磨俱舍論頌講記

狸天天與我說話。」如果世間人或者科學家聽到這些話，也許認為「這是胡說、迷信」。在世間，確實有某些心懷不軌的人利用這些現象傳播迷信思想，但我們這裡所說的與此完全不同，在凡夫人所能見到的瓶子、柱子之外，的確有一些特殊的顯現是眾人所不見的。而且，有些修行人也能看到清淨的顯現。以前有位僧人在走到五台山的某一處時，突然吹起一陣風，然後他見到一座宮殿，裡面有很多僧團在念經，他在那裡待了很長一段時間，出來後又起了一陣風，所有的景象馬上消失了，後來，他即在此處建造了這樣一座寺院——金閣寺。另外，有一個裁縫被非人帶到了他方世界，讓他做很多很多的衣服，這個裁縫想：自己現在一定是在非人的世界。於是回來時帶了一些布，但這些布已經變成了紙。

第三品　分別世間

作為一個佛教徒，完全可以將佛教對宇宙的觀點以及科學對宇宙的觀點圓融，這不會對佛教有任何損害，我們完全有這個能力，也有這個說服力，因為佛早就已經說得非常清楚了。而且，佛教中所有的觀點並非是如《俱舍論》所講那樣。印度的獅子賢論師在其《般若經》注釋中說：《俱舍論》中所承許的四大部洲、須彌山，只是小乘對法藏的一種觀點，而且在小乘對法藏中也有很多不同說法，大乘對法藏的觀點則無量無邊，此二者之間並不相違，因為一切萬法在勝義中無生無滅，在名言中卻可以顯現各種各樣的形象。獅子賢論師也是這樣

說的。所以，佛教中並非只承認一個須彌山，而不承認其他觀點，《華嚴經》對世界的認識方法與現在科學不同，與《俱舍論》的說法也不同。以前根登群佩說：小乘《俱舍論》的說法是不了義的說法，大乘經典的世界觀則很了義。如果說不了義，也是可以的，因為佛陀當時針對某些眾生執著世間為實有而宣說存在這樣的世界。在密宗當中，對世界觀也有一種不同的認識，他們認為：七大山在裡面，而須彌山在周圍，與現在的地球基本相同，而其真實的距離、形狀等則不同，但在勝義中，則無有世界的量。在《時輪金剛．無垢光疏》中講到：《俱舍論》有關宇宙的說法不會妨害《時輪金剛》所講到的宇宙觀。並且舉了一個例子說：諸佛菩薩加持過的六尺山洞中，轉輪王及其五大眷屬全部可以容納，這時，轉輪王沒有縮小，山洞沒有擴大，但以諸佛菩薩的加持力，以及轉輪王的福德力，是可以如此顯現的。有罪業的人，他把很微小的物體看得很大；有些餓鬼到了富裕之家，對所有的財物都無法見到，這就是眾生的業力所現。所以《時輪金剛》認為：所謂的宇宙不同，是根據眾生的意業不同而宣說的。《白蓮花論》中，舍利子問釋迦牟尼佛：「你在有些經典中說是在大釋迦牟尼佛前初次發心，今天又說在另一個佛陀面前發心，那究竟是在哪一個佛面前發心的呢？」釋迦牟尼佛回答說：「根據眾生根基的不同，我所說的也有所不同。」世界觀也是如此，我們不用駁

斥現在的科學家，說「地球不是圓的」，如果這樣說，那須彌山是到美國去找還是到印度去找，很困難的。以前多瓦.喜饒嘉措格西曾經說：「我要跟承認地球圓的人辯論，讓他們啞口無言。」但是，根登群佩說：「辯論倒是可以，但他們都會笑你，不會給你回答的，就好像在餓鬼面前說『這不是膿，是水』，那餓鬼都會笑你。」因此說，我們不必去跟別人辯論，地球的本體是空性之故，不同眾生前的顯現可以不同，以五明佛學院來說也是如此，對佛教有信心的人認為「這是人間的極樂剎土」，這裡的老山羊就是菩薩，對這裡有排斥心理的人則認為，這裡簡直是髒、亂、差，沒有一點可取之處。實際上，在勝義實相中，喇榮沒有好壞之別，在現相中，每一個人都有自己所安立的量，但這都不是真實的量，因為是以分別心安立的，以每一個眾生業力的不同，所顯現的不同也很正常。以前具髻梵天說：釋迦牟尼佛的剎土是一個清淨剎土。舍利子則說：這裡是不清淨的。後來佛也說：我的剎土與具髻梵天所講的一樣，全部是清淨的，只是舍利子沒有看見而已。因此，現在成千上萬人所見的地球沒有必要破，根本也破不了，但我們以佛教的觀點來承認也不矛盾。從天文學的角度，比如藏曆依照《時輪金剛》的推算方法，有時會少一天，有時又會多一天，但這樣推算之後，我們可以說「十五號的月亮是圓的」。按照西方的算法，很可能十六號月亮圓，也可能十七號

月亮圓，有這些過失。

在演培法師的《俱舍論講記》中，完全以小乘的說法解釋，現在南贍部洲的下面是地獄，這個地獄在哪裡？「在地球的中心」，但這一點即使通過地質學家去考察，恐怕也很難證實。所以，有關地球和須彌山的說法，希望大家應該多翻一些資料，多了解一點有關的各種說法，道友之間經常探討，思維研究這個問題是至關重要的。從科學的角度，現在對於這方面確實還是一個謎，想要解開這個謎團也是相當困難的。我們在回答問題的時候，對於某些問題可以不用回答，但是如果他有一點佛教基礎，而且也比較公正的話，那我們應該以詳細的教證、理證對他宣說，解開他相續中的疑惑，比如須彌山與地球之間的關係，如果運用佛教中幾種不同的學說和觀點進行闡述，並以大乘佛教和密宗《時輪金剛》等很多論典來進行印證的時候，一個公平正直的人一定會接受的。有時候，僅僅一句佛號解決不了問題，也不能解開相續中的疑惑，只有懂得佛教的道理，才有這個能力和辦法將困惑遣除。只不過我們現在對佛教的理解太粗淺了，佛法的很多甚深道理不能理解通達，這是我們的一個缺點。佛教可以說是包羅萬象的，不論是天文地理，還是文學、藝術、詩歌，如果真正以佛教觀點進行衡量的時候，一定會對佛法生起信心，而且自相續中也必定會生起一種堅不可摧的見解。

阿毗達磨俱舍論頌講記

丙三（別說眾生之處）分二：一、真實宣說眾生之處；二、彼等之廣述。

丁一（真實宣說眾生之處）分二：一、惡趣；二、善趣天界。

戊一（惡趣）分二：一、熱地獄；二、寒地獄。

己一、熱地獄：

此下二萬由旬處，即是無間地獄處。

彼之上方七地獄，八獄之外十六獄。

四邊爐煨屍糞泥，利刃原等無灘河。

南贍部洲下方二萬由旬處屬無間地獄，在其上方有七熱地獄。此八地獄之外有十六個近邊地獄，即四邊均有爐煨坑、屍糞泥、利刃原、無灘河。

按照小乘觀點，地獄即如同現在的監獄，有專門的處所，使感受業力的眾生遭受懲罰之處。那麼這個地方在哪裡呢？南贍部洲往下二萬由旬，有一地獄名為無間地獄，因此處眾生恆時感受痛苦，沒有間斷，故而得名，其高度、廣度均為二萬由旬。無間地獄上方有七個地獄（也有觀點說，這七個地獄是在無間地獄的周圍），即復合地獄、黑繩地獄、眾合地獄、號叫地獄、大號叫地獄、燒熱地獄、極熱地獄，這些地獄眾生壽命的量以及所感受痛苦的程度，在《大圓滿心性休息大車疏》以及《大圓滿前行》中都講過，這裡不再廣講。

以上為八熱地獄，在它們的周圍有十六個近邊地獄。

即塘煨坑、屍糞泥、利刃原、劍葉林。還有鐵柱山和無灘河，不過此二者在這裡的算法稍有不同，它們全部包括在近邊地獄中，但與劍葉林三者合起來算為一個。在這些地獄前，均有閻羅獄卒手持各種兵器，阻止感受痛苦的地獄眾生從此處逃脫而進入其他地獄。

己二、寒地獄：

其他具皰地獄等，即是八種寒地獄。

除熱地獄外，其他的具皰地獄等為八寒地獄。

八寒地獄包括具皰地獄、皰裂地獄、緊牙地獄、阿啾啾地獄、呼呼地獄、裂如青蓮花地獄、裂如紅蓮花地獄、裂如大蓮花地獄。那麼，南贍部洲能容納這麼多眾生嗎？所有的洲都如同穀堆一樣，上方雖然很小，但下端非常寬廣，所以可以容納。

餓鬼位於王舍城下方五百由旬處，此處有中陰法王。依本論觀點，中陰法王形象上是在懲罰地獄眾生，實際上，他自己也是以不善業的牽引來到此處，但以善滿業感得於此處懲罰其他地獄眾生。大乘說法則完全不同，中陰法王形象上是餓鬼，實際是諸佛菩薩的化現來到這裡為其顯示業果。而且，如果說南贍部洲的下方是地獄，如同現在的地下室，並且燃燒著熊熊烈火，從一個角度來講，眾生業力不可思議，轉生到這樣的地下室也可以說得通，但另一方面，這樣一種具有自相的中陰法王以及地獄很難想像，我們現在通過很多考古研究，恐怕也

阿毗達磨俱舍論頌講記

無法得到證實，如果真的找不到這樣一種處所，恐怕會有很多人對六道輪迴的觀點生起邪見！一般來說，中觀、唯識的觀點認為，地獄的位置沒有固定性，當一個眾生於何處死亡時，以他自己的業力，當下即現前感受地獄痛苦，如果地獄是真實存在，則其中的各種兵器、鐵地、女眾等等是誰造的，《入行論》中也說：「有情獄兵器，何人故意造？誰製燒鐵地？女眾從何出？佛說彼一切，皆由惡心造，是故三界中，恐怖莫甚心。」因此說，一切的外境顯現都是心所造作，以善心可以感受善果，以惡心即會現前惡果，這一點非常合理。

戊二（善趣天界）分二：一、與地相連；二、與地不連。

己一（與地相連）分二：一、四大天王天；二、三十三天。

庚一（四大天王天）分二：一、依無量宮；二、依山。

辛一、依無量宮：

日月位於山王半，五十五十一由旬，

午夜日落與正午，以及日初為同時。

日月位於須彌山的四萬由旬處，其直徑分別為五十一由旬和五十由旬。依照晝夜相等而言，北俱盧洲午夜時，東勝身洲為日落，南贍部洲是正午，西牛貨洲則為日初。

按本論觀點，日月位於須彌山的一半，也即從水面向上四萬由旬處，並且圍繞須彌山旋轉。月亮與太陽相比，

太陽的直徑稍大，為五十一由旬，月亮直徑是五十由旬，它們的周長是直徑的三倍，厚度是五點五由旬加上十八分之一由旬。它們的組成物質完全不同，月亮由水晶構成，會讓人感受到清涼；太陽由火晶組成，有發熱的作用，如果對著太陽觀的時間過久會對眼睛有害。在日月的上方有金子圍牆，下方是五彩斑斕的顏色、妙宅、花園、如意樹以及各種鮮花。美國曾經在月球上做試驗，想知道在此處是否具足能夠使人類存活下去的條件，很多人都認為這是很稀奇的一件事，但是如果真正通達佛教所講的緣起空性，那這並不是非常稀有的，可是有很多人根本不承認這一點。有關星辰的量，《施設論》云：「大星辰十八聞距，小星辰三聞距，多數為十聞距與十二聞距。」「聞距」，印度語稱為俱盧舍，「由旬」叫做餘善那，均屬於數量單位。一般來講，五尺是一弓，五百弓是一聞距，八聞距是一由旬，依照現在的尺寸來衡量，一由旬即二十六市里。《時輪金剛》中說：二十四指為一肘，四肘（以中等人的身高為量）為一弓，二千弓為一聞距，四聞距為一由旬。本論算法與《時輪金剛》稍有不同，但與麥彭仁波切在《智者入門》中的算法相同。

既然太陽圍繞須彌山旋轉，那南贍部洲正午的時候，其他三洲是什麼時間呢？如果白天和晚上的時間完全相同，也就是說，按照一天二十四小時來算，白天晚上均為十二小時，那麼南贍部洲正午十二點時，北俱盧洲應

阿毗達磨俱舍論頌講記

是午夜十二點，東勝身洲處於日落時分，西牛貨洲則是日初。

如果有人說：我們這裡中午十二點的時候，美國波士頓正好是晚上十二點，那美國是不是就是北俱盧洲？不能這樣說，《俱舍論》的觀點主要是以須彌山為主而宣說的，不一定要與現在的某些說法吻合，以前有人也說，佛陀在世時，須彌山和整個世界的形狀確實如經中所說，但後來因為眾生業力的不同，所以，現在地球已經變成圓的了。這種說法肯定不合理，因為釋迦牟尼佛轉法輪是大家比較公認的，那麼從佛陀時代距離現在有兩千多年，從整個歷史來看，我們的世界有沒有發生如此翻天覆地的變化？這一點不必說也眾所周知。《寶積經》中說：印度鷹鷲山由各種各樣珍寶組成。現在大家所見到的鷹鷲山卻並非如此，全部是土石構成，有些智者說：「這是因為眾生福報淺薄，後來逐漸變成土石的。」這一點不論是從歷史學術，還是地質考證都不能成立，但從詩學角度來說，應該具有一種誇張的成分。我們針對不同的說法，應該有不同的理解方法，如果各種說法稍不相合就馬上取一捨一，這種態度既不符合科學，也不符合邏輯。所以，佛教當中有關眾生業力不同就會有不同顯現的這種道理，大家一定要生起定解，如果有了這種智慧，那麼對於現代科學、佛教道理，或者其他種種不同的說法不會產生疑惑，自然而然圓融起來，因此希望能在佛

第三品　分別世間

教見解方面扎下穩固的根。

夏季第二月之末，自九日起夜晚長，

所有冬季四月中，變短白晝則相反。

晝夜長為一須臾，日行南北方之時，

因與日輪極趨近，自之影子彼現虧。

夏至是夏季的第二月末，即六月九日，自此時起夜晚開始變長，白天變短；在冬季的第四個月，即十二月九日開始夜晚變短，白晝變長。晝夜長短的變化為一須臾，日回之後晝夜變化的不同，是因為太陽向南方或北方運行時的狀態不同所導致。當月亮與日輪特別接近時，其影子將其遮蔽，就會出現虧損的現象。

一般來講，一年有四季，春夏秋冬各為三個月。在印度，認為花開即是夏天，花謝就是冬天；藏地的夏天過後就是冬天，四季不很明顯；在漢地也是有的地方四季分明，有的地方則四季如春。按照農曆的算法，一年有二十四節氣，每個月有兩個節氣，現在藏曆與農曆的算法基本相同。

本論認為，一年有三季，春天即藏曆一月、二月、三月、四月；夏天是五月、六月、七月、八月；冬天是九月、十月、十一月、十二月，每一季包括四個月。這樣一來，新年開始的時間也就與我們有所不同，他們將藏曆的八月下旬與九月上旬合起來為冬季第一個月，九月十六號即是新年的開始。一般來說，人們的習慣都是從初一到

阿毗達磨俱舍論頌講記

三十號為一個月，而戒律與《俱舍論》當中都是認為九月十六號到十月十五號之間算是一個月，為什麼要這樣算呢？他們認為，十五號時月亮已經圓滿，從十六號開始月亮又開始虧損，這樣十六號應該是下一個月的開始，也即初一，直到下月十五號為一個月。因此，按照真正《俱舍論》自宗的觀點是九月十六號開始過新年，並且是冬季的第一個月；戒律則認為，新年的開端是藏曆十月十六號，與本論觀點有所不同；在蓮花生大師的伏藏品中也有十月初一開始過年的；按《時輪金剛》的算法，應該是元月一號過新年，與現在民間的過新年也是不同；公曆新年則是西方人的新年。但是按照這裡的推算，實際上八月份已經開始冬季的第一個月了，這與麥彭仁波切的觀點有一些不同，為什麼呢？因為這裡是《俱舍論大疏》的說法，麥彭仁波切與明朗羅扎瓦都不認同這種觀點，按照麥彭仁波切的說法應該是九月下旬到十月上旬為冬季第一月。

那夏季與冬季的日回是什麼時間呢？日回就是指太陽運行到南方或北方，最後返回的時間。夏至應該是夏季第二個月的月末，也就是從六月九日開始，夜晚以二漏分三秒變長，白天以二漏分三秒變短；冬至則是在冬季的第四月，也即十二月九日夜晚以二漏分三秒變短，白天則以二漏分三秒變長。

格魯派的個別論師認為，頌詞中的「夏季第二月」

針對的是秋季晝夜相等而說的，間接引出了日回，並且如此承認也與戒律的觀點相吻合。但是，全知麥彭仁波切認為：這是兩種不同的說法，而且宗派也不相同，不必將二者結合，實際上，這裡所講到的就是日回，並非在說明晝夜相等。所以，不必將戒律與俱舍的觀點混為一談，完全可以分開來講。

如果按照上述推算方法，不是與我們的現量相違了嗎？不相違。由於世親論師出生在印度，所以本論是根據印度的地理位置而言的。一年有三百六十天，根據太陽的運行位置不同，整個地球或須彌山可以分成三百六十個地界，在不同的地方，其日回也就不同，比如今天日回在藏地的某處，明天日回就會在藏地的另一處等等，這樣，實際三百六十天中每天都有日回，但所處位置均不相同，不一定要與藏地的地理位置相合。以前上師如意寶在亞青住的時候，他通過觀察發現，拉薩日曆與這裡有十三天的差距，比如拉薩是十二月二十二號日回，按照此處的地理位置來觀察，太陽仍然在南行，要過十三天後才會返回，有這個差別。《時輪金剛》的推算非常準確，不必借助任何科學儀器，即可得出今年是否有閏月、是否乾旱，而且出現日食、月食的時間也十分準確。因此希望大家對天文、曆算等應該努力聞思學習，在學習時應該精進，受一點苦也是有價值的，真正有智慧的人需要通達五明，《經莊嚴論》中云：「若

於五明未精勤，尊勝亦不成遍智。」現在的有些人，修無常有一點過分——「因明、中觀都不要學，人生短暫，要好好念佛」，這樣一來，會不會死主還沒有現前就已經邪見蔓延了呢？真正應該觀無常的是對世間法方面，不要一提到俱舍、因明就開始觀無常，以無常的寶劍砍斷解脫的藤蔓，這樣有點可惜。

　　晝夜變化的量是多少呢？在一日中，以須臾變長或變短。須臾指一日的九百分之一，依照《時輪金剛》的觀點，以一個正常人的呼吸即入氣、住氣、出氣為一個時間，二十四個這樣的時間為四分，四分之一為須臾。

　　那月亮為什麼會出現盈虧現象呢？關於這一點，科學、《俱舍》、《時輪金剛》等都有不同說法。本論認為，就好像燈放得離柱子特別近時，柱子可以遮住燈光，因為特別接近的緣故，同樣，當月亮與太陽特別接近時，太陽的影子已經遮住了月亮，所以月亮會出現虧損，它們離得越來越遠時，月亮就會越來越明顯。《大乘阿毗達磨》觀點有點不同，它認為，實際是影子反射到水晶上，以此遮住了月亮。《涅槃經》認為：並不是太陽和月亮互相遮障，月亮不顯現是由於被須彌山擋住的緣故。雖然有種種不同說法，但都是釋迦牟尼佛根據眾生不同根基而宣說的，若從究竟意義上來說，則可以按照《時輪金剛》的觀點來承認，比如在曼茶盤的旁邊放一盞燈火來觀察，就會發現離得越近越看不見，越遠則可現出

曼茶盤的全境。

佛教當中有很多說法都是在修證的境界中出現的，不一定所有人都能看到，比如密法中精脈、血脈的說法，以現在的科學儀器根本觀察不到；有些《時輪金剛》中講到外時輪金剛、內時輪金剛、密時輪金剛，在講「密時輪金剛」時，所有外面顯現的器世界，均是自己的分別念，這是很深的一種修法，一旦這種修法成就是可以顯現這種境界的。這樣有人也許會想：那我就直接修密宗，《俱舍論》是小乘法門，沒有必要學。但是，我認為有很多人確實還是小乘根基，為什麼這樣講呢？我們相續中根本沒有出離心，一個小乘行人首先在相續中要有出離心，但我們相續中連出離心也沒生起來的話，那連小乘根基都不是，所以如果小乘的修行境界都還沒有的話，還是應該求一點小乘法，因為九乘之中應當以下下作為上上的基礎，這樣修學起來才更加可靠。

辛二、依山：

須彌山有四層級，間距一萬一千也，

分別高出一萬六，八千四千與二千。

居於彼處有持盆，持鬘常醉之藥叉，

四天王天眾天人，七山亦為彼之處。

須彌山的下半部分有四層級，各自間距為一萬一千由旬，並且由下自上依次突出一萬六千、八千、四千、二千由旬。在四層級處分別居住著持盆藥叉、持鬘藥叉、

389

常醉藥叉以及四大天王眾，其餘的七山上所居的眾天人皆為四大天王所統轄。

《正念經》中講到：須彌山在大海以下的部分是空的，裡面是非天的世界。《俱舍論大疏》中也有詳細記載。須彌山在大海以上的部分有四個層級，也即距離海面一萬一千由旬處為第一層級，其上還有三個層級，各自間距相同。每一層級均向外突出，其中第一層向外突出一萬六千由旬，第二、三、四層依次突出八千、四千、二千由旬。在四個突出的層級處分別居住著持盆藥叉、持鬘藥叉、常醉藥叉、四大天王。其中持盆藥叉的手中經常拿著裝滿甘露的寶盆，傳說是因為大海一直向上湧現，為了防止須彌山被淹沒，所以持盆藥叉每天拿著一個盆子把水舀出去。由於眾生的業力不同，這種說法也有可能。持鬘藥叉是因手中持執花鬘而得名。常醉藥叉由於經常飲用美酒而迷醉，因此得名。以上三者全部屬於藥叉，有些古老大寺院的經堂門上都畫有他們的像，他們均是各自持執自己的標誌，非常的清楚。第四層級處居住的是四大天王天以及諸天人，也即東方住有持國天王，南方住著增長天王，西方是廣目天王，北方是多聞天王。並且，七金山處也屬於四大天王的管轄範圍，裡面住有很多天人。

庚二、三十三天：

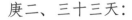

須彌山頂卅三天，彼邊八萬由旬也，

方隅四層之彼處，　手持金剛護神居，
中央稱為善見城，　邊長二千五由旬。
一由旬半金自性，　大地莊嚴具彈性，
於彼處有尊勝宮，　邊長二百五由旬。
外眾車苑粗惡苑，　雜林苑與喜林苑，
彼等林苑之四方，　距離二十為妙地，
東北之隅大香樹，　西南隅為善法堂。

須彌山頂為三十三天，它的每一個邊為八萬由旬；在四方四隅四層樓的高處，有手持金剛藥叉居住；三十三天的中央為善見城，邊長二千五百由旬，其城面為金子自性，高度一由旬半，大地具足種種莊嚴且富有彈性；在它的中央是尊勝宮，邊長為二百五十由旬。在善見城外有眾車苑、粗惡苑、雜林苑、喜林苑，在此四個林苑的四方間隔二十由旬處有四妙地。善見城的東北隅為大香樹，西南隅為善法堂。

按本論觀點，三十三天之上還有六欲天，他們在天空中居住，而三十三天則與地相連，住於須彌山頂。何為三十三天呢？即八財神、威猛十一天、日神十二天、妻宿二子，因為共有三十三位天神，所以得名；也有說是由於四方各居住八位天尊，再加上帝釋天共有三十三位主尊，故而稱為三十三天；或者由於有善法堂等三十二處而如此稱呼。三十三天的每一邊有八萬由旬，周長即三十二萬由旬，在其四方四隅有邊長二百二十五

由旬、高度五百由旬的四層樓，有手持金剛藥叉居住於此處，他們實際是諸佛菩薩的化現，為了使天人們從放逸中甦醒，所以經常手中持執金剛住在天人的周圍保護他們，但是按《俱舍論》的觀點，此處的手持金剛不一定與密宗所說相同。

在三十三天的中央有一個最主要的大城市，也即善見城。它的每一邊有二千五百由旬，周長二萬由旬，高度一點五由旬；城面全部由真金構成，高度為一由旬半，城中的地基與極樂世界基本相同，由珍寶組成且具有隨足起伏的彈性。不過，住在這樣的地方，也許很容易生起貪心，如果大地堅硬且具有知足少欲的功德，那才比較適合修行。在善見城中有九百九十九門，每一門前有五百守護神保護諸天人，這在一些唐卡中也能看到。以前印度的城也有東南西北四個門，當時淨飯王子從城中逃脫也是費了一番周折。

善見城中央是尊勝宮，其每一邊都有二百五十由旬，周長一千由旬，高度半由旬加上十八分之一由旬，這座宮殿十分殊勝，由種種珍寶構成，其他的宮殿均無法與其相比，帝釋天居住在這裡享受種種妙欲。

善見城外二十由旬處，東南西北四方分別有眾車苑、粗惡苑、雜林苑以及喜林苑。四個林苑的四方間隔二十由旬處又有四妙地，即東方眾車苑妙地，南方粗惡苑妙地，西方雜林苑妙地，北方喜林苑妙地。善見城的東北

隅有大香樹，是三十三天享用欲妙之處，其樹根深入地下五十由旬，高度有一百由旬，能夠散發妙香，順風則一百由旬都可以聞到，若逆風則可以飄散五十由旬。一般說來，順風可以聞到香氣，為什麼說逆風也能飄散呢？在《自釋》中有兩種解釋：第一種是有些論師認為，逆風的這種情況是從不超出樹的界限而說的，只要在樹的範圍內就能夠聞到香氣；第二種是世親論師的觀點，大香樹確實具足這種功德，其所散發的香氣相續流轉於他方，但是越向遠方，其香味也越微弱，到達五十由旬處時已經消失殆盡。在大香樹的前方有一合石，如同現在的燈光場，它的每一邊有五十由旬，高五點五加十八分之一由旬，在其上方有帝釋天王的獅子寶座以及其他三十二天的寶座，所有的天人在夏季四個月期間居於此處。

善見城的西南隅相隔十二由旬處是善法堂，有點像現在的郊區，它的直徑是三百由旬，比善見城高三點五由旬，在那裡也有三十三天所屬的寶座。

己二、與地不連：

彼上諸天無量殿，六種欲天如是行：

二二相交抱執手，發笑目視而行淫。

如滿五歲之孩童，直至達到十歲間，

轉生彼處色界眾，身體圓滿著衣生。

在三十三天的上方，有四個欲天的無量宮。六種欲

393

天分別以二二相交、擁抱、拉手、發笑、目視的方式行淫；他們降生之後，其身量即如同五歲到十歲之間的孩童。色界天人降生時，其身體即已完全圓滿，並且著衣而生。

這裡的「與地不連」是指三十三天上方的離諍天乃至色究竟天之間諸天人的無量殿，他們因為與金剛大地、須彌山等無關，所以說與地不連。按照本論觀點，阿修羅是在海面以下，在須彌山的裡面，從海面以上屬於天界，首先就是六欲天，即四大天王天、三十三天、離諍天、兜率天、化樂天、他化自在天。

四大天王天和三十三天在前面已經介紹過。離諍天是指在此天以下，均具有諍鬥，如三十三天經常與阿修羅作戰，人間的戰爭則更可怕，由於這裡已經遠離諍鬥，所以叫做離諍天。現在有些人跟家裡吵架之後就想跑到寺院躲清淨，還不如到離諍天去，那裡肯定不會有爭鬥的。由於離諍天的天子天女是孿生的，所以也叫雙胞天。兜率天居住的是最後有者菩薩，佛陀成為最後有者時，也是在兜率天為天子天女轉法輪，現在漢地有一些大法師也轉生到兜率天，宗喀巴大師也轉生於此處，這裡雖然屬於欲界天，並非清淨剎土，但為了度化眾生還是在此處轉法輪。化樂天與他化自在天分別依靠自己與他人的幻變隨心所欲地享受欲妙。欲界諸天的顏色有白、紅、黃三種，無量殿的建造與北俱盧洲以外的其他三洲相同，北俱盧洲的一切顯現都是由眾生業力現前的。

頌詞中未明顯宣說的十七色天是怎樣的呢？色界總的來說有四禪天，若廣分則有十七天，其中第一禪包括三處，即梵眾天、梵輔天和大梵天；第二禪有三處，即少光天、無量光天、光明天；第三禪也有三處，少淨天、無量淨天和廣淨天。第四禪共有八處，前三處為無雲天、福生天、廣果天，此三天由凡夫居住；在它的上方為五淨居天，即無熱天、無煩天、善見天、善現天、色究竟天，這裡居住的全部是聖者，小乘也是這樣認為的，在密宗《大幻化網》中也說到色究竟天，但與此處所說不同。

六欲天既然仍屬欲界，必定具有對色聲香味觸的貪欲以及男女接觸的欲望，那六欲天是以何種方式行淫呢？四大天王天和三十三天與人類相同，皆是通過二根雙運而行淫，但是由於已經斷除飲食，所以不會出精。其餘四天分別通過擁抱、拉手、發笑以及目視的方式行淫。既然不會出精，怎麼會有天子、天女呢？實際上，並非天女所生，只是依靠其身體在一剎那之間化現，因為在其懷中出生，所以稱為天子、天女，他們在降生之後，身量就已經如同五歲到十歲的孩童。色界諸天在降生時身體即已圓滿，並且著衣出生，死時也是著衣而死，因其有慚有愧的緣故。

丁二、彼等之廣述：

三種生起貪欲者，即指一切欲天人。

三種生起安樂者，三禪之中共九地。

猶如從彼至下量，　爾後向上亦復然，

除依神變與他者，　彼等不得見上界。

四大部洲與日月，　須彌山王及欲天，

梵天世界一千數，　許為小千之世界，

彼之千數承許為，　二千中千之世界，

彼之千數三千界，　同時壞滅一同生。

　　三種貪欲是針對欲界天與人而言的，而三種安樂則
是指初三靜慮中的九地。如同各天界向下到達海面的量
一樣，與上界相距之量亦是如此，除依靠神變或者其他
具有神變者以外，下界均不能見到上界地。小千世界是
指一千個四大部洲、日、月、須彌山、欲天以及梵天世界；
一千個小千世界為二千中千世界；三千大千世界則是指
一千個二千中千世界，因為它們均是同時形成並且同時
壞滅，所以稱之為三千大千世界。

　　佛經中說到「三生貪欲」，它們指的是由異熟果所
生的欲妙、自幻化的欲妙、自他二者所幻變的欲妙。那
這三種欲妙分別是針對何者而言的呢？分別指欲界人類
到兜率天的所有眾生、化樂天人、他化自在天。「安樂」
是指遠離貪欲而生的安樂（以等捨為主）、斷除尋思之
禪定所生之安樂、無有喜心的安樂，它們分別指初三靜
慮的前三禪，因每一禪有三處，所以共有九地。

　　四大天王天位於須彌山的中間，距離海面四萬由旬，
其與三十三天之間的距離也是四萬由旬。同樣，三十三

天向下至海面，向上至離諍天的距離均為八萬由旬；離諍天向下至海面，向上到兜率天之間的距離皆為十六由旬，如是其他諸天均可依此類推。

那麼，下界的眾生能否見到上界眾生呢？第一品中說「下眼不見上地色」，一般來講，下界的眾生見不到上界，但自己如果獲得神變或者依靠其他具有神變者則可以見到。以前有一位上師，在飛往清淨持明剎土時，就是將自己的兒子、女兒、媳婦、犛牛等六個眾生一起帶往清淨剎土了，所以依靠上師不可思議的加持力也可以做到。

按麥彭仁波切的科判，下面是講器世界的量。

三千大千世界的範圍有多大呢？一千個四洲、日月、須彌山、諸欲天、梵天世界，即稱為一千小千世界，一千個小千世界為二千中千世界，一千個中千世界就是所謂的三千大千世界。一個化身所化的世界有三千大千世界，也就是說有十億數的四大部洲，十億數的日月、須彌山等，因其最初形成是同時產生，並且最後同時被火等毀滅，所以稱之為三千大千世界。有關這方面，在藏文《華嚴經》第九品中有廣講，比如有的世界樹木發光，有的世界具足很多太陽、月亮，有些世界有天人自身發光等等，對整個世界的形狀、顏色等各方面描述得非常詳細；漢文《華嚴經》所講到的比藏文還細緻，有些藏文中沒有講到的，漢文也已經作了宣講。漢地有些人在

打禪七時專門坐「華嚴禪」，如果能夠邊閱讀邊認真思維其中的含義，那收穫一定是很大的。

乙二（旁述眾生之量）分二：一、身量；二、壽量。

丙一、身量：

南贍部洲眾生量，四肘以及三肘半，

東勝身洲西牛貨，北俱盧洲二倍增。

具有貪欲天人身，四分之一聞距至，

一聞距半之間增。一色界身半由旬，

彼上半半而遞增，少光天眾之上天，

身量均成兩倍增，無雲天減三由旬。

南贍部洲眾生的身量是四肘或者三肘半，其餘三洲依次二倍二倍地增長。具有貪欲天人的身量從四分之一聞距增至一聞距半。色界第一禪天眾生身量為半由旬，上方諸禪天半由旬半由旬地向上增加，到少光天眾生時，則是以二倍遞增，無雲天以兩倍增長又減去三由旬。

惡趣眾生由於業力導致，其身量不固定。善趣眾生的壽命在一百歲時，南贍部洲人類身高為四肘，也有的是三肘半。此處的「肘」是指塵肘，戒律中分身肘與塵肘，塵肘一般是以中等人的標準來衡量。東勝身洲的眾生身量八肘、西牛貨洲十六肘、北俱盧洲三十二肘，這是以南贍部洲為標準的，如果從各自洲的角度來說，也只有四肘。六欲天眾生的身量以聞距衡量，即四大天王天身量為四分之一聞距，三十三天為二分之一聞距，這樣依

第三品　分別世間

398

次增長四分之一聞距，所以他化自在天的身量是一點五聞距。色界天眾生的身量以由旬來衡量，其中第一梵眾天眾生身量為半由旬，其上的梵輔天、大梵天、少光天以半由旬遞增；無量光天以上則以二倍遞增；無雲天以兩倍增長再減去三由旬，以上諸天則均以兩倍遞增。

丙二（壽量）分二：一、真實宣說壽量；二、旁述。

丁一（真實宣說壽量）分二：一、善趣壽量；二、惡趣壽量。

戊一、善趣壽量：

北俱盧洲壽千年，二洲半半而遞減。

此贍部洲不一定，最終十歲初無量。

人類眾生五十歲，最下欲天之一日，

如是自壽五百年，上天二倍二倍增。

色界無晝夜時壽，劫數等同自身量，

無色界壽二萬劫，向上依次而增長。

少光天起為大劫，彼之下天半大劫。

北俱盧洲的壽量是一千年，其他兩個洲一半一半遞減，南贍部洲壽量則不一定，在初劫時人壽無量歲，最後時只有十歲。人類的五十年即四大天王的一日，他們自己的壽量為五百歲，以上三十三天等的壽量以二倍遞增。色界不分晝夜，其壽量以劫來算，並與各自身量相等，少光天以下均是以半大劫計算，以上則以大劫計算。無色界空無邊處的壽量是二萬劫，上面三處依次增長二

阿毗達磨俱舍論頌講記

萬劫。

有關眾生的壽量，在《前行》和《大圓滿心性休息》當中都有過詳細講述，所以這裡不廣講。一般來說，北俱盧洲眾生由於業力所感，其壽量固定，南贍部洲則不一定，初劫時為無量歲，釋迦牟尼佛在世時，人壽為一百歲，現在的人一般是七十歲，能活到一百歲的非常少。人類的五十年是四大天王天的一日，以前無著菩薩到兜率天聽聞《彌勒五論》，在那邊僅僅住了半天時間，但人間已經過去了四五十年。有些歷史學家認為，如果按照《俱舍論》的觀點則不合理，但是這一點倒是有很多方法可以解釋，這裡不必詳細講述。四大天王天眾生的壽量為五百歲；三十三天一天相當於人類一百年，自壽為一千年，三十三天無有日月，如果花閉、鳥不發出鳴叫、打瞌睡則是夜晚，與之相反就是白天，他們自身具有光芒;其餘均是以兩倍遞增，如他化自在天的一天就相當於人間一千六百年，自壽為一萬六千年。

色界諸天不分晝夜，其壽量可以通過自己的身量來衡量，也即將「由旬」轉換為「劫」，而且是以大劫來計算的，所以，色界第一禪天的壽量為半大劫，其餘以此類推。無色界空無邊處的壽量為兩萬劫，以上三處逐漸增長兩萬劫。

戊二、惡趣壽量：

復合地獄等六獄，日漸等同欲天壽，

第三品　分別世間

是故彼等之壽量，亦與欲天年相同。

極熱地獄半中劫，無間地獄一中劫，

旁生最長一中劫，餓鬼月日五百年。

芝麻器中每百年，取出一粒至窮盡，

即是具皰地獄壽，餘壽漸成二十倍。

復合地獄等六個熱地獄的一日依次等同於六欲天的壽量，它們的壽量亦等同六欲天的壽量，極熱地獄壽命為半中劫，無間地獄為一中劫。旁生中壽命最長的為一中劫，人間一月等同於餓鬼一日，其壽命長達五百年。在裝滿芝麻的容器中每一百年取出一粒芝麻直到窮盡，就是具皰地獄的壽量，其餘寒地獄的壽量依次增長二十倍。

人間五十年相當於四大天王天的一日，其自壽為五百年，而四大天王天的壽量即相當於復合地獄的一日，復合地獄自壽亦是長達五百年。頌詞中的「相同」並不是指完全相同，而是說對比的方法相類似。其他的黑繩地獄、眾合地獄、號叫地獄、大號叫地獄以及燒熱地獄，這些地方的日、眾生壽量，也依次等同於三十三天、離諍天、兜率天、化樂天和他化自在天，這裡的等同也只是類推方法相同，並非完全相同（若欲詳細了知，請參閱《大圓滿前行引導文》）。極熱地獄的壽量是半中劫，無間地獄壽量則長達一中劫，顯宗認為，所有地獄中最痛苦的就是無間地獄，感受時間最長的也是無間地獄。那是不是墮

阿毗達磨俱舍論頌講記

入無間地獄的眾生壽量都是一中劫呢？不一定。這裡只是從最長的角度來講，有些墮入無間地獄之後很快就會出來，《經莊嚴論》中說：造五無間罪的人，若能生起菩提心，即使墮入無間地獄，其時間也非常短，受苦也很少。不僅是大乘這樣認為，小乘也如此承認，在《毗奈耶經》中有未生怨王和大天比丘的故事，他們雖然造了五無間罪，但因其在人間行持善法，最後墮入無間地獄的時間非常短，如同彈球一樣，墮入之後馬上即可解脫。

因此，現在利用寶貴人身精進行持善法非常重要，有些人認為：「我業力非常深重，肯定要墮入地獄。」我們不能失去信心，應該在有生之年精進行持善法，尤其是所做的一切善行皆以菩提心來攝持的話，即使因所造惡業墮入地獄，但時間也會非常短，以相續中慈悲菩提心的威力，不論在地獄還是旁生界，都會對其他眾生產生悲心。作為修行人，明白道理、了知因果非常重要，在自己相續中真正有一個根深蒂固的見解，就不會隨他人轉。

旁生壽命不固定，最長可達一中劫，如八大龍王，最短的只有一瞬間，比如夏天草地上的一些蟲子，牠們瞬間降生，瞬間又死亡了。有些佛經中說：人間每個月的上旬是餓鬼界的白天，下旬則是它們的夜晚。所以人間一月相當於餓鬼的一天，這樣三十天為一個月，十二個月為一年，其自壽為五百年，這也是從壽命最長的角

度來講的。

下面是寒地獄的壽量。具皰地獄壽量非常長，以年月無法計算，這裡只能以比喻來講，摩揭陀國八十克的芝麻容器中盛滿芝麻，間隔一百年取出一粒，直到芝麻全部取完，即等同於具皰地獄的壽量；其他的皰裂地獄、緊牙地獄、阿啾啾地獄、呼呼地獄、青蓮花地獄、裂如紅蓮花地獄、裂如大蓮花地獄眾生的壽量以二十倍遞增。大家對地獄痛苦以及受苦時間要仔細思維，這樣思維過後，應發願以後一定不要轉生到這樣的地獄當中，並且在這些地獄中受苦的有情應該發願救度。

丁二、旁述：

除開北俱盧洲外，其餘均有中死亡。

除北俱盧洲以外，其他三洲均有非時死亡的情況。

北俱盧洲以其特殊的業力，壽命為一千年，一千年過後必定會死，死後不會轉生於其他處，全部轉生於天界，這些都是固定的。其他三洲則不一定，包括天人在內也有非時死亡的情況。

乙三（別說此二量）分二：一、略說；二、廣說。

丙一、略說：

色名時際分別為，極微文字與剎那。

色法、名稱、時間的最小單位，分別為極微、文字與剎那。

平時日常生活中，量布時用尺、稱大米用斤等等，

阿毗達磨俱舍論頌講記

有很多的計量單位，那麼器情世界是以什麼來衡量呢？眾生的壽命以時間來衡量，身體用尺寸衡量，心相續中的分別念或者所證悟的法界用文字來衡量。在麥彭仁波切科判中講到所量與能量，能量就是指時間、文字、尺寸。衡量什麼呢？眾生的壽命、分別念、身體，這些就是所量。

在佛教中，衡量外界色法時最小的就是極微，從物理學來講，是原子、分子等，現在還有夸克。組成名稱的最小單位是文字，由文字組成名詞，再由名詞組成句子，由句子即可組成偈頌，從藏文詩學來講，最長的句子有三十二個字，最短是三個字，以四句為一個偈頌。剎那是最短的時間單位，由剎那積累成日、月、年、劫。

按本論觀點，無分剎那與無分微塵是不空的法，如果對一切萬法進行抉擇，分析到最後，無分剎那與無分微塵就是所剩下的成實、不可再分的物質，他們認為無分微塵與無分剎那於勝義諦中存在。中觀宗與唯識宗認為，在名言量中，這樣的無分微塵與無分剎那可以承認，但以勝義量觀察時，這樣的微塵與剎那也應該抉擇為空性。

無分微塵到底承認還是不承認，在這個問題上，藏傳佛教有很多觀點，他們之間的辯論也非常激烈，但總的來講，有些論師這樣認為：以名言量來衡量，無分微塵應該承認，如果不承認，則無法建立名言；以勝義理論衡量時，無分微塵也是空性的，根本經不起勝義量的

觀察，如果在勝義中仍然存在無分微塵的話，那麼萬法就應該不空了。薩迦班智達在《量理寶藏論》中說，無分剎那應該存在，無分微塵不一定存在。一般大乘觀點認為，名言中最小的微塵和剎那應該存在，否則無法衡量名言，若以勝義量來衡量，則全部成為空性。

有關無分剎那，麥彭仁波切在《智者入門》中說：時間當中最短的是剎那，比如六十五張蓮花瓣，用針在很快時間當中穿破，穿破每一張花瓣的時間即是一剎那。《自釋》中說：一位士夫疾速彈指，期間有六十五個剎那，其中的一剎那即是最短的時間單位。但這也只是針對個別眾生的分別念而言，實際上應該還可以分，為什麼這樣講呢？比如說一彈指，中指從拇指到達下方為一次彈指的時間，若再詳細分析，實際拇指不一定只有六十五個微塵，也許會有幾千幾萬個微塵組成，那麼在彈指時，這些微塵一一經過沒有？如果沒有一一經過，彈指的過程必定會中斷；如果一一經過，就不應該只有六十五個剎那。而且每一微塵經過時，也還可以詳細分，比如說拇指有一百個微塵，其中的一個微塵有沒有上、中、下的方位？如果有，那麼經過上、中、下不同方位的時間不能成為一個，這樣一來，一百個微塵中的一個還可以再分成三個，如此逐漸分析下來，以分別念也就再沒辦法分的。

所以，針對個別眾生來講，暫時這樣分是可以的，

以現在的時間來講，一天有二十四小時，一小時有六十分，一分有六十秒，對某些心識比較粗略的人也只能說：秒是最短的時間單位。但是這樣的「一秒」其實也還是可以分，比如用針快速穿過一百張紙，每張紙均有上方與下方的微塵，針一定是上下次第經過的，那麼經過上面微塵時，一定還沒有經過下面的微塵，這樣分析時，一秒也可以分成一百個，一百個中的一個又可以繼續分，這樣一來，我們只能在名言中暫時承認一個最小的時間單位，但在勝義當中全部是空性的。

《四百論》中對無分微塵的分析方法非常尖銳，無垢光尊者在《如意寶藏論》中也有很尖銳的推理方法，這些推理都非常有必要。因此，在名言中應該承認無分微塵與無分剎那，而且在日常生活中，以這些作為衡量的基礎就足夠了，但在勝義中，真正的時間與色法根本不存在，都是空性的。

丙二（廣說）分二：一、境色之量；二、時間之量。

丁一、境色之量：

極微微塵鐵水塵，兔毛羊毛象日塵，

蟣虱青稞與指節，後後較前增七倍。

廿四指節為一肘，四肘乃為一弓量，

五百弓量一聞距，阿蘭若八一由旬。

極微、微塵、鐵塵、水塵、兔毛塵、羊毛塵、象毛塵、日光塵、蟣子、虱子、青稞、指節，後後較前前成七倍

遞增。二十四指節為一肘，四肘為一弓，五百弓為一聞距，遠離城區一聞距就是阿蘭若。八聞距稱為一由旬。

　　色境是如何組成的？最小的是極微，它的七倍即微塵，微塵的七倍是鐵塵，這樣以七倍遞增，最後即是指節。鐵塵即所謂的鐵屑，水塵是最小的水分子，這裡說是象毛塵，但在《自釋》當中說是牛毛塵。用放大鏡來看時，一些以肉眼不可見的微塵也可以見到，但這裡是指以肉眼無法見到的塵，有人說，以肉眼能見的從羊毛塵開始，有些說是從象毛塵開始，這之前都是以眼睛不能見的。青稞是從中等大小來講的，七粒青稞堆在一起就有指節大小。《藏漢大字典》中說：一弓即五尺。「阿蘭若」是指寂靜處，距離城區有五百弓，也即一聞距。八聞距為一由旬，有些說一聞距是現在的六公里，有的說是七公里，也有說八公里的，按《藏漢大字典》來說，應該是 6.664 公里。

　　丁二（時間之量）分二：一、宣說年；二、宣說劫。

戊一、宣說年：

一百二十剎那間，乃為彼之剎那也，

六十彼剎一頃刻，須臾日月三十倍。

不足三十在內月，十二數量為一年。

　　一百二十個時際剎那為一個彼之剎那，六十個彼之剎那為一頃刻或一須臾，三十須臾為一日，三十日為一月，包括不足三十日的月在內，共十二個月是一年。

在日常生活中，計算年是從秒開始的：六十秒是一分鐘，六十分鐘是一小時，二十四小時為一天，三十天為一月，十二個月為一年。在對法論中則以刹那、時際刹那、彼之刹那、須臾、日、月來計算，這裡的一個時際刹那也可以根據現在的時間進行換算。

具體是怎樣計算的呢？正常男士一彈指間為六十五個刹那，這樣的六十五個刹那即一個時際刹那，一百二十個時際刹那就是一個彼之刹那，六十個彼之刹那為一頃刻，也即一須臾。須臾、日、月均以三十倍遞增，在戒律和《時輪金剛》中都有其專門的一種曆算方法，在進行推算時會出現一個月不足三十天的情況，但這樣的一月也包括在內，如此十二個月就是一年。

戊二（宣說劫）分二：一、真實宣說劫；二、旁述。

己一（真實宣說劫）分三：一、壞劫；二、成劫；三、住劫與大劫。

庚一、壞劫：

多劫壞劫無轉獄，直至器世滅盡間。

劫有很多種，其中壞劫是指地獄眾生轉至他方世界的地獄中而使地獄空無，直到器世界全部毀滅之間。

一般來講，佛教中經常說成、住、壞、空四個劫，但這裡沒有單獨講空劫，因為空劫是在壞劫之後、成劫之前的二十個中劫，在此期間一直如同虛空，所以不必詳細講。

首先講壞劫。通過年年月月的流逝，世界即開始壞滅，那世界的壞滅過程是怎樣的呢？

南贍部洲的人壽上升到八萬歲時，住劫即已圓滿，與此同時，壞劫開始。此時，凡造作惡業的眾生不會轉到無間地獄之中，而無間地獄眾生壽終死亡，如果以其定業應繼續感受地獄果報者，則轉生到他方世界的地獄中，這樣無間地獄首先空無。之後，其他地獄、海居旁生、餓鬼也次第如前無間地獄一樣毀滅，它們中間有些轉到他方世界的地獄，有些則依靠法性力轉為人身，然後逐漸向上轉生。人間天界中存在的旁生與餓鬼也是如此。本來南贍部洲的人想獲得一禪，必須通過修行力而得，但在壞劫時，不必通過修行，依靠法性力（一種自然規律）可以獲得一禪，也即首先有一人獲得一禪，他出定後即將此事告訴其他人，別人聽到後全部依靠法性力獲得一禪。同樣，東勝身洲與西牛貨洲也是如此。北俱盧洲眾生以其異熟障的緣故，即生中無法遠離貪欲，所以不能轉生色界，他們在死後首先轉生到欲天，此時依靠法性力也可轉生到一禪中。之後，一禪眾生如前一樣以法性力獲得二禪，有情世界的毀滅需要十九個中劫。

這時，天空中出現第二個太陽，所有的小河、水塘全部乾涸，如此，第三個太陽至第七個太陽之間依次出現，所有的江河、海洋全部乾涸，四大部洲以及須彌山燃起熊熊火焰，欲界的一切器事萬物全部燒毀，一禪所

攝之火也將一禪天的無量殿燒毀。器世界的毀滅需要經過一中劫。《前行》中也講到了器世界的毀滅過程，與本論說法稍有不同，但也並不矛盾，因為《俱舍論》中所描述的是某些經典中的觀點，其他經典還有不同觀點，均是針對不同業力眾生宣說的。現代科學家在認識宇宙方面，每一位科學家也都有不同的理論和學說，我們不能說其中的某一個觀點錯誤，同樣，佛經中雖然有多種不同觀點，但不能因此而取一捨一，這是不合理的。

器情世間以火毀滅的過程需要二十劫。以水毀滅時，二禪天眾依靠法性力獲得三禪；以風毀滅時，三禪眾生以法性獲得四禪，四禪眾生不能被地、水、火、風的四大毀滅，而且其壽命是一大劫。

庚二、成劫：

成劫即指從初風，至有地獄眾生間。

成劫是指從最初微風吹起至無間地獄出現第一個眾生之間。

四禪天以下的情器世界全部毀滅之後，一切皆變成虛空，這樣經過二十中劫，之後，世界又開始漸漸地形成，這時首先微風四起，離諍天以上逐漸形成，之後由下至上，風輪、水輪、金輪，直到三十三天之間漸漸形成，器世界的形成需要一中劫。然後，有情世界開始形成，首先是光明天眾生的壽命、福德和業力滅盡，轉生到一禪天，眾生慢慢下墮，從色界到人類之間逐步形成。那時，南

贍部洲的人類均是化生且以禪悅為食，身體發光並具足神變，壽命長達無量歲，然後逐漸逐漸眾生壽量減為八萬歲，人的福報越來越小，這時有眾生造作惡業轉入無間地獄，成劫結束的同時住劫開始，之間需要十九中劫。

庚三、住劫與大劫：

中劫即從無量歲，直至人壽十歲間，

最終上增為一次，彼等壽即八萬間。

如是已成此世間，存住二十中劫也。

成壞空劫亦同等。八十中劫一大劫。

中劫是指人類無量歲直到十歲之間，最終時從人壽十歲上增到八萬歲之間算為一中劫，中間人壽的上增下減一次算為一中劫，如是住劫共有二十中劫。成劫、壞劫與空劫的時間均與住劫相同，這樣的八十中劫即是一大劫。

住劫總共需要經歷二十個中劫。其中第一個中劫與最後一個中劫比較緩慢，中間的十八中劫則過得十分快速，因為第一個中劫是指人壽下降，也即初劫人類的壽量為無量歲，這樣下降到八萬歲，再從八萬歲下降到十歲之間；最終的一個中劫是指人壽的上增過程，即從人壽十歲到八萬歲之間；中間則是人壽上增到八萬歲，再下減到十歲之間為一中劫，如此往返十八次，也即十八個中劫，住劫共有二十中劫。同樣，世間的形成、毀壞、滅空都是二十中劫。這樣的八十個中劫即稱為一大劫。

阿毗達磨俱舍論頌講記

一般來說，佛只是在人壽下減時出世，比如現在屬於賢劫，佛在人壽八萬歲、四萬歲、二萬歲時各出世一次，釋迦牟尼佛屬賢劫第四佛，在人壽一百歲時出世。

己二（旁述）分二：一、大劫之旁述；二、壞劫之旁述。

庚一（大劫之旁述）分三：一、佛陀出世情況；二、緣覺出世情況；三、轉輪王出世情況。

辛一、佛陀出世情況：

三無數劫現成佛，下減百歲間出世。

佛陀經過三大阿僧祇劫積累資糧，之後在人壽下減到一百歲時示現成佛。

既然說佛是經過三無數劫成佛的，那麼這裡的「劫」指的是大劫，還是中劫呢？是指三個大劫。那「無數」是否與「三」相違呢？不相違，此處的「無數」是指六十位數。在佛教中，這六十位數都有專門的名稱，《自釋》中對這方面也作了闡述，但其中有八位數沒有正式的名稱，有些說是將慈、悲、喜、捨分上品和下品，以此來稱呼。現在有很多數學家也認為，釋迦牟尼佛這樣給數字下定義非常的清晰。不過，此處的大劫是小乘的一種說法，在全知無垢光尊者的很多書中說：無數並不是指真正的無數劫，而是指眾生的界、性、蘊，以無數分別念來對應而說為是無數劫，若真正需要如此漫長的時間才能成佛的話，也許很多人都會喪失信心了。這一點在《大圓滿心性休息大車疏》中也有明確宣說。

佛陀在人壽上增以及人壽百歲之後不會出世，因為人壽上增時的人們不會厭離輪迴，人壽百歲之後則五濁極為熾盛，在這兩個時期，佛即使宣講佛法，對眾生也無有利益。但是，在人壽十歲時，彌勒菩薩的化身會給眾生宣講放生功德，之後，人類開始行持善法，壽量上升到八萬歲。

辛二、緣覺出世情況：

緣覺增減皆出世，麟角喻百劫得果。

緣覺不論是人壽上增下降都會出世，麟角喻獨覺需要經過一百大劫獲得果位。

緣覺主要是為了自利，而不是利他，所以在人壽上增下減時都會出世。緣覺分為部行獨覺與麟角喻獨覺兩種，其中麟角喻獨覺不必依止善知識，與其他眾生也不接觸，自己在寂靜處獨自修持，一百大劫中積累資糧，之後獲得果位。

辛三、轉輪王出世情況：

諸轉輪王現世間，不越人壽八萬間。

金銀銅鐵轉輪王，次統四三二一洲，

二不共存如佛陀，他迎自往布沙場，

預備兵器勝無害，能仁相正明圓勝。

轉輪王在人壽八萬歲之間出世，可分為金、銀、銅、鐵四種，他們分別統治四、三、二、一大部洲，其獲勝方式分別是他迎、自往、布沙場和預備兵器，此間不會

413

損害任一眾生。如佛陀一樣，同一世間不會有兩個轉輪王共存，但能仁佛陀的相好端正、明顯、圓滿，比轉輪王殊勝。

轉輪王因為依靠寶輪統治四洲，故而稱為轉輪王。轉輪王分為四種，其中金轉輪王統治四大部洲，也即在初十那天受長淨戒，此時獲得金輪，諸小國親自前來迎接，以此大獲全勝；銀轉輪王自己前往他們面前，此時獲得勝利；銅轉輪王來到他們面前擺開戰場即可得勝；鐵轉輪王則在準備降下兵器時，獲得勝利。四種轉輪王根據各自福報的不同，獲勝的方式也有所不同，但因為他們均已斷除十不善業，所以在此期間不會傷害任何一個眾生。那麼，在有些佛經中只講到了金轉輪王，其他轉輪王都沒有提，這是為什麼呢？有些講義中說，這是從主要而言的，其他轉輪王雖然存在但不主要，所以不用提。

轉輪王所具足的三十二相與佛陀是否相同呢？不相同。能仁佛陀的妙相莊嚴、明顯，而且非常圓滿，轉輪王在這些方面遠遠不如佛陀。

轉輪王是具足大福報者，所以不會在同一世間出現兩個，這一點與佛陀相同。那為什麼在一個世間不能出現兩位佛陀呢？《俱舍論大疏》中說：一個娑婆世界是一位殊勝化身的所化世界，所以具足三十二相、八十隨好，並且顯示十二相成道的佛陀不會在一個娑婆世界中出現兩位，但在此世界中，眾生通過精進修行而獲得佛果是

完全可以的。

　　先前有情如色界，爾後漸次貪執味，

　　懈怠者作積蓄後，具執著者封地主，

　　復次以造惡業道，壽命短暫為十歲，

　　劫以兵疾飢荒盡，次第七日月年止。

　　初劫眾生與色界眾生相同，但後來逐漸產生貪欲的執著，而且懈怠者開始積累財產，之後為了平息爭鬥，選出一位國王統治眾人。之後，人們開始造作惡業，壽命逐漸減到十歲，最後此住劫以刀兵劫、疾疫劫、飢荒劫來滅盡，此三劫次第經過七日七月七年的時間。

　　初劫的人類與色界眾生無有差別，但後來由於對地味產生了貪執，人們的身體逐漸變得堅固沉重，身體的光芒也消失了，此時空中自然而然出現太陽和月亮。由於享用地味多少不同，使人們出現好壞之分，於是互相之間開始侮辱，這時地味消失。隨後，依次出現了地脂，早上割晚上顯現、晚上割早上顯現的苗圃，但也都如前一樣消失了。後來又出現自然稻，人們享用之後便出現男女根，此時，眾生無始以來的貪欲習氣開始萌發而作非梵行，他人見到後，即開始誹謗這種惡行，為了隱蔽這種行為，人們便建造房屋。這時的人們不需要勞作，早晨需要糧食早晨取，晚上享用晚上拿，但是有一個懶惰的人取了一份明天吃的糧食，眾人開始紛紛學著他的樣子，取了七天的糧食積蓄起來，結果這些糧食開始具

阿毗達磨俱舍論頌講記

有皮殼、糠秕，並且早上收割晚上不現、晚上收割早上不現，於是人們將糧食進行分配，各自堆積如山，之後出現了偷盜。這時，人們便選了一位相貌端嚴的人做田地長官，也就是眾敬王，在《釋迦牟尼佛廣傳》中講到，眾敬王是釋迦牟尼佛因地時的一個化身。之後，便出現了光嚴王、善王、善勝王、頂生王，他們就是五先王，也即統治四大部洲的轉輪王。

中劫在經過七日的刀兵劫、七個月零七日的疾疫劫、七年七個月零七天的飢饉劫之後結束。這三個劫如何出現呢？人壽十歲時，以眾生的業力所感，手中所拿的物品全部變成兵器，如同野獸一樣相互殘殺，死後全部墮入地獄，這就是所謂的刀兵劫。七天結束後，人們在城中相見均十分歡喜，開始斷除殺業並且行持十善，之後人壽逐漸上增到八萬歲。之後又下減到人壽十歲，因為人們造不善業，而導致非天不悅，於是出現瘟疫，大多數人死後轉生地獄，此即所謂的疾疫劫。這時有一位彌勒菩薩的化身為存活的人們宣講不殺生的功德，人們開始守持戒殺的一分戒，他們子女的壽量又上增到八萬歲。之後，人壽再度開始下減，直到人壽十歲時，由於造作不善業，天人開始不降雨水，於是出現飢饉劫。飢饉劫可分為篋盒、木條、白骨三種，人們好不容易獲得一點點糧食，便把它裝在盒子當中，然後把其中的一顆，比如一粒青稞拿來做湯，認為對身體特別有營養，這就是

第三品　分別世間

篋盒飢荒；木條飢荒則是在得到少量食物後，母子用木條來吃；白骨飢荒是因為飢餓的緣故，死人的骨頭粗糙沒有光彩而得名的，還有一種說法是，他們將人壽一百歲時的人骨挖出來熬湯喝，認為這種骨頭非常有營養，所以稱之為白骨飢荒。飢荒劫過後，死去的人均轉生為餓鬼，餘下的人們聚集後又開始奉行十善，人壽上增到八萬歲。有些佛經中說，若對僧眾供養藥物則不會轉生到瘟疫劫中；如果不殺生，就不會轉生於刀兵劫中；若對僧眾僅供養一口糧食，也不會轉生到飢荒劫中。

那麼，這三個劫難是在一個中劫結束時三個災難同時出現，還是一個中劫結束時，只出現一個災難呢？無著菩薩說：每一個中劫結束時，三個災難都會出現。在《自釋》中說到了兩種觀點，但世親論師自己的觀點並不明顯。甲智論師認為，一個劫應該用一個災難來結束，這樣三個災難輪流出現，而且甲智論師說，世親論師應該也是如此承認的。

庚二（壞劫之旁述）分三：一、壞劫之類別；二、身體之頂；三、壞滅之次第。

辛一、壞劫之類別：

壞劫有以火毀壞，與以水風毀三種。

壞劫有以火、水、風毀壞三種。

器世界毀滅時，沒有以地來毀壞的，因為眾生的心相續與器世界有著密切關係，在《時輪金剛》中，成住

壞空四個劫全部安立在眾生的身體上，比如一個人降生，即開始了他的成住壞空，他的死亡即是其身體的毀滅。同樣，在入定、睡夢時均可如此安立，《大幻化網》當中，專門講到器世界的成住壞空如何對應到眾生的風脈明點及眾生的心相續當中，這都是一些具體修法，此處不必廣講。

辛二、身體之頂：

第二靜慮等三者，次第乃為彼等頂，

與彼過患相同故，四禪毫不動搖故。

無常彼之無量殿，與眾生同生滅故。

第二禪、三禪、四禪次第為火災、水災、風災之頂，因為此三災分別與一、二、三禪內在的過患相同，而四禪無有這些過患故無有動搖。但四禪也並非常有，因其無量殿與眾生一同生滅之故。

麥彭仁波切在注釋中將「彼等頂」解釋為「彼等身體之頂」，也即一禪、二禪、三禪各有不同的分別念過患，比如初禪有尋伺，其如火；二禪有喜樂，此如水；三禪呼吸如風。在一禪以火毀滅時，二禪不被火所毀；二禪以水毀滅時，三禪不為水所毀；以風毀滅三禪時，四禪則不會被風毀。所以，分別將二禪、三禪、四禪稱為身體之頂。四禪因為已經遠離了八種過患，所以不會被四大毀滅，但是，四禪也並非常有存在，因以眾生業力所感，四禪眾生出現時，無量殿也會隨之出現，四禪眾生死歿時，其無量殿也隨之毀滅。

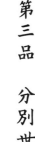

這裡主要講到器世界的毀滅與眾生的分別念有關，因此，《俱舍論》雖是小乘法，但大乘唯識「萬法唯心」的道理在此處已經講述得非常清楚。為什麼這樣說呢？因為本頌已經講到，一禪、二禪、三禪的毀滅分別與各自眾生相續中的分別念相關聯，由於這些分別念而導致了外器世間以不同的災難毀滅。在日常的行住坐臥中，心均占主導地位，如果白天生起某一種分別念，晚上就會出現這種夢境，由於每一個眾生心境的不同，也就導致了所見外境的不同。

辛三、壞滅之次第：

以火七毀水一毀，如是七水毀滅後，

亦復以火毀七次，最終以風而毀滅。

連續出現七次火災後，出現一次水災，之後又如前一樣七火一水，如是反覆七次，再出現七次連續的火災，最後出現一次風災，三禪以下全部毀滅。

現在的賢劫共有八十中劫，那它最後以什麼方式毀滅呢？首先以火來毀滅，之後又形成一個大劫，還是以火毀滅，如是共以火毀滅七次後，即由水毀滅一次，這樣七火一水重複七次後，又被火毀滅七次，最終以風來毀滅。如此一來，經過五十六次火、七次水、一次風之後，三禪在六十四大劫當中毀滅。

阿毗達磨俱舍論，第三分別世間品釋終

阿毗達磨俱舍論頌講記

尊　勝　塔